孙膑演义

马光复 赵 涛 主编

水 秀 默 瑶 著

中国古代军师演义丛书

国际文化出版公司

·北京·

图书在版编目（CIP）数据

孙膑演义 / 水秀，默瑶著 . -- 北京：国际文化出
版公司，2023.6
　（中国古代军师演义丛书 / 马光复，赵涛主编）
　ISBN 978-7-5125-1379-2

Ⅰ . ①孙… Ⅱ . ①水… ②默… Ⅲ . ①章回小说—中
国—当代 Ⅳ . ① I247.4

中国版本图书馆 CIP 数据核字 (2022) 第 008076 号

中国古代军师演义丛书·孙膑演义

主　编	马光复　赵　涛
作　者	水　秀　默　瑶
选题策划	兴盛乐
责任编辑	戴　婕
出版发行	国际文化出版公司
经　销	全国新华书店
印　刷	保定市西城胶印有限公司
开　本	880 毫米 ×1230 毫米　　　　32 开
	12.5 印张　　　　284 千字
版　次	2023 年 6 月第 1 版
	2023 年 6 月第 1 次印刷
书　号	ISBN 978-7-5125-1379-2
定　价	69.80 元

国际文化出版公司
北京朝阳区东土城路乙 9 号　　　　邮编：100013
总编室：（010）64270995　　　　传真：（010）64270995
销售热线：（010）64271187
传真：（010）64271187-800
E-mail: icpc@95777.sina.net

序 言

中国是有着五千年悠久历史的文明古国，中华传统文化博大精深，军事文化是其中很重要的组成部分。在我国古代军事文化中，军师的产生与存在也是一个十分特殊而耀眼的现象。

中国古代军事文化源远流长，异彩绚烂，在世界文化发展史上具有突出地位。它是中国古代无数次王朝战争和大规模农民起义战争的经验总结。它的丰富内容，是前人留下的宝贵军事经验，是中华民族灿烂文化遗产的一个重要部分，是用流血换来的推动历史发展的理论财富，也是人类智慧的结晶。随着历史的发展和社会的前进，历代的军事家、战略家和不断涌现的军事论著中对于战争与军事问题的理性认识，也在不断地深入和提高，中国近代直至现代的军事思想，都从中批判地继承和吸取了许多有价值的内容。

在我国古代大大小小的战争中，军事家与战略家不断总结经验，逐渐形成了独特的"以仁为本"的战争观，它主要包括两层含义：

第一，战争的核心支柱是"以仁为本"，即所谓的"仁义之师"。《司马法·仁本第一》中即开宗明义："古者，以仁为本，以义治之之谓正。正不获意则权。"仁者使人亲和，义者使人心悦。仁和义，才是军队战斗力的核心凝聚力，才是赢得战争胜利的最根本的基础。

第二，战争首要准则是"师出有名"。古籍《礼记·檀弓下》中就明确主张"师必有名"，认为"师出无名"必将遭到众人的非议和反对，终成败局。

这些战争的基本原则，即使历史发展到今天，仍然是颠扑不破的真理。

中国传统军事文化包含着丰富的军事理论和深邃的军事思想，以及战争智慧、军事谋略、战略和战役的策划、战争指挥与战争部署等内容。在中国历史上曾发生无数大大小小的战争，在轰轰烈烈的战争历史进程中，时时刻刻都有军师（军事家、战略家）的身影，以及军师的劳苦、军师的智慧、军师的心血。

我国古代杰出军师，通过战争的实践，以及长期对战争的研究，总结出许多可贵的军事思想，值得我们学习与借鉴。比如：

一、重战思维。战争是国家头等大事。《孙子兵法》中就明确指出："兵者，国之大事，死生之地，存亡之道，不可不察也。"它认为战争是关系到国家生死存亡的头等大事，绝对不能大意，不能不认真研究和对待。

二、慎战思维。慎重对待战争，要仔细分析前因后果，以及各种形势与条件，不可以轻易言战。《孙子兵法》中这样写道："亡国不可以复存，死者不可以复生。故明君慎之，良将警之。"

三、备战思维。指的是战争要有准备，要未雨绸缪，不打无准备之战。必须重视备战，思想上时刻不要忘记战备，要做到"用兵之法，无恃其不来，恃吾有以待也；无恃其不攻，恃吾有所不可攻也。"（《孙子兵法》）

四、善战思维。就是要会用兵打仗。第一，注重以"道"为首要因素的多因素制胜论。"道"就是政治，是"令民与上同意也。故可以与之死，可以与之生，而不畏危也"。第二，庙算制胜论。庙算，是古代开战前在庙堂举行军事会议，商讨与谋划战争的一种方式。《孙子兵法》主张战前庙算，要对战争全局进行计划和筹划，制订出可行的战略方针。第三，"诡道"制胜论。《孙子兵法》里讲道："兵者，诡道也。"因此，他提出"能而示之不能，用而示之不用，近而示之远，远而示之近。利而诱之，乱而取之，实而备之，强而避之，怒而挠之，卑而骄之，佚而劳之，亲而离之"的诡道之法，进而达到"攻其不备，出其不意"的目的。第四，"知彼知己"制胜论。《孙子兵法》中写道："知彼知己，百战不殆；不知彼而知己，一胜一负；不知彼不知己，每战必殆。"

在用人方面，古代军师也有自己的精心总结。战争中怎样使用军事将领，几乎同样决定着战争的胜负。用将之道的原则是选贤任能，这不仅是古代军师的用将之道，也是社会的用人之方：

一、重将思维。即十分重视军队的将领工作，了解和统筹部属。《投笔肤谈·军势第七》指出："三军之势，莫重于将。"并且认为："大将，心也。士卒，四肢百骸也。"也就是我们现代所说的"千军易得，一将难求"。

二、选将思维。即注意考察、选拔将领工作。在古代，选将标准有五个。《孙子兵法》中就明确提出"将者，智、信、仁、勇、严也"。这五项标准即使在今天仍有极大的实用价值。

三、用将思维。即选人之后，还要用好人。古人认为，将帅使用的基本原则，就是第一信任和第二放手。要做到"用人不疑，疑人不用"。

古代军师是我国历史上一颗颗璀璨的明珠，他们的爱国主义思想、杰出的军事谋略与高超的指挥能力和军事智慧，是我们需要认真继承和弘扬的中华优秀传统文化遗产，广大读者也能够从中了解和学习我国古代军师那种兢兢业业、追求理想、大智大勇的精神，以及一丝不苟、认认真真学习和工作的高贵品德。

基于以上的认识，我们在20世纪90年代初策划了这套《中国古代军师演义》丛书，从中国古代众多军师人物中撷取十位。因为中国古代军师名录众多，撷取哪些人进入十大军师之中，曾有过不同看法。为了选题的严谨性，我们征求了著名历史文化学者、中国古典文学专家余冠英①先生的意见。

根据余先生的建议，本套丛书精选了十位具有重要历史地位的军师，用演义的文学样式，全面、生动、活泼、形象地书写他们辉煌的一生，书写他们的历史贡献以及丰功伟绩。作家们力求全书人物形象突出，故事性强，具有较强的可读性，能达到思想性与艺术性相结合的高度。

《中国古代军师演义》系列丛书一经上市，就受到广大读者的热烈欢迎。我们也深感欣慰。经历二十余年的沉淀，这套书也经受住时间的考验，在中国文化更有影响力的今天，为了

---

① 余冠英（1906—1995），江苏扬州人。毕业于清华大学，曾在清华大学、西南联大任教。1952年担任中国科学院文学研究所研究员，后又担任文学研究所主任，国家学术委员会主任。曾主编《中国文学史》《唐诗选》等。

更好地适应时代的变化，讲好中国故事，也为中华优秀传统文化的传播贡献一份力量，我们特组织了优秀的编辑老师对《中国古代军师演义》系列丛书进行重新修订、审校、设计，并对封面人物画像、内文插画进行了艺术创作，希望这套全新的丛书能再次给读者朋友带来更好的阅读体验。

阅读军师演义，不仅可以让我们形象地了解、认识、学习中国古代的军事与军师的高超智慧、战略思维、人格品德，帮助我们做好今天的工作，而且可以让我们享受阅读演义过程中的愉悦和快乐。

十卷军师演义的内容十分宽泛，历史材料的收集也繁简不一；书写工程宏大，还要做好取其精华去其糟粕。在塑造典型人物和描绘战事的时候，还要尽量坚持"大事不虚，小事不拘"的原则。因此，书中可能会有些许疏漏与不足，敬请学者专家和读者不吝赐教、指正。

马光复

（编审、国务院有突出贡献专家、中国作家协会会员、北京作家协会儿童文学创作委员会副主任）

2022年4月

目 录
Contents

第一回　遭兵灾兄弟分散
　　　　　遇壶公茅塞顿开

　　孙宾十五岁便丧了父母，跟随大哥、二哥过日子。

　　这时候，他就叫孙宾，改名为孙膑是后来的事。

　　孙宾生在战国时期。那时，东周王室名存实亡，各诸侯国之间征战频仍，规模也越来越大。

　　当时，比较强大的诸侯国有七个：齐、楚、燕、韩、赵、魏和秦。七国互相攻打，互相掠夺，都企图兼并对方。

　　为了使自己的国家能打胜仗，人们就要总结战争的经验，研究战争的策略和规律。所以，当时出现了许多"兵家"。

　　兵家在诸子百家中最吃香、最受国王尊崇，因为他们可以帮助国王赢得战争的胜利。

　　春秋时期有一个大兵家，名叫孙武，据传他是孙宾的祖父。孙武总结了战争的策略和规律，写成了一部我国现存的最早的兵书《孙子兵法》。

　　孙家的祖上本来姓陈，是陈国的公子陈完。因为躲避兵祸，他逃到齐国，受到齐国重用，还被封了一个管建筑的官。后来传至第五世，陈家只剩下了哥儿俩，老大叫陈书，老二叫陈芳。陈书因为带兵伐莒国有功，被齐国国王齐景公赐姓孙，改名为孙书。

孙武是孙书的孙子。

孙武当年被伍子胥推荐给吴王阖闾。他帮助阖闾取得了战争的胜利，但他不愿为官，又回到家乡乐安（今山东广饶县）。

孙武本想把自己对战争的经验传授给儿子孙明，但因孙明不愿学习，也就作罢。孙武晚年离家出走，不知隐居到什么地方去了。

孙明夫妻以种田为生，生活倒还平静。不料在一场瘟疫中，夫妻双双去世，抛下了三个儿子：孙平、孙卓、孙宾。

为了逃避兵灾，孙平哥儿仨由乐安搬到齐国西部的太平坨。

这一年，春旱。

老大孙平发愁地说："照这样下去，明年开春就要饿死人了！"

老二孙卓急得红了眼睛，拍着大腿骂天："这里不养爷，定有养爷处。咱们还是挑起行李逃吧！"

老三孙宾一向沉默寡言。他望着发愁的大哥和暴跳如雷的二哥，慢慢地说："哥，俗语说'大旱不过六月十三'，我想老天决不会半年不下雨的！"

孙卓吼道："你就知道读书，人都读傻了！六月十三以后再播种，还能打多少粮食呀？！"

孙宾说："如果我们逃荒，一是不知去哪里，二是等到了那里，安顿好了，就更误了农时，连一粒粮食也不能收获了。所以，逃荒不是个好办法。"

孙平想了想，觉得三弟说得也对，便说："好，那咱们就等吧！反正天塌大家死，太平坨这里也不光我们一家。如果今年播不了种，就等来春再逃吧！"

孙宾说："大哥，我想今春干旱，秋后必然雨水大。不如我们先去打柴，过冬时也不至于着慌呀！"

孙平点点头说："也好。二弟和三弟去北山打柴吧！我在家修修牛棚，过午我套车去北山拉柴。"

孙卓听了焦躁不安地说："我没闲心情去打柴！"说完，甩手走了。

孙宾只好自己拿了镰刀、斧头和绳索向北山去了。

北山遍生荆棘和松柏等杂树。山虽不高，面积却不小，绵延起伏，横卧在离太平坨十里以外的地方。

孙宾来到山前，没有歇着就用镰刀割起荆棘来。因为天旱无雨，荆棘丛干枯扎手，只能一下一下小心翼翼地割。

和二哥孙卓不同，孙宾很有耐性，不管多么难做的活计，他总是那么不紧不慢地做，从不着急。二哥送他一个外号"三老蔫"。

孙宾不抬头地割，转眼已经到了中午。割着割着，突然一只野兔从荆棘丛中窜出来，向山顶跑去。

孙宾这才抬起头，野兔藏在草丛中不见了，却见太平坨上空浓烟滚滚。

孙宾想：这是谁家失火了？

他有心再继续砍柴，可心中却不平静了。他看自己砍的柴已不少了，便收拾好镰刀、斧头，然后用绳索捆了背起来，向家中走去。

他离太平坨越来越近了，而这时村庄上空的浓烟也渐渐地散去了。他一进村，大吃一惊。

村庄里有几家的房子已被火烧毁，村中的牛马一头也不见了。村里出奇的静，静得有点可怕。

孙宾走近自己家一看，房屋被烧毁了，老黄牛不见了，大哥和二哥也不知到哪里去了。他急忙跑出来，进了邻家。邻家的房屋没有着火，但院子里却横着三具尸体。一个白发老太太哭得哑了嗓子，向他慢慢招手。

孙宾走过去，扶起老太太，哭着问："老奶奶，村里出了什么事？"

白发老太太眼睛里没了泪，似乎在吃力地说着什么，却又听不清她究竟说的是什么。

孙宾明白村中遭了灾，但不知是因为什么引起的。他把老人家扶进屋子里，老人仍摆着手吃力地说着什么。因为实在听不明白，孙宾在安慰了老人一番后，就出来了。

孙宾进了另一家，这家的房屋也没着火，但院子里却一片狼藉，进屋里一看，躺着的也是几具尸体。

孙宾又出来，挨家挨户地走，家家都有死尸，大多是老人、妇女和婴儿，一片惨不忍睹的景象！

孙宾揪着心，含着泪，站在街中心不知所措。大哥、二哥活不见人，死不见尸，更使他又难过又着急。

过了许久，村中有了声音。十几个壮年汉子回来了，他们见了孙宾，吃惊地问："三老鸢，你躲到什么地方去了？你大哥和二哥呢？"

孙宾说："我到北山去打柴，见村庄上空有浓烟，就回来了。村里出什么事了？"

壮汉们都听明白了，便对他讲述了上午发生的事。

原来，孙宾刚刚来到北山打柴的时候，村中突然来了几乘战车和一支马队。这些兵一进村就抢牛抢马，谁反抗就杀谁，所以大多数青壮年都跑了。这些兵临走时又放火烧了村庄。

孙宾问："你们知道他们是哪里的兵吗？"

一个汉子说："听说是魏国的兵，他们去攻打燕国，吃了败仗路过这里。"

村庄遭了劫难，两位哥哥不知去向，孙宾悲伤地回到家中，在一间未完全烧毁的牛棚里住了下来。

孙宾一连等了三天，仍不见两位哥哥回来。

天这么旱，已经错过了播种季节，又遭了兵灾，村里的人都陆续逃走了。几天工夫，太平坨村就没人了。那个白发老太太恐怕连累家里人，悬梁自尽了。

村子空了，孙宾觉得再待在这里已无法生活，于是，只得怀着怅惘的心情离开了家乡。

孙宾背着被褥，漫无目的地走着。他听说阿城（今山东阳谷县阿城镇）和鄄城（今山东菏泽鄄城县）都是繁华的地方，便决心到那里去，想着给大户人家做些杂活，或许能赚口饭吃。

他一路走着，身上带的几个钱很快就花光了。于是，白天他讨要着吃，夜里就寻个破庙或柴垛睡觉。

这一天，他来到一个很大的村庄，见一个大户人家的门楼很气派，就来到跟前，打算讨要一些残羹剩饭。

谁知天气突变，倾盆大雨竟从天而降，孙宾慌急中，只得躲到了门楼檐下。

大雨一直下到天黑，孙宾不能走，也不敢敲门讨要，只好在门楼檐下坐着。

早晨，大户人家的家奴出来开门，看见了坐在门楼檐下睡着的孙宾。家奴不知是什么人，就禀告给了主人。

主人姓曹，叫曹东元，年纪在五十开外。此人很善良，常常在荒年救济灾民。今天他听家奴说有一个穷后生睡在门楼檐下，心中立刻生出怜悯之情，就亲自出门来看。

他喊醒了孙宾。

曹东元见孙宾中等身材，浓眉大眼，虽衣服褴褛、面色无华，却透出一股英气，便问："小后生，你姓什么叫什么，因何来到此地？"

孙宾彬彬有礼地回答："在下姓孙名宾，家在太平坨。只因家中遭了兵祸，这才远走他乡，求个生计！昨晚遇雨，只得在此躲避，望老伯不要见怪！"

曹东元见孙宾知情达理，心中喜欢，便说："小后生既然没有一定去处，那就请到家里一叙吧！"

孙宾真是求之不得，立刻说："多蒙老伯不嫌弃，在下就打扰了！"

曹东元把孙宾领进家中，让下人给他打水洗脸，又给他换了干净衣服。

常言说，"人靠衣服马靠鞍"，经这样一打扮，孙宾立刻显得英俊多了。

接着，曹东元又让人端上饭菜，让孙宾吃了。二人便又谈起话来。

孙宾自幼读书，天性聪颖，知识丰富，所以和曹东元谈起话来，很是得体。曹东元心中更加喜爱。

此村名叫曹林驿。曹东元是村里的首富，他祖辈以贩卖绸缎为生，慢慢发了家。曹东元夫妇膝下只有一女，名婧竹，今年十五岁，生得非常美丽：苗条的身材，眉清目秀，眉宇间有一黑痣，大眼睛，双眼皮，白润透红的脸庞，朱唇皓齿，一笑两腮露出酒窝。方圆十几里都知道曹家有一个美女。

婧竹不但貌美，而且天资聪慧，能诗能画，满腹文采。不少大户人家的公子哥儿都想娶她，而婧竹呢，却自视清高，不入俗流。她一不爱权势，二不爱富贵，也从不把那些公子哥儿们放在眼里，因此提亲之人虽踢破门槛，却都被曹东元婉言谢绝。

一天，有一个齐国大夫的家臣派一个很会说话的媒婆来提亲，却遭到婧竹的拒绝。

媒婆很恼火，便说："听说婧竹姑娘满腹文采，我现在说一首三字同头、三字同旁的诗，请姑娘对答如何？"

媒婆是想难为一下婧竹，让她丢丢面子。

婧竹笑笑说："愿意奉陪！"

媒婆便说：

> 三字同头官宦家，
> 三字同旁绫绸纱。
> 为人欲穿绫绸纱，
> 必须嫁给官宦家。

婧竹听了微微一笑，立刻反驳说：

> 三字同头屎尿屁，
> 三字同旁秣秫稷。
> 家犬光吃秣秫稷，
> 难怪放出狗臭屁。

媒婆一下子被羞红了脸。她没有想到，温文尔雅的婧竹，对她竟会如此尖刻泼辣！于是，她只好红着脸走了。

从此，前来提亲的人便越来越少。

孙宾和曹东元谈着话，抬头见墙上有一幅画，便问："此画出于何人之手？"

曹东元说："此画出自小女婧竹手笔，莫非有什么不足之处？"

孙宾说："我只会旁观，不会作画。我想，此类山水画，须是有水即有源、有屋必有路才是！"

刚说到这里，婧竹挑帘闯进来，连说："多谢公子指点！多谢，多谢！"

孙宾站起来，急忙还礼，说："小姐过谦了！在下只是随便说说而已。"

这时，曹东元的夫人也跟了进来，说："小女一向娇生惯养，不懂礼貌，望公子莫要见笑！"

孙宾说："伯母说哪里话！小姐直爽开朗，实在可嘉！"

说着话，他望了婧竹一眼。谁知婧竹也正望着他，他不禁红了脸，低下头来。

当天，曹东元让人打扫了西厢房，留孙宾住下了。

孙宾没有去处，只得顺从。

一连几天，曹东元对孙宾以礼相待，十分友善。孙宾没事，坐在屋里难耐，就出门闲逛。

曹林驿村西有一座古庙。这一天，庙门前一棵古槐下坐着一群人，正在听一个白胡子老头讲故事。

孙宾信步走了过去，只听老人正在说："苦苦苦，不苦如何通今古？"说罢，他站起身来，听的人也跟着站了起来。原来，这老人已把故事讲完了。

眼望着大家都走了，孙宾也扫兴地转过身。不想，那白胡子老头倒喊住了他，说："公子，你大概是外地人吧？"

孙宾站住，说："正是。不知老人家如何看出来的？"

白胡子老头说："我不仅知道你是外地人，而且知道你叫孙宾。"

孙宾有些奇怪，便问："老人家如何得知？"

老人笑笑说："曹林驿的事情，岂有我不知道的？现在曹东元对你以礼相待，你打算长住下去吗？"

孙宾一时回答不出来。

老人又问："长住下去，你想做什么呢？"

孙宾被问得哑口无言。

白胡子老头笑了笑，说："请到庙中坐坐，好吗？"

孙宾欣然同意。

二人来到庙中。院内树木蔽天掩日，阴森森的，孙宾有些害怕。他紧随着老人走进一间屋子，屋里点着灯，倒显得十分亮堂。

老人让孙宾坐下，久久地望着他。孙宾有些尴尬，一时找不出话茬儿，便问："老人家，你老不是出家人，如何住在庙中？"

老人笑笑说："我在这里已经住了五十年，这里就是我的家。我是受一位老先生所托住在这里的。"

孙宾又问："老人家高寿？"

老人微微一笑说："不多不少，整一百。"

孙宾望着老人红润的面色，暗暗称奇："真是好身体呀！"

沉默了一会儿，孙宾想：既然把我引进庙来，老人必有话说，可是他为什么不说呢？

于是他又找话茬儿说："老人家刚才在庙门前给大家讲的什么故事啊？"

老人说："讲孙武练兵的故事，讲他学习兵法、写作兵书，不怕苦难、不怕失败的故事——当年，我跟他一起到吴王阖闾那里，帮他打败了越国。大功告成后，我们一齐离开吴王。孙武把自己的兵书十三篇，留给了吴王。可惜呀，夫差继位后，偏信谗言，杀害了忠良伍子胥。吴国灭亡后，那部兵书也不知落到谁的手中了！"

孙宾听老人提起了爷爷的名字，不禁一惊，差点儿叫出声来，但他还是平静地问："老人家尊姓大名？"

老人听了哈哈大笑，说："小公子是在审问我吗？"

孙宾急忙站起来打躬说："在下不敢。只是随便问问，多有得罪了！"

老人正色道："小公子不要多礼，我实无姓名，人都称我为壶公。我为人画符治病，百灵百验，人称壶公符。除此之外，便再没有济世本领了。"

孙宾暗暗点头。

壶公说："小公子追问我半晌，我只问你一句可以吗？"

孙宾说："老人家请讲。"

壶公问："你可是孙武之后？"

孙宾不敢隐瞒，回答说："他正是在下先祖。"

壶公哈哈大笑说："这就对了。昨日我听说曹东元家来了一个叫孙宾的人，便一下子想起了孙武。今日见你的面容，正和你祖的容貌相似，因而断定你是他的后人！"

二人谈了许久，壶公说："这曹东元是当地善人，他对你一定错不了。可是依我看来，你有先祖灵气，日后必有大的作为，不宜久居于此！"

孙宾说："我实在没有去处，所以暂且安身。现今，我的两个哥哥不知下落，我很想找到他们啊！"

壶公摇摇头说："天下如此之大，你到哪里去找？凡事都有一个缘分，所谓'有缘千里来相会，无缘对面不相逢'，世间聚散都有定数。应该相逢时，不用去找，就能见到了。一切听凭自然吧！"

孙宾点头称是，说："只是目下没有一个好去处！要不，让我来庙内侍奉老人家！"

壶公又笑了，说："山野之躯，哪有被人侍奉之福！我没有大能耐，画符消灾济世，不过是雕虫小技罢了。像公子你这样的人，正应学些大本领，为国报效才对！"

孙宾沉默不语。

壶公又说："我认得一位老先生，乃世外高人，二十年前，我想拜他为师，他含笑不允，说我不是材料。同时，又让我替他发现人才，发现了就推荐给他。这个古庙就是他的，他走时交给了我。你是孙武之后，正是他求之不得的人才，所以我想把你举荐给他，不知小公子是否愿意？"

孙宾说："不瞒老人家，我自小就立志学习兵法，怎奈未有长进。今日蒙老人家举荐，十分高兴。只是在下才疏学浅，恐怕老先生看不中！"

壶公说："不妨。那位老先生眼明心亮，见你不行，会立刻告诉你的，决不会误你前程。他若看不中，你就回来找我，我将平生所学都教给你就是了！"

孙宾点点头，又问："不知那位老先生尊姓大名，住在什么地方？"

壶公说："提起此人，华夏无人不晓，他就是别号鬼谷子的鬼谷先生。他现今住在清溪山。我写一举荐信，你拿着去找他便可！"

孙宾听了很高兴，便要拜辞出庙。壶公说："不要忙，我现在就写举荐信，明天你就找不到我了！"

接着，壶公写了举荐信，交给孙宾。孙宾收好，便向壶公告辞。

正在着急的曹东元一家见孙宾回来了，忙问："小公子到哪里去了？怎么到这时候才回来？"

孙宾如实相告。

曹东元说："那壶公可算世外异人，常年为人治病，串市卖药、画符，百灵百验。他卖药口无二价，遇上穷人还分文不取。还有人传说，他云游天下时，背着一个壶，夜间就跳进壶中睡觉。他轻易不到庙中来，今日你能见到他，很不容易呀！"

接着，曹东元让人摆上饭菜。孙宾吃完了饭，回到屋里，思考着如何向曹东元一家告别。

正在这时，曹东元进屋来了。

孙宾问："老伯有什么吩咐？"

曹东元说："小公子，你到这里已经三四天了，我们老夫妻都很喜欢你。尤其是我的宝贝女儿对公子十分倾心，我们夫妻俩也很愿意。我一生无子，只有一个女儿，如果你肯与小女成婚，就可以代子之劳了！不知公子意下如何？"

孙宾听了这话，实出意外，既不好拒绝，也不好答应，一时竟为难起来。

　　他已经把家中情况跟曹东元讲了。不过，他只说了两位哥哥不知去向，父母已经过世，但并没有提起他爷爷孙武的事。

　　孙宾心想：壶公让我去清溪山找鬼谷先生学艺，曹东元叫我留下做他的女婿，这该怎么办呢？留下来做曹家的女婿，不但可以过安稳的日子，而且还可娶一个漂亮姑娘，这是别人求之不得的事。如去清溪山学艺，那就不一定什么时候回来了，婧竹姑娘怎么能等呢？大丈夫应以立业为本，不应只图安乐。再说，那壶公已经写了举荐信，我若不去，岂不是对人没有信义？！

　　想到这里，他毅然对曹东元说："老伯，你的话如果在昨天说出，我也许会答应。可是今天，我已经答应了壶公。"接着，又对曹东元讲了壶公的事。

　　曹东元知道了孙宾就是大兵家孙武的后代，心中更是高兴，便说："这也好，公子可以先去学艺，小女等候你归来就是了！"

　　孙宾说："老伯，我身入山中学艺，一要专心，二要立志，别无旁顾。再说，学艺不知要到何年何月，这样岂不误了小姐的终身大事？"

　　曹东元正在犹豫，婧竹和母亲一同走了进来。

　　婧竹说："公子，你尽管去深山学艺，我愿终生等候！"

　　孙宾见婧竹这样说，又为难了。他说："我如果答应了小姐，心中便生牵挂，这样于你于我都不利呀！"

　　婧竹说："只要公子应允，公子便只管前去，更不必牵挂！"

　　曹东元的夫人也说："百家提亲，我家闺女皆不中意，只看好了公子。你如果不答应她，恐怕使她太失望了！"

　　孙宾见一家人都这样说，婧竹又是这样大方和真诚，只好点头说：“承蒙错爱，在下应了就是。”

曹家三口听孙宾应了亲事，如一块石头落地，心中踏实了。

当晚，曹东元备了丰盛的饭菜，一则为了庆贺，二则为孙宾饯行。全家的仆妇老幼也都十分高兴。

第二天，孙宾打点行李，曹东元又给他备了足够的盘资。

婧竹依依不舍地将他送出村庄。孙宾说："婧竹姑娘，你回去吧，好生照料伯父伯母。我到了清溪山就不一定能回信了，不要惦记我！"

婧竹此时倒显得拘谨了，她什么话也说不出来，只是悄悄地落泪。

孙宾走出老远，扭头望望，只见她仍站在山坡上向他招手。

霞光染红了婧竹，她石雕般的身形深深印在了孙宾的心间。

第二回　入云梦孙宾中毒
　　　　　　卧神龟蛇女相救

　　太阳升起的时候，孙宾已走进大山中。山顶上落下来的泉水砸在石板上，发出震耳之声。山谷中绿草红花，蝴蝶纷飞，松柏成荫，葛荆穿缠，犹如天然的帐篷。

　　孙宾走在山谷中既觉得心气舒畅，又觉得孤寂胆怯。这里太安静了，竟连一声鸟鸣虫叫都没有。

　　时过中午，孙宾只觉得腹中甚是饥饿，便寻了一块山石坐下，解开包袱，取出一块干粮，大口大口地吃了起来。吃完了干粮，他又觉得口渴，见前边有一清泉汩汩流淌，便跑过去俯身喝了，顿觉遍体清爽，精神为之一振。

　　孙宾吃饱喝足，收拾包袱，打算接着走。不料，包袱里露出用黄细链穿着的一块心形的碧玉，在它的正面刻着一幅画：一条小溪从山中流出，大树掩映着几幢房屋，一个妙龄少女倚树凝望。

　　孙宾一见此物，便知是婧竹偷偷放在包袱里的，心中顿生一种眷恋之情。

　　他将碧玉套在脖颈上，暗想：她是一个多情而美丽的姑娘，我要深深记着她，不枉她对我的一片真情！

孙宾打好包袱，急急上路。走不多远，他只觉得头重脚轻，迈步也很吃力，勉强走了几步，心跳头晕，周身冒出冷汗，终于晃晃悠悠地躺倒在地上。

不知过了多久，孙宾觉得浑身冰凉，心中也清爽了许多。他睁开眼睛，只见这里黑洞洞的，四下皆是石壁，石壁上青苔很厚，向下滴着水珠。再仔细看，身旁坐着一个青衣女子，她明眸皓齿，面白如玉，正笑盈盈地望着他。

孙宾不知这里是什么地方，也不知身旁坐着的是什么人。他急着想坐起来，可没有坐稳，觉得身下冰凉光滑，一侧身就跌在了地上。他爬起来，抬头一看，原来他站在了一个大龟跟前。那龟的头一伸一缩，两只眼睛如灯光闪烁。

孙宾好害怕，拔脚便跑，却找不到出口。

那个青衣女子望着他"咯咯"笑起来。

孙宾转回身，对青衣女子恳求说："大姐，请指一条路径，放我出去！"

青衣女子微微笑着说："你还没有感谢我呢，就这样离去吗？"

孙宾突然明白，他走在山谷中的时候，觉得一阵眩晕，就什么也不知道了，一定是这位大姐救了自己。于是，孙宾便躬身下拜说："承蒙大姐相救，在下不胜感谢，但不知我是怎么来到这里的？"

青衣女子说："这一片大山叫云梦山，山中虽然草木繁盛，青泉幽幽，却没有鸟兽，更没有人居住，所以显得十分安静。"

孙宾问："这是为什么呢？"

青衣女子继续说："云梦山的主峰上有一蛇丘，有各种毒蛇。此外还有毒泉，人兽若饮了，三五日内也必肿烂身死。所以这云梦山之中，已经绝了人迹、鸟兽。山中还有一种无毒的大蛇，它专食毒蛇充饥，食饱之后，头就垂下，从嘴里流出涎液。这些涎液也有剧毒，人兽吃了沾有这种涎液的树叶、果实或青草，也会中毒……"

孙宾听得毛骨悚然，暗想：这里简直是毒蛇的天下！

他突然问："既然是这样，大姐怎么来到这里的呢？"

青衣女子垂下黑茸茸的睫毛说："十年前，因为战乱，父母及姐姐都死了。我逃进云梦山中，因为饥饿，吃了松果，喝了山泉水，只觉心中难受，在山上乱爬，所幸掉进这个山洞，而且正好落在神龟的背上。这样过了一天一夜，竟然好了。当时，我也不知为什么。出了山洞之后，我碰上了一个姓墨名翟的人。这个人立誓终身不娶妻室，云游天下，以济人利物为本。他告诉我，这只神龟不是凡物，乃是当年大禹治水所留。当年大禹治水，导引疏流时，黄龙摇尾在前，玄龟负青泥在后。大禹为答谢玄龟之功，特将它封为神龟。大禹死后，神龟就住在这里了。"

孙宾问："难道大姐也住在山洞之中吗？"

青衣女子仍微笑着说："不，我住在山左柴庵之中。我以清泉、松子为食，一晃已过了十年。如果你愿意留在这里，我当然十分欢迎，也不枉我救你一场！"

孙宾好奇地问："那么大姐不怕蛇毒吗？"

青衣女子咯咯大笑说："俗语说，'入芝兰之室久而不闻其香'，在毒山中待久了自然就不怕其毒了。再说，我每月都要在神龟背上卧上一天一夜，体中之毒也就全都消解了！"

孙宾暗暗点头，说："在下要去清溪山鬼谷峪找一位高人，学习兵法，以承祖业，所以还请大姐放我出洞！"

青衣女子听了，很不高兴地说："你要寻找的那位高人，一定是鬼谷子了！"

孙宾一惊，急问："正是。大姐怎么知晓？"

青衣女子说："那云游到这里的墨翟是一个很有学问的人，也是一个心灵手巧的人。他主张人不分贵贱，反对只允许周王及诸侯祭天。他说：'官无常贵，民无终贱。'认为凡是人都应'兼相爱、交相利'，因此他反对欺压和侵略。他的徒弟遍天下，徒弟们个个言行一致，分财互助，有自我牺牲的精神和严格的纪律。"

孙宾说："大姐好像对鬼谷先生有些不满！"

青衣女子说："这很对。但我未曾见过他，只听墨翟说要前往清溪山鬼谷峪去劝说他。"

孙宾问："劝说他什么呢？"

青衣女子说："听说鬼谷子是一个兵家，他研究的是打仗，讲的是用兵。大国为了兼并弱小国家，倚仗兵强马壮，倚仗有一个兵家当军师，就可以为所欲为，根本就没有什么平等和公理可言。鬼谷子教的学生们，心里就只想着打仗。所以，我反对他，墨翟先生也要去劝阻他。打仗太残酷了，我一家人都因战乱而丧了命。天下人只为打仗，你争我抢，受苦受难的是老百姓啊！"

孙宾听了青衣女子这一番话，心想：自己的爷爷就是一个兵家，自己也立志学习兵法。这难道是错的吗？

他默默无语，低头沉思，不敢说出自己的想法，更不敢道出爷爷的姓名。

青衣女子望着他说："我明白，你去找鬼谷子无非是想跟他学兵法，将来成为一个兵家。你可知道，兵家就是打仗，打仗就要坑害百姓。我好心好意救你性命，却放你去做一个兵家，坑害众生，我怎么不伤心呢！"

孙宾听了，心潮翻腾，一句话也说不出来。

青衣女子说："我见你眉清目秀，文质彬彬，不像是黑了心肠的人，所以才救你。你不说我也知道，你心中正七上八下拿不定主意呢！好了，这山洞不是久居之处，我们先出去吧！"

青衣女子站起身，轻盈地拉着孙宾的手，向黑暗中走去。孙宾觉得她的手光滑柔软而且凉丝丝的，心中一阵惬意。

不知青衣女子用手撞了一下什么地方，山洞立刻露出一扇门。二人出了洞，青衣女子又回身用手轻轻一撞石壁上的一块巨石，"咕咚"一声，巨石下落，封住了洞门。

孙宾觉得太神奇了，便问："大姐，当年你不是无意掉进洞中的吗？你怎么知道这里的暗门？"

青衣女子咯咯笑了，说："当年顶上是有个洞的，这都是墨翟的安排。他心灵手巧，又心地善良，为了保护神龟，也为了我，设计开凿了这个石门暗锁后，就把顶上的洞用石头盖住了。"

走出山洞时，正巧一轮红日冉冉升起，把大山照得绚丽多姿。群峰起伏如海浪奔涌，树木郁郁葱葱，树下绿茵如锦，好一派壮美景象！

孙宾揉了揉眼睛，再看青衣女子，只觉得她更加亮丽生姿，楚楚动人。她身材细匀，走路轻盈，真如仙女临凡。

二人不言不语，来到一座由几株古松掩映着的木制房舍前。只见房舍四周有用松枝搭成的围栏，小院中有石桌、石几、石凳，而窗前的山花正散发着诱人的芳香……

青衣女子领孙宾来到院内，说："这就是寒舍，请公子不要见笑！"

孙宾由衷赞美说："如此幽静之地，求之不得，怎叫寒舍？"青衣女子让孙宾坐在石凳上，自己进屋去了。孙宾抬头观望，只见木屋成方形，顶和四壁全由松柏搭成，前廊的立柱上还刻着许多蛇形花纹。

孙宾正看着，青衣女子走出房来，手中端着陶制的盘子，盘中有两个陶盏。她将陶盏轻轻放在石几上，然后转身走到灶旁，取火燃柴，烧起水来。不多时，水开了，青衣女子在每个陶盏中倒上水，说："公子请饮吧！"

孙宾端起陶盏要饮，忽又想起了什么，说："大姐，这水中难道没有蛇毒吗？"

青衣女子说："当然没有了，这水已经被解毒草滤过，所以没毒了！"

孙宾放心地饮着，嘴里赞美着立柱上雕刻的那些蛇形花纹。

青衣女子又笑着说："这哪里是什么雕刻，而是金环蛇伏在那里啊！"

孙宾心中又是一阵害怕。青衣女子说："一近中午，它们就会爬走，它们是不会轻易伤人的！"

孙宾说："这样说来，大姐与这些毒蛇相安为伴了！"

青衣女子脸上现出一丝悲凉，好久才说："我已经无家可归了，所以住在这里偷生。我何尝不愿与人为伴呢！"说着，便用饱含情意的眼睛看着孙宾，把孙宾看得低下了头。

突然，孙宾想到了晚上的住处，便问："大姐，在下今天就要走了，不知大姐还有什么指教？”

青衣女子心头一震，说："为什么这样着急去寻鬼谷子呢？暂且住些时日，我还有话说呢！"

孙宾说："在下住在什么地方啊？"

青衣女子说："寒舍虽小，尚有二室，足可供你容身！"

孙宾想了想，又问："不知大姐贵姓芳名，贵庚几何？"

青衣女子说："我还未问公子大名呢，权且先说说我的家事吧！我姓徐，名巧秀，墨翟临走时赐名蛇岐子。他对我说：'你可采云梦之草，研究防治蛇毒的丹丸，以济世利民。'他还说将来可入无极之门，游无极之野，与日月参光，与天地为常。他的话，我有的同意，有的却没有勇气去做。"

孙宾问："不知大姐哪些同意，哪些没有勇气去做？"

蛇岐子说："我愿终生采云梦之草，研制防治蛇毒的丹丸，以利世人。但没有勇气游无极之野，入无极之门，与日月天地同寿！"

孙宾喝了一口水，又问："为什么呢？"

蛇岐子说："因为我以为人活着，做一件有益于众生的事是完全应该的；人死了，只有事业有人接替，并且一代一代传下去，才是最美好的！"

蛇岐子说到这里，不由流露出一种浓浓的温情。

孙宾很明白她的心意，便故意岔开话茬儿说："我只是问大姐了，在下的情况还没有告诉大姐呢！"

蛇岐子笑笑说："当然愿意知道。"

于是，孙宾把自己的一切都告诉了蛇岐子。

蛇岐子听了点点头说："我们都是因战乱而丧家呀！当年我刚刚八岁，转眼在这云梦山中已过了十年。我比公子长两岁,看来你叫我大姐是很对的了。"

孙宾说:"不。你不仅是大姐,而且是我的救命恩人,在下终生不忘大恩!"

蛇岐子笑笑说:"不必这么客气。这就是缘分,如同上天安排一样。使我吃惊的是,你原来是大兵家孙武的后代,这是我没有想到的呀!难怪你非要去找鬼谷子学兵法!"

孙宾刚想要说什么,蛇岐子却接着说:"天到中午了,我们该吃饭了。"说着,起身进了屋里,不一会儿出来说,"公子,你且进屋休息休息,我来做饭。"

孙宾并不推辞,随蛇岐子进了屋。

屋里的摆设很简单:一张石床上放着素色黄花的被子和绿色的枕头,旁边有一石桌,桌上有几件陶器,但不知里面装的是什么。

另一间屋子的门紧闭着,蛇岐子没有开,孙宾也不便打听。

屋里散发着馨香,令人昏昏欲睡。

孙宾实在觉得累了,蛇岐子便让他躺在石床上休息。

蛇岐子出去了,孙宾想:这真是如同做梦一样。在曹林驿,遇上了曹东元这么一个好人和他的女儿婧竹姑娘。姑娘真诚地向他倾诉爱慕之情,并赠他信物,寄托终身。这一切还没容他细细品味,又走进了云梦山,误饮泉水,险些丧生,多亏了蛇岐子相救,才糊里糊涂来到了这里。

想起当初离家出走,本是为逃荒和寻找失散的两位哥哥,后来在古庙中遇到壶公,才使他改变了原来的打算。

孙宾自小就立了学习兵法、继承祖父遗愿的志向,只是如果不遇到壶公,也就不知道去找鬼谷先生了。

婧竹的温情，曹家的富裕生活，没能改变他的初衷；现在他又遇到了蛇岐子，她反对自己学兵法，反对自己将来成为一个兵家。难道这是天意不让我实现自己的志向吗……

孙宾想了许多许多，在不知不觉中睡着了。

等他一觉醒来，望望窗外，已经月到中天。他急忙坐起来，走到屋外，屋外月光明亮，如同白昼。蛇岐子静静地坐在石凳上，脸朝明月，似乎正在凝思。

孙宾说："大姐，怪我睡着了，让你久等了！"

蛇岐子扭过头，微微一笑，说："公子，我故意这样安排的。我知道你太累了，所以让你休息。你什么时候醒来，咱们就什么时候吃饭。这样，我们便可借着月光长谈一夜，难道不好吗？！"

孙宾很感动，便说："难道大姐就不睡觉了吗？要不你去睡觉，我在院中守着。"

蛇岐子摇摇头说："不必了，我在这里黑夜和白天是同样重要和同样不重要的。这一夜，是我长这么大以来最难得的一夜，让我们借着月光畅谈畅谈吧！不然，明天你一走，就不知何年何月再相逢了，也许再也见不着了！"

孙宾望着月光中的蛇岐子，听着她真诚的话语，不由被深深地感动了，于是他说："大姐盛情挽留，在下并非草木之人，只是我……"

蛇岐子说："好了，我已经想明白了。明天日出，我送你出山就是了！"

孙宾很惊讶地问："难道大姐愿意我去学兵法了吗？"

蛇岐子很冷静地说："在你睡觉的时候，我想了许多，我不愿意强人所难。相见是缘分，如果结为夫妻那更是缘分。世间事还是任其自然的好，所以，我也不愿改变你决意学兵法的志向。你的爷爷孙武当年助阖闾重整吴国，那也是一种壮举。后来他功成而退，也不失为明智之举。墨翟先生也不是一味地反对战争，他也说'战有义与不义之分'，他反对的是不义的战争。当年楚王欲攻宋国，请公输般造云梯准备攻城。墨翟先生听说之后，急行入楚劝阻，走了七天七夜，终于赶到楚国。楚王不听劝告，以公输般的攻城云梯相要挟。墨翟先生解带为城，以牒为械，令公输般攻之。公输般变换着方法攻城，都没有攻破。楚王大怒，要杀墨翟先生。墨翟先生微笑着说：'你杀了我，也攻不下宋城。我的三百多徒弟早做好了准备，他们都学会了我的守城之术。'楚王无奈，只好放弃了攻打宋国的行动。墨翟先生以自己之智勇制止了一场不义的战争。"

孙宾拍手叫好说："墨翟先生难道不是一个出色的大兵家吗？！"

蛇岐子说："所以，我希望你将来成为一个有正义感的兵家。以正义之战消灭非正义之战，使天下苍生得以平安！"

孙宾拱手说："谨遵大姐教诲。孙宾一定要成为一个正义的兵家，不负大姐厚望！"

蛇岐子说："但愿如此。来，咱们吃饭吧！"

蛇岐子把饭菜放在石桌上，饭是榛米做的，清香扑鼻；菜呢，晶亮剔透，宛若一朵怒放的鲜花。

孙宾不知，便问："大姐，这菜是什么做的呀？"

蛇岐子说："这是云梦山中最好的东西，称为木芝。它长在石穴中，状如莲花，夜间放光。据说，它千年才长出一朵，人吃了可以寿活千岁。今天就奉献给孙公子吧！"

孙宾听了十分感谢，站起来说："大姐对我太好了！"

蛇岐子说："但愿你将来成为一个有正义感的好兵家，这样，我也算没有看错了人！"

孙宾又连连表示感谢。

蛇岐子说："快吃饭吧！一切都要以行动来证明！"

二人吃完饭，又继续谈天说地、议古论今，同时也各自谈起了童年生活。不知不觉间，东方发白，接着天就大亮了……

孙宾背上行李，蛇岐子领着，一直把他送出云梦山。

到了山下，孙宾有些依依不舍。蛇岐子却说："大丈夫生于天地之间，要敢作敢为，不要优柔寡断。为了你追求的志向，毅然地去吧！"

孙宾向蛇岐子恭恭敬敬地鞠了三个躬，然后转身离去。

第三回 清溪山鬼谷收徒
邹家埚桑君纳女

孙宾走了半个月，进入清溪山。

他遇见了一个砍柴的樵夫，便问："老人家，可知鬼谷峪怎么走？"

樵夫瞅瞅他问："你从什么地方来？"

孙宾说："云梦山。"

樵夫说："难怪你不知情。那云梦山离此很远呢！"

接着，老樵夫告诉他："这清溪山天下人人都知，可是这鬼谷峪外人就不知道了。我住在山下，经常来山中打柴，可也很少到鬼谷峪去，因为山路实在难走。我若不告诉你，你也一定难找！"

孙宾连连致谢说："承蒙老伯指教！"

樵夫用手指着说："你看，在云雾缭绕的群峰中，那一个又高又细的山峰，叫天柱峰。走到天柱峰下，可以看到雷池，池水很深，不能涉过，可抓住藤条悠荡过去。再前行，是一片瀑布，在它后边有一个能容一人行走的山洞。穿过那个洞，就是鬼谷峪了。那里山深树密，非人所居，因此叫鬼谷峪。"

樵夫说完，孙宾再次向老人家道了谢，这才沿着山径，爬坡越梁向着天柱峰而去。

看着天柱峰并不甚远，可是走起来却觉漫长。他一峰一梁地爬着，不知过了多少峰峦，才来到了天柱峰下。

此时日头偏西，他实在累了，便坐下来歇息，解开包袱捧出蛇岐子让他带上的松子和榛米，慢慢地吃着。吃完后，他又觉得口渴，见四下皆有泉水，可是不敢饮，恐怕再发生云梦山中那样的事情。

天柱峰上尖下粗，像一柄石锥插入青天。孙宾站起身，绕过天柱峰，忽听得天外传来巨响，寻找了半天，才见草丛中升腾出一片热气，俯身下视，见底下沸水生花，同时发出声响。

孙宾心想：这大概便是雷池了！

果然，要过这片水，只能靠抓着藤条悠荡。

藤条从山崖上垂下，像一条条巨蛇，饮着雷池中的沸水。

孙宾想起云梦山中蛇岐子小院里立柱上的蛇，不禁又有些心悸，他先用脚踢了踢，然后又用手抓住一条试了试，这才相信这一条条确实都是藤条。于是，他选了一条粗壮柔韧的藤条，双手抓紧，双脚用力蹬了一下石崖，身体立刻腾起来，一下子便悠荡到了对面，轻轻落在了石崖上。

他继续前行，转过悬壁，虽看见了一片从天而落的瀑布，却寻不见樵夫所说的那个山洞。

在瀑布后边待久了，他感到实在冷了，于是，便下意识地抱着肩膀，抬头望着水帘。这时，他突然得到了一个意外的惊喜：原来，石洞就嵌在石壁上方！

石洞里漆黑一片，孙宾小心翼翼地向里边走着，一步一步，大约走了一个时辰，前方才出现了亮光。

孙宾出了石洞，放眼四望，除了遮天蔽日的树木外，没有一间房舍。孙宾沿着石阶走下去，一直来到谷底。谷底下是毛茸茸的杂草和山花，幽香扑鼻。

孙宾心想：啊，这里真是世外绝地呀！

此时，太阳已被西边的悬崖挡住，谷中呈现出一片暗红的颜色。

孙宾在谷中走着，忽听一个声音高叫："何方竖子，偷入谷中？"

孙宾一惊，正欲四下寻找时，一个比他年纪还小的人已站在自己身前。

孙宾忙说："小师父，鬼谷先生可在这里？"

来人说："先生常年不离这里。你找先生何事？"

孙宾说："我受人推荐，来见鬼谷先生，请小师父领路！"

来人细细打量着孙宾，微微摇头。孙宾忙说："我这里有荐书，请一阅。"

来人又摇头说："我不看。只要你告诉我是何人所荐？"

孙宾说："曹林驿古庙壶公。"

来人说："那，你跟我走吧！"

孙宾跟着来人走了一个多时辰，来到了一个石洞前，只见石洞有门，门上刻着三个字：鬼谷门。

来人用手推开石门，引孙宾进了洞。洞内宽敞、安静。他们转了几个弯，进了一间石屋。屋里点着油灯，闪闪发亮，中有石桌、石凳，左有石床，右有石架，架上堆满了竹简。

石床上斜靠着一个老人。老人须发如雪，散披在肩，那长长的白眉竟直垂到颈下！

此时，老人正在闭目养神。

来人走过去呼唤："师父，有人来拜见！"

连呼几声，老人才问："在哪里呀？"

来人答："就在眼前。"

老人坐起来，睁开眼睛端详着孙宾。

"谁荐你来的？"老人慢悠悠地问。

"是壶公。"孙宾答，"这里有壶公的荐书，请老师父观看。"

老人听了坐起身来，眼睛里露出亮光。孙宾恭恭敬敬地走过去，双手把壶公写的竹简呈上。

老人接过书简，哈哈大笑说："好，总算盼到了！"

接着，他吩咐来人说："快去，把东壁石门打开，拾掇好屋子。过一个时辰，你再来唤他。"

来人应诺着去了。

老人让孙宾坐下，走到近前打量着，说："你就是孙武之后吗？我总算盼到了！"

孙宾施礼问："敢问师父，您就是鬼谷先生吗？"

老人说："正是。"

孙宾跪地磕头，说："久仰师父大名，弟子恳求拜师！"

鬼谷子扶起他来，说："好，我收你为徒就是了！"接着，又问了孙宾如何来到这里、如何进的山谷，等等。

孙宾将自己的经历一一禀报。

鬼谷子心情很好，他把鬼谷峪的情况向孙宾做了介绍。

原来，这鬼谷子是晋国人，姓王名诩，今年一百一十岁。他自幼聪敏，多才多艺，因为恃才傲物、愤世嫉俗而遭人排挤，一怒之下就入这鬼谷峪中收徒授业。他有几家学问，人不能及。

第一家学问叫作数学。日星象纬，在其掌中，占往察来，言无不验。

第二家学问叫作兵学。六韬三略，变化无穷，布阵行兵，鬼神莫测。

第三家学问叫作游学。广记多闻，明理审势，出词吐辩，万口莫当。

第四家学问叫作出世学。修真养性，服食导引，却病延年，冲举可俟。

他因自己一生不得志，所以只希望教授几个聪明的弟子，造福世间。

刚开始时，他云游各处为人占卜，因受人信任，投在他门下的弟子渐多。但他并不随便收徒，而且极看重悟性，合宜哪家学问就教授哪家学问。

他的好友墨翟常云游到此与他论道谈世。墨翟说："你潜心授徒，为七国培养人才，这是好事。可是不能只看悟性，不论品德，那样到头来会坑害百姓！"

鬼谷子笑笑说："目前七国争雄，给百姓造成了灾难。可是，凭你我之力，都不能制止战争。所以，只有靠战争消灭战争，才能求得华夏一统和百姓安居乐业。当然，战争有正义与非正义之分，我是为正义的战争而培养人才的，目的在于最终消灭战争。"

墨翟说："所以，你必须物色心正品端之人来教授。"

鬼谷子说："这就不劳嘱咐了。不过，他们出了山就各为其主了。"

鬼谷子陆续收徒，徒弟则陆续离去。现今在鬼谷峪中已有各家学徒一百余人，其中，魏国人张仪和东周人苏秦最受鬼谷子的宠爱。

苏秦、张仪都是穷书生，学的都是游学。二人都指望学成之后，靠着自己的聪明和才识为人所用。二人在这里已经学习了三年多。

鬼谷峪中有十多人学兵学，但鬼谷子并不满意，认为他们之中没有一个是出类拔萃的。

今日因来了孙武的后人，所以他格外高兴。

二人谈了一会儿后，鬼谷子说："你初来乍到，先做两件事：第一件为伙房砍柴，第二件每夜在房里数榛子。你住的房前有榛子十袋，要求你在十日内数完。"

孙宾见鬼谷子说得十分认真，就答应了。

过了一些时候，来人叫他去休息。孙宾告辞鬼谷子随来人来到自己的住处。

这也是一个石洞，洞中有室，室中有石桌、石凳和石床。床上已铺好被褥。

孙宾问来人："师兄贵姓大名？"

来人说："我年龄不比你大吧？就叫我丙子吧！"

孙宾说："先来者为兄，何论年龄？"接着他把自己的情况向丙子说了一遍。

丙子说："看来师父很喜欢你，好好学习吧，将来定有出息。我跟师父十多年，深知他的脾气。他越是喜欢你，对你的要求也就越是严格。"接着，他也告诉了孙宾自己的情况。

丙子自小父母双亡，是鬼谷子云游到他的家乡时，把他背到这里来的，当年他只有四岁。他在鬼谷子门下学的是出世学，除了想一心一意服侍鬼谷先生外，别无他求。

孙宾又问："师父吩咐我白日砍柴，夜晚数榛子。不知榛子在哪里呀?"

丙子说:"就在洞前,共有十麻袋。今天太累了,从明晚开始吧!"

孙宾点点头说:"好,师兄也去歇着吧!"

丙子告辞去了。

孙宾收拾完东西,坐下来捧吃了一些榛米,又饮了水,倒头便睡了过去。

从此,孙宾便在鬼谷子门下学艺。

俗话说,"花开两朵,各表一枝"。且说,横跨现今陕西、河南、山西、河北、江苏的魏国中,沿黄河北岸有一个田家坎。田家坎有一户庞姓人家,庞家先祖曾做过几任小官,生活倒还自在。这一年黄河泛滥,田家坎被洪水吞没,庞家只逃出两个人:哥哥庞渊和弟弟庞涓。

哥儿俩为了逃避水患,远游到大梁(今河南省开封市一带),在一个叫作猫儿坟的地方安了家。

猫儿坟这地方土肥水盈,人民以耕种为生,倒也安居乐业。庞渊为人勤劳憨厚,来到这里后开垦了十几亩田地,当年收获甚丰,一下子就站住了脚。村里人还给他说了一房媳妇。

庞涓自小读书用功,人也聪明,只是厌恶劳动,从不下地干活。哥哥见他文弱单薄,也不忍心使唤他。

庞渊娶了媳妇,家里有人做饭洗衣了,庞涓生活得更加自在。这年春天,桃杏花开时节,庞涓在家读书觉得闷倦,便出门闲逛,来到了大梁郊外的山林中。

他多时不见户外光景,今见三春景象,心情十分畅爽。青青的山,绿绿的草,山泉淙淙,百鸟鸣啭,不禁使他流连忘返，直到夕阳西下时，他才想起回家。

当他走到一个水池边的时候，看见池边上站着四个人，其中的一个是美貌少女，她正在低头哭泣，另外的三个人拉着她的胳膊，像是在苦苦哀求。

庞涓心中纳闷，又见那少女生得非常动人，便怀着一种复杂的心情走了过去。他很有礼貌地对其中的一个老人说："老人家请了，不知这里发生了什么事情，故而过来看看！"

这老人有六十多岁，长得富态，穿着也很讲究，一看就知道不是种田人。

老人见庞涓风度翩翩，不由产生一种好感，便笑着说："公子有所不知，小老儿一家正在为难呢！"

庞涓想了想，问："不知老人家可否向在下说知？"

老人长吁一声，就把家中的事情向庞涓讲述了一遍。

原来，在小山的背后有一个村庄叫邹家堈。村庄不大，却很富裕。这位老人名叫邹富，他和老伴无子，只有一个女儿，名唤云舫，今年十六岁。她生得花容月貌，但因家庭富裕，又娇生惯养，所以脾气很是固执。

上个月，邹云舫患了一种怪病：不吃不喝，只是沉睡。

邹富老夫妻见宝贝女儿得了怪病，心中如针扎一样难受，他们想方设法延医调治，仍不见好转。

在这种情况下，邹富咬咬牙，派人在十里八村传出话去：谁能治好女儿的病，他邹富一可与他平分家产，二可把女儿许配给他。

这个话传出去之后，引来了一个乡间名医，此人名叫桑君，是当时著名的医学家扁鹊的好友。

桑君祖籍赵国任丘，他以行医为业，云游天下。此时来到这里，正好听到了这个消息，就怀着救死扶伤的目的来到邹家。

邹富见桑君是个其貌不扬的年轻人，便问："先生可以治好小女的病吗？"

桑君说："待我看看病况再说。"

邹富于是把桑君领到女儿床前。桑君做了仔细检查，然后说："我可以保证将你的女儿治好，但不知老伯可守信用？"

邹富说："老夫一言既出，决不反悔！你是想平分家产，还是愿与小儿成亲？"

桑君说："云游天下不以财产为重，只愿有个家室！"

邹富见桑君不爱财产，只愿和女儿成婚，心中便有些犹豫。但为了治女儿的病，他还能想得那么多吗？女儿如果死了，真还不如找一个丑女婿呢！于是，他毅然答应说："好，只要先生治好女儿的病，我情愿把她嫁给你！"

桑君同意了，开始给邹云舫治病。他用手摸了摸云舫的脉搏，便打开药箱取出一包针来，在云舫的头顶、胸部、手上和脚上各扎了几针；接着，又用艾火灸了几处穴位。不一会儿，云舫慢慢苏醒过来，睁开了眼睛。

邹富夫妇见女儿苏醒过来，十分高兴。

桑君说："还要连续服十剂汤药，才能彻底康复！"

于是，桑君开了十剂草药。云舫一天一剂，连服了十日，果然一切如同常人了。

桑君临行时问邹富："老人家不会自食其言吧？"

邹富说："不会，不会！"

桑君说："我今日就要走了。如果老人家同意，下次回来，我就把姑娘领走了！"

邹富连连答应着，送走桑君，回来便将允婚之事跟云舫说了。

邹云舫一听就炸了，又哭又闹就是不同意，说："这个野医师丑陋无比，怎能做我的丈夫？！"

邹富见女儿这样，实在为难，他劝女儿："孩子，他虽然人长得丑，但有起死回生的医术，如果不是他给你治好了病，世上就没有你了，还挑什么丑和俊呀？！"

邹富的老伴也在一旁哄劝，但不管怎么劝，邹云舫就是不答应。

邹富生了气，故意吓唬女儿说："不管你愿意不愿意，下月桑君路过这里，就要把你领走了。"

邹云舫见父亲生气了，便说："嫁了他，远离父母，难道父母就不心疼女儿吗？！如果是这样，女儿还不如一死了之！"

邹富夫妇见女儿这样说，心也软了，就安慰女儿说："孩子，好好想想吧！父亲有言在先，不能食言啊！等桑君回来，父亲再跟他讲讲，就说女儿实在不愿意，愿将家产分一半给他就是了！"

当天夜里，邹云舫睡不着觉，哭了一夜，她的侍女小珮也陪她哭了一夜。

第二天起来，邹云舫又是不吃不喝，闹得邹富夫妇心神不安，一直折腾到下午，邹富夫妇才回房休息，小珮则去打水给小姐洗脸。可是，小珮回来时，房中却不见了云舫。小珮害怕了，急忙禀报邹富夫妇。

邹富听说女儿不见了，立即令仆妇人等出门寻找。最后，终于在池塘边找到了邹云舫。

邹云舫说：“如果父母硬要把我许配那个丑医师，我便投水自尽！”

邹富说：“孩子千万别寻短见，赶快回家，咱们再慢慢商量！”

邹云舫平时娇惯成性，只是说：“如果不在这里答应取消婚事，女儿决不回家！”

就在这时，庞涓经过这里，看到了这一幕。

邹富介绍了这一切后，庞涓低头不语。

邹富说：“不知公子有何高见？公子如能解燃眉之急，我定有重礼相报！我们邹家也不是无名之辈，我的叔伯哥哥名叫邹忌，现为齐国相国。我家家道殷实，事事如意，只是出了这码事，才令小老儿实在为难了！”

庞涓听了邹忌的名字，心中不由一震，心想：邹忌可是当今了不起的人物。他不但能治理国家，而且文章也写得好，在七国之中是大名鼎鼎的人物呀！如果跟这样的人家搭上关系，也许将来会有好处。

庞涓想到这里，便抬头望着邹富说：“老人家，我有一计，既可保住老人家的面子，又可不使爱女下嫁丑医师。”

邹富听了心中高兴，忙问：“请公子快讲！”

这时，邹云舫也扭过头来，望着庞涓，等着听他的高见。

庞涓笑着瞟了邹云舫一眼，而邹云舫也正含情脉脉地望着他。

庞涓对邹富说：“老人家请靠近。”

邹富走近庞涓，庞涓把嘴附在邹富耳边，说出了他的主意。

邹富听了，哈哈大笑，连说：“好主意，好主意！”接着，又对女儿说，“云舫，快随为父回家，公子的主意甚妙，你可以放心了！"

邹云舫听了乐得手舞足蹈，花枝乱抖。

邹富又问庞涓："不知公子尊姓大名，家住何处？"

庞涓说："在下姓庞名涓，家住猫儿坟。"

邹富和云舫都深深记在了心中。

邹富说："好吧，等事情过去，我一定以厚礼相报！"

庞涓说："区区小事，不必挂齿。只愿老人家化险为夷，足矣！"说罢，沿着山路回家去了。

邹富一家人也回到家中。

时间过去一个多月，云游医师桑君果然来到邹富家中。

邹富见了桑君，十分热情，百般招待，并留桑君住下。

桑君不提成婚之事，只是问邹云舫姑娘是否彻底好了。

邹富也不提许嫁之事，只是回答小女身体康复得很好。

晚间，邹富设盛宴招待桑君，桑君不好推辞，举杯跟邹富对饮。

邹富态度殷勤，一味劝酒，桑君酒力难支，早早就醉了。

邹富见桑君醉了，便吩咐下人把桑君送到房中休息。

一夜过去，当桑君早起醒来时，却见自己身旁睡着一个赤身裸体的妙龄女子，一时惊得出了一身冷汗。他正要起床下地，邹富突然推门进来，大叫道："呀，原来先生是这样的小人，真叫小老儿羞愧难当呀！"

桑君不知发生了什么事，说不清道不明。这时邹富的老伴风风火火进屋，用手杖打醒了床上的女子。

那女子坐起来，睡眼惺忪，不知发生了什么事，只是跪在地上求饶。

邹富上前拉着桑君出屋来到上房，说："先生，我邹某好心好意款待你，并且打算许嫁女儿给你，谁知先生行为不端，竟做出如此下流之事来！"

桑君仍是不解地问："在下如坠九里雾中，不知昨夜发生了何事？在下又有何不端？"

邹富冷笑说："别再喊了！你昨夜酒后乱性，竟与侍女小珮做了风流之事，难道还有脸强辩吗？！这样一来，莫怪我失信，小女云舫也绝不可能再许嫁给你了！"

桑君说："我云游行医为的只是救死扶伤，并不想得人田产得人妻女，上次跟老人家只是说个笑谈。这次回来，也是顺便过此，看看小姐的病情是否彻底好了，请老人家不要加诬于我！"

邹富听桑君这样一说，心中倒有些后悔。这时，侍女小珮哭哭啼啼手持匕首进来，跪在桑君面前说："桑先生，我已失节，请你将我收下，不然我就死在你的面前！"

桑君急忙阻止了她，并且诚恳地说："我云游天下为人治病，本不愿娶妻室。上次与你家主人只是一个笑谈，昨夜之事我不知为何，难道我们有了不轨之事？"

小珮使劲摇着头，说："我也不知是怎么发生的，可是，不管怎么说，你我已是同睡一床了，先生若不收留，我只有一死！"

桑君见这个女子实在可怜，心中也明白了邹家的用意和阴谋，想了一会儿，便说："好吧，只要你不怕吃苦，能随我云游行医就可以！"说罢，桑君领了小珮就走。

邹富站起来，说："先生为小女治好了病，本当有些谢礼的！"说完，吩咐仆人去取礼物。

桑君毅然说："老人家，救死扶伤本是医家本分。不过，如今看来，医家能治病，却不能疗心啊！"说罢，领着小珮大步而去。

邹富望着桑君的背影，心中不知是什么滋味。

这就是庞涓为他出的主意：以侍女之身换下爱女。

昨晚，邹富陪着桑君喝酒时，邹云舫也把小珮叫到身旁，以酒灌醉了她，而后把她送到桑君的身旁。

事后，邹云舫乐得蝴蝶翻飞。邹富说："孩子，不要闹了，像你这样，将来许配什么人家呀？"

邹云舫朗声大笑说："我早已为父亲选好了女婿！"

邹富问："谁呀？"

邹云舫说："就是那天为我们出主意的那个少年公子，劳烦父亲明天就去找他！"

邹富听了一怔，断而又心中甚喜，不由夸着云舫说："女儿果然眼力不错，父亲也喜欢他！"

父女二人说到一块儿了。

第四回　去临淄庞涓落难
　　　　　来定铺孙宾施义

邹富第二天乘车来到猫儿坟，把车停在村头，叫仆人去打听庞涓的住处。

那时候乘车出门的人，身份就比较高了，猫儿坟的村民们都以羡慕的眼光看着邹富。

庞涓自那日归来，心神一直不安定，一则挂念邹家，不知事情结果怎样；二则思念邹云舫。那次二人四目相对，好像是定了情缘。他几次想去邹家埫看看结果，因怕惹出麻烦，没敢前往，只好坐卧不宁地等着。哥哥和嫂子不知他有什么心事，几次询问，庞涓只是沉默不语。

邹家仆人打听到了庞家门，进门呼唤庞涓。庞涓急忙出来，仆人将情由告知庞涓，庞涓听了立即随仆人来到邹富的车前。

邹富见了庞涓笑呵呵地说："多谢公子相助，一切如愿。我今日特备谢礼到府上致谢！"

庞涓说："老人家屈驾到此，村外不便说话，快到家中一叙吧！只是在下家境贫寒，叫老人家见笑了！"

邹富说："公子莫谦，常言说'富不生芽，贫不生根'，看公子仪表堂堂，才智过人，将来定有大贵！"

庞涓说："在下蜗居荒村，怎敢想大富大贵？"

邹富认真地说："我虽不懂相术，但看公子天庭饱满、地阁方圆，定是人上之人啊！"

说着话，二人来到庞涓家中。

哥哥庞渊下地干活去了，嫂子在院中劈柴，见来了贵客，自然非常热情，赶忙放下手中的活儿，忙忙活活去烧水。

邹富一见庞涓的家境，心中不禁升起一股凉意：这样的人家怎能与我家通婚呢？不过，当他抬头看着庞涓时，心中的不快又立刻消失了。他想：自古将相本无种，凭庞涓的天资，只要自强不息，再遇上机缘，一定能够发迹。鸡窝里飞出金凤凰，是常有的事！

想到这里，他依然笑呵呵地对庞涓说："公子，不要自馁，改变庞家门庭，靠你了！"

庞涓红着脸说："承蒙老人家指教，在下一定奋力进取，不负厚望！"

邹富叫仆人把谢礼搬进来，庞涓并不拒收。邹富不愿在屋里坐着，便来到院子里，这时，他突然问庞涓："不知公子贵庚几何，可曾订婚？"

庞涓是个机灵人，一听邹富如此相问，立刻感到一种异样的快慰，便马上回答："在下今年一十八岁，尚未订婚！"

邹富笑着说："很好。"

但是，他没有再说别的，他担心女儿会嫌他家境贫寒，所以要回去跟女儿商议之后再定。

庞涓的嫂子已经烧开了水，招呼客人进屋喝水。

邹富推辞说："不必了，我这就走了！"

庞涓见邹富要走，有些丧气，心想：贫寒之家难留贵客呀！

实在挽留不住，庞涓只好送邹富上车。上了车，邹富探出头笑呵呵地说："希望公子常到我家去玩！"

庞涓忙答应说："一定，一定！"

邹富刚进家门，女儿邹云舫就问提亲的结果，邹富说："还没有提到亲事呢。"

"为什么呀？"邹云舫着急地问。

邹富说："我见庞公子家境实在贫寒，恐怕女儿不乐意，所以未提！"

邹云舫自小生活在富裕之家，不知贫寒的滋味，所以她不高兴地说："贫寒怕什么？只要我喜欢这个人！"

邹富笑笑说："女儿不要逞强。你没有过过贫寒日子，不知贫寒日子之苦呀！如果成婚进门住土房子，吃粗米饭，穿粗布衣，还要下地干活和劈柴、做饭，你受得了吗？"

邹云舫听了轻轻摇头说："难道庞公子家里就这样穷吗？"

邹富点点头，说："所以，我得与女儿商量商量再定啊！"

邹云舫沉默了。过了许久，她突然说："父亲，咱家中有钱，何不多给我们一些！这样，便可帮助庞公子盖新房、买土地、雇仆人，不就一切都解决了吗？"

邹富微笑不语。

邹富的老伴想了半晌说："如果让庞公子到咱们家中入赘，不就什么问题都解决了吗？"

邹富听了击掌说："对，这个主意好！"

老伴又说："只怕庞公子不乐意！"

邹富说："我想，他会同意的。他家只有哥嫂，我们又只有一个女儿，这是再好不过的事了！"

事情决定了，邹富立即派人到猫儿坟请庞涓前来。

庞涓听说邹富有请，便恨不得生出翅膀，立刻随仆人来到邹家埚。

邹富把庞涓让到客厅坐下，仆人端上水来。

饮着水，邹富说："公子，算你有艳福，我的独生女儿云舫看中了你，不知公子是否满意？"

庞涓急忙跪下叩头说："老丈在上，在下有幸娶小姐为妻，哪有不满意之理！"

邹富扶起庞涓，说："打开窗户说亮话，只是公子家贫，我恐怕女儿过门生活不便，所以想请公子入赘，不知公子意下如何？"

庞涓此时早已心花怒放，哪还在乎入赘不入赘，忙说："一切听老丈安排，在下从命就是了！"

邹富听庞涓应允，也很高兴，当下命仆人设宴，款待庞涓。

当天庞涓回到家中，向哥嫂禀明此事。哥哥庞渊有些不乐意地说："我们兄弟二人离乡背井来到这里，好不容易才安顿下来。听说邹家乃是富裕之家，你以贫寒之身入赘，将来恐怕遭他小看，使兄弟受委屈……"

庞涓早已打定了主意，便说："是那邹老头亲自提亲，又不是我高攀，他们怎能瞧不起我？！再说，我离开家，也可减轻哥嫂的负担！"

庞渊夫妻见庞涓去心已决，便说："既然兄弟愿意，我们就没意见了。但愿兄弟一切顺利，今后经常回家来看看就是了！"

庞涓见哥嫂放行，心中甚喜，什么东西也没带，就来邹家入赘。

邹富选了良辰吉日，为女儿操办了婚事。

婚后，二人如胶似漆，自不必说。一晃过了三年，三年间，邹云舫生了两个男孩，大的乳名叫庞英，小的乳名叫庞葱，邹家很是喜欢。

此时，庞涓已耽于享乐，不再发奋读书。邹富虽看不惯，但他拗不过女儿，只好听之任之。

大约又过了一年，邹云舫突然怪病复发：每天睡在床上，不吃不喝，不言不语。

邹富夫妇见女儿怪病复发，急得似热锅上的蚂蚁。庞涓更加心疼，但是没有办法。

邹富又沿用当年的办法，传出话去说："谁能治好女儿的病，谁就将得到他的一半家产。"

此话传出后，果然陆续来了许多良医，但就是治不好邹云舫的病。

邹富告诉这些医师们，当年桑君是如何治病的。可惜这些医师谁也学不了，只能一个个惭愧地离去。

邹富一心盼着桑君的到来，心想看在小珮的面子上，他是不会见死不救的。

可是等呀等的，桑君就是没来。邹富懊恼地想：也许是因为当年惹了桑君，所以他就是知道消息也不会回来了！

邹富想到这里，竟不由得恨起庞涓来，如果不是庞涓出了那个坏主意，也许女儿的病不会再复发了。

邹云舫的怪病越来越重，庞涓只是痛哭流涕。

邹富没好气地讽刺他说："事到如今，你还有什么好主意呀？你能把桑君找来吗？"

庞涓明白邹富的意思，为了妻子和孩子，也为了自己的面子，他决意去寻桑君。

邹富只记得桑君的老家在赵国任丘，于是，他就让庞涓到任丘去找。

庞涓离了家，晓行夜宿来到任丘。打听桑君的名字，倒是人人皆知，可是到他家一看，桑君却不在家，不知到什么地方云游治病去了。

庞涓心灰意冷，但在归途，仍不断打听桑君的去向。老百姓都知道桑君，赞扬他医术高超、医德高尚，但也都不知他在何方。

有一个老农告诉庞涓说："前天，我村一位孕妇生孩子死了，正准备掘坑埋葬，路过这里的桑君却说：'放下棺材，此人未死！'人们急忙打开棺材，那妇人果真在棺材中坐着！桑君为她熬药煎汤，终于把她救活了！"

庞涓急问："那么他到何方去了？"

老农说："这我就不知道了！"

庞涓又来到那病妇家中。病妇已经痊愈，庞涓问起桑君，她说："桑先生夫妻都是神医，治好了我的病，分文不取就走了！"

庞涓又扑了个空，只好悻悻地回到邹家埚。

庞涓跨进邹家时，邹云舫已经死去。

邹富夫妇扶着女儿的尸体，放声大哭，庞英、庞葱也在床边"哇哇"地号，甚是凄惨。

庞涓如雷击顶，头晕目眩地跌坐在床下……

埋葬了邹云舫，邹富对庞涓说："我曾多次叫你发奋进取，可是你不听我的话。如今云舫已经死了，你还有什么可留恋的呀？我已经年迈，不能再养活你们爷儿三个了！你莫如回到猫儿坟老家去，把你的孩子抚养成人吧！"

庞涓见邹富往外赶他，心中虽是生气，但也没有办法。于是，他打点了行李，带上两个孩子，哭哭啼啼地回到了猫儿坟。

哥哥庞渊见兄弟归来，不知发生了什么事，便问："兄弟，受委屈了吧！"

庞涓放声大哭，向哥哥嫂子叙述了一切。

庞渊夫妻也很悲痛，但还是劝解着说："兄弟不要过分伤心，如今你已有了两个儿子，就要好好抚养他们成人。咱家中虽不富裕，但只要干活，就不会被饿死！"

庞渊的儿子庞茅四岁了，现在添了两个小孩子，嫂子又不能下地干活了。

庞渊说："你嫂子照顾孩子，我们哥儿俩去干活，日子不会太坏的！"

庞涓只得默默点头。

过了不到半年，庞涓对庞渊说："哥，我在家里干农活，实在受不了，也觉得委屈。我想出门去寻个生路，也许能改换门庭。"

庞渊是个老实巴交的庄稼汉子，他对庞涓的主意深表不满，说："如今天下大乱，战争不断，你去哪里找门路呀？在家干活，只要肯吃苦，就不愁吃穿，何必做那些不着边际的事呢？"

庞涓说："那个邹老头的叔伯哥哥名叫邹忌，现在齐国当大官，我若以亲戚的名分去找他，也许能得到些照顾。"

庞渊想了想说："连邹老头都一脚把你踢出来了，你还指望他的叔伯哥哥吗？我看希望不大。如果你硬要去闯闯，那就随你去吧！但是一旦不成，你定要早早归来！"

庞涓点头答应。于是，庞渊倾家中所有，为兄弟准备了盘资。

临别时，庞渊拉着庞涓的手，流着泪说："兄弟，咱们是穷命人，应该安分守己。可是，你硬是干不了农活，哥哥只有放你去了，但望你一路平安！"

庞涓也是一阵伤心，强忍着泪水说："谢谢嫂子，为我照顾好两个孩子！"

庞渊说："兄弟只管放心吧！"

庞涓好不容易来到齐国都城临淄时，天已经黑了。他住了店，第二天便早早来到了相国邹忌府前。守门官不让他近前，他说自己是邹相国的亲戚，守门官问："有何凭证？"

庞涓一时没了主意，但又灵机一动说："我有重要国情禀报，你若误了时间，可吃罪不起！"

守门官想了想，说："你能说出相国老家的地址，我便与你通报！"

庞涓立刻说："邹相国老家在魏国大梁北面的邹家埫，我是他的侄女婿，名叫庞涓。"

守门官听庞涓说得理直气壮，而且又是相国的侄女婿，便说："好，你在此等待，我去通报！"

守门官见了邹忌，把门前来了一个自称庞涓的人说了一遍。

邹忌原是魏国人，现在齐国做官，受到了齐王的重用。他多年来不与家中来往，为的是不致引起齐国的怀疑，如今来了一个不认识的人，让他颇为反感。于是，他对门官说："这一定是个大胆狂徒，赶快将他轰出城去，告诉他赶快离开，不然有生命危险！"

守门官见邹忌这样吩咐，便立刻叫上许多打手来到门前。

庞涓在门前正想着好事，却见守门官对自己大吼一声说："大胆狂徒，竟敢冒认官亲。来，给我乱棍猛打！"

打手们手持棍棒，跑上前来照着庞涓不分脑袋屁股乱打起来。

庞涓还不知发生了什么事情，就被打倒在地了。他头上流血，浑身青肿，右臂也被打折了。

守门官怕庞涓死在门前，便对打手们说："将这个狂徒拖到城外去，别让他死在门前！"同时，又对庞涓说："告诉你，相国有言，叫你快快离开齐国，不然有生命危险！"

庞涓被扔在临淄城外后，就昏死过去了，过了一天一夜，他才慢慢苏醒过来。他躺在草丛中，露水打湿了衣服，身上的伤口被水浸着，感觉刺心地疼痛。这时，他回忆起在邹府门前发生的事情，心中又是气恼又是悔恨。

庞涓强忍着疼痛爬起来，头重脚轻，晃晃悠悠差点摔倒，幸好草丛中有一根木棍，他拾起来拄着，觉得可以站住脚了。他望望茫茫田野，实不知去往何处。他又猛想起守门官对他吼的话，心中害怕，只好强忍疼痛，往草丛外边走去。

太阳出来时，他来到大道上，却怎么也寻不见来时的道路。

天有些热，庞涓浑身出虚汗，伤口更加刺痛，他有心歇歇，又怕齐国人追来杀他，只得咬着牙走。他右臂折了，红肿胀疼，使不上力气，只靠左手拄着木棍。

庞涓想着自己的身世，不禁伤心落泪，暗暗叫苦。他来到一个土坡前，几次爬不上去，好不容易爬上去了，脚下一滑，又跌了下来，在一阵剧痛中，他又昏死过去了。

庞涓醒来的时候，面前坐着一个人，桌子上亮着一盏油灯。火苗跳动着，他见那个人正拿小勺向自己口中喂水。

庞涓不知自己怎么到了这里，定睛细看，喂他水的人不是哥哥，也不是嫂子，心中不免诧异，但又没有精神动问。

养了几日，庞涓稍微精神了些。这时，那个陌生人又端来稀粥喂他。吃完了粥，庞涓用左手拉住陌生人的手，感激地问："不知恩人尊姓大名，为何这样相救于我？"

陌生人说："好好养伤吧！谁见了将死之人都会相助，没有什么可大惊小怪的！"

庞涓又问："这是什么地方啊？是不是已经离开了齐国国界？"

陌生人笑笑说："这里叫定铺，我们就住在这里的小店里，这里已经是赵国地界了。我们倒是从齐国地界里把你背到这里来的，见你的伤口已经化脓，如果再不停下来调治就有危险了。所以，我的伙伴们已经走了，独留下我住在这里，为你调治。过一会儿医师就要来了，他要为你换药的，你且安心等着吧！"

庞涓这时候神智完全清醒了，他回想着这次离家到齐国的情形，心中又气又悔又丢面子，所以他决心不对任何人说这件事，包括救他生命的这个陌生人。

这个陌生人不是别人，正是已入鬼谷峪学艺的孙宾。

孙宾在鬼谷先生门下为徒，开始鬼谷先生对他很严格：白天让他拾柴、劈柴，晚上要他数榛子，一数就是大半夜。

十天内数完了门前的四口袋榛子。后来，又继续增加，一直增加到十天数完八口袋榛子。

孙宾只是做这两件事，鬼谷子从不找他谈话或教授兵法。孙宾也不着急，只按师父的要求认真地完成。

过了一年，鬼谷子把孙宾叫来，说："我这里有一幅布阵图，你把它拿回去，每夜仔细观看，然后以榛米做兵将，将阵式布好，布好后再将它打乱，打乱了再布。这样循环往复，一直练到闭着眼睛能将阵图布好为止，到了那个时候，你再来见我！"

孙宾捧着布阵图走了。

这幅布阵图画在一张柔软的鹿皮上，鹿皮可任意折叠。孙宾一有时间，就展开图仔细观察，直到熟记于心。接着，开始以榛米做兵将，按图布兵。布好了毁掉，毁掉后再重新来。

就这样，孙宾一直练到闭上眼睛也能将阵图布好。不知不觉间，已过了一年。

孙宾自己觉得很有把握了，就来找鬼谷子。

鬼谷子低着头，垂着长长的白眉问："能闭着眼睛布阵了吗？"

孙宾回答："能。"

鬼谷子说："好，试试吧！"

孙宾将鹿皮布阵图展开在石桌上，闭上眼睛，从兜里掏出一把榛米，小心翼翼地布阵。用完了手中的榛米，再从兜里去掏，接着再布，一直到布完。

鬼谷子说："睁开眼睛吧！"

孙宾睁开眼睛，不觉大吃一惊：原来自己的榛米都布在石桌上，那幅鹿皮布阵图已不见了！

鬼谷子又说："好。"接着欠身，向着石桌上吹了一口气，那些榛米都飞溅到地上去了。

孙宾更是吃惊，以为师父生气了，忙说："弟子愚钝，望师父指教！"

鬼谷子哈哈笑着说："不妨，不妨。闭上眼睛，再来一遍。"

孙宾又闭上眼睛，屏神静息，从兜里掏出榛米，又一粒一粒地布起图来，直到布完了，才问："师父，可以睁开眼睛了吗？"

鬼谷子说："可以睁开眼睛了！"

孙宾睁开眼睛，再看看石桌上的榛米，却又都布在鹿皮布阵图上了。

过去许久，鬼谷子说："你有耐性，有悟性，不愧是孙武之后。你布的阵图不过是一个简单的阵法，却达到了炉火纯青的程度，现在你可以潜心研读兵书了。"说着，鬼谷子指着石架上的竹简说，"你先将最下一层的竹简抱了去，直读到烂熟于心，再来换取第二层的！"

孙宾高高兴兴地走到石架边，抱起最下一层的竹简，向鬼谷子鞠了一躬，出了洞室。

从此，孙宾便潜心研读兵书，一晃，就三四年过去了。

鬼谷峪的徒弟们，除了随鬼谷先生学艺之外，还要轮班到山外购粮、运盐。

这一次，孙宾带了三个师兄弟出谷运盐。他们听说齐国临淄盐价便宜，便结伴到了临淄。

到临淄之后，当天就购了盐。天色晚了，只好在临淄住了一夜。第二天背盐上路，在临淄城外，遇到了受伤的庞涓。

孙宾以榛米练习布阵

大家见路边有一个半死之人，有的主张救他，有的却说："他已经气息奄奄，我们又是行路之人，缺医少药怎么能救啊？！"

孙宾想了想，说："大热的天气，他身上到处是伤，如果不救他，他肯定死了。如果我们把他背到店中，寻医找药进行调治，就能救他一命。师父常常教诲我们：能救人时且救人，能饶人处且饶人。这正是我们该做的事啊！"

几个人听了孙宾的话，便背起庞涓一齐赶路。到天黑时，就来到了定铺的一家小店。

大家见庞涓仍在昏迷中，都很着急。孙宾说："你们先背盐回去，一则省得师父惦记，二则峪中正缺盐吃。留我一人在此寻医讨药把他救活，然后再回峪。"

大家觉得这个主意不错，就同意了。

等大家走后，孙宾便到镇上寻医，有一个老人告诉他："事情凑巧，昨日有医师一个云游到了镇上，为百姓看病，现在还未离开，你何不去寻他！"

孙宾听了十分高兴，便来到那个医师的住处，将情况如实相告。

云游医师说："好，你来得正好。不然明日我们就走了！"

孙宾领医师来到小店。

这云游医师是一对夫妻，相伴相随十分和谐。孙宾问其姓名，医师说："我叫桑君，这是我的内人，名唤小珮。我原籍任丘，以医术救死扶伤。"

见了庞涓的伤势，桑君吸一口凉气，说："多亏公子你善心相救，不然他就没命了！"

接着，桑君为庞涓洗了伤口、敷了药，又将他的右臂扶正，用木夹固定，又开了草药，让孙宾煎了给他吃。

这天晚上，桑君又来检查了庞涓的伤势，留下了几剂药，说："孙公子，他的伤已经没有大碍了，继续吃下这几剂药就会康复的。明日我们就走了，也许以后还会见面的吧！"

孙宾十分感谢，取出几个钱币表示谢意。

桑君说："我们云游天下就是为了救死扶伤，并不想发财致富。你是一个善良之人，你救助的是一个本不相识的人，我怎能收你的钱呢！依我看，天下多一些像你们这样的人，就会太平了！"

孙宾说："桑君也是一位大善人，以医术济世、造福百姓，实属难得呀！"

桑君苦苦一笑说："我有时也良莠不分，兴许治好了坏人的病啊！"

孙宾也笑着说："不管怎么说，救活一条人命，总是你们医家的快乐吧？！"

庞涓躺在床上，听着孙宾与桑君的对话，心中好不是滋味。

世间有时很大，有时又很小。当他的爱妻邹云舫病危时，他跋山涉水去寻桑君，却寻不到。可是，现在他竟于无意中碰见了他，并且被他治好了伤，这莫非是天意吗？！

当年，是他给邹富出了坏主意，得到了邹云舫，却害了桑君。可是，事到如今呢？桑君与小珮成亲，相随相伴云游行医，也不失为一种乐趣。而他自己呢？虽过了几年衣来伸手、饭来张口的生活，可是邹云舫离他而去，接着又被邹富一脚踢出邹门，使他又落到一无所有的境地……

庞涓回想着往事，自思自叹说："唉，人生真像一场大梦啊！"

孙宾不知他说话的意思，在旁说："怎么，你还年轻，怎么这样悲观呢？！你的伤就快好了，好了就回家去吧！"

庞涓是不敢也不愿将自己的真情告诉孙宾的，他笑着说："方才做了一个噩梦，醒来只是随便说说！"

孙宾说："好，你先歇着吧！"

庞涓说："没事，我的伤已经不疼了，咱们互不相识，承蒙相救，也该互相谈谈心了！"

孙宾坐下说："好。既然你有了精神，我们就说说话吧！"

庞涓望着孙宾说："我是魏国猫儿坟的人，家中有哥嫂，还有两个儿子。只因家中贫寒，我出门到齐国临淄运一些海货去卖，不料在中途遇见打劫的强盗，不但劫走了钱物，而且将我打伤。多亏公子相救，真是无以为报啊！"

庞涓隐瞒了他所有不光彩的事情，得到了孙宾的同情。随后，孙宾也把自己的情况原原本本告诉了庞涓。

他说："我是齐国人，只因家中遭了兵灾，才使兄弟离散，后来辗转到了鬼谷峪，随师父学习兵法，希望将来能为国为民做点事！"

庞涓听了孙宾的话，便马上想到了自己的出路。回家去吧，还是耕田种地，自己实在干不了，何况见了哥嫂也丢面子；不回家去吧，目前真没有一个可以投奔的地方。如果随了孙宾一同进山学艺，也许是个出路，至少眼下就有了个安身之所。

想到这里，庞涓立即坐起来握住孙宾的手说："大哥，我有一个想法，不知能否应允？"

孙宾见庞涓忽然这样热情起来，有些不自在，忙问："你有什么话，就直说吧！"

庞涓说："我想随大哥一同进山学习兵法。"

孙宾一听这话，心中却拿不定主意了，心想：师父并没有让我在外为他收徒，如果带人回去，师父不责备吗？

庞涓见孙宾有些犹豫，就说："大哥，我是穷途末路之人，望大哥救人救到底吧！"说着，连连作揖。

孙宾心软，便说："我可以带你去见师父，但师父收徒极严，如果他不同意，你可不要见怪呀！再说，听你说你家中尚有哥嫂和孩子，你不回去，他们不惦记吗？"

庞涓说："这个大哥放心，我经常出门，多日不归也是常事。如果进山后师父收留了我，我再想办法给家中捎个信。如果师父不收留，我就回家，决不抱怨大哥！"

孙宾听了，想一想说："也好，等你伤完全好了，我们就一同进山吧！"

庞涓见孙宾答应了，心中格外兴奋，双手握着孙宾的手，下了床，恭恭敬敬地说："我庞涓受大哥救命之恩，今日又愿意领我进山拜师，我无以回报，今生愿与大哥结为生死之交，以示心志！"说着，跪地磕头。

孙宾忙将他扶起，见他心意真诚，就说："我们萍水相逢，也是缘分，在下从命就是了！"

从此，孙宾与庞涓就结为义兄义弟。孙宾长庞涓一岁为兄，庞涓为弟。

在定铺小店中，孙宾每日为庞涓煎汤熬药，直至伤愈。随后，二人便收拾行装，直奔清溪山的鬼谷峪。

第五回 说扑蝉考验新徒
占草花预测前程

孙宾怀着忐忑不安的心情来见师父鬼谷子。

鬼谷子听背盐回来的人说明了情况，心中很赞成孙宾的行为，认为临危相助是一个兵家应有的德行。

今日见孙宾已站在了自己面前，便问："你解救的那个人伤势好了吗？"

孙宾说："好了。徒弟多日未归，叫师父挂念了，请师父训诫！"

鬼谷子说："有什么训诫的，你做了一件好事，为师是很高兴的！"

孙宾见师父心情很好，心里踏实了许多，便说："师父，我救的这个人听说我在这里学艺后，表示也愿意学习兵法，所以徒弟将他领来山中，望师父能收他为徒！"

孙宾不说庞涓如何恳求进山学艺，只说是自己愿意将他带来。

鬼谷子听了哈哈大笑说："你说话怎么有些害怕呀？不必，不必！师父我是愿意多收几个徒弟的，只是我要看看他这个人，如果是个材料，我就收；如果不是材料，就让人家回去。我向来奉行'来者不拒，去者不追'的原则。只是那个墨翟先生常常提醒我，收徒要先论人品，再看悟性，我想他也是对的。但人的品行，多为后天造就，小小年纪来我这里，自然如松柏一样，树高自直了。"

孙宾点点头，听着师父吩咐。鬼谷子又说："快去呀，把他叫来，让我看看。可留则留，需退即退，不要误了人家前程。"

孙宾高高兴兴地回到自己的洞室，这时庞涓正坐在床上发愣。他想起在临淄，守门官去通禀邹忌，他也是这样等着，可等来的却是一顿乱棍。现在，他又等着，可不知是什么结果……

见孙宾进来，他急忙站起来问："大哥，师父怎么说？"

孙宾说："快去吧！师父等着见你呢！不过，师父也可能不收你为徒，那时我再送兄弟下山。只要师父看你行，他一定会收下你的。不要害怕，师父问什么你就说什么！"

庞涓初来乍到，心中没底，便说："大哥，你随我一起去可以吗？"

孙宾想了想说："也好，我把你引荐给师父就先回来！"

庞、孙二人来到鬼谷子的洞室，谁知鬼谷子不在了。孙宾便问清扫洞室的丙子："师父到什么地方去了？"

丙子说："师父到清溪坪观水去了。"

孙宾又领着庞涓出了洞室，来到清溪坪。

这个清溪坪是清溪山中唯一的一块平川，四周是峭壁，中间有一个石坪，光滑如镜。各条溪流从此经过，然后从石隙中流出大山。

鬼谷子常来这里观水养神。

孙宾领着庞涓来到这里，此时，鬼谷子正斜靠着石枕，坐在石坪上观水。

庞涓见鬼谷子长得十分异样，心中有些生畏，便悄悄问孙宾："大哥，师父睡觉了，咱们先回去吧！"

孙宾轻轻摇头，走到鬼谷子身边说："师父，他已经来了！"

鬼谷子点点头，动了动身子。孙宾推了庞涓一把，庞涓会意，急忙上前给鬼谷子跪下，说："师父在上，弟子庞涓拜见！"

鬼谷子抬起头，望着庞涓，问："你姓什么？家在什么地方？"

庞涓回答："我姓庞名涓，家在魏国猫儿坟。"

鬼谷子平静地说："好。你站起来，到我身边来！"

庞涓按着吩咐走到鬼谷子面前。鬼谷子见此人眉清目秀，一表人才，但举止有些浮躁，于是又问："你愿意学习兵法？"

庞涓说："正是，望师父收下。"

鬼谷子不表可否，只是凝望着身旁的松枝。

孙宾近前说："师父，徒弟先走了！"

鬼谷子说："你且站在一旁等着吧！"

孙宾只得退回身，站在石坪的一角。

鬼谷子指着松枝说："庞涓，你看那枝上有一对螳螂，前边一只的前腿已经扬起，你来说说，这只螳螂是要前行呢，还是要后退呢？"

庞涓望着枝上的螳螂，立刻回答："我想它要前进。"

鬼谷子说："说说原因。"

庞涓说："因为前边有一只蝉，它一定要前去扑蝉的！"

鬼谷子笑笑，没有说话。过了一会儿，那只螳螂却扭过身子向后爬了。

庞涓脸色绯红，不知该说些什么。

鬼谷子又问："庞涓，你再说说这只螳螂是死的，还是活的？"

庞涓又立刻回答："是活的嘛！"

他的话音未落，那只螳螂从松枝上掉了下来，已经没了脑袋。

鬼谷子哈哈大笑，但并未指责庞涓。

庞涓心中着慌，急忙跪在鬼谷子面前说："在下实在惭愧，师父是说我不知进退生死，不能收我为徒了？"

鬼谷子哈哈笑罢，说："庞涓你很聪明，也很机敏。人和万物一样都不知进退生死，所以要修持，要学习，学到能知进退生死时，那才算高人了！"

庞涓连连点头称是，心中暗暗佩服鬼谷子。过了一会儿，鬼谷子又说："那只螳螂按常理是该向前的，因为前边有一只蝉，它要去吃。可是它的身后仍有一只螳螂，也要去吃蝉。它怕后边的和它争食，所以要后退，只有先咬伤后边的螳螂，才能独食那只蝉。不料，当它后退时，却被后边的螳螂咬掉了脑袋。这是因为，后边的螳螂早已做好了迎敌的准备。这都是忌妒所造成的！"

庞涓和孙宾认真地听着。

鬼谷子说："人世间唯有忌妒坏事。春秋时的庆父，出使到莒国，多年未归。当他归家时，刚一进村便见一群小儿在玩打仗游戏。他见一小儿有智有勇，便心生忌妒，怕此儿长大后成为他的对手，就借机将他杀死。小儿临死时怒望着他说：'等我父亲回来替我报仇！'庆父问小儿：'你父亲是谁？'小儿回答说：'我父亲是庆父！'说完就死了。庆父悔恨难当，便自缢而死。"

鬼谷子说完了，眼盯着庞涓说："我要收你为徒。你聪明和浮躁参半，所以特别要注意修养品行。另外，更要戒除忌妒，这样才能有大长进！"

庞涓听鬼谷子愿意收他为徒，心中异常高兴，但并未把师父的嘱咐放在心里，只是跪在地上磕头拜师。

鬼谷子对孙宾说："你领他去吧！四年前我是如何让你做的，现在也要让庞涓从头做起。他就住在你旁边的那个石洞吧。"

庞涓站起来，随着孙宾离开了清溪坪。

孙宾替庞涓清扫了洞室，铺好了行李，然后对他说："我来时，师父让我白天劈柴、夜晚数榛米，一直数了半年多。"

庞涓皱着眉说："大哥，你已经比我多学了四年，就快让我多学习点吧，也好让我赶上你！"

孙宾一想也对，便说："劈柴的事你不要做了，由我来做，可是这数榛米，可不能省事。师父是让我们以榛米为兵将，来排兵布阵呢！"

庞涓说："也好，我就白天黑夜都来数榛米吧，以便早一天能练排兵布阵。"

就这样，孙宾、庞涓一起跟鬼谷子学习兵法。

光阴流逝，岁月不停，不觉又过了三年。庞涓天资聪明，又有孙宾相帮，很快就赶上了孙宾。鬼谷子见庞涓进步飞快，自然很高兴，但见他浮躁之气并没有克服，心中不免为他担心。

这一日，跟随鬼谷先生学习游学的苏秦和张仪要求辞师下山。

鬼谷子脸上现出留恋的神色，说："你二人是我游学中的最高学徒，是难得的聪明之士，依你们二人的资质，本可以留在山中授徒。为师只怕你二人一入尘世，便被虚名浮利所驱使，不能善始善终啊！"

苏秦说："我已学艺七年，蒙师父教诲，学了游学的本事，正是下山使用所学本事的时候了！"

张仪也说："日月如流，光阴不再。我受师父之教，也想早日建功立业，图个名扬后世呢！"

鬼谷子听了凄然一笑说："难道，你们之中就没有一个人愿意留下，与我共同授徒的吗？"

苏秦、张仪互相望望，谁也没有出声。

鬼谷子点点头说："看来名利的诱惑要比我这空山野谷大得多呀！你们要下山了，为师再嘱咐你们一句：下山后不管是顺是逆，是吉是凶，都要互相关照、互相帮助，千万不要伤同学之情，更不能为了名利互相残杀呀！"

苏秦、张仪点头应允，跪拜而去。

山中走了苏秦和张仪，也使当时在一旁的庞涓动了心。他很羡慕苏、张二人能下山求取功名，自己也急着想下山，但一想师兄孙宾已经学了七年，仍不提下山之事，而自己才学了三年，所以，也就不敢向鬼谷先生提出此事。

孙宾只是闷头读兵书，所以并没有发现庞涓的情绪变化。

一天，峪中又要出山运盐了，庞涓自告奋勇要下山，鬼谷子同意了。

庞涓进山三年多，把家中的事全忘了，根本没有给家中捎信去。哥哥庞渊寻思兵荒马乱的年头，弟弟不定死在什么地方了，只好照料着孩子们苦熬日子。

这次出了山，庞涓想到了家中的哥嫂和孩子，打算顺路去看一看。

他们来到魏国的都城大梁（今河南开封西北），庞涓安排其他人住在店中，自己回到家中。

天已经黑了，庞渊夫妻跟孩子们已经睡了。庞涓叫开门，庞渊一见是弟弟回来了，又惊又喜，问："哎呀，这三四年你干什么去了？我只当你死了呢！"

庞涓便把临淄遇险，被孙宾相救，又到鬼谷峪学兵法的事向哥哥讲了。

庞渊很高兴，叫起妻子和孩子们，一家相聚，分外亲热。儿子庞英、庞葱和侄儿庞茅，都已经不小了，他们拉着庞涓的衣服，欢蹦乱跳。

庞渊说："弟弟学了兵法，就是一个有本事的人了，这回该有个出头之日了！"

接着，庞渊又告诉庞涓说："眼下，魏国正在招贤纳士，而且俸禄优厚，这正是你应聘的好时候！"

庞渊的话正好说到庞涓的心里，庞涓便问："果真有这样的事吗？"

庞渊说："千真万确，前些天大梁城中还贴了告示呢！听说那相国是个很爱才的人，只要被他看中，他就会推荐给魏惠王。"

庞涓思考了一会儿说："好，等我回去后，就向师父请求下山，来魏国应聘！"

庞渊夫妻都高兴地说："如果弟弟有出头之日，孩子们也都会跟你沾光呀！"

庞涓在家住了一宿，第二天回到城中，寻到小店和大家买了盐，就急着回到鬼谷峪。

孙宾见他回来了，问："兄弟，这次下山顺利吗？山外有什么好消息呀？"

庞涓说："不但很顺利，还有大好消息呢！"

孙宾见他乐得眉飞色舞，便问："什么大好消息？说给我听听！"

庞涓就把魏国张榜招贤的事向孙宾讲了。

孙宾听了不太感兴趣，只是说："目前七国都要壮大自己的势力，都在招贤纳士，并非魏国一家，兄弟何必这么高兴呢？"

孙宾见庞涓没有出声，心中便明白了一二，不由试探着问："兄弟，看你这么高兴，莫非想要前去应聘？"

庞涓灵机一动说："我倒是小事，我是想大哥你已经学了七年多了，苏秦、张仪他们都下山了，难道大哥不想下山吗？"

庞涓很会说话，竟使孙宾信以为真，他想了想说："为兄也想下山，但得看师父的意思，师父让我下山我就下山。再说，我没有可以投奔的人，就是去了，恐怕也不会得到重用的！"

庞涓听孙宾这样说，就转弯抹角地问："大哥，如果我要下山，你说师父能答应吗？"

孙宾说："师父的心思，我也摸不清。你若有这个想法，可以问问师父。"

庞涓摇摇头说："不，我不想去问师父，看看再说吧！"

事情就这样放下了，但庞涓因心中有事，做什么事都没有精神。

一天，鬼谷子把庞涓叫去，问："庞涓，你自打运盐回来后，总神不守舍，莫非有什么心事？"

庞涓暗想：莫非是孙宾告诉了师父，不然他怎么问这个？

庞涓低着头，不肯直接回答。

鬼谷子笑着说："庞涓，你心已浮动，难道能逃过我的眼睛？究竟有什么事，还是告诉师父吧！"

庞涓只好说："我这次运盐，听说魏惠王正在招贤纳士、访求将相，我回来跟师兄说了，就是这么一回事！"

鬼谷子又问："你难道没有下山应聘的念头吗？"

庞涓想了想，说："我听师父的！"

鬼谷子说："好，既然你心已浮动，留在山中也白误你时光，莫如准你下山。依我看来，你时运已至，也到了下山建功立业、寻求功名的时候了！"

庞涓一听正合自己的心意，便立刻跪下说："师父恩准徒弟下山，徒弟从命，但并不知下山之后是否能得意！"

鬼谷子早已胸有成竹，但不想直截了当地告诉他，而是故弄玄虚地说："庞涓，这样吧，你去谷中摘一枝花来，我给你占一占前程！"

庞涓答应了一声，转身而去。

这时候正是六月天，山谷中各种野花都开过了。绿叶到处都有，就是没有花朵。

庞涓在谷中到处寻找，一直寻到中午也没有找到一朵花。他心中着急，只得随便拔了一棵草花，暗想：师父尽出难题，明明知道六月花期已过，偏偏要找寻一枝花，现在只能用这棵草花应付应付了！

他拿着草花走了几步，心想：这棵草花软绵绵的，可不是什么好兆头！想到这里，又把草花扔了，继续寻找。结果，他还是没有找到一朵像样的花，只得回到原来的地方，将扔在地上的那棵草花又拾了起来。

经过多时的日晒，草花已经枯萎了。可是，要想再找这样的草花也找不到了。

庞涓向回走着，边走边想：师父让我寻山花，实际是在难为我呀，我也要难为难为他！于是，他把手中拿着的草花暗藏在袖筒里。

庞涓来到鬼谷子面前，施礼说："师父，时至六月，山谷中已没有一朵野花。徒弟实在寻不到，所以空手而回！"

鬼谷子望着庞涓哈哈大笑，震得山谷发出回音，也震得庞涓浑身起鸡皮疙瘩。

"你说没有花，那你袖筒里藏着什么？"鬼谷子笑罢，斩钉截铁地问。

庞涓羞得脸红，不敢再隐瞒，只好把袖筒里的草花拿出来，双手捧着呈给鬼谷子。

鬼谷子接过草花，细细地看着，半晌才说："庞涓，你认得这是什么草花吗？"

庞涓摇头说："徒弟不认识。"

鬼谷子说："此草名叫马兜铃，长在山谷或田野的草丛间，六月天开十二朵小花。"

庞涓说："我只是随便寻来，师父就不必占前程了！"

鬼谷子认真地说："不，不管是什么，总是你寻来的。马兜铃开十二朵小花，这可以预示你在将相之位可达十二年。此草花采于鬼谷峪中，又经日晒而枯萎，'鬼'字旁加个'委'字，是个'魏'字，也正是你当去的地方，也合你的心意！"

庞涓听鬼谷先生这样一说，心中甚是高兴。

鬼谷子突然又沉下脸说："不过，你不该欺骗我。我断定你以后还必定有欺人的地方。记住，欺人之人必被人欺，这是谁也逃不过的，我希望你知错即改。在我门下受业的人，不论本事大小，都不该坏了鬼谷峪的名声，这也正是我担心的事！"

庞涓连连点着头说："徒弟一定知错改错，请师父放心！"

鬼谷子垂下白眉，沉思良久后说："庞涓，你聪明机敏，天赋极好。我希望你成为一个顶天立地的兵家，不希望听到你的坏名声！"

庞涓见鬼谷子话语真诚、态度庄严，心里很感动，跪在地上说："不劳师嘱，徒弟谨遵！"

鬼谷子说："临行我送你八个字，你要牢记于心！"

庞涓问："不知哪八个字，望师父指教！"

鬼谷子说："你要记住，'遇羊而荣，遇马而瘁'。"说罢，鬼谷子闭上了眼睛。

庞涓见鬼谷子不再说话了，便在地上磕了三个头，然后轻轻地走出了洞室。

第六回　徒中徒精选良才
　　　　　　洞中洞密授兵书

　　庞涓出了鬼谷子的洞室，外面已是明月高悬了。

　　此刻，他的心情并不轻松。师父准了他下山，他当然是求之不得；师父为他占卜前程，他则是喜忧参半，但最使他心中不快的却是：师父难为了他，揭露了他的骗人行为，而且还告诫他"欺人之人必被欺"！他不由暗暗思量：只要下了山，受到魏国的重用，就什么都不在话下了！

　　他怀着复杂的心情回到洞室，想到明日就要离开这里了，应该到孙宾那里坐一坐、聊一聊，便起身来到孙宾的住室。

　　孙宾的洞中依然亮着灯，他正坐在石凳上聚精会神地读兵书。石桌角上放着一摞竹简。

　　庞涓进来说："大哥，还没睡下呀！"

　　见庞涓来了，孙宾放下手中的竹简，问："兄弟，天这么晚了，有事吗？"

　　庞涓坐下说："大哥，我今天去见师父，提起魏国招贤纳士的事，师父准我下山了。明天早晨我就出谷了，所以前来叙谈叙谈！"

　　孙宾很惊讶，问："怎么，这么快呀？"

庞涓笑笑说："既然师父应允，我就不耽误时间了！"

孙宾望着庞涓，不知说些什么才好。

庞涓问："大哥，你想说什么呀？"

孙宾说："想我兄弟同学三载，现在突然分别，心中甚是惆怅。"

庞涓想了想说："如果大哥也愿意下山，何不前去跟师父说说？"

孙宾说："我不比兄弟，你总是有个目标投奔，我尚且没有。所以，师父不会让我下山，我也不能前去要求。"

庞涓立刻非常仗义地说："大哥，你不必发愁。你曾救我一命，我终生不忘，我到了魏国，如果得到重用，一定向魏王推荐大哥！"

孙宾见庞涓这样重情，心中很感动，便说："但愿兄弟能够如此！"

庞涓站起身来说："大哥放心，我若食言，当死于乱箭之下！"

孙宾急忙捂住他的嘴，说："我相信兄弟之言，何必发此重誓？！"

接着，孙宾和庞涓又坐下来说话。过了一会儿，庞涓说："大哥，洞外的月色真好，我那里还有一坛陈酒，我们何不到外面赏月饮酒呢！"

孙宾也同意，说："好，我这里还有松子、榛米呢！"

二人来到洞外，庞涓抱着酒坛，孙宾揣着松子和榛米。他们沿着山道，上了一座高台，便面对面地坐了下来。

刚刚坐下，孙宾说："兄弟，你知道吗，咱师父可爱喝酒了，只是没有跟他一起喝过，今晚何不请师父前来？"

庞涓听了心中有些发怵，但嘴上却说："我想师父已经睡了吧！再说，如请师父喝酒，我们应该抱着酒坛子去才好！"

庞涓本来说的是一番搪塞的话，可孙宾心实，当了真，竟鼓着掌说："好，好，我们抱着酒坛子去找师父吧！"

庞涓无奈，只好抱起酒坛跟着孙宾来到鬼谷子的石洞前。

月光下，丙子坐在石门前的石墩上打盹，孙宾叫醒了他，问："师父睡觉了吗？"

丙子说："师父正在喝酒。没见过他这样喝酒的，只是喝酒，什么话也不说，也不让我在他身旁。看来，师父今晚心情不好！"

孙宾望望庞涓说："走，咱们快跟师父喝酒去！"

庞涓不好意思地随孙宾进了洞室。洞室中亮着油灯，火苗照得鬼谷子的白发闪闪发光。鬼谷子一个人坐在石桌前，捧着酒坛正在饮酒。

孙宾进来说："师父，明天师弟就要下山了，我们带了酒来和师父同饮！"

庞涓缩在孙宾身后，从暗影里看着鬼谷子，不敢说话。

鬼谷子睁开眼睛看看孙宾，微微摇头，仍什么话也不说，只是闷头喝酒。

孙宾和庞涓只好走到鬼谷子面前跪下说："师父开恩，让徒弟们与你同饮吧！"

鬼谷子仍不言语，望了他们一眼，摆摆手，示意让他们起来。

孙宾和庞涓站起身来，对望着，不知该怎样做。

过了一会儿，庞涓猛地打开酒坛子盖儿，"咕咚、咕咚"地痛饮起来，接着，又把酒坛子推给孙宾。孙宾望望师父，也扬脖儿"咕咚、咕咚"痛饮了一阵。

鬼谷子望着他们哈哈大笑起来，声音传出洞室，震得山谷回响。丙子不知发生了什么事，急忙进屋来看，见他们师徒三个抱着坛子喝酒，就又回到石门前打盹去了。

鬼谷子、孙宾、庞涓轮流抱着酒坛子大饮，渐渐地，身体失去了控制。

孙宾平时不大饮酒，现在一阵头晕目眩，跌坐在了地上。庞涓渐渐支撑不住了，也坐在地上。

只有鬼谷子仍抱着坛子像喝水一样喝着，直到醉伏在石桌上鼾声如雷。

第二天清晨，孙宾被丙子扶起来，他睁眼看看，不见庞涓，也不见师父。他问丙子："师父和师弟都到哪里去了？"

丙子说："庞涓先走了，他对我说不要惊醒你们，已经下山去了。后来师父醒来，也出了洞室，说到清溪坪上观水去了。"

孙宾只恨自己酒量小，没有及时醒来去送庞涓。出了洞室，他就来到清溪坪上找师父。

鬼谷子仍像以前那样，斜靠着石枕，眯着眼睛，望着坪下的流水。

因为庞涓欺骗了他，他心中十分懊恼，但又不能发作，所以昨晚饮了那么多的酒。由此，他想到墨翟的话，脸上更觉无光。他一直相信，人的品德是可以在这里陶冶好的，可是今天的事实却狠狠地打了他一个耳光！他在这里授徒多年，还从没有发生过徒弟骗师父的事情。所以，他痛苦极了，他甚至想到，要终止自己的授业，隐居在深山野谷，一直到死。

正在这时，孙宾来了。鬼谷子故意不看他，只是望着坪下的流水。

孙宾走过去，轻轻地说："师父，早晨风凉石冷，还是回洞室吧！"

鬼谷子笑着对孙宾说："你看，你仔细地看，这坪下的流水像什么？"

孙宾低头看着坪下的流水，有时翻花，有时漩下，有时荡漾着细波，一时竟看不出名堂来。

鬼谷子说："我常来这里观水，心情好时，是一种情景，心情不好时，又是一种情景。现在看来，水是混浊的，水声是刺耳的，犹如当今七国征杀的战场。那水中的泡沫就是芸芸众生，尽管瞬息之间千变万化，它们却总是在你争我夺、互相倾轧……"

孙宾一边仔细听着，一边望着坪下的流水，见鬼谷子突然不说了，便说："师父，徒弟愚钝，望师父教诲！"

鬼谷子说："世间事总是仁者见仁、智者见智，你如果常来这里，也定会有你自己的感受。我忽然想到，我的感受或见地，是不能强加于你的！"

孙宾默默无语，他望着坪下东撞西奔的流水，似乎正是他此时心境的写照。他不知道师父为什么这么不高兴，也不知庞涓如何惹了师父，更不知庞涓此次下山是吉是凶。

过了许久，鬼谷子才问："孙宾，你在想什么？"

孙宾并不隐瞒，说："我在挂念庞涓。不知现今他到了什么地方，更不知他此行是否顺利。"说着，不禁流下两行热泪。

过了许久，鬼谷子突然问："孙宾，你以为庞涓为人如何？"

孙宾说："我与庞涓在定铺小店曾结为义兄义弟，我们又同学三载，是有情义的。他聪明机敏，又心直口快，是个好人。”

鬼谷子望望孙宾，不愿将心中的话说出来，只是又问："你以为庞涓可有将才？"

孙宾说："师父教授得法，他又聪明机敏，我看将来必为良将。"

鬼谷子望了孙宾一眼，微微笑了笑，不说话了。

过了几天，孙宾夜里在灯下读书，丙子来到他的面前说："师父说他的洞室之中有了老鼠，要你去捉！"

孙宾问："你怎么没有捉呢？"

丙子说："师父非要叫你去不可，他让我就在你这里睡了。看来，你得捉一夜老鼠了！"

孙宾不知鬼谷子是什么打算，就出了洞室，去见鬼谷子。

鬼谷子坐在石凳上正等着他，见他来了，便说："你听到我洞室中有老鼠嬉闹吗？"

孙宾认真地听了一会儿，仍听不到一点声音，便说："师父，我听不见有老鼠嬉闹之声！"

鬼谷子笑着站起来，用手拉着孙宾来到石架旁边。这石架上放着三层竹简，都是兵书，孙宾已经都读完了。此时，只见鬼谷子抬手在石架上按了一下，只听"咔嚓"一声，石架错开，露出石阶。鬼谷子领着孙宾沿着石阶向下，一直来到底层。洞室面积虽然不大，却点着三盏油灯，比上边还要明亮。

这里也有一排石架，石架上都是一捆捆的竹简，另一旁有石桌，桌前有石凳。

鬼谷子先坐了下来，孙宾就站在他的身边。

鬼谷子说："别站着，也坐下。我今夜叫你来，并非要你捉耗子。"

孙宾说："不知师父洞中有洞，徒弟甚是诧异，我来这里快八年了，师父今夜定有要事吧！"

鬼谷子说："你说对了。"接着，又指着石架上的竹简说，"你去把第一捆抱来，看看是什么？"

孙宾领命，走到石架前抱起第一捆竹简，放到石桌上。鬼谷子让他展开来，孙宾便小心翼翼地将竹简展开。他定睛一看，不禁大吃一惊，原来上边开头写的是：孙武子兵法十三篇注解。

孙宾脱口问："师父，这不是先祖的著作吗？"

鬼谷子笑笑说："不，这是我的著作，是我将你爷爷的十三篇作了详注。"

孙宾虽是孙武之后，但从未见过原著。

孙宾怀着惶惑不解的神情，望着鬼谷子。

鬼谷子便给他讲了下面的故事。

当年，鬼谷子怀才不遇，去到吴国。他听说大兵家孙武已被伍子胥请去，帮助吴王阖闾练兵，就来见孙武。二人素不相识，可是一谈起用兵之术，便都觉相见恨晚。第二天，孙武就将鬼谷子引荐给伍子胥，伍子胥见他是一位不可多得的人才，当即推荐给吴王阖闾，阖闾用人心切，立即召见了他。

一见面，阖闾见他衣衫不整，满面胡须，心中不悦，但一听他谈起兵机，又立刻肃然起敬。不久，吴国与楚国发生战争，因为粮草供应不及，受了损失。鬼谷子是个追根刨底的人，他向阖闾大发雷霆，非要找出粮草供应不及的原因。其实，这个管粮草的官乃是阖闾宫中一个美人的哥哥，鬼谷子执意要杀他，阖闾心中不忍。

鬼谷子说："大王若不正军法，将士难以用命，我在此也心灰意冷了。"

阖闾见他这样狂傲，便说："来去听便！"

鬼谷子一怒之下离开了吴国。当时，伍子胥曾百般挽留，鬼谷子说："你为他卖命自有原因，我为他卖命，只求个心顺，如今事不平、心不顺，所以只有离去了！"

临走，他向孙武告别，孙武说："天下君主都有不当之处，阖闾还算好的。因为练兵，我斩了他的美姬，他也没有怪罪我。所以，我劝你还是留下吧！"

鬼谷子说："大丈夫一言既出，驷马难追。我明白你和伍子胥都要为阖闾重整吴国而做事，我很佩服你们，尤其佩服你的用兵之术。今日无缘再在一起，不知何年何月再能相逢！我这个人一生与官家不睦，屡遭排挤，所以从此不再为任何一国做事了。我没有别的要求，只慕你的著作《兵法十三篇》，能否让我抄下来，以备时刻学习？"

孙武说："何劳你动手去抄？我可以送你一部，聊谢你对我的相知之情！"

鬼谷子深表谢意，拜别孙武走了。

后来，吴王阖闾战胜楚国和越国，称霸于诸侯，孙武见大功已成，便借故隐退了。临走，他对伍子胥说："你大仇已报，但还有重任在肩，我就不能相伴了。我的兵法著作只有一部了，我交给你，望你妥为保存，再建新功！"

伍子胥收了孙武的《兵法十三篇》。为了流传后世，伍子胥又将此著作献于阖闾，并嘱其珍藏。阖闾从其言，专门做了一个铁柜，将此书藏了起来，埋在姑苏台的屋楹之下。

阖闾死后，夫差即位，他荒淫无道，偏听奸佞之言，杀害了伍子胥，由此国势大衰，战败的越王勾践卧薪尝胆，发奋图强，一举消灭了吴国，姑苏台也被毁。从此，这部著作就不知去向。

孙武听说吴国灭亡、伍子胥死难后，曾潜赴姑苏，一来凭吊伍子胥，二来寻找《兵法十三篇》。可是，终究还是没有找到。

孙武知道鬼谷子那里仍有一部，便踏遍名山大川寻找鬼谷子。几年过去了，因没有找到鬼谷子，孙武便心灰意冷，藏隐于山野之中了。

又过去了二十几年，墨翟见到鬼谷子，讲了孙武寻他的经过。

于是，鬼谷子和墨翟又去寻访孙武，可再也不知孙武的去向了。鬼谷子自悔自叹，总觉得此生没有再见到孙武，实是一大憾事。

此后，鬼谷子在洞中用五年时间完成了《〈孙武兵法十三篇〉注解》一书。他视此书为至宝，特请好友墨翟专门为它修了一个洞中之洞，深藏起来。

孙宾进山学艺，鬼谷子非常高兴，暗说："孙武不死矣！"决定将洞中所藏传授给他。所以，他对孙宾要求非常严格，不止一次地试验他的悟性，检验他的品性。

庞涓进山后，鬼谷子见他聪明机敏，不禁心中喜欢，同时也有了这样一个想法：他希望庞涓能克服浮躁情绪，在谷中陶冶好自己的人格。等十年八载之后，他将洞中所藏一齐传授给孙、庞二人，这样，自己也就心安了。

不料，庞涓却急于下山追逐名利，这使他很是不悦，所以，他故意让庞涓寻山花为其占卜。他希望庞涓如实相告，然后再挽留他，谁知庞涓自作聪明，并且欺骗他，使他终于改变了想法。现在庞涓走了，鬼谷子见孙宾为人忠厚、做事踏实，便决定只传授给他。

鬼谷子恐怕别的徒弟知道此事，所以以捉老鼠为名，把孙宾叫来。

孙宾听完鬼谷子讲述的故事，心中深为感动，不由得问："师父，你说我爷爷现在还活在人世吗？"

鬼谷子想了想，说："我今年一百一十七岁了，你爷爷没有我大，如果还在，也有一百岁了。世人都说可以成仙成神，依我看来，并不可能，只是因为修持得当，能多活一些年罢了！我想你爷爷不论生或死，你都不会见到他了。但是他有了《兵法十三篇》，就永活于世了！你要在这洞中苦读十天十夜，把这部兵书读完！"

孙宾一边应诺，一边说："师父，庞涓师弟走了，这多可惜呀！不然，他也可以读到了！"

鬼谷子轻轻摇头说："这部著作，首先是你爷爷的心血结晶，然后是我一生的总结，是不能轻易示人的。我见你为人忠厚，又是孙武后裔，所以才如此。熟读此著作，并能巧妙运用，必对天下有利，心术不端的人读此著作，定为天下害。我认为庞涓不配读此著作！"

孙宾默默点头，他心中仍不明白师父看出了庞涓哪里不足，既然师父不说，他也不好再问。

从此，孙宾即以替师父捉老鼠为名，吃睡在这洞中之洞。

鬼谷子每天为他送饭，孙宾有些不忍，鬼谷子却说："不要多说，十天十夜之后就再也不能进洞了！"

不知不觉中，十天十夜即将过去。最后一个晚上，鬼谷子来到洞中，见孙宾正在抬头凝思，便问："孙宾，你读熟了吗？"

孙宾说："我正在从头背诵，请师父……"

鬼谷子说："时间已到，你随我上去吧！"

孙宾站起来，还未举步，对这里的一切，竟有点依恋了。

孙宾随师父上来，鬼谷子又用手按了一下石架，"咔嚓"一声，石架又恢复了原貌，什么破绽也看不出来。

鬼谷子坐了下来，眯着眼睛问了十三道题。这十三道题是：始计篇、作战篇、谋攻篇、军形篇、兵势篇、虚实篇、军争篇、九变篇、行军篇、地形篇、九地篇、火攻篇、用间篇。

鬼谷子逐题盘问，孙宾都对答如流，他不但能答出原著的内容，而且还答出注解的内容。

鬼谷子听了，拍着手，哈哈大笑，说："孙宾，像你这样专心致志的人，实在少见。我总算没有白费心血，看来，你祖父之业有人继承了！"

鬼谷子心中高兴，便抱过一坛酒，示意孙宾将坛盖打开。

孙宾过去拆掉坛上的泥封口，掀去盖，洞内顿时飘散着阵阵清香。

"师父，这是什么好酒啊？"孙宾大声地问。

鬼谷子哈哈笑着说："这是专门慰劳你的！这坛酒已存放二十年了，它是用鬼谷峪中上等松子和青溪坪下石乳之汁酿制成的，所以清亮透明，浓香绵长。饮了此酒，可遍体生暖，十日不思饮食！"

孙宾听着，不解地问："师父，什么是石乳之汁呢？"

鬼谷子说："你站在青溪坪上，俯身下望，在山洞之中有许多垂吊的乳石。每年霜降之后的中午时分，这些乳石会生出露珠，一滴一滴地滚落下来。这时，要悬空接住这些乳石汗水，这可不是件容易的事情！"

孙宾点头说："如此我就借师父之福了！"

二人坐下来，一人一把陶盏，倒满了酒，正要饮时，却听得洞外有人说话。鬼谷子当即放下手中的陶盏，孙宾却不知是何人来了。

洞外之人高叫着进来，向鬼谷子说："老白鬼，你今晚是招待什么贵客呀？酒香把鬼谷峪都熏醉了！"

鬼谷子只是咧嘴笑着，并不答话。

孙宾仰头端详着来人：一头乌发，一个牛心髻高挑在头顶；一蓬墨一样的胡子，油亮发光；双眸大而圆，眉毛重而黑；精力旺盛，神态平和……

"老白鬼，"来人依然大声问，"你聋了，还是哑了？怎不说话呀？"

鬼谷子突然笑着说："我不聋不哑，只见你又年轻了许多。一晃过去七八年，人家长了七八岁，难道你反倒缩了七八岁？！"

来人正色说："这倒不是笑话，我是觉得年轻了，也许这正是我心无旁骛的缘故吧！"

"不，"鬼谷子说，"你不是也很忙吗？不是一会儿到这儿，一会儿到那儿，宣扬你那些主张吗？弄得那些儒家弟子都在痛骂你呢！"

"可我不往心里去，照旧轻轻松松做我的事。"来人说，"岂知我也曾是个儒学家，只是后来离经叛道了。我反对他们戴着面具说话或做事。说不言'利'，其实处处都是'利'，谈'利'有什么不好？其实，上至国家，下至庶民，立足点都是一个'利'字……"

鬼谷子打断了他的话，说："好了，不要向我宣扬了，我早已经认可了。就连上次你提醒我的收徒条件，我都认可了！"说到这里，忙对孙宾说，"孙宾，向你师叔问安，他就是大名鼎鼎的，人称墨子的墨翟先生！"

孙宾听了鬼谷子的介绍，立刻想起了在云梦山中时，蛇岐子跟他讲的话，现在看来，他果然不是一个凡俗之人。

孙宾站起来，施礼说："师叔在上，小徒孙宾拜安！"

鬼谷子在一旁又哈哈大笑起来，说："对，他就是我八年前收的徒弟，你知道他的爷爷是谁吗？"

墨翟急问："谁？"

鬼谷子拍着墨翟的肩膀说："你见过的，也就是咱们曾共同寻找过的大兵家孙武！"

墨翟听了几乎跳起来，连声说："哎呀，这么多年，我也没忘记寻找你爷爷的下落呀！可惜一直寻找不见。也许他隐居江南的青山碧水之间，再也不愿入世了。不过，他的《兵法十三篇》却留给了你师父，这下可好了。"接着，又扭头问鬼谷子，"怎么，这看家之宝该献给真人了吧？！"

鬼谷子听着，一边开怀大笑，一边说："这个不劳你操心。如果不是这样，我的陈酿还不搬出来呢！正好让你赶上了，算你有口福！"

墨翟急忙说："不，我也不白叨扰你，我带来了云梦山中最好的东西！"

提起云梦山中的好东西，孙宾立即想起了蛇岐子为他做的好菜——木芝。

鬼谷子问："什么上好的东西呀？"

墨翟说："不过，我是受人之托，给人带的！"

鬼谷子问："给谁带的呀？"

墨翟说："远在天边，近在身旁。这是蛇岐子给你的徒弟孙宾带的，好一片深情厚谊呀！看起来世间女子真比我们男人多情啊！"

鬼谷子又哈哈大笑："是啊，你我蓄志不娶妻室，怎知道那些多情的女子呢？！"

墨翟说："蛇岐子一定让我带到，她说云梦山的千年木芝可以让人寿活一千岁，她这是要为孙宾贤徒滋补身体呀！"

孙宾听了，怦然心动，便问："敢问师叔，蛇岐子过得好吗？"

墨翟说："很好，她立志在云梦山研制防治毒蛇的丹丸，很有进展。她说，她不求长生不老，只求活着为世人做一件好事就知足了！"

鬼谷子点点头，佩服地说："不管是男人还是女人，只要有这样的心志就好了。唉，墨老弟，一朝孙宾离我而去，我就不想再授徒了。还是你说得对，收下什么样的徒弟，等于向地里播下了什么样的种子，可不能大意啊！"

墨翟见鬼谷子这样怅然，猜想他一定有什么心事，便问："能跟我说说吗？"

鬼谷子望望孙宾，对墨翟说："唉，先喝酒！等有时间再跟你说！"

墨翟见鬼谷子不愿说，便不追问。于是，三个人坐好，孙宾给墨翟也斟了一陶盏酒。

孙宾说："喝师父酿的鬼谷神酒，用云梦山的千年木芝下酒，这真是再好不过了！"

墨翟说："不早不晚被我赶上了，二美合一，也是缘分呀！"

酒至半酣，鬼谷子说："墨黑子，我已经把我注解的《兵法十三篇》交给了孙宾，他用十天十夜的时间默记于心，我考了他，他对答如流。我今天高兴，所以用好酒嘉奖他，这样看来，孙子兵法总算有继承之人了。不论孙武是隐于青山绿水之间，还是已经驾鹤西游，我们都算对得起他了！"

墨翟也很高兴，举起陶盏说："老白鬼，让你和我，还有他的孙子，一齐向他敬献一盏酒吧！"说罢，站起身来。孙宾和鬼谷子也站起身，三只陶盏举过头顶，然后轻轻地将酒洒在地上。

鬼谷子与孙武共过事，有过交往，与墨翟之前虽只有一次相遇，但二人彻夜长谈，志投意合。他们一时间都想起往事，也都不禁落下了眼泪。

孙宾没有见过爷爷的面，没有什么可回忆的，但那种骨肉之情，也使他不由得流下了眼泪。

三人沉默许久，墨翟为了打破沉寂，大声说："老白鬼，既然孙宾可称为高徒，已经把《兵法十三篇》的注解熟诵于胸，我可否与他交谈一番？"

鬼谷子说："这有何不可呢？随便说吧！"

孙宾很谦虚地站起来，说："师叔有何教诲，就请直言！"

墨翟说："好吧，我不想让你背诵原文。我只想听听，你对《兵法十三篇》的理解和认识。"

孙宾思考了一阵儿说："那么，小徒献丑了。我以为先祖的著作是中华兵书的奠基之作。他把战争视为'国之大事'，认为必须慎重对待。战争的胜败决定于政治、经济、军事、地理条件、气候条件等的综合。他在战略战术方面也有精辟的总结。他提出的种种原则都是活的，而不是死的，比如，他说："凡用兵之法，十则围之，五则攻之，倍则分之。"这是用兵的一般法则，可是他又说："兵以诈之，以利动，以分合为变者也。"这就是对前一个法则的灵活运用。先祖原著如此精深博大，加上我师父的注解，就使这部著作更加光彩夺目。师父对每一篇都做了详细分析，而且以夏、商、周以来乃至春秋时的战例作为例证，将每个题目都讲得非常透彻。"

孙宾说到这里，墨翟止不住鼓起掌来，连声说："好，好！老白鬼，你有了这样的徒弟，我都替你骄傲。我不是一般地反对战争，但战争是残酷的，遭殃的总是百姓。可是没有战争，钝刀子割肉，百姓还是受罪。只要是用正义的行动制止非正义的行动，我都是支持的。希望贤徒在心中有一把这样的尺子！"

孙宾施礼说："小徒铭记于心！"

三个人痛痛快快饮完了酒，孙宾回到自己的洞室。

鬼谷子与墨翟同榻而眠。

墨翟这回在谷中多住了些时日，有一天，他约孙宾到清溪坪上下棋，连下了三盘，墨翟都败给了孙宾。

孙宾很不好意思，说："师叔，你不是在故意让着我吧？"

墨翟笑着说："我一点儿也没有让你。我的弈术不佳，这是真的。我与人下棋，还没有输过，就是你师父，我们也互有胜负，看来贤徒弈术很高啊！"

孙宾谦逊地说："无非是专心而已。我想弈虽小术，不专心致志，也难取胜啊！"

墨翟沉思着说："弈术与兵术大同小异。我看你已学有所成，应该下山建功立业了，不能长久埋没于草泽之中呀！"

孙宾说："一来我不愿离开师父，二来也没有一个好的去处。"

墨翟笑着说："师徒情谊天长地久，但不必一定要在一处厮守，就是天各一方，情谊也是永在的。至于去处嘛……"

墨翟正在思考着，孙宾却说："师叔，不瞒你说，我的义弟庞涓临下山之时曾对我说，他只要有了出头之日，一定替我举荐。现在也不知师弟情况怎样！"

墨翟听了孙宾的话，想起了那天夜里鬼谷子跟他介绍的庞涓的情况，心中不免有些嘀咕，可是，觉得自己如到那里去，或许也能有所作为。

墨翟说："好吧，等我离开这里，专程到魏国去一下，看看庞涓如今的情况，或许能够荐你去的。"

孙宾又说："师叔，我若下山去，师父能同意吗？"

墨翟朗声说："哦，这个没有问题，我会跟他说的！"

说着话，二人走下清溪坪。

墨翟去见鬼谷子，孙宾回洞室研读兵法。

却说庞涓离开鬼谷峪之后，先回到了家中，庞渊夫妻很是高兴，庞涓却愁眉不展。庞渊问："兄弟，你怎么一脸不高兴的样子啊？"

庞涓说："我见咱家依旧贫寒。这年头，要想去魏王那里求个一官半职，不用点钱财，谁能推荐你啊！"

庞渊说："不是张榜招贤吗？兄弟既然学好了兵法，这不就是本钱吗！怎么还要用钱财呢？"

庞涓说："别看张榜招贤，表面上冠冕堂皇的，实际上入仕不是大官的三亲六故，就得拿钱去买，哪有平步青云的事啊！"

庞渊一听傻了眼，说："这样说来，兄弟白学了三四年兵法了，咱家中可没有钱财啊！三个孩子都没长大，就指着我和你嫂子土里刨食，一年混个吃穿就不错了，哪有富余呀！"

庞涓苦笑一声，也无法抱怨哥嫂，只好说："等过几天，我到大梁城中走走，也许能寻一条出路！"

庞渊点点头说："我一个庄稼人，没有离开过猫儿坟半步，什么也不懂，只能靠兄弟去闯闯了！"

庞涓在家待不住，跟哥嫂要了些零钱，就来到了大梁城。

当时的大梁城非常繁华，不但是魏国的都城，而且是中原地区的交通枢纽。

庞涓进了城，觉得自己穿得寒酸，不愿在街上逛，就选择一家不大的旅店住下了。这家旅店虽然不大，却住了许多南来北往的商人，这是因为这旅店中有许多会唱俚曲的小姑娘。

这些唱俚曲的姑娘来自哪里的都有。经商的人南来北往，常年离家，总有一些思乡情绪。所以，到晚间没事，想听什么俚曲，就可找会唱这种俚曲的姑娘。出门在外，听到家乡的俚曲，就好像回到了家乡，连做梦也是美好的。

所以，这里是东西南北各路商人常住的旅店。不过，庞涓并不知道这些，他入住只是为省一些钱罢了，谁知，这里竟成了庞涓发达的开始！

庞涓进了大梁，目的是探听消息，寻找一个接近官场的途径。所以，他总是不动声色地留意探听。

进了这家旅店，他听着南腔北调，心中就琢磨：这里倒不错，不但可以打听到魏国的情况，就连齐、楚、燕、韩、赵、秦的情况也能探听到。

庞涓以自己仅有的几个钱安心地住下了，他白天黑夜都在店中，在跟伙计们的聊天中，他渐渐知道了大梁城中的许多情况。

有一天，庞涓站在店门前抬头观看门匾，匾上横刻着"送往迎来"几个大字。两旁明柱上，一边刻着一行字，左边是"乾坤一旅舍"；右边是"日月两车轮"。

这时，旅店的掌柜问他："客官很喜欢这些字吗？"

庞涓心不在焉地回答："喜欢，喜欢！"

掌柜又问："看来客官也是读书之人了？"

庞涓笑笑说："这年头读书又有何用，只是一身清苦罢了！"说着，便问掌柜，"掌柜，你的店怎么没有名号？"

这掌柜四十多岁，个子敦实，一口大梁口音，他笑着说："客官你是没有注意，请你抬头观看！"

庞涓顺着掌柜的手指向高望去，原来在店门前竖着一个松木高杆，杆头飘着一面红色的布幔，布幔上清清楚楚地写着四个字："俚曲旅店"。庞涓果是没有注意，现在见了不由暗暗佩服这位掌柜的经商智慧。

庞涓又问："掌柜，你的旅店很有特色。敢问每天都有听俚曲的吗？我怎么没有看见啊？"

掌柜又笑了，笑得眼睛眯成一条线，他说："客官，你真是初来乍到不知底细。那些听曲的客商，都是在晚间把姑娘们叫到他房中去的。你乐意听什么地方的俚曲，你就先告诉柜台上，这样我们便可做准备。比如，你是秦国人，爱听秦曲，我们就准备秦女；你若是楚国人，想听楚曲，我们就准备楚女；你若是燕国人，想听北方的俚曲，我们就准备燕女……你又没有让我们准备，你怎会知道呢？！"

庞涓听了暗暗点头说："是这样啊，可是我是魏国人，要听什么俚曲呢？"

掌柜说："好啊，我国大梁的俚曲也很好听嘛！客官是否让我给你准备一下，找一个色艺双绝的姑娘？"

庞涓苦笑一声，心想：这旅店就指着这个挣钱，花销一定少不了，自己腰包没钱，不能做这种事！于是便说："好，等我喜欢时，一定提前告诉你。"

掌柜说："好，记住，我姓乔，名巧汉，这个名字好记。可不要小瞧我呀，不瞒客官说，就连当今魏国的相国也高看我一眼呢！"

掌柜呵呵笑着，眯着眼，露着牙，十分得意。庞涓心中有事，所以很敏感，忙问："怎么，你认识相国？怎么认识的呀？"

掌柜为了炫耀自己，更来了劲儿，说："怎么，你不知道当今的相国？我不但认识，他还得感谢我呢！我也算是他半个媒人呢！"

庞涓一听更来了兴趣，忙问："这是怎么回事呢？"

掌柜神神秘秘地说："这个事一般人可不知道，我告诉你，你不要胡乱宣扬，因为相国有话，不要大肆张扬这件事。咳，其实呢，大梁城中也没人不知道，你心里知道就是了，嘴上别总说。"

庞涓装得很平静，可掌柜按捺不住，还是说了："你不知道，这相国原是燕国人，今年已经六十多岁了。他多年离家，产生了思乡情绪，后来听说大梁城中，就是我这里开了一家俚曲旅馆，就动了心，夜晚悄悄来这里，要听一曲燕国的俚曲。我就给他选了一个长得最俊、唱得最好的姑娘去侍候他。这姑娘当年十五岁，叫杨春娥，是燕国蓟人，自幼随父亲唱曲谋生，后来父亲死了，便只身一人来到大梁。我正需要她这样的女子，就花了几个钱把她买来了。这姑娘爱穿粉色衣衫，店中都叫她粉红女。"

掌柜说得嘴角起沫儿，庞涓也不追问，只是有兴趣地听着。

掌柜又接着说："相国一见这姑娘就喜欢上了，后来又听她唱了一曲北方的俚曲，就更是离不开她了，以后，他每晚必到。我也不是傻子，还看不出这么一点意思来？便偷偷问春娥：'相国有什么意思没有？'春娥告诉我说：'老头子只是碍于面子，恐怕人议论。'我仔细一琢磨，觉得这事好办，便在大梁城外找了一个村子，让春娥定居下来。接着，我又把这消息告诉了相国，相国很明白，过了不久就找人说媒，正式把春娥娶进门，做了他的第五位小妾。相国感谢我，托人悄悄送来重礼。你说，我不是相国的半个媒人吗？"

庞涓奉承说："不，掌柜就是媒人嘛！"

掌柜说："其实是。客官，你说我是不是做了一件好事？"

这时庞涓陷入了沉思，掌柜再说什么，他好像什么也没有听见。

庞涓回到自己的房间，庆幸这一意外的收获，心中暗暗说："接近相国的机会来到了！"

庞涓想：相国离乡久了，有思乡之念，爱听家乡的俚曲，难道这个杨春娥就不思乡吗？她自己会唱，难道就不喜欢听别人唱吗？只是因为她已经做了相国的小妾，身份变化了，不能再出府听俚曲罢了。

于是，庞涓便精心设计了一个方案……

下午，庞涓出了屋，来到柜台找到乔巧汉，悄悄说："掌柜，今晚我也要听听俚曲。"

掌柜说："好，我就去给客官准备。"

庞涓说："可要记住，我要听燕国的俚曲！"

掌柜有些不解，问："客官既是魏国人，怎么要听燕国的俚曲呢？"

庞涓认真地说：“掌柜的有所不知，我的祖籍是燕国，后来随父乔迁到了这里。多年不回家乡，连家乡的音调都忘了，所以想听听，顺便学一学，回家去也可唱给父母听。”

掌柜呵呵笑着说：“好，我去准备一下。”

吃过晚饭，庞涓重新洗了脸，清扫了屋子，擦了桌子、椅子，专等着唱俚曲的姑娘到来。

庞涓心急，坐立不安，左等右等不见有人来，便想：莫非掌柜没有安排好？于是，他出了屋来到柜台，找到掌柜，问：“掌柜，怎么还没来人呀？”

掌柜呵呵笑着说：“看来客官是真不懂规矩，我们这里的规矩是，打好招呼后，在晚饭后一定先来柜上交钱，然后我们才告诉姑娘前去，客官还没有送钱来，我们怎能告诉姑娘前去侍候啊？！”

庞涓问了价格，小心翼翼地掏出一些钱，放在柜台上，转身要走。

掌柜又笑呵呵地喊住他：“客官，因为你不懂，所以我还得告诉你：你交到柜上这些钱，可那姑娘唱完了俚曲，侍奉着客官，该给姑娘多少钱，我们就不管了。当然，客官也不能太小气了！”

庞涓听了吸一口冷气，暗说：“这家伙真会做买卖，听完了俚曲还要给姑娘钱呢！”

庞涓囊中羞涩，可是为了达到目的，也只能照办。

庞涓回到屋里，过不多久，就有人敲门了。庞涓打开门，果见一个姑娘笑盈盈地站在门外，庞涓很有礼貌地请她进来，回身关了门。

庞涓突然问：“姑娘，你唱俚曲，难道没有丝竹和管弦伴奏？"

姑娘说："有的，只要客官愿意，可以先订好，不过钱要加倍的。"

又提到了钱！庞涓害怕了，只得说："好，不用伴奏了，就听姑娘清唱吧！"

姑娘笑笑说："在我们家乡，俚曲就是随便哼唱的，因为随处可唱，所以是不需要伴奏的！"

庞涓仔细听着，暗暗学着她说话的口音和韵味，见姑娘不说话了，便说："那好，你就唱吧！"

姑娘垂下头，双手搭在胯间，离庞涓很远。

庞涓抬头望着她，只见她眉清目秀，身子单薄，脸上和眼睛里都流露出一种淡淡的哀愁。

庞涓不禁问："姑娘今年多大？哪儿的人？叫什么名字呀？"

姑娘回答："我叫春卉，姓李，孤竹人。因为滦河泛滥，一家逃到了燕国，我今年十八岁。"

庞涓又问："你的父母在什么地方呀？"

春卉说："我的父亲住在大梁，已经双目失明，不能干活了。那年因战乱南逃，路过滹沱河时遇上大风沙，母亲被沙子埋住，父亲的眼睛被沙石打瞎了……"说到这里，她眼里含着泪，声音有些哽咽。

庞涓近前说："莫伤心了，原来你也是个可怜人啊！"说着，抬手拍拍她的肩头。

春卉用手推开庞涓，连连后退，说："客官，我求求你，我只卖唱，并不卖身。我已经有了婆家，男人当兵在外，我不能做对不起他的事呀！如果客官不肯，我宁可不挣这个钱！"

庞涓听了脸上飞红，说："姑娘误会了。"接着又问，"你叫春卉，认识春娥吗？"

春卉忙说："我不认识她，可是我听说过她的事。难道客官也是魏国的大官吗？不管你是多么大的官，小女子也不做对不起丈夫的事，也不会高攀你！"

庞涓的心中不知是什么滋味，竟无缘由地哈哈大笑起来，笑得春卉直往后躲，战战兢兢地说："客官，我见你文质彬彬的样子，你不会是个坏人吧？！"

庞涓想着自己的心事，冷静地说："姑娘，不要怕。我也把我的想法告诉你吧！"

春卉忐忑不安地听着。

庞涓说："我也是燕国人，幼小随父离家来到大梁。二十多年没有回家了，十分想念家乡的一草一木。如今父亲已年过八旬。他时常想起家乡，眼泪汪汪地对我说：'孩子，家乡的小曲真好听，我做梦都想起过去的事情。咱何时可以回家呀？'可是，因为家境贫寒，父亲年迈，我们不能回到故乡了。我听说大梁城中开了一个'俚曲旅馆'，所以就来了。我不但要听姑娘唱，而且要跟姑娘学，学会了回家唱给父亲听。这就是我的愿望，你完全不必害怕！"

春卉听庞涓这样一说，竟信以为真了。可是，她哪里知道，庞涓是在撒谎呀！

庞涓又说："我学曲心切，只是为了孝敬父亲，所以恳请姑娘教我。我离家时年纪幼小，所以什么也不记得了，但我决心学会。只是……"

庞涓一想到钱，又发了愁。

春卉问："客官还有什么为难的呀？"

庞涓说："只是家境贫寒，恐怕常在这里，付不起姑娘的钱啊！"

春卉受感动了，说："难得客官对老人的一片孝心，如果没钱，我可以不要，只要你付给柜上就可以了！"

庞涓问："你家有双目失明的父亲要靠你唱曲照养，我怎能……"

春卉打断他说："不碍事，上个月我丈夫打仗回来，发了一些军饷，这个月的日子不发愁了！"

庞涓见姑娘已被自己糊弄得差不多了，便说："那就请姑娘多费心了。我尽量快学，省得误你时间。"

春卉点点头说："好，我就给客官唱！"

接着，春卉姑娘唱起了家乡小曲：

正月里来是新年，
大嫂房中泪涟涟，
过门不到一年整，
大哥从军出了关。

二月里来苦菜生，
大哥打仗丢性命，
大嫂有苦无处诉，
坐在门口望星空。

三月里来是清明，
山阴道上雨纷纷，
人家有坟填锹土，

大嫂无坟放悲声。

……

　　春卉悲悲切切地唱着，眼中满含泪水，因为她唱的是战乱给百姓带来的苦痛。本来俚词是要唱完十二个月的，可是庞涓听不下去了，他制止说："我说姑娘，难道没有快乐一点的吗？这支俚曲太伤人心了！"

　　春卉说："这是悲曲。也有喜曲和谐曲，不知客官想听什么样的呀？"

　　庞涓说："好，你一样来一个。"

　　春卉答应着，又唱了一支喜曲：

　　　　春景天好景致，
　　　　喜鹊喳喳上树枝，
　　　　桃李丛中蝴蝶闹，
　　　　小孩下河摸鱼吃。
　　　　冬景天雪花飞，
　　　　万里乾坤玉一堆，
　　　　醉了的老翁雪中走，
　　　　胡乱折下一支梅。

　　唱了这一支喜曲，春卉又接着唱了一支谐曲：

　　　　日头出来照两厢，
　　　　听我表表王家庄。
　　　　王家庄有位老王笑，

他家有个好姑娘。

正月提媒二月娶，

三月生个小儿郎。

四月会爬五月会跪，

六月学会叫爹娘。

七月南堂把书念，

八月就能做文章。

九月进城去应聘，

十月被封领兵将。

十一月带兵去打仗，

十二月告老回家乡。

腊月三十得了一场病，

大年初一遭了殃。

要问我唱的什么曲，

起名就叫一年忙。

春卉还没唱完，庞涓就被逗得哈哈大笑起来，他说："哦，我明白了。所谓谐曲就是叫人听了发笑的俚曲吧？"

春卉说："对。"

庞涓说："好了，你就教我这三支俚曲吧！姑娘，你看我几个晚上可以学会呀？"

春卉说："如果客官耳音好，又聪明，我想，三个晚上就差不多了！"当晚，庞涓学会了那支悲曲。

春卉又接连来了三个晚上。两个晚上，教庞涓学会了喜曲和谐曲；最后那个晚上，春卉给庞涓讲了许多俚曲的知识，还有她家乡的风俗人情，等等。

庞涓是个聪明人，又深藏着心事，所以学得很快。

为了争取时间，也为了节省钱，庞涓说："姑娘，我从心里感谢你，就把仅有的这些钱都给你吧！"

春卉说："客官，这些钱都不给我也不强求，但愿你在父辈面前尽孝！"

庞涓脸上发烧，不知说什么好，便于窘迫中问了一句："不知你丈夫叫什么名字，也许将来我能帮助他！"

春卉回答："他叫丁义。一个当兵的，成年去打仗，你见不到他的！对了，我还没问客官你的名字呢？"

庞涓立刻回答："我叫庞……"

刚说出一个字，庞涓忽然止住，他怕说出真名引起麻烦，便又机警地更正说："哦，我姓唐名黄，叫唐黄。"

春卉点点头，出门走了。一连唱了四个晚上，又教会了庞涓唱俚曲，她却只得到了很少的报酬。

春卉走了，庞涓也立刻出屋结了账。

掌柜笑眯眯地问："怎么，她没有侍候好客官？要不要我给你找个女子？不过，那可就要多花些钱了！"

庞涓没有心绪想这个，笑着说："不必了，我有紧要事要办，所以离去！"

掌柜说："不送了，下回要听俚曲再来！"

庞涓连夜出了大梁城，直奔自己的家——猫儿坟。

因为他身上一点儿钱也没有了，住到明晨，就要丢人现眼了。

庞涓后半夜到了家。

庞渊见兄弟这个时候回家来，便问："怎么，有急事吗？"

庞涓阴沉着脸说："没有急事就不能回家呀？"

庞渊见他情绪不好，心中不解，追问："兄弟，你别上火，到底在外边遇上什么不顺心的事了？"

庞涓冷静了下来，摇着头说："咳，不要说了，只是因为穷啊！我没有钱住店了，所以半夜赶回来！"

庞渊一听发了愁，低头不语，好半晌才说："兄弟，咱家的情况你是知道的，我土里刨食还要养活三个孩子，哪有许多钱呀！如果没有钱就不能被招纳，那哥哥就没有办法了！"

庞涓见庞渊实在为难，便央求说："哥，我还要进大梁城，你能不能先给我借一些钱啊？"

庞渊心地善良，心疼弟弟，就咬咬牙说："好吧，等天亮了我借借看。只盼着弟弟发迹就好了！"

庞涓回来就是为了让哥哥借钱的。第二天早起，庞渊向邻居东拼西凑借了些钱，交给庞涓。虽然钱不多，也够他在小店中住些天了。

手中有了钱，庞涓立刻重返大梁城。到城中已经天黑了，他不愿再去"俚曲旅店"住，便寻了一个更加便宜的小店住下。

第二天，庞涓按着自己的设计，找到相国府门前。

这里很安静。相国府门庭华丽，戒备森严，小商小贩离得远远的，不敢靠近。

庞涓望着守门的官兵，慢慢走过去。守门的官兵冲他高喊："喂，不要近前！"

庞涓只好停住脚望着。不一会儿，见相国府前门大开，跑出一辆马配銮铃、车披锦盖的华车，威风凛凛地朝正西驰去。

庞涓不知是干什么的，便走到一个小贩面前问："这是干什么的车呀？"

小贩说："这是相国上朝去了，他每天这个时候去。"

庞涓听了，心中平静了一些，过了一会儿，竟大摇大摆地走到相国府门前。

守门的官兵想赶他走，可是庞涓不理他们，坐在地上就唱起来，守门的官兵一下子愣住了，原来庞涓唱的是北方俚曲谐调：

> 燕子往南飞，尾巴朝着东，
>
> 只因刮的是西风。
>
> ……

守门官兵听了全乐了，议论起来："怎么燕子往南飞，尾巴应该朝着北呀，偏偏朝着东，这西风也太大了。"

"要是这么大，还不把燕子刮到海里去呀？"

"一个俚曲，随便唱呗，怎能较真？！"

庞涓还要唱，一个守门官对他说："你要会唱俚曲，那边有个俚曲旅店，到那里去唱吧！"

庞涓站起来说："我是专门要给相国五妾唱的，你们通禀一声吧！"

守门官望望大伙，想了想说："这样说来，他一定是燕人了？"

其他的守门官兵暗暗点头，意思是说：应该去禀报一声。

相国府的人都知道五妾是唱燕国俚曲的，后被相国看中，带进府来。现在来了一个唱燕国俚曲的人要见她，怎敢不报呢？！

守门官想：报不报在我，见不见由她。想到这里，就入府禀报去了。

庞涓见守门官去了，仍坐在地上等着，嘴里还小声地哼着俚曲。

时间不长，守门官出来了，身后还跟着一个侍女。

守门官说："喂，算你有运气，五妾要你入府，随她去吧！"

庞涓听了心中甚喜，站起来随着侍女入府。左拐右转，来到了一个花厅前。

侍女扭头说："先生稍等。"

侍女穿过花厅，进了一个房间。一会儿又出来了，对他说："先生随我来吧！"

庞涓拍拍身上的尘土，小心翼翼地随侍女进了一个房间。到里边一看，不由眼花缭乱：箱子柜子上的各种珍珠宝器，闪闪发光；中间地上那个金鼎里，正升腾起缕缕轻烟，散发着诱人的香气……

庞涓手脚无措地站着。眨眼间，侍女不见了，却从掀动的金帘后，走出一位丽人。庞涓偷偷观看，只见她云鬟高挽，头饰放光，穿着粉红的绣花锦衣，脸露微笑，眼眸传神。

庞涓心中暗想：这人一定是五姜春娥了。他垂手站立，等着对方问话。

此人正是杨春娥。她自入相国府做了五姜以后，吃的是山珍海味，住的是华屋锦室，穿的是绫罗绸缎，过上了堂上一呼、阶下百诺的日子。

她应该是满足了，可是也并不尽然。过去唱俚曲虽然清苦，倒有人身自由；现在入了相国府，却如鸟入樊笼，再也不能到处走动了。刚入府时，她天天给相国唱燕国俚曲，相国也很高兴。后来，她唱着乏味了，说："光是我唱你来听，你就不能唱一支让我听听吗？"

相国说："我实在唱不好呀！"

春娥说："什么好呀坏呀的，不就是让咱们一起回忆家乡嘛！"

相国唱了一支俚曲，听着如公鸭一样的声音，春娥立即捂上了耳朵。从此，相国再不唱了，春娥也缺少了乐趣。

今天有人禀报说门前有一个唱燕国俚曲的人要求进见，她听了十分高兴，所以立刻要他进见。

"你就是那个唱俚曲的吗？"春娥望着庞涓问，"你叫什么名字啊？老家是什么地方？怎么流落到大梁？"

庞涓一边思考，一边回答："我是唱燕国俚曲的，我叫唐黄，是孤竹人，后来辗转到了燕国遵化地方，又因战乱，与父母失散，只得靠唱俚曲度日，去年才来到这里。听说您爱听俚曲，所以进献一曲，使您欢喜！"

庞涓把想好了的谎话，一字一板地说了一遍。庞涓言语清亮，姿态端庄，一下子便把春娥吸引住了。

春娥说："好，别拘束，坐下说话吧！"

庞涓落座，仍是垂着头。

春娥笑了："别害怕，抬起头来，自自在在的。"接着，又吩咐侍女端上水来。

庞涓仍然很警惕，唯恐话语间露出破绽。

春娥又问："先生多大岁数了？一定还没娶过媳妇吧？"

庞涓答："在下今年二十五岁。颠沛流离，哪有条件娶媳妇呀？"

春娥说："看先生容貌清秀，行动端庄，真是可惜呀！"

庞涓不敢多说话，只是听着。

过了一会儿，春娥又唤来侍女，说："去，领先生去沐浴更衣，再来唱曲！"

侍女答应着，领庞涓去了。庞涓心中既高兴又紧张，暗暗打着主意。

沐浴更衣已毕，庞涓又站到了春娥面前。春娥见了，"啊"的一声，说："真是人靠衣服马靠鞍啊！先生这么一打扮，成了美男子了！"

庞涓笑笑说："您过奖了！不知您想听悲的，还是想听喜的，还是想听谐的？请您指点，我好唱啊！"

春娥说："我们的经历都太悲苦了，心中的喜曲也不那么多，只有谐调讨人喜欢惹人笑。你就唱支谐调吧！"

庞涓会意，但又望着春娥："您也知道咱家乡的俚曲，尤其是谐调，有许多不中听的词儿，请您不要责怪呀！"

春娥很高兴，连说："不怕，不怕！你尽管唱来！"

庞涓心中有了底，就唱了起来。

俚词本是庞涓早想好了的，现在唱完了，却又怕惹怒了春娥。谁知春娥不但不怒，反而发出银铃般的笑声，双手捧着肚子喘不过气来。

庞涓仔细地观望着春娥，见她脸色绯红，有一种说不出来的媚态。

庞涓暗想：闯过了这一关，就一切好办了！

接着，二人不再那么拘束了。他们说着唱着，春娥好像又恢复了往日的欢乐和放荡。

中午吃饭，春娥命仆人们特别做了好菜款待庞涓。

吃过饭，庞涓要走。春娥问："不知唐公子住在哪里？"

"在城中小店。"庞涓答。

春娥吃了一惊，说："这怎么行？我还怕你脏了我送你的衣服呢！"

庞涓说："我换下衣服，明日再来！"

春娥说："不必了。唐先生既然没有家室，就住在这儿吧，也好随时说说话、唱唱曲！"

这是庞涓求之不得的事，但表面上还得故意推辞几句。春娥决意不让他走，马上让人安排住处。接着，二人又继续聊天、唱曲，举动自然放荡多了。庞涓是早设计好的，所以总是有意挑逗、亲近。春娥是放纵惯了的，加之庞涓一表人才又善奉迎，自然欢天喜地。可巧，当晚相国又没有回来。家人来报说，他去外地察看练兵去了。

这倒给了庞涓一个好机会。按计划，他要多费几天工夫，现在天公作美，竟意外地加快了这一进程！

这一夜，他们成就了云雨巫山之愿，彼此十分惬意。

一连过了两天两夜，庞涓见火候到了，就跪在地上向春娥说明了一切。当然他的话中仍有谎言。

春娥听了，有些吃惊，但又马上平静了。她说："既然你是庞涓，又在深山中学了三年兵法，何不去见惠王，让他封你个官？"

庞涓说："这也正是我所求的！"

春娥仔细一想，突然生气了，说："我明白了，原来你不是对我有情，而是算计着如何达到你的目的呀！"

庞涓连连磕头说："我因家境贫寒，没有进见之礼，所以才想了这个办法。如今看来，您是有情有义之人，使我深深爱慕，不愿再分开了！"

春娥说："那，我们偷偷远走高飞？"

庞涓说："我也想过了。远走高飞当然好，可是你想想，如今天下征战不止，哪里有我们的安身之处？那相国也不会放过我们啊！所以我想求您向相国推荐，一旦让我见了惠王，凭我三寸不烂之舌，凭我胸中的兵法，讨个官做是没问题的。这样，我们就可以不分开了。等那老相国一死，我们就成名正言顺的夫妻了！"

春娥听了，觉得很有道理，便点点头说："你可要说话算数啊！我可不让你再娶媳妇了！"

庞涓连连磕头，向春娥作了保证，春娥心满意足地笑了，只等相国回来向他推荐。

又过了几日，相国回来了。

这相国六十多岁，为人倒很老实。虽然做了魏国的相国，但不弄权术，一心忠于魏惠王。家中之事他也不过问，全由大夫人当家主持。自从娶了春娥，他视如珍宝、爱如心肝。几天没见春娥的面，自然更加亲热。

春娥却正色说："相国，你们不是招贤纳士吗？我给你推荐一个人才，你见见面吧！"

相国笑着说："别逗着玩了，有什么人才找你来推荐啊？"

春娥反问："不找我推荐，能见到你吗？能见到大王吗？你们招贤纳士全是假的，没钱做进见礼，有什么本事也白搭！"

相国又问："那，他给了你什么进见之礼呢？"

春娥笑着说："他会唱俚曲呀！"

接着，春娥榛子黄、栗子黑地跟相国讲了一遍。相国心想：如果他真懂兵法，这倒是个难得的人才！

于是，马上让春娥把庞涓叫来。

庞涓见了相国，立刻跪下磕头，连说："请老相国恕在下不恭，多蒙关照了！"

相国让他坐下说话，问："你既懂兵法，可曾拜师学艺？"

庞涓说："在下于清溪山鬼谷峪跟鬼谷子先生学艺三年。艺满下山后，听说魏国招聘将相，我苦于无门进见相国，所以学唱俚曲进入府中，还望相国向大王推荐！"

相国见庞涓谈吐不凡，举止端庄，心中生出喜爱之情，哪里会想到庞涓的下流之事，又听说他师从鼎鼎大名的鬼谷子，便更加高看一眼了。

接着，他又问了庞涓一些别的事情，庞涓均对答如流。

相国说："好吧，明天随老夫上朝，面见大王！"

庞涓异常高兴，连声道谢。

这一夜，庞涓久久不能入睡。他想，明天就要面见魏惠王了，这是他设计的最后一关。如果得到魏惠王的赏识，他就可以平步青云飞黄腾达了。

一直熬到天明，庞涓早早起来洗手净面，只等侍女唤他吃饭。

吃过饭，春娥又命侍女给庞涓换了新衣。相国叫他上车，一同入朝。

到了王宫门，各家大臣还没到来，相国便对庞涓说："你见了大王，要详细表明你胸中之学，取得大王的好感。千万不要拘谨啊！"

庞涓说："相国放心，在下一定遵命！"

相国说："我前几天去边塞视察，见士兵们个个精壮，粮草也丰足，只是缺少一个带兵的大将。如果你真学有所成，大王一定会重用你的！"

等了一会儿，各家大臣仍不见到来。相国就说："走，随我到内廷去见大王吧！"

庞涓唯唯诺诺地随着，进了魏惠王的内廷。

这时，魏惠王穿戴已毕，还没有吃早饭呢，见相国进来，问："相国今天怎么这么早啊？"

相国说："启奏大王，臣引来一位先生，他曾在鬼谷子门下为徒，听我大王招贤纳士，前来应聘，请大王面试！"

如今的魏国正缺少领兵之将，听说来人曾学艺于鬼谷子门下，魏惠王很高兴。他刚要细问情况，这时厨师端着托盘，送上一只蒸好的羊羔，放在了桌上。

庞涓见了，心中突然惊喜，暗暗说："师父鬼谷子曾经说过，我'遇羊而荣'。看来此言不谬！"

他心中这样想着，便更加挺直了腰板，睁大了眼睛。

魏惠王见庞涓英气勃勃，心中很喜欢，不禁放下筷子，站起身来说："先生请坐，快将胸中所学讲给寡人听听！"

庞涓见魏惠王这样抬举他，便趾高气扬地站起来说："在下姓庞名涓，本是魏国人，自幼学习兵法，后来被高人引荐给鬼谷先生。鬼谷先生见我悟性神超，便将他一生绝密教授于我。师父有通天彻地之才，他预言我将来必能超过他！"

魏惠王和相国全被庞涓的吹嘘吓唬住了，不由佩服得五体投地。

魏惠王又说："先生能够当场演示一番用兵之法吗？"

庞涓说："这有何难？请大王赐豆子一斗！"

魏惠王立刻命人取来一斗豆子，放在桌子上。庞涓走近桌前，抓起一把豆子，迅速摆好了一个阵式。然后他用手一推，全阵皆乱，接着闭上眼睛，复又布好，跟原来的阵式一模一样。

这本来是鬼谷子教授徒弟的基本功，并没有什么奇妙之处，何况这种阵式不过是一般的用兵布阵而已。

魏惠王和相国很是吃惊：刚才的阵式被打乱了，他竟然能闭着眼睛重新布出来，这可成了神人了！

他们一齐高呼着："妙，妙！"

庞涓又说："大王，这并不算什么。我就学于鬼谷先生，深谙师父用兵之道。比这难的战阵，恐怕大王就更看不明白！"

魏惠王惊叹不已，长长叹了口气说："如今，我们魏国处于六个大国之间，东边有齐，西边有秦，南边有楚，北边有韩、赵、燕，皆与我国势均力敌。尤其是北边的赵国，前些年夺取了我国的领土，至今未还。此仇不报，我寝食难安，不知先生有何良策？"

庞涓一时想不出对敌之策，便灵机一动地说："大王如起用在下，管保让魏国攻无不克、战无不胜，又何在于一个赵国？！"

庞涓这一通大话，连他自己都觉得有点过头，但为了得到惠王重用，也只能这样。

魏惠王和相国全被庞涓震住了。相国悄悄对魏惠王说："大王，你看可否封庞先生为元帅？"

魏惠王心想：我是只听他说，没见他做，封为元帅就是全国领兵第一人啊！

庞涓见魏惠王有些迟疑，便又上前说："大王，在下不求重封。不过，在下还要说一遍，以在下之学，完全可以操六国兵将于股掌之中。在下受封后若效命不力，甘愿伏罪！"

庞涓果然机敏，此时此刻，他说出这样的话，立时让魏惠王下了决心。

魏惠王郑重地说："好。寡人封你为全国统兵大元帅兼军师之职！”

庞涓听了如晴天响雷，惊喜欲狂。他立刻跪在地上磕头，说：“谢大王重用，庞涓将以生命效忠魏国！”

庞涓经过一番谋划，终于达到了自己的目的，他不由长长舒了一口气。魏惠王给他拨了府宅，待遇竟同相国一样。

庞涓几天之间，由一个人下之人变成人上之人，立时轰动了大梁。可是，俚曲旅店的掌柜，还有那个单纯、善良的李春卉，并不知道庞涓就是唐黄。

庞涓一是恋着春娥，二是也不敢惹她，所以被封了元帅之后，当天晚上就携了重礼，来见春娥，表面上是答谢老相国的推荐之恩。

被蒙在鼓里的相国，不知他与春娥的内情，自然是盛情款待，并引以为荣。

宴罢之后，他向春娥暗送眼神，春娥会意。临走，庞涓正式相邀：“请您随时过府来唱家乡俚曲呀！”

春娥说：“一定，一定！”

这样，庞涓与春娥悄悄地做着暗事，把相国糊弄得仍然乐乐和和。

有一天，春娥又来见庞涓，二人亲热了一阵，春娥说：“我告诉你一个消息，是老头子跟我说的。他说大王要你领兵去攻打赵国，一来可以报仇，二来也看看你的真本事。”

庞涓听了皱着眉说：“看来大王有些不相信我呀！”

春娥说：“你也应该做出一个样子来，让大臣们看看！”

庞涓点头称是。送走了春娥之后，他便回到房里思考起来。

庞涓想，六个大国的兵力都差不多，不管攻打哪一国，都难以预料胜败。第一次出师必须打个胜仗，才会使魏惠王放心，让大臣们佩服。他琢磨来琢磨去，认为目前还不能轻易攻打某一个大国。第一步不能啃硬的，但可以啃软的，于是他选择了弱小的卫国和宋国。

第二天早朝时，魏惠王说："庞将军，我对赵国耿耿于怀，打算发兵去攻打，以报旧仇！"

庞涓早已有了准备，便说："大王，赵国乃七雄之一，而且又与齐国交好，我看应该先稳住它。等我们征服了诸小国，大王声威大震之后再攻打它，就一战可取了！"

接着，他又详细阐明了先易后难的道理。这样，庞涓终于说服了魏惠王。

魏惠王问："依你之见，应该先攻打哪里？"

庞涓说："臣闻卫与宋正在打仗，我们正好乘他们兵力损耗、都城守备空虚的时候，一举打败他们。就像两只公鸡在争斗，我们拿刀去，一下子便可将他们都杀死！"

魏惠王准了庞涓的建议。几天之后，大兵便直发卫国的都城楚丘（今河南滑县）。

楚丘城防薄弱，因为大部分卫兵正在与宋国交战，庞涓轻而易举地攻下了这座城池。

随后，庞涓留下大将驻守楚丘，自己又引军向宋，并且同样轻而易举地攻下了该国的都城商丘（今河南商丘）。

庞涓接连征服了两个小国，自觉功劳不小，便立刻班师回朝。

到了大梁，庞涓向魏惠王报告战况。他把敌人说得如何凶猛，他又是怎样指挥有方，所以才很快取得了胜利。

魏惠王非常高兴，当着众臣夸奖了庞涓一番。众臣也连声向庞涓道贺。

庞涓神色飞扬地回到府中，立即想到离魏国近的小国还有鲁和郑。

鲁国原来是被周朝分封的诸侯国，当时建都曲阜。现今内部发生分裂，由季孙氏、孟孙氏、叔孙氏三家分管，国力衰弱。

郑国跟鲁国相似，因为内乱，现今也由三家大臣监国。

庞涓分析着这一切，认为出兵攻打鲁、郑，是绝对有把握的。于是，他上朝面见魏惠王，陈说利害，要求发兵。

魏惠王立刻答应了。

庞涓领着大军，先攻破了鲁国都城曲阜，接着挥军西去，打败了郑国。

庞涓马到成功，仅仅用了二十天，就征服了这两个小国。

过了不久，宋国、卫国、鲁国和郑国的四国使臣，一齐到大梁朝见魏惠王，并带来了重礼。

他们盛赞庞涓用兵如神，严格治军，深得四国百姓的拥戴。他们表示：愿意归顺魏国，年年称臣，岁岁纳贡。

魏惠王非常高兴，打心眼儿里佩服庞涓。

庞涓受到重赏，在魏国牢牢地站住了脚。

第九回 入魏都墨翟荐贤
辞鬼谷孙宾下山

庞涓既已得志，早把应诺推荐孙宾的事忘得干干净净。他到处说谎，弄得连家也不敢回，生怕被春娥发觉后，与他反目。

且说墨翟，自答应孙宾要入魏看看庞涓的情况后，便先对鬼谷子说了。

鬼谷子想了想说："孙宾不但天赋极强，而且为人正派、忠厚，将来必有大用。我教徒弟终归是要他建功立业名垂青史的，只是现在还没有想出去处。那庞涓浮躁、嫉妒，我不能再让孙宾到魏国去了。"

墨翟说："人总是有变化的。我没见过庞涓，不知他人品如何，只听你说，因为他骗了你，所以你一直伤心。我想他求名心切，难免做出一点错事。还是看看他以后的表现吧！另外，他与孙宾是结义兄弟，如果一同扶保魏惠王，也许能成就一番事业。"

鬼谷子说："你只往好处看，这就是你的所谓'兼爱'的思想吧！他们在一起，如果庞涓加害孙宾呢？"

墨翟说："上一回为收徒争论，你认为是我对了。那么这一次，也许我就错了。还是顺其自然吧！过两天，我去蓬莱，然后从蓬莱去魏国看看情形。"

过了两天，墨翟果然离了鬼谷峪，到蓬莱去了。

大约过了两个多月，墨翟在蓬莱办完了事，昼夜兼程来到魏国。这正是宋、鲁、卫、郑四国使臣朝见魏惠王之后，庞涓更加洋洋得意的时候。

墨翟在大梁城街上，见市民们交头接耳议论纷纷，就站下来听。

"你听说了吗？南边的宋、郑、卫、鲁四国使臣一齐来朝贺大王了！"

"知道。那都是大元帅兼军师庞涓的功劳，庞元帅出征两次，两次获胜，才使四国之君甘愿称臣了！"

"也别吹，就那四个小国，还不好打呀！不知从哪里冒出来了个庞涓？"

"嗬，可了不得。那可是大兵家鬼谷子的得意高徒呢！听说他能呼风唤雨撒豆成兵呢！"

墨翟听着这些话，心中好不是滋味：是庞涓自我吹嘘，还是市民们瞎议？

此时正是上朝的时候。墨翟来到魏惠王大殿前，对守殿将军说："烦劳禀报惠王，就说闲云野鹤墨翟求见！"

谁都知道墨翟的大名，今日来到魏国必有大事，守殿将军便赶紧禀报。

魏惠王听说墨子到了，急忙出殿迎接。

恰好庞涓今天没来，相国替他告了假。

魏惠王打躬说："不知先生仙驾光顾，未能远迎，望能海涵！"

墨翟也拱拱手，说：“野性之人，来去匆匆，今日到此也无大事。”

说着，二人进入大殿。魏惠王与墨翟对面而坐，大臣们都退下去了。

墨翟说：“听说大王最近连胜四国，可贺可庆呀！又听说，大王起用了一个新人名叫庞涓？”

魏惠王连连点头说：“正是。庞将军学艺于鬼谷先生，高深莫测，实我魏国之幸也！”

墨翟微微一笑，说：“大王，俗话说‘山外有山’，我以为大王只知此山，不知山外之山了。”

魏惠王问：“不知先生此话是什么意思？”

墨翟说：“据我所知，有一个叫孙宾的人，乃大兵家孙武之孙，那才是真正的将才呢！我曾与他交谈，胸中韬略在我之上。大王何不召来？”

魏惠王听墨翟这样说，不禁一惊说：“先生乃当代贤哲，见多识广又深藏机谋，难道他能高过你？”

“正是。”墨翟说，“就看大王能不能将他请来了！”

魏惠王听了，高兴地站了起来，问：“此人在何处？望先生指示！”

墨翟说：“他拜师于鬼谷子，至今仍在鬼谷峪。”

魏惠王听了，突然说：“这样说来，他和庞将军同从一师，那庞将军一定认识他了？”

墨翟点点头。

魏惠王又问：“依先生之见，庞将军与孙宾相比，谁的韬略更深啊？”

墨翟说：“孙宾与庞涓，虽是同学，但那孙宾独得鬼谷先生真传，我可料定当今天下无可匹敌！"

魏惠王求贤若渴，向墨翟打躬说："就烦先生出面将孙宾请来，我必重用！"

墨翟说："这事就不要让我劳动了。他的师弟庞涓正在这里，让他去请吧！"

魏惠王想了想，说："也好吧！"

墨翟办完了这件事，便告辞魏惠王，云游天下去了。

临行，魏惠王送出宫外，拉着墨翟的手说："以先生之才，若在这里，我可以将国王之位拱手相让！"

墨翟哈哈大笑说："我本山野之性，不喜衣冠，恐怕今生没有这个尘缘了。望大王以仁德之威安定天下，求个众生真正的太平，也不枉我此行了！"

魏惠王点头，目送他远去。

送走墨翟，魏惠王立刻召见庞涓。

魏惠王问："庞将军，你可认识孙宾这个人？"

庞涓听魏惠王问起孙宾，心中一惊，暗暗想：这是谁告诉给大王的呢？莫非孙宾已经来到了大梁？

他怀着忐忑不安的口气，问："大王，你怎么问起他来？莫非他已经到了大梁？"

魏惠王说："我并未见过孙宾，只是墨翟先生向我推荐此人，说他与将军乃是同门，所以才问将军。"

庞涓听魏惠王这么一说，心中才平静下来。他想：既然孙宾没有到来，我可以劝大王拒绝他来。可是转而又想：大王已经知道了此人和我是同学，如不相召，一定说我嫉贤妒能。另外，孙宾早晚要下山，不投魏国必投别国，那将成为他强硬的对手。这样看来，还不如召他来魏，他一定感谢我的推荐之恩，这样，他在我手下，必由我摆布，岂不一举多得？！

庞涓想到这里，立刻笑着说："大王，此人是和我同门，我这些天也正在考虑向大王推荐他呢。可是我又想，那孙宾乃是齐国人，他的宗族人等都在齐国，如果召他来魏国做官，恐怕他的心在齐国，于我们不利呀！所以，我一直犹豫未决。"

庞涓的一番话，说得合情合理，使魏惠王深受感动。他说："看来将军时时处处都在为寡人着想啊！"

庞涓说："一心向主、忠主，乃是做臣子的本分！"

魏惠王说："俗语说'士为知己者死'，只要我对他好，他不会有二心的。如今天下纷争，有许多在异国做官的文臣武将，不是一样忠心耿耿吗？！我们魏国为了强盛，为了争霸，要广罗人才，并不一定非要魏国人不可！"

庞涓听了魏惠王的话，立即奉迎着说："大王仁爱之心，臣心领神会。我立刻致书孙宾，召他前来效力！"

魏惠王很高兴，送庞涓出宫。

回到府中，庞涓仍面有难色。他想，如今魏国兵权在我一人之手，受到魏王的专宠。如果孙宾来了，得到大王的喜爱，岂不是要与我平分兵权？唉，在大王面前已经答应了，只好照办。等孙宾来后，再设计除掉他吧！

庞涓怀着不可告人的目的，给孙宾写了信。信上是这样写的：孙宾义兄，别来无恙？下山之前，我答应义兄，如果我在魏受到重用，即刻向大王推荐义兄。现在，我已受到大王重用，所以致书相邀，请即前来，共建功业……

第二天，庞涓拿了信来见魏惠王。魏惠王看了点头称是。于是，立刻派人前往鬼谷峪召请孙宾。

使者驾驷马高车，带了黄金和白璧，怀中揣了庞涓的信。

魏惠王还亲自送出城外，显得十分庄重。

使者进了清溪山，山路不能行车，只好停在山坡，自己下车寻路进了鬼谷峪。

到了鬼谷峪，使者终于找到了孙宾。

孙宾正在自己的石洞中以榛米为兵演练兵法，见丙子引着使者进来，不知何事，便问丙子："有事吗？"

丙子说："此人是魏国使者，他是来找你的，所以我带他来了。"

孙宾问："师父知道了吗？"

丙子说："师父不知道。"

这时，使者上前说："先生，这里有庞将军的书简，请先生过目！"

孙宾接过书简，仔细看过，高兴地说："既然是贤弟所托，又有魏王之召，这不是小事，等我禀告师父，再做决定。"

使者点头，留在洞中等候。

孙宾来到鬼谷子的石洞，见鬼谷先生正闭坐养神，走上前轻声说："师父，师弟来信了，请您一阅！"

鬼谷子急忙接过书简，从头看了一遍，脸上立刻现出阴沉的气色。他想：这个庞涓在这里跟我学艺三年，现今被魏王重用，竟连问候一声的话都没有，可见是一个薄义的小人，现在魏国正是小人得志，不是好兆头。

鬼谷子存心阻止孙宾前往魏国，可是他又想起了好友墨翟的话，再说孙宾和庞涓是结义兄弟，庞涓得了势，不忘当年的承诺，向魏王推荐孙宾，这说明他还未忘同学之情。

鬼谷子想着这些，又见孙宾兴奋的神态，知道他愿意去。

鬼谷子沉默了一会儿，说："既然庞涓相邀，又有魏王的盛情相召，师父就放你下山了！不知你是否还有什么要求？"

孙宾立刻说："师父教我十年，我一点回报都没有，还有什么要求啊！我只求师父保重身体，长寿再长寿！"

鬼谷子苦涩地点点头，说："你下山之后，师父不想再授徒了，也要像你墨子师叔，还有江湖游士壶公等人那样，云游去了。也许咱师徒将来难以相见了！"

孙宾听到这里，放声大哭。

鬼谷子说："快别哭了。如今你已经快三十岁了，还像刚刚上山那样吗？你已成了大丈夫，大丈夫有泪不轻弹。以后的生活不知有多少坎坷，哭是不能解决问题的！"

孙宾抽抽搭搭地抱着鬼谷子的腿，跪在地上不起来。

鬼谷子把他拉起来，让他坐下，说："孙宾，为师授业多年，教出了许多徒弟，虽说都有建树，可是他们谁都不如你。我相信你一定能够建功立业，名垂青史，但世态炎凉，人心险恶，凭你这样憨厚善良，恐怕是要吃亏的。"

孙宾认真地听着，眼珠不转地望着鬼谷子。他见鬼谷子比他进山时苍老多了，眼神也不那么放光了，心中不禁又涌上一股热浪，眼泪又如涌泉一样淌了下来。

鬼谷子眼里没有泪，白发杂乱地披散在肩头，两撇银丝一样的长眉打了结，粘在脖颈上。

孙宾替他理顺了银丝长眉，又一下一下地梳理着他雪白蓬乱的头发。

鬼谷子好像沉入梦中，这是他有生以来头一次得到这样的享受。

孙宾说："师父啊，我不下山去了，我要终生服侍你！"

鬼谷子笑了，良久才说："孩子，别这样，世界上没有

孙宾辞别鬼谷子下山赴魏

永久不散的宴席。天下大事也是合久必分、分久必合，这是规律。为师活了一百二十多岁了，还不知道这些？人生天地之间，只要会面，只要共事，就是缘分。当然有善缘、恶缘之分。我们师徒就是善缘吧，人要多结善缘，于人于己都有好处。你学了兵法，又继承了你爷爷的事业，应该下山去，那些美好的东西，日后藏在心里就可以了！"

孙宾说："我怕师父这么大年纪，将来会没有人侍候！"

鬼谷子摇摇头，抚着孙宾的肩膀说："咳，人活过百岁，就自知生死了。你的爷爷现在何方？我们却不得而知，也许他还活着，也许他已经死了，也许他真的成了神仙，还用你惦着他吗？"

孙宾听着，只是默默点头。

鬼谷子又说："我一辈子没有成婚，我希望你不要学我。还有那位墨翟，也没成过婚，我们都是所谓识破红尘的人。其实，红尘是什么？红尘即为人世，人世间生老病死是常事，娶妻生子、享受天伦之乐也是常事，不过都要乐观对待。你下山之后，就是到了人世间，娶妻生子是当然之事！"

孙宾问："师父，你为什么嘱咐这个？"

鬼谷子说："我记得你墨翟师叔来时，曾说到云梦山中的蛇岐子，看来她对你很有感情。所以，为师嘱咐你，如有机缘，可与她合百年之好！"

孙宾说："师父，我刚刚下山，正待建功立业，哪有心去想这个呀？"

鬼谷子说："大男儿当先立业后成家，这是古今常理。可是，我当年就因学艺误了年华，后来又苦苦追逐建功立业，把什么婚姻之事都统统忘却了。等白发上头，回想起来总有些怅然！我主张，男子到了年龄就应该成婚，男主外、女主内并不影响建功立业呀！"

孙宾听鬼谷子说起这些，多年不敢回想的情缘，一下子涌上心头。他不能瞒着师父，便将自己离家后遇见曹林驿婧竹的事，一股脑儿地对鬼谷子讲了。

鬼谷子哈哈大笑起来："看不出来，你还是一个情种呢！"

孙宾不好意思地低下头说："师父，并不是我多情，只是那女子真诚大方，真心相许，使我无法推辞。"

鬼谷子说："多情未必不丈夫。男女之情天经地义，只是不能胡来，那时你们还年幼，如今已是成人，倒完全应该考虑了！"

孙宾答应鬼谷子，等下山之后有个安身之处时再去看望婧竹姑娘。

师徒二人有说不尽的话。最后，鬼谷子对孙宾说："孩子，你去谷中取一支山花来，我给你占上一占，也许有点用处。"

孙宾不知其意，出了门便到谷中去寻找山花。

此时正是九月天气，满山遍谷开满了各种野花。孙宾找了一阵，唯独看中了黄菊，就折了一支，急忙回到洞中。

鬼谷子接过花，观看了一会儿，又交给了孙宾。

孙宾见石桌之上有一个金质的瓶子，是鬼谷子放置刻字的刀子用的。孙宾便顺手将手中的黄菊插在里边。

鬼谷子看着孙宾这些行动，沉思了一会儿，说："这支黄菊你是折断拿来的，并不是连根拔起，已经不完好了，但这黄菊生性耐寒，经霜不凋，所以虽有残折，并不为大凶。而且你刚才又把它插在瓶中，这更是吉兆，说明你将受人敬重。

这瓶乃金质，属于钟鼎一类。严霜过后，你一定会名刻钟鼎，被后世人所传颂。你以花插瓶，又可说明你将来之业，必在家乡。"

孙宾说："师父，我此行应召是去魏国，而我的家乡在齐不在魏呀！"

鬼谷子说："世间事变化多端，这都要顺其自然了！"

其实，鬼谷子心中早已料到，孙宾与庞涓若在一起，势必不能两立，将来前程定有坎坷。但他不愿说出，因为这是他不愿看到的现象。墨翟在魏王面前，虽然推荐了孙宾，但不直接出面，而是让庞涓来做。他是怀着一种良好的愿望，把功劳让给庞涓，将来孙庞二人也许能和睦相处，一同建功立业。魏国若能从此强盛起来，统一列国，那么华夏就将不再征战，百姓便可安居乐业。这些，都是他所希望的。

鬼谷子虽然预料孙庞二人将势不两立，但他心中也有一种良好的愿望。

临别时，鬼谷子对孙宾说："孩子，我送你一个锦囊，你可在危难之时将它拆开，也许能助你一臂之力！"

鬼谷子把最坏的事情都想到了，所以他要尽力设法保孙宾脱险。

孙宾接过锦囊，藏在衣袋里。

鬼谷子又嘱咐一句："必到十分危急的时候，方可拆看！"

孙宾又鞠了三个躬向鬼谷子告别。

当天，孙宾随魏国使者出了鬼谷峪，坐上车直驰魏国。

孙宾入山十来年，虽然每年也出谷买些粮食或盐，但仍感山外的一切既陌生又新鲜。

一村一庄，一河一丘地飞驰过去，中午孙宾来到一个小镇上吃饭。

小镇上有一条小河，河上有一座石桥，叫公案桥。桥这边是齐国之地，桥那边是韩国之地。小镇就以公案桥命名。

今年大旱，河已断流，有许多人在河中捕鱼。河边有一个小店叫悦来店。孙宾一行人的车就停在店前。

使者让驭手看着车，自己和孙宾到店内用餐去了。

时间不长，驭手跑进来说："不好了，方才来了一伙人，抢走了捕鱼人的鱼虾，捕鱼人吓得纷纷逃散了，看来，这里不是久留之地，我们快走吧！"

使者和孙宾急忙付了钱，拿了一些干粮，三人边吃边走出来。

这时来了几个捕鱼人，孙宾向他们打听情况，捕鱼人告诉他："在这里东南方有一座落雁山，山上住着一伙强盗，多年在这里占山为王，但从不抢掠贫苦百姓，专门劫杀那些为富不仁的人。今天，他要我们把捕到的鱼虾都送上山去，为的是款待他从远方来的大哥，我们答应了他。可是这事被镇上的财主知道了，他说他要款待他的客商朋友，也要这些鱼虾。这就使我们为难了，不知该给谁！我们就把这儿的情况通知了落雁山的强盗头目。他一听大怒，同时告诉我们一个方法：他派人假装去抢，到时候财主就没有话说了。刚才，我们就是故意按强盗头目出的主意做了，然后，他如数付给我们钱。这个强盗不残害百姓，百姓们有什么难处，都是找他去想法子的，我们愿意把鱼虾卖给他。"

使者和孙宾听了，都对这个强盗产生了兴趣，认为他是一个杀富济贫、仗义疏财的好人。

孙宾问："这个强盗叫什么名字？"

捕鱼人回答：“他叫孙卓，长一脸络腮胡子，脾气暴烈，但心地善良，是个好人啊！这年头兵荒马乱，谁也管不了他，他过得挺自在！”

孙宾一听，忽然想起了失散多年的大哥和二哥，脸上现出迟疑的神色。于是他连着问：“这个人多大年纪，他是什么地方人啊？”

捕鱼人说：“年纪约在三十多岁吧！不知他是从什么地方来的。只听落雁山其他的人说，他是因为家中遭了兵灾，才逃出来的。”

孙宾暗暗点头，断定他就是二哥无疑了。他有心去见二哥，可是当着魏国使者的面，他不愿意这样做。不管怎么说，也是占山为盗啊！他又想，如果错过了这个时机，又不知何年何月再见了。

这时候，使者催促道：“孙先生，我们快走吧！误了期限，我回去可要受罚的呀！”

孙宾听了使者的话，上车出发了，但他记住了这个叫作公案桥的小镇，记住了二哥孙卓就在落雁山上。

车速正在加快，孙宾想：二哥要宴请的人很可能就是大哥了，这样也就不用再发愁找不到大哥了……

想到这里，他不由望着公案桥的方向默默祈祷：愿上天保佑大哥、二哥平安，并恕小弟今日不能相会之过！

车轮飞驰，孙宾于颠簸中突然又想起了当年壶公的话：“天下如此之大，凡事都有一个缘分，所谓有缘千里来相会，无缘对面不相逢！”

想到这里，孙宾的心渐渐平静了下来，心想：也许此时不是我们兄弟相会的时候……

准时准期，魏使者将孙宾领到大梁城。他对孙宾说："孙先生与庞将军乃同学故友，庞将军嘱咐，先生到时先到他的府上。"

孙宾说："甚好。我初入魏国两眼一抹黑，只认得贤弟庞涓，自然是先见他了！"

于是使者驱车把孙宾送到庞涓府前。

孙宾谢了使者后，叫守门官禀报，就说"孙宾来访"。

庞涓早做了安排，守门官听说是孙宾到了，便立刻禀报进去。不多时，庞涓新衣新冠，出府相迎。

孙宾见庞涓华冠丽服、气宇轩昂、神色飞扬，不禁惊讶，心中暗道：与当年在鬼谷峪时，真有天渊之别了，所谓"士别三日当刮目相看"，实不谬也！

庞涓装出大喜过望的样子，下阶扶住孙宾说："哎呀，可想死小弟了！"

孙宾也笑着说："我也思念贤弟呀！这不，我们不是又相见了吗！"

二人手挽手进入府中。二堂门前有一块镏金大匾，匾上刻着"秉钧百职"四个大字；两旁有楹柱，楹柱上刻着丽句名言。

来到后堂，屋里陈设得更加华丽，各种珠宝和名贵器用熠熠生辉，令人目不暇接。孙宾见了连连叹息，只是站那儿发愣。

庞涓说："大哥，不要着急。你马上会跟我一样，什么都会有的，快快请坐吧！"

孙宾坐下，庞涓命人端上热水。孙宾实在渴了，便端起，猛喝了几口，头上立时微微冒出汗来。

庞涓见了，忙说："大哥，先去沐浴更衣，然后，我们再一起进餐，边吃边叙离别之情吧！"

孙宾想了想说："也好。我也有些饿了！"

庞涓命人领孙宾下去沐浴，自己则在屋里等候。

去了一个时辰，孙宾才回来。他洗去了十几天来的风尘，又换上了新衣服，果然精神多了。

庞涓站起来，非常恭敬地说："大哥，咱们先去吃饭吧！"说罢，便领孙宾进入膳厅。

二人对面坐定。庞涓说："记得那夜在鬼谷峪喝酒，真叫人扫兴，师父不言不语，一副不高兴的样子，想起来就有些心寒！"

孙宾说："师父心情不好，我们做徒弟的可不能怪他。"

庞涓立刻说："当然不能怪他，只是觉得那酒喝得太没意思了。今天咱哥儿俩，慢慢地饮，饮个心畅神爽，岂不更好？！"

孙宾点点头，心想：庞涓兄弟果然不问候师父一声，这到底是为什么呢？莫非临下山时，师父伤了他的心？想到这里，便故意说："师父越来越老了，精神不如以前了。我临下山时，心中实在不忍离开他！"

庞涓见孙宾对鬼谷子充满了留恋之情，也搭讪着说："是啊，小弟自下山以来，也常常思念他，有时还梦见在一起呢！"

孙宾听他这样说，心中甚觉安慰。其实呢，庞涓说的完全是谎话！

二人吃着喝着，不觉已经天晚。庞涓说："此次我向大王推荐贤兄，实在费了不少功夫。今日晚了，明日一早我便引你朝见大王！"

孙宾站了起来，说："承蒙贤弟这样关照，我一定深深记在心中！"

庞涓说："大丈夫生于天地之间，义字当先，谁让我们是结义兄弟呢？！"

孙宾再三拜谢，说："大王给我带去的聘礼，我如数载回，请贤弟收下吧！没有贤弟推荐，孙宾哪有出头之日啊！"

庞涓推辞再三，孙宾执意相赠，庞涓说："既然大哥如此意坚，我只有从命了！"

天已晚了，庞涓命人为孙宾准备了卧室，让他早早休息，以便明日去面见魏惠王。

第二天，吃罢早饭，庞涓便领着孙宾来到魏惠王宫中。

魏惠王早已得到使者禀报：孙宾已到庞涓府中，明日上朝。他高兴得一夜没有睡好觉。次日天明，便来宫中等候孙宾。

宫门官报告说："庞涓领孙宾进见！"

魏惠王听了，立刻走下宝座，到宫门前迎接。

庞涓上前说："大王，臣领孙宾入见，望祈垂鉴！"

魏惠王急忙上前，说："孙先生到来，寡人不胜欢欣，快快入宫叙话！"

孙宾打躬说："孙宾蒙大王错爱，以重礼相聘，实在愧不敢当！"

魏惠王说："先生乃当今高士，今来魏国乃魏之幸，怎说愧不敢当？"

孙宾谦逊地说："我实为山野村夫，有何德能受此重聘？实在惭愧！"

说着话，魏惠王在前，庞涓与孙宾在后，一齐来到大殿落座。

魏惠王从上至下端详着孙宾，见他相貌端庄，一脸正气，虽不如庞涓那样机灵乖顺，却有一种沉稳、内秀的感觉。

过了一会儿，魏惠王说："前些天墨子先生过此，提起大名，我甚欢欣，这才请庞将军致书请来魏国……"

魏惠王这样说着，使庞涓甚觉不安，他怕孙宾得知真情，请他来魏原是墨翟推荐，并不是他下的功夫。

于是，庞涓接上话茬儿说："大王很尊敬墨子，所以更增强了请兄前来的决心！"

庞涓果然机敏，他这样说，一则不使孙宾生疑，二则使魏惠王觉得顺理成章，三则又可岔开话题。

孙宾只是静静地听着。

魏惠王停了一会儿，又说："墨子说，先生在鬼谷峪，深得鬼谷先生秘传，可有此事？"

孙宾以实相告，说："尊师鬼谷子是我祖父孙武的朋友，他有祖父《兵法十三篇》一帙，二十多年前他结合自己的体验，对其作了详细注解，一直秘不外传，我有幸得到教诲，此事是真，并不为虚。"

魏惠王听了惊喜若狂，庞涓听了暗吸一口冷气。他恨鬼谷子心眼太偏，不把秘籍传授给他，而是传给了孙宾。

魏惠王鼓掌说："如此说来，孙先生乃当今第一高士了！"

孙宾忙谦逊地说："可惜我心愚性钝，不能完全领会，只怕学一漏万啊！"

魏惠王说："先生不必过谦。我盼先生到来，如渴思饮。今日到来，正是久旱逢甘霖，足慰平生了！"

庞涓见魏惠王这样重视孙宾，心中好不是滋味，便急速地思考应付的办法。

魏惠王望望庞涓说："庞将军，你与孙先生乃是同学，寡人想封孙先生为副军师，与你共同执掌魏国兵权，你意下如何？"

庞涓听了一愣，心想：如果是这样，不是与我平分秋色了吗？

于是，庞涓进前说："大王，我与孙宾乃是结义兄弟。他为兄我为弟，怎么能让兄为副、弟为正呢？我看有些不妥，不如让兄为正的好！"

庞涓是假惺惺地试探着说的，这是以退为进的方法。他明白，不管魏惠王怎么喜爱孙宾，他毕竟是初来魏国，寸功未立，自己这样向惠王建议，惠王一定不同意，这样，便既可实现自己的想法，也可表示自己心胸开阔，使惠王和孙宾都佩服自己。

魏惠王听了庞涓的话，暗暗称赞庞涓的气度。想了想，便对庞涓说："孙先生刚来，直接封为军师，恐怕众臣一时想不通，莫如先封为副的好。"

孙宾听着，认为魏惠王说得有理。再说，他决不能与庞涓相争。他想到这里，欲要说话，庞涓看在眼里，急忙对惠王说："大王，臣有一个主意，不知大王可愿采纳？"

魏惠王急问："将军有什么主意？快快说出来，让寡人考虑一下！"

庞涓说："我想，孙兄虽有大才，但初来魏国，尚未施展抱负，不如先封其为客卿。这样，一来不影响孙兄待遇，二来孙兄也好接受。等孙兄一展才能，建了功业，大王即可封爵，我甘愿让孙兄在我之上，这样岂不是更好？！"

魏惠王说："这样甚好。"

于是，封孙宾为客卿，立功后，再行封爵。魏惠王从此就越发佩服庞涓、信任庞涓了。

什么叫客卿呢？就是半为宾客、半为臣僚。

庞涓这样做的目的只有一个，就是不分兵权给孙宾，自己仍独揽大权。

魏惠王怕委屈了孙宾，又下令拨给孙宾府第，一切生活待遇仅次于庞涓。

即使是这样，孙宾也很满足了。会见魏惠王之后，庞涓亲自把孙宾送到拨给他的新府。

庞涓回到府中，那春娥正在府中等候，她见庞涓面有忧色，便问："你怎么这样无精打采呀？我想是怕孙宾来了，遮了你的光彩吧？"

庞涓说："让你一言道破了，真是知我者春娥也！"

春娥笑笑说："要想除去孙宾，得从长计议，不然你自己会遭殃的！"

庞涓暗暗点头，想不到一个唱俚曲的妇人，倒有不小的见识，便说："你说得很对。心急吃不得热豆腐，咱们就慢火烤羊羔，看着火候来吧！"

春娥说："其实，你比我鬼得多！"

庞涓微微一笑，抱住春娥亲热。春娥一推他说："我今天来是跟你算账的！"

庞涓一惊，不知发生了什么事，便问："小宝贝，出了什么事？莫不是那相国有所发觉？"

春娥说："说你鬼你真鬼，你猜得不错，我已有了身孕，那老头子知道了，问我是怎么回事，我只好如实告诉了他。因为他知道，自己已经不行了。老头子大怒，说丢了他的面子，败坏了他的门风，直逼着我去死，所以，我跑到你这里来，你看怎么办吧？"

庞涓听了有些心慌。他怕这个时候，那相国向魏惠王报告了，会影响他的前程，一时竟拿不出主意来。

庞涓问："你说怎么办呢？"

春娥说："我想不回相府了，就藏在你这里，我们暗暗地做一对夫妻吧！"

庞涓听到这里，不由吸一口冷气，心想：这怎么行呢？事情败露了，必会招来更大的麻烦。可是，他又不敢惹春娥，这可怎么办呢？

庞涓说："你别着急，容我想想。"

春娥威胁说："不管你怎么想，也得这么办，我是不回相府了！"

庞涓一时想不出更好的办法，只得将春娥悄悄留在府中。

庞涓心乱如麻，然而思谋了半宿，却终于想出了一个万全之策。

　　早晨起来，他叫亲兵到军营之中寻找一个叫丁义的兵丁，找到后就把他秘密召来。

　　亲兵去了。到了下午，丁义果然被寻来了。

　　这丁义就是"俚曲旅店"唱曲的李春卉的丈夫。此人约有二十多岁，黑红面膛，身材结实。他不知元帅找他何事，跪下磕头问："不知元帅唤我何事？"

　　庞涓把他引入内室说："我们虽然没见过面，可是，我知道你，你的媳妇是不是叫李春卉？"

　　丁义回答说："正是。"

　　庞涓将在"俚曲旅店"见到李春卉的情形说了一遍后，接着说："我因为一点小事，惹了一个泼妇，她要加害于我，本帅不能出面，我命你将她杀死，然后你就留在我的府中做亲兵，不用上阵去打仗了！"

　　丁义听了有些迟疑，问："但不知此人因何与元帅结仇？现在哪里呀？"

　　庞涓说："此人也是一个唱北方俚曲的人，在俚曲店中，她曾和你媳妇发生口角，是我帮了你媳妇，才惹了她的。她如今找上府来，赖着不走，声言还要找你媳妇算账！现在就在府中的荷花池边，如此恶妇不杀，对你我都不利！"

　　丁义听了庞涓这样说，觉得也关系到自己的利害，便立刻拿起兵器，直奔荷花池边去了。

　　这时，杨春娥正在荷花池边赏花，她想，只要待在庞涓这里，那老相国就不敢来找她了。

　　丁义来到她的身后，不问青红皂白，举起兵刃，照杨春娥砍下去，一股鲜血直喷向荷花池。

杀了杨春娥，丁义扭头就向庞涓的住室走来，他刚进门口，庞涓的亲兵突然窜出，一刀结果了他的性命。

丁义就这样糊里糊涂丧了命。

原来，当丁义去杀杨春娥的时候，他对亲兵说："此人太残忍，竟狠心杀了他的同乡，等他进来时将他杀死算了！"

庞涓用阴谋杀了杨春娥和丁义，然后吩咐亲兵将二人的头颅用木箱装了，晚上的时候，他悄悄来到相国的府上。

相国见是庞涓来了，心中很不高兴，大声质问："将军万万不该欺负到老夫头上来，叫我戴了顶绿帽子！一个女人算什么？将军若要，可以明明白白告诉我，怎能偷偷地弄出孩子来？真叫老夫脸上无光啊！"

庞涓不言不语，叫人打开木箱，让相国观看。相国见是一男一女的头颅，而那女的正是春娥，他不解地问："将军这是何意呀？"

庞涓说："我是专门给老相国送礼来的。我与杨春娥并未有染，只是她与兵丁私通被我发现，恐怕泄露，所以她对我一直很好。她肚子里的孩子正是他的，她要反诬于我，正是为了保她自己。今天，我将二人提在一起，双双供认不讳。我本应将活人献上，又恐丢了相国的面子，所以一怒之下将二人杀死，将人头进献，也算回报了老相国对我的举荐之恩！"

相国听了庞涓的话，信以为真，而且对庞涓保护自己的脸面，悄悄杀死一对淫男盗女的举动表示感谢。

相国大笑着说："好了，现在一切误会都消除了。"

过了几天，庞涓忽然又想到了李春卉，觉得这个女人活在世上，对自己必有害无益，于是又派亲兵去寻她。

亲兵寻到了"俚曲旅店"，掌柜说："这个人有多少天未来了！"

亲兵又来到李春卉家里，邻居说："她和瞎父亲前一天就走了，但不知去了何方。"

亲兵问："她还回来吗？"

邻居说："不回来了，听说他男人被大元帅杀了！"

亲兵无奈，只得回府将实情告知庞涓。庞涓叹口气说："唉，晚去了一步！"

原来，李春卉得知丈夫死去的消息后，已预感到灾难就要降临，所以就急急忙忙带着父亲离开了大梁。

庞涓除掉了杨春娥之后，便开始考虑如何对付孙宾了。他想：孙宾得了鬼谷子的秘传，这是最可怕的，应该想办法，将这个秘传套出来！

他想好了主意后，就经常去看望孙宾，同时也经常约孙宾到家中做客。

孙宾受魏惠王的重视，得到了优厚待遇，心中很满意。他没有别的事，就在府中研读兵法，以便有朝一日效力于魏惠王。

一天，庞涓又来探望他，他很不好意思地说："贤弟，你公务繁忙，还挂念着我，真使我感激涕零。以后，你就不必总来了！"

庞涓说："大哥说哪里话！我们兄弟相逢，其乐无穷，经常在一起谈谈，是件最开心的事。"

于是，孙宾设宴，二人坐下来边喝边聊。

庞涓试探着问："在作战中，要使敌人显露真情，而我军不露痕迹，应该怎么办呢？"

听庞涓谈起兵机，孙宾来了兴趣，他立刻回答："夫兵形象水，水之形，避高而趋下，兵之形，避实而击虚。水因地而制流，兵因敌而制胜。故兵无常势，水无常形，能因敌变化而取胜者，谓之神。故五行无常胜，四时无常位，日有长短，月有死生。"

庞涓根本没有学过这些，他听不懂，嘴上却说："当年跟师父学艺，自己不用心，把一些兵书都忘记了，请大哥解释一下这段话的意思，好吗？"

孙宾认真地解释说："这是虚与实的关系。我们以虚迷惑敌人，使敌人露出真情来，以便消灭他们。用兵的规律就像流水。流水的属性，是避开高处而流向低处。作战的规律是要避开敌人的坚实之处，攻击敌人的虚弱处，水因为地形的高低而制约其流向，作战则是要根据不同的敌情，制定取胜的策略，所以，用兵打仗没有固定的、刻板的态势，正如水的流动，没有一成不变的形态一样。根据不同的敌情变化，而达到灵活机动取胜，叫作用兵如神。五行相生相克没有固定的常理，四季轮流更替也没有不变的位置，白天有长有短，月亮也有圆有缺。这就是这段话的意思。"

庞涓吃惊地望着孙宾，认真地听着。

过了一会儿，庞涓又问："这就是你祖父所著《兵法十三篇》的内容吗？"

孙宾回答："是里边的内容。经过师父揣度详释，内容就更丰富了！"

庞涓对孙宾胸中所学垂涎欲滴，恨不得剖开孙宾的胸膛，将里面的东西都夺了过来！但是，他又告诫自己：万万不可操之过急，要是被孙宾察觉，那就前功尽弃了！

庞涓告辞了，孙宾送他到门前。庞涓又问："大哥，咱师父所著《〈兵法十三篇〉注解》你这里有吗？若有，是否可以让小弟学习学习？"

孙宾说："原著没有。师父教我时，只给了我十天十夜的时间，让我默记下来，然后，又将原著收了回去。"

庞涓又问："难道大哥就没有记录下来吗？"

孙宾说："没有。师父告诉我默记下来之后，再仔细回忆，慢慢研究、体会，所以不曾抄录。"

庞涓听了大失所望，差一点儿失态。

孙宾说："贤弟实在要学，我可以慢慢向你传授，凭贤弟的天资，必能一点就通、一拨就亮！"

庞涓笑了笑，想出了一个主意，便说："大哥，既然你已经默记下来，那就把它刻写出来，让我也可坐下来认真研读！"

孙宾立即答应下来，说："这是要费时间的。反正我没有事，正好做这个活儿。只是贤弟不要过于着急呀！"

庞涓听了高兴地说："我不着急，但大哥也要抓紧些，我好早读为快呀！"

孙宾说："一定，一定！"

庞涓乐乐呵呵走了。一路上他一直在告诫自己：千万不能露出蛛丝马迹，不能紧逼，要沉住气啊！

大约过去了一个多月。

一日早朝，魏惠王问庞涓："庞将军，那孙先生近日可好？"

庞涓说："一切都好。承大王恩泽，他感激涕零。"

魏惠王说："孙先生到此已经月余，仍然做着客卿，不能上朝议事。我准备明日在校军场演习阵法，让孙先生出场布阵，我要一睹孙先生的用兵才能。"

庞涓一边听一边想：让孙宾出场布阵，一来可满足大王的愿望，二来也可看看孙宾究竟有什么真本事，这倒是一举两得的事！想到这里，他便答应说："大王放心，我立即去准备，同时通知孙宾，让他参加！"

魏惠王很满意庞涓的顺从和果断。

第二天上午，所有文武大臣齐聚校军场中。庞涓已经把这件事通知了孙宾，所以孙宾早早就来了。

校军场正面，是一个高高的看台，看台中央是魏惠王的座位，两旁是文武大臣，看台下面是一片宽阔的草地，草地上站着兵将，等待着布阵的命令。

魏惠王坐在正中，右边是庞涓，左边是孙宾。文武大臣是前来观阵的，所以个个精神集中，神态庄重，他们想看一看孙庞二人到底有什么本事。

魏惠王先令庞涓下台布阵。

庞涓来到台下，将令旗摆动，场中的兵将按令旗所指，迅速布成一阵。

魏惠王见庞涓布完了阵，就问孙宾："庞将军所布此阵叫什么？怎么破解？"

孙宾站起来说："此为一个蜈蚣阵，阵分八节六十四队，前后呼应，首尾摆动，惑敌眼帘。破解之法不难，只派八员将官，冲入八节，然后分头打阵，此阵立刻瓦解。"

魏惠王听着连连点头，文武大臣们也都佩服。

接着，庞涓又连着变换了两个阵式：一个是虎头阵，一个是凤尾阵。孙宾见了，对两阵名称、阵法特点及破解方法等又一一做了说明。

魏惠王和文武大臣连声叫好。

庞涓在台下，听得叫好之声，认为是为他布阵叫好，所以情绪高昂、神色飞扬。

按魏惠王的规定，每人各布三个阵法，由对方破解。现在，庞涓已经完成任务，所以他回到了台上。

魏惠王说："庞将军刚才所布之蜈蚣阵、虎头阵、凤尾阵，孙先生不但阵阵认识，而且还道出了破解之法。"

庞涓听了，心头一颤，仿佛被当头浇了一盆凉水！

魏惠王又说："现在由孙先生下台布阵，庞将军来破。"

孙宾下台来到队前，手持令旗，开始布阵。

兵将们按孙宾指挥，迅速列阵。

这时候，坐在魏惠王身旁的庞涓着了急，只见场上阵式在变化，可自己却一概不知，这可怎么办呢？他知道，等孙宾布完了阵，惠王一定发问，到那时若答不出来，岂不被惠王及文武大臣耻笑？！

想到这里，他急忙跑下台，来到孙宾身旁问："大哥，这是什么阵？怎么破解？"

孙宾说："贤弟，这叫'颠倒八卦阵'。攻之则变为长蛇阵'。如果不识，久攻不破……"

庞涓字字句句记在心中，俯身给孙宾系上衣带，就转身跑上台来。

魏惠王不知庞涓下台做什么去了，文武大臣们也都不解。

庞涓对魏惠王说："大王，孙宾今天身体有些不爽，臣又见他衣带松了，所以急忙跑下台去，为他系上衣带。"

魏惠王听了非常高兴，称赞庞涓对孙宾感情深厚。如照这样下去，由这两个人来共同扶保魏国，魏国强盛之日就为期不远了！

众文武大臣听了庞涓的话，也都倍加赞扬。他们在一旁说："既然孙先生身体不爽，可否演了此阵就结束？"

魏惠王出于对孙宾的爱护，答应了文武大臣们的要求，这正好中了庞涓的下怀，不然，孙宾再演布下去，他又该怎么来应付呢？

这时，魏惠王问庞涓："庞将军可识得孙先生之阵？如何破解呀？"

庞涓心中早有底，立刻轻松地回答："这阵名叫'颠倒八卦阵'，实际上你要一攻，它就变成'长蛇阵'了。不识此阵法，久攻不破。"

魏惠王连连点头。

孙宾布完了"颠倒八卦阵"，还要继续布时，传令兵过去，叫孙宾上台来了。

孙宾不解，问魏惠王："大王，臣只布了一阵，怎么就收了呢？"

魏惠王笑笑说："孙先生，天气炎热，恐怕劳累先生，所以就此而止吧！"

孙宾不知缘故，正要向魏惠王申明情由时，忽见庞涓正在向他暗送眼色，便立刻不再说什么了。

魏惠王为了验证刚才庞涓的答话，便问孙宾："先生刚才此阵何名？如何破解？"

孙宾回答："刚开始所布之阵叫作'颠倒八卦阵'。若攻打，马上会变成'长蛇阵'，只有再变换攻法，以破'长蛇阵'之法破之，方可破解。"

魏惠王听了孙宾的话，不由鼓掌叫好，但他这也是在为庞涓欢呼。现在看来，庞涓之才不在孙宾之下，所以他更加高兴了。

孙庞二人都不知其意。

魏惠王心里高兴，便在校军场的看台上大摆酒宴，同文武大臣们开怀畅饮，以表示对孙庞二人的祝贺。

第十一回　施假义套出真情
　　　　　　　写伪书以伪治罪

　　庞涓回到府中，深深吁了一口气。他庆幸今日在校军场演布阵法，没有露出马脚，反倒使魏惠王更加信任自己了，这都是他随机应变的结果。

　　不过，他深知，若长此下去，孙宾胸中的韬略早晚要被魏惠王发觉，而孙宾也必将得到魏惠王的重用。

　　庞涓思前想后，认为为了自己的荣华富贵，为了独揽魏国兵权，只有将孙宾除掉，才可使自己永久安宁。不过，目下他还需要孙宾把《〈兵法十三篇〉注解》写出来，所以还不能立即下手。他现在需要想出这样一个万全之策：既可以把孙宾除掉，又能使他心甘情愿地为他刻写兵书。

　　这是一件很难办的事！

　　庞涓不动声色地思考了多日，终于想出了一个办法。

　　一日，他把孙宾请到家中饮酒，饮酒之间，庞涓说："人生一世，草木一秋，都要落叶归根。大哥家在齐国，先祖的坟茔也在齐国，现今家中还有什么亲人啊？"

　　孙宾不知庞涓的奸计，只是如实相告："贤弟有所不知，我幼年即丧失父母，只随大哥、二哥生活。那年，我去北山打柴，因家遭兵灾，房屋尽被烧毁，回家后两位哥哥已杳无踪迹。我决心离家去寻两位哥哥，不意在中途遇上了云游高士壶公，他荐我去鬼谷峪学艺，所以没有及时寻找两位哥哥。一晃过了十多年，骨肉离散。"

庞涓假装同情地问："难道这么多年来，就一点音信也没有吗？"

说到这里，孙宾想起了在公案桥遇上的事情，不禁眼含泪花说："不瞒贤弟，我这次下山赴召，途中遇到了一件怪事。"

庞涓问："什么怪事啊？"

孙宾便将所遇情况，原原本本地讲了一遍。

庞涓听了点点头说："那一定是两位哥哥了。二哥做了山大王，那么大哥做了什么，至今仍不得而知。既然大哥这么思念两位哥哥，何不想法把他们接来魏国，这样一来可手足团聚，二来也省得他们再闯荡江湖，受许多风霜之苦啊！"

孙宾说："当时，我之所以没去落雁山会见两位哥哥，就是怕误了归程，叫使者为我受罚。如今，我已在魏国做了客卿，就应一切为魏王着想，不能离开魏王去做自己的事！"

庞涓叹服地点头说："大哥说得对。只待有了机会，再审时度势地去做吧！吉人自有天相，大哥总有一天会骨肉团聚的！"

孙宾说："但愿如此吧！"

送走了孙宾，庞涓心中的毒计便开始酝酿了。

大约过了半年多，孙宾早把与庞涓这段谈话忘却了。

这一日，孙宾正在府中研读兵书，忽然有家人来报："先生，门外有一人求见，听口音似齐国人，可否让他进来？"

孙宾说："让他进来吧！"

家人很快将来人领进。此人小头小脸，满面灰土。

孙宾问他："你叫什么名字？从何而来？见我何事？"

来人回答："小的姓丁名乙，是齐国临淄人。常年在外经商，贩卖皮货，与你家兄长孙平相识。他说到处打听你，终于打听到你在鬼谷峪中学艺，便让我顺便到鬼谷峪中找你，我到鬼谷峪之后，那里的人又说你已来了魏国，所以又赶到这里来。"

孙宾很受感动，立即命人替丁乙净面、送水。

孙宾又问："我那二哥在哪里呀？你曾见到过吗？"

丁乙说："你的二哥孙卓，原在落雁山占山为王，去年你大哥已把他叫回家中去了。"

孙宾听丁乙这样一说，就完全相信了。他断定那次大哥进山，正是去叫二哥回家的。

于是，孙宾对丁乙更加亲近，又询问了一些家乡的情况。丁乙忽然说："哎呀，差点儿忘了，这里有你两位哥哥的书信一封，请你过目！"

听说两位哥哥有书信到来，孙宾十分高兴，便急忙接过竹简观看。书信是这样写的："愚兄平、卓字达贤弟宾亲览：自家门不幸，骨肉离散，至今已十多年，思心如焚。我等已回齐国家乡，齐国国君几次派人询问你。听说贤弟就学鬼谷，如良玉受琢，已成伟器，盼能为齐国效力。因此作书，幸见早归，兄弟团圆。"

孙宾见了家书，信以为真，不禁痛哭流涕。

丁乙在一旁看着，说："两位哥哥既然叫你回乡，我想就不必迟疑了！"

　　孙宾思考了一会儿，说："贵客有所不知，我今已来魏国做事，魏惠王对我恩宠有加，不能随随便便就走的！"

　　丁乙说："那，你不会想个计策吗？回到齐国，齐王更会重用你的呀！"

　　孙宾不言不语，很是为难。丁乙仍在一旁相劝，孙宾只是拿不定主意。

　　中午到了，孙宾以好酒好菜款待丁乙。吃过午饭，孙宾修书一封，交给丁乙。

　　书信是这样写的："三弟宾字复平、卓兄长：自小弟寻兄，多受飘零之苦，后学艺于鬼谷，十多年未见，甚为思念。但小弟已在魏任客卿，魏王对我照顾颇厚，所以暂不可归去。待以后为魏王建功立业之时，当向魏王说明，回家团聚。望兄长保重，等候佳音。"

　　丁乙接了书信，藏在兜中。临行时，孙宾又送一些黄金，作为路费，以感谢丁乙传书送信之恩。

　　丁乙接了黄金，拜辞了孙宾出府而去。

　　晚上的时候，丁乙却进了庞涓府中，原来，他并不叫丁乙，而叫徐甲，是庞涓的心腹。

　　自从庞涓在酒宴上套出了孙宾的家事之后，便以孙平、孙卓的口气给孙宾写了一封信。

　　徐甲将孙宾写给孙平、孙卓的信交给庞涓，庞涓望着书信，不禁发出了几声冷笑。

　　这半年中，魏惠王曾几次对庞涓说："庞将军，孙先生来魏，将近一年，我们不能总让他当客卿啊！一旦与邻国有了战争，他有劲也使不上啊！"

　　庞涓一直是采取拖延战术。如果魏惠王催得紧，他便说：

"大王，不是臣不愿封赠孙宾，而是替大王着想啊！"

魏惠王不知其故，问他："难道还有别的隐情吗？"

庞涓假装忧虑地反问魏惠王："大王，你一定知道血浓于水的道理吧？"

魏惠王被庞涓问得如坠雾中，不知他要说的是什么意思，便着急地说："将军有什么话，就直说吧！"

庞涓说："臣总在琢磨，不是一家人难说一家话。那孙宾是齐国人，他的祖坟在齐国，两个亲哥哥在齐国。臣恐怕将来有一天，孙宾仍要回到齐国去。现在对他封赠，似为时尚早，不如观看一些时日再说。"

魏惠王不知庞涓的心计，还以为他对魏忠心无贰呢，便说："既然将军有此顾虑，你可以找孙先生谈谈，看看他是否真心在魏。如今列国纷争，家在别国而为另一国效力的人也不少咧！"

庞涓说："所以，我们要仔细观察后，方可封赠。"

魏惠王对庞涓的紧催，无形中加快了庞涓诬害孙宾的步伐。

如今，徐甲终于骗来了孙宾的家书。

庞涓面对孙宾的手书沉思多时后，决定学着孙宾的笔迹，改写了书信的后半部分。书中写道："弟身在魏国，心系故土。我立刻想法归去。如齐王不弃，自当尽力报效齐国。"

庞涓改写了孙宾家书的后半部分，又反复推敲了几遍。

第二天，庞涓见了魏惠王，说："大王，臣有重要国情呈报，请避开左右。"

魏惠王对庞涓一向言听计从，今日见他如此神神秘秘的，知道定有重要事情要说，所以便叫宫人退了下去。

庞涓说：“大王知道，臣与孙宾有结义之情，但大王对臣恩宠有加，我又是魏国人，所以一切以大王利益为重。近日来，我派人暗暗观察客卿府，发现那孙宾果然秘密与齐国使者勾连。齐国不断派使者到他府中，不知在做什么？昨天臣从齐使身上搜出孙宾写给家兄的书信，特送大王御览！”

魏惠王问：“那齐使呢？”

庞涓说：“臣已放回。臣是怕坏了齐魏两国的关系。”

魏惠王点点头，称赞庞涓做得对。接着，他便接过孙宾的手书观看，看完之后，不由沉思起来。

庞涓在一旁说：“这孙宾果然有背魏向齐之心，大王不可不防呀！”

魏惠王沉思片刻后说：“孙宾心怀故土，乃人之常情。也许有另外的原因，使他特别思乡想家，那就是寡人至今仍让他做客卿，使他英雄无用武之地所致。”

庞涓听了，急忙说：“大王以仁爱之心思之，好像没有什么大事。可是大王应该知道，他的祖父孙武，开始曾帮阖闾建立吴国，后来又归齐去了。所以，还是父母之邦情深啊！不管大王如何重用他，他的心仍在齐国，对我们是非常不利的！”

魏惠王听了十分为难，心想：如果留住孙宾，可是他是齐国人，又这样眷恋故土。如果放孙宾回齐，又真可惜了这样一个人才！他实在拿不定主意，便与庞涓商议说：“我若真心对他，将他封为元帅、正军师，然后再想法把他的两位哥哥请到大梁来，也许就能够留住他吧？！”

庞涓说：“我看很难。因为他的心已经在齐国了！”

魏惠王问：“依将军之计，应该如何办呢？”

庞涓说：“依臣之见，当断则断，不然定是魏国后患！”

魏惠王很明白庞涓的意思，所以迟疑着说："孙宾的确是个人才。寡人刚刚以重礼召来，没有发现他有什么过错，就将他杀了，恐怕会引起天下人耻笑，以后就再不会有贤士来投魏国了！"

庞涓说："我知道大王仁心惠性，下不了决心杀他。可是大王您想，如果孙宾回到齐国去，帮助齐国打我们，到那个时候，后悔不也就晚了吗？！"

魏惠王点头称是，但对孙宾仍有怜惜之情，便说："庞将军，你们是结义兄弟，你不妨去劝劝他，让他留下。我们且以诚相待，看看他动向如何。"

庞涓见魏惠王对孙宾总有惜才之意，一时还转不过弯来，便顺水推舟地说："大王所言甚好，凭我与孙宾的关系，我去规劝他，他若真心留在魏国，大王再重加封赠就是了！"

魏惠王让庞涓去了。他怀着复杂的心情，等待着庞涓的消息。

庞涓回府，思谋着下一步的行动。想好之后，他便来到孙宾府上。

孙宾心情特别好。分离十多年的两位哥哥有了消息，心中十分宽慰。见庞涓来了，孙宾更是高兴，实打算把家中来人送信的事情告诉庞涓，好让他分享快乐。

二人坐下后，庞涓却先开口了："大哥，我听人说，家中已有人来，一定是寻找到两位哥哥了吧？"

孙宾听了，爽快地说："正是。前日家中有人来，说是两位哥哥派来的，叫我回去。"说着，又将书信拿出来，交给庞涓观看。

庞涓接过来，认真地看着。其实，这封家书就出自庞涓之手，可怜忠厚的孙宾竟蒙在了鼓里！

看了一遍，庞涓兴奋地说："好极，好极！家兄有了消息，大哥可以心安了！"

孙宾说："只是两位哥哥叫我回去，我实在不能答应。我想，等我建功立业之后，再奏明大王，回家去看看！"

庞涓想了想，说："骨肉之情，人皆有之，大王是决不会阻拦的！"

孙宾说："我如今寸功未立，就忙着回家去，大王不会见疑吗？"

庞涓问："见疑什么呢？"

孙宾说："恐怕大王见疑我是对未受封赠不满啊！"

庞涓听了不由暗暗佩服孙宾想得周到，于是他立刻说："大哥，你太心细了。大王是仁心惠性，爱才若渴，他不会多疑的。现今是没有大哥建功立业的机会，一旦到来，大王一定会封赠的！"

孙宾点头说："还是你了解大王的秉性啊！"

庞涓又鼓动说："所以，我劝大哥立刻给大王进一本，就说兄弟分别十多年，请允准告两个月假，回家探兄，兼祭扫祖坟。"

孙宾又以征询的口气问："贤弟，你说可以吗？"

庞涓立刻回答："没问题的！"

孙宾怀着十分感谢的心情说："看来，咱们虽是异姓兄弟，也胜过亲骨肉了！"

庞涓漫不经心地说："应该的，应该的！"

庞涓出了客卿府，没有回家，就直接奔了魏惠王的内宫。

此时，魏惠王仍没有睡下。这两天，他寝食难安，心想：

孙宾是个难得的人才，可偏偏他是齐国人，如果真像庞涓说的那样，那么放孙宾回齐，就无异于是放虎归山了！想到这里，又不禁回想起父亲魏武侯对他说过的一句话："以妇人之心度人，以匹夫之勇行事，都是要失败的！"这时，他想：难道，我对孙宾的怜惜就是"妇人之仁"吗？！难道，只有杀了孙宾才是对的吗？！他实在苦恼极了……

这时候，宫门官来报："大王，庞涓将军说有要事禀报！"

魏惠王听说庞涓来了，便立即从床上坐起来，大声说："快让他进宫！"

宫门官飞跑而去，不一会儿，庞涓来了。

魏惠王急忙问："将军，是否去劝过孙先生？"

庞涓现出忧心忡忡的样子，没有立刻回答。此时此刻，他要的就是这个"劲儿"！

沉默了一会儿，庞涓才说："大王，你是让臣说真话呢，还是说假话？"

魏惠王说："当然是真话。假话害人害国啊！"

庞涓又问："大王，你是希望听好消息呢，还是希望听坏消息？"

魏惠王说："寡人当然愿意听好消息！"

庞涓又问："大王，你认为什么是好消息呢？"

魏惠王回答："现在的好消息，就是孙宾能够留下！"

庞涓听了，想了想说："正因为这样，臣实在不愿意说出来了！"

魏惠王听了吃了一惊，问："难道那孙宾不愿意留下？"

庞涓微微一笑，说："他非但不愿意留下，还有更不好的消息呢！"

魏惠王脸上现出不高兴的样子，问："还有什么坏消息呀？"

庞涓说："遵大王之命，臣今天到客卿府想规劝孙宾。可是，臣一入府，就见孙宾一脸不高兴的样子。臣见他桌子上有竹简，就问他：'大哥在写什么呀？'他支支吾吾不说。后来，臣劝他留在魏国，效命于大王，大王是决不会亏待他的。可是他却说：'我身为齐国之民，怎愿为魏国效命！'他还说：'我学艺已精，齐王很是重视，回到齐国一定会受到重封。不像惠王，只让我做客卿。'后来，臣又说：'只要你能留下，大王一定重封。'他却不屑一顾地说：'就是让我做魏王，我也照样留恋齐国！'他说话语气坚决，态度生硬，根本就不想让臣说话！大王，看来他已归心似箭了呀！"

魏惠王听了，不禁勃然大怒，大声说："看来他是个忘恩负义之人！我这样款待他，他倒不满足了！这样的人不杀，将来必是后患！"

庞涓见魏惠王果然中计，心中万分高兴。他煞费苦心等了这么多天，要的就是这个结果呀！但是，孙宾还不能杀，因为他还有用处呢！

庞涓见魏惠王气咻咻的样子，便平静地自言自语地说："也不知孙宾写的是什么？"

魏惠王急忙说："应该将他写的竹简搜来，万一写的是我国的情报，可怎么办呢？"

庞涓说："大王放心，臣早已派人将客卿府秘密看守起来了，只要有外人出入，一律捉拿审问，所以，孙宾就是写了我国机密，也是捎不出去的！"

魏惠王听了庞涓的安排，乐得心花怒放，说："将军，难得你这样忠心呀！魏国有了将军，寡人可以高枕无忧了！"

庞涓谦逊地说："士为知己者死！大王对臣如此恩重，臣粉身碎骨也在所不辞！"

魏惠王又问："将军，依你估计，那孙宾写的是什么呢？他又不想告诉你，一定有不可告人的事情！"

庞涓说："依臣分析，那孙宾所书内容无非有两个：一个是向大王请求回齐，一个是写给齐国的情报！"

魏惠王说："我们怎么得知呢？"

庞涓说："这个好办。如果是向大王请求回齐的奏章，那么近日一定报来；如果是写给齐国的情报，臣派出的人一定搜得到，大王你就放心吧！"

魏惠王怒气未消，问："如何处置孙宾？"

庞涓说："大王，依臣之见，眼下还不能杀他：一是立刻杀了他，没有充足的理由，倒使大王落个不义之名；二是孙宾乃是我的结义兄弟，到了危难时刻，我不能救他，于臣的名声也有妨碍，所以我的主意是，暂且观看动静。若是他将情报写给齐国，只要有了真凭实据，便可立斩不赦，如果他是向大王请求回齐，这当然不能杀他，可是也不能放他，放了他将造成大患。怎么办呢？大王你就不要过问了，交给臣去处置吧！臣管叫大王满意！"

魏惠王听庞涓这样安排，觉得顺情顺理，也就同意了。

过了两天，孙宾按庞涓的主意写好了奏章，向魏惠王请假回乡。他怕还有什么不妥，又亲自来到庞涓府上请教。

孙宾说："贤弟，我已将告假的奏章写好，请你过目，如有不妥，请再指出！"

庞涓接过奏章，从头看了一遍，说："不错，就这样写吧！"

孙宾又问："是我直接呈给大王呢，还是让府上之人代送？"

庞涓说："只是一个告假奏章，不用大哥亲自面见大王了，只派府上得力之人送去即可！"

孙宾对庞涓信任，所以他说怎么做就怎么做。

孙宾回府时，庞涓送他到门口，说："等大王见了奏章，我一定代大哥多进美言！"

孙宾拱手拜托，说："多谢贤弟玉成！"

这一日，魏惠王大会群臣已毕，殿门官送来一份奏章，说是孙客卿送的。

魏惠王接过奏章，从头看了一遍，奏章中言语温和，但去意甚坚。

魏惠王大怒，叫住庞涓说："将军慢走，孙宾果然执意回齐探兄，请假两个月，看来，将军所料一点也没有错呀！"

庞涓微微一笑说："大王，这就对了。孙宾归齐之心坚决，留是留不住了。既然留不住了，可又杀不得，臣以为此事还是由臣去办吧！"

魏惠王点头说："将军就去办吧！"

庞涓又不慌不忙地说："大王，凭你口说，不如有文字好。有了大王的文字，我去办就理直气壮了！"

魏惠王听了，当即在竹简上写了旨令，交给庞涓。

庞涓接了旨令，心中甚是满意。旨令上这样写道："孙宾私通齐使，今又告假归乡，可见有背魏之心，有负寡人优待之意。可削其客卿之爵，发往军师府问罪！"

庞涓看完了旨令，又还给魏惠王，说："大王，你可交军政司办理。我只在府中候着，见了孙宾，我自有处置之法！"

魏惠王应允，将旨令发至军政司。军政司见了旨令，不敢怠慢，立刻派出军队，包围了客卿府。

孙宾将告假的奏章派人送给魏惠王后，坐在家中等候消息。

中午时分，家人来叫孙宾去用餐，忽听得门外闹闹吵吵，孙宾不知发生了什么事情，正要出门去看时，突然闯进来几个手持兵刃的士兵，他们一拥上前，把孙宾绑上了。

孙宾非常惊讶，不知出了什么祸事，真是闭门家中坐，祸从天上来呀！他大声质问："你们是干什么的？为何这样凶恶？"

军政司的头目走过来，说："孙先生，不要发怒。我们是奉大王旨令行事，将你送往军师府处置的！"

孙宾听说是奉旨令行事，又要把他送往军师府处置，心中安然了一些，心想：等到了庞涓贤弟那里，一切都可以说清楚了！

士兵们推推搡搡押下孙宾，孙宾昂头挺胸，口中暗暗地说："不做亏心事，何惧鬼叫门？！"

到了军师府，这里安安静静，好像什么事情也没有发生。

军政司的头目见了庞涓，将孙宾推到面前说："庞将军，犯人已押到，我等回去了！"说罢，领着士兵走了。

庞涓见孙宾周身绑了绳子，故作惊讶地问："大哥，这是怎么回事呢？"

孙宾说："你问我，我问谁呀？"

这时候，军政司的头目又慌慌张张地跑进来对庞涓说："庞将军，现有旨令在此，请将军领旨。"

庞涓接了旨令，军政司头目这才离去。其实，这都是庞涓事先安排好的。为了对付孙宾，迫害孙宾，庞涓用尽了心机，把每一个极小的细节都考虑到了。

庞涓故意愤怒地说："奇哉，怪哉！旨令说大哥私通齐使，大哥受此不白之冤，真叫小弟须发倒立！"

孙宾说："贤弟，我自来魏国，每日在客卿府中深居简出，何来私通齐使？这是从何说起呢？"

庞涓说："我也在想，是谁这样狠毒，加害大哥呢？莫不是大哥惹怒了哪家王公大臣？"

孙宾思考着说："没有啊，我与他们从未见过面，只是那一次在教军场演布阵法，才见过他们一次，可并未惹着他们啊！"

庞涓深深叹口气说："欲加之罪，何患无辞啊！不过，大哥放心，我这就去见大王，力保大哥无罪！"

孙宾深深拜谢，连说："全仗贤弟洗雪不白之冤了！"

庞涓说："大哥且放宽心，我就去了！"说罢出府，乘车来见魏惠王。

魏惠王见庞涓来了，问："不知将军如何处置孙宾啊？"

庞涓胸有成竹地说："孙宾虽私通齐使，但并未造成恶果，显然不够斩刑。以臣愚见，不如将孙宾膑而黥之，使其成为一个庸人，终生不能回齐，以绝后患。不知大王以为如何？"

魏惠王听了连声夸好："好，这样既保了他的性命，又免去后患，将军快去办理吧！"

庞涓领命出宫，回到府中后，就连声大骂，把那些侍从士兵吓得不敢近前。

孙宾在小屋里听见了庞涓的骂声，情知事情不妙！

庞涓进来，坐在孙宾面前，暗自垂泪，不言不语。

孙宾问他："贤弟可见了大王？大王怎么说？"

庞涓叹口气说："我原以为凭着我的面子，大王一定宽恕大哥的，谁知大王满腔怒火，朝我大喊大叫，非要处大哥以极刑啊！"

孙宾听了这话，不由头晕目眩，浑身软绵绵地瘫坐在椅子上。他自叹命运不佳，学艺十年白白付诸东流，大哥二哥盼着团聚，也只有在梦中了！

庞涓见孙宾木然的样子，接着说："最后，我以自己的前程力保，才使大王稍稍松了点劲儿。现在，大哥的性命可以保住了，但要膑膝黥面，以示惩戒！这是魏国的法度，小弟实在不能再争了！"

孙宾说："如此受刑，生不如死，还不如一刀结果性命！"

庞涓连说："大哥不可这么悲观，留得青山在，何愁没柴烧！只要大哥活着，将来定有出头之日，也可以与两位家兄相见！"

孙宾叹口气说："只好如此了。感谢贤弟为我尽力，我终生不忘！"

庞涓泪水潸潸，沉默半晌，说："大哥，咱就行刑吧！"

孙宾点点头，闭上眼睛，等着行刑。

庞涓出屋唤来刀斧手说："对孙先生施以膑膝黥面之刑，开始吧！"

什么叫膑膝黥面呢？就是将腿上的膝盖骨砍下，然后在脸上刺字。

刀斧手上前，将孙宾绑在柱子上，脱了他的下衣，拿起利刀，使劲砍下去，两条腿的膝盖骨便被砍落在地，疼得孙宾大声惨叫，昏死过去。

刀斧手又将利刀换成金针，扳着孙宾的头，在他脸上迅速刺出四个大字：私通外国。然后，再用墨汁涂面，使被刺的字永远不掉。

刀斧手行刑已毕，悄悄离去。

庞涓望着孙宾受刑，心中的滋味难以说出，见刀斧手离去，便扑倒在孙宾的怀中号啕大哭。

过了许久，孙宾慢慢醒来。他推开庞涓，看看没有膝盖的两条残腿，不禁潸然泪下。

孙宾努力伸出手来，用手指蘸了血，使劲儿在地上写出一个大大的"膑"字，接着在上方又写了一个"孙"字。

庞涓望着孙宾的行动，有些不解，问："大哥，这是何意呀？"

孙宾说："从今之后，我就更名为'孙膑'了！"

庞涓突然明白了：这是孙宾要牢牢记住今日之辱！

庞涓苦笑一声，故意说："此名不佳。大哥何必改名？"

孙宾说："我被辱含冤受了膑刑，正合我身。身与名统一，何言不佳？！"

庞涓不愿与他分辩，立刻叫来医师，为孙膑包扎伤口，包扎完毕，又将孙膑抬到府中书馆里休养。

自此，孙膑在庞涓的书馆里养伤。每日三餐有人送饭，医师也来及时换药。大概过去了一个多月，孙膑的伤口已渐渐愈合。

孙膑试着站起身，但支撑不住，只能盘腿坐着。于是，他悲愤地说："人的一生不可预料，谁知我孙膑竟成了一个废人！"

正说着，庞涓端着酒和菜来了。他说："大哥，我听医师说你的伤已经好了，这是该庆贺的事啊！"

孙膑心灰意冷地说："我孙膑还有可庆贺之事吗？"

庞涓说："大哥，不必过于悲观。伤口痊愈了，这也是不幸中之大幸了！所以小弟特来与大哥喝上几盏！"

孙膑默默不语，胡乱地喝着酒。自养伤这些天来，他思考了许多事情：魏惠王既然重礼相聘，为何一直让我做客卿？魏惠王既然爱才如渴，为什么一年多不来看望一次？这次横遭诬陷，到底是因为什么？我本不愿这时回家探亲，庞涓为什么极力怂恿我去，劝我写告假奏章？偏偏奏章刚送给魏惠王，便遭了横祸……这一切都是为什么呢？莫非庞涓在背地里捣鬼？

刚想到这里，他立刻又否认了。他想：不可能，绝不可能！我与庞涓是同学，更是结义兄弟，此番来魏也是他的推荐，他怎么会加害我呢？可是，除了他之外，我谁也没有接触过呀……

孙膑百思不解。今日喝多了酒，他便问庞涓："贤弟，到底是谁加害我呢？我谁也不认识啊！你能不能把我抬到大王面前去，我当面问问他，闹个水落石出？我孙膑就是死了，也能闭眼睛啊！"

庞涓听了这话，心中一阵害怕，但立刻又平静下来，心想：他已成了废人，行动不便，我不下令，谁敢抬他上殿面见大王啊？！

他哈哈大笑说："大哥，你这是喝多了，竟说傻话。大王怒气未消，他最忌恨私通外国之人，决不会见你的！所以，大哥还是心平气和些吧！为使大哥心平气和，现在伤已好了，还是接着默写《〈兵法十三篇〉注解》吧！"

孙膑摇着头说："我不想做任何事了，贤弟怎么这么性急？"

庞涓说："我想多学些兵法，所以性急了些。大哥没有事做，难道不愿为小弟帮忙吗？"

孙膑平静地说："其实，我早已答应了贤弟，那就接着写下去吧！我已成了废人，愿意把心里所知教给贤弟！"

庞涓非常高兴，喝完了酒，就命人送来许多竹简。

孙膑说："我脑子很乱，需要再从头默诵，才能书写！"

庞涓心里着急，脸上却不表现出来，安慰了孙膑几句，就走了。

孙膑几次展开竹简，想默写《〈兵法十三篇〉注解》，但因心绪烦乱，又放下了。

一天，他坐在竹简面前发呆，忽然庞涓领着一个人进来。

孙膑仍是发呆，庞涓却笑着说："大哥，现有喜事到来，你抬头看看她是谁？"

孙膑慢慢抬起头，见面前站着一个女人。此人约有三十来岁，细细的腰身，浓眉大眼，眉宇间有一颗黑痣。

孙膑想起来了，她正是婧竹。

婧竹一见孙膑头发蓬乱，脸上刺着四个黑字，不由心中一阵刺痛，扑到孙膑的怀里放声大哭。

庞涓一见便悄悄退出房门，扭头见孙膑的面前放着竹简，心里不由暗暗高兴。

婧竹是怎么找到这里来的呢？

这十多年来，婧竹没有一日不思念孙膑。她到处派人打听孙膑的消息，就是打听不到。她的父母说："孙膑杳无音信，如石沉大海，你还是寻个婆家吧！"

婧竹不肯，父母也没有办法。去年，她的父母双双过世，婧竹掩埋了父母，让仆人看家，就自己出门寻找孙膑。

在一个破庙里，她遇见了壶公。壶公见她可怜，便问她干什么去？她告诉壶公："要寻找孙宾。"壶公笑着说："你可到鬼谷峪去找！"

婧竹历尽千辛万苦，到了鬼谷峪，见了守谷的丙子，说明来由。丙子说："你来得不巧又很巧。不巧的是，孙宾去了魏国；很巧的是，我和师父晚上就要出谷，如果你明日来，这里就空无一人了！"

婧竹拜辞丙子后，又好不容易来到魏国。

大梁城中她打听孙膑，没有一个人知道。后来一个老人告诉她说，你应去做官的人家打听，或许他们能认得。

婧竹就又四处打听，正好到了客卿府门前。抬头观看，这里上了锁，几个兵丁把守着。

婧竹上前问认识孙膑不？

兵丁们一惊，告诉她，孙膑在军师府中。

婧竹又急着打听军师府，打听到后，便来到府门前。

守门官听说是找孙膑，立刻横眉立目说："孙膑是个罪人，多蒙我家将军力保，才保住了性命！"

婧竹吓得面如土灰，要求见见孙膑。

守门官不允，正在争执时，庞涓刚巧从外边回来。

守门官禀报说："这一妇人要面见孙膑！"

庞涓一听很好奇，便笑着问："你怎么认识孙膑的？找他何事？"

婧竹说，"我们十多年前就认识，我是来看他的！"

庞涓听到这儿，不单是好奇，而且也提高了警惕，便又问："这样说来，你一定是齐国人了，孙膑是你什么人？"

婧竹说："我是齐国的曹林驿人，我与孙膑订有婚约！"

庞涓问："你们成婚了吗？"

婧竹说："没有。但我相信他一诺千金！"

庞涓转了转眼珠，笑着说："这就好了，我与孙膑是结义兄弟。"

婧竹大声问："既然你们是结义兄弟，为何他当了罪人，你却当了官？！"

庞涓微微摆摆手，说："这里不是说话之地，进府我跟你细说！"

婧竹随庞涓来到府中，庞涓便将孙膑获罪之事讲了一遍。

婧竹很悲伤，心里却感谢庞涓。

庞涓说："你就住在这里，不要出府，免得让大王知道，加重大哥罪过。你要让大哥快干完手中的活儿，等活儿一完，我便悄悄地送你们远走他乡。"

婧竹急着要见孙膑，庞涓这才把她引来。

孙膑不知其故，婧竹便将自己这些年的经历和庞涓如何告诉她的情况，讲了一遍。

孙膑长吁一声，望着婧竹百感交集，哽咽着竟说不出一句话来。

婧竹抚摸着孙膑的伤处，泪流满面。她突然问："公子，临分手时我送你的碧玉呢？"

孙膑急忙把手伸进胸口，摸出那块心形碧玉。那碧玉上刻着一幅画：一条小溪从山中流出，树木掩映着几幢房屋，一个妙龄少女倚树凝望。

孙膑拎着金黄细链，送给婧竹说："小姐，这是当年你送我之物，现在还给你吧！"

婧竹接过来，不言不语地恭恭敬敬地又给孙膑挂在胸前。

孙膑问："小姐，难道你还在等我？"

婧竹反问："你是已经成了婚，还是有了心上之人？"

孙膑听了婧竹的反问，就什么都明白了，不禁苦笑着说："小姐，你还是十多年前那个脾气，泼泼辣辣心直口快！"

婧竹也笑了："怕是不能改了！不要再叫我小姐了好吗？"

孙膑反问："你为什么叫我公子？"

婧竹说："那，咱们全改过来吧！"

孙膑问："改成什么呢？"

婧竹也觉得拿不准，便说："咱们成婚吧！"

孙膑摇摇头，说："我身在囹圄之中，如何能成？"

婧竹立刻想起庞涓对她说的话来，说："那庞涓说只要你干完了手中的活儿，他就可以把咱们偷偷送回齐国！"

孙膑问："他果真是这样说的吗？"

婧竹点点头。

孙膑说："好。我一定抓紧干，盼着这一天早早到来！"

接着二人又叙起了离别之情。当夜，婧竹就留在孙膑房中，侍候着孙膑刻写兵书。

第二天，孙膑忽然对婧竹说："婧竹，我家中还有两位哥哥，他们前些天捎信来叫我回去。我本打算告假探亲，却遭了如此横祸，不能去看望他们了。他们一定着急。如果等他们来，不知会发生什么情况。我有心让你回到我家，给两位哥哥送个信，不要说我遇难，只说暂不能回去，叫他们放心就是了！"

婧竹想了想，说："好，我明天就去！"

孙膑点点头，把家乡的地址告诉了她。

这时庞涓来了，笑呵呵地说："大哥，快把手中的活儿干完，我便将两位偷偷送回齐国！"

孙膑问："那大王问起来你怎么回答？"

庞涓笑笑说："好说。我就说你畏罪自杀了！"

孙膑苦苦一笑说："难得贤弟用心良苦，我实实铭刻于心啊！"

接着，孙膑将婧竹要回家乡之事，讲给庞涓听了。

庞涓皱着眉头思考了半晌，才说："要去也可以，但必须偷偷地去，因为要是叫大王知道了，大哥的罪过就要加重一等了！"

孙膑称是。

庞涓又嘱咐孙膑加紧干活儿。

趁着夜晚，婧竹女扮男装离开军师府走了。

又过了几日，庞涓把侍候孙膑的人叫来，问："你见那孙膑写了多少竹简了？"

这个人名叫诚儿，不会撒谎，便说："他写一会儿就歇一会儿，说是眼睛发花，看不清楚。"

庞涓又问："你没问他什么时候写完啊？"

诚儿说："他说现在只写了十分之一，还远着呢！"

庞涓听了又气又急，说："这怎么行？你要催着他写，要他黑夜白日都写！"

诚儿说："他每日坐着站不起来，眼睛又花了，怪可怜的，我不好意思再催呀！"

庞涓大怒："你不忍心催，我就把你饿死，看你难受不难受？！他要不好好写，你就不给他水喝，不给他饭吃！"

诚儿受了庞涓一顿训斥，心中不高兴，更不明白这是什么原因？出门之后，正好遇上了庞涓的贴身侍从。

侍从见诚儿哭丧着脸，不知其故，便笑着问："诚儿，吃了苦瓜了咋的？你脸上能拧下一盆苦水了！"

诚儿说："刚才被将军训斥了一顿！"

"为什么？"侍从问。

"只因那孙膑。"诚儿说，"将军让他写兵书，他写得太慢，我如实告诉了将军，将军大怒了，不知为什么这么急？"

侍从看看四下无人，拉过诚儿说："我告诉你吧！表面上看，将军对孙膑关怀备至，其实呢，他嫉妒孙膑，他是想从孙膑肚子里挖出韬略，然后就断绝孙膑之食，活活把他饿死！"

诚儿听了吸一口冷气，暗说："原来是这样啊！"

侍从说：“你一个下人，将军让你怎么做，你就怎么做好了！”

诚儿点头，来到孙膑房间，说：“孙先生，你快写吧！不然我不给你饭吃了！”

孙膑听诚儿这么说，而且一反常态，便问：“诚儿，你今天怎么这样跟我说话？难道你敢断我饮食吗？”

“怎么不敢？”诚儿说，“这是庞将军亲口告诉我的，你不好好干活，就断你饮食！”

孙膑听了反而哈哈地笑了，说：“你这个奴才知道什么？我与庞将军有结义之交，他怎么能害我呢？这一定是你瞎说！”

诚儿见孙膑这样信任庞涓，而庞涓在背后却这样加害他，心中觉得难受，不由可怜起孙膑的忠直和善良来了！

诚儿不再说什么了，看着孙膑一笔一画地在竹简上刻写，头上流着汗珠，手和腿一齐颤抖着。

诚儿感动了，眼里含着泪，在孙膑的身边站着。

孙膑见他站得久了，便说：“诚儿，你躺在床上歇着吧！”

诚儿说：“我歇着，怕你也歇着！”

孙膑笑笑说：“诚儿，你这么着急干什么？你睡觉吧，我绝不歇着！”

诚儿回到床边，先坐了一会儿，后来就躺下睡过去了。等他一觉醒来，赶忙坐起，望望孙膑，见他仍坐在灯前，低头猫腰一笔一画地刻写着，手打着颤，眼睛里流着泪。

诚儿跑过去，抱着孙膑的腰，哭着说：“孙膑先生，你是个好人，你太可怜了！并不是我紧逼着你快干，而是庞将军这样吩咐的呀！”

孙膑问：“庞将军为什么这样着急呀？”

诚儿实在忍不住了，便说："孙先生啊，你被人骗了呀！"

孙膑惊问："诚儿，我被谁骗了呀？"

诚儿说："骗你之人就是庞将军啊！"

孙膑听了如五雷炸顶，心胆俱裂。他压低声音问："诚儿，不许瞎说，如被人听见，可有生命之危呀！"

诚儿也压低声音，悄悄说："的确是庞将军将你骗了，他表面上对你体恤，而内心却存有嫉妒。他要我逼你快写兵书，书成之后，就断绝你的饮食！孙先生，书成之日也就是你死亡之期呀！"

孙膑不敢相信诚儿的话是真的，也不愿意相信诚儿的话是真的。可是，回想起发生的一切，他又没法不信了。只有诚儿的话是真的，才能解释接连不断发生的事情。

他对诚儿说："诚儿，谢谢你的提醒。"

诚儿说："孙先生，你心中明白就行了，千万不要对别人说呀！可是，你要早做打算啊！"

孙膑连连点头说："放心，孙膑不是那种狼心狗肺之人！"

诚儿放心了。

孙膑渐渐平静下来，不由想起了过去的许多事情。那一次出谷背盐，就在大梁城郊，遇上了奄奄一息的庞涓，是自己出于仁爱之心，将他背了三四百里，来到定铺小店。为了治他的伤，自己求医寻药，一勺勺地喂他，才使他养好了伤。后来庞涓苦苦要求上山学艺，和他又结成了生死之交。当时，他那种虔诚的神情，到如今都使自己深深感动。

到了鬼谷峪，他把庞涓推荐给师父。师父虽然有些不满意，但还是收他为徒了。

在鬼谷峪三年多，二人同学兵法，朝朝暮暮如同手足。

庞涓下山之时，他们跟师父喝酒，直喝得酩酊大醉。早晨起来，庞涓不辞而去，师父一人便在清溪坪下闭目养神。自此之后，他见师父总是寡言少语，一脸愁容。他不知为什么，反而暗暗埋怨师父错怪了庞涓。

他到了魏国之后，几次与魏惠王相见，他觉得魏惠王是真心爱才的，可是为什么总是只让他做客卿呢？他常常心中不解，而这一次被害，却更是蹊跷！如果不是庞涓从中做鬼，魏惠王何以会加他"私通外国"之罪呢？

想起前情，想起近事，孙膑总算对一连串的疑问找到了答案！

可是，时间太晚了！孙膑暗想。

他悔恨自己识破这条毒蛇的能力太差了。为什么？因为自己太忠厚了，还是因为庞涓这个人太狠毒了？！

这时候，他想起了师父鬼谷子的话，想起了墨翟的话。他彻底明白了，然而他已成了废人，就是呼天唤地也难以讨回公道了！

跑吧？不能。他站都站不住，别说是迈步了。在此坐以待毙吗？不能。只要自己尚有一口气在，就不能眼睁睁地死在这条毒蛇口中！

怎么办？怎么办？孙膑迅疾地思考着。

"如果，我拖延时间不把兵书写出来，庞涓就不会杀我！"孙膑突然这么想了，可又立刻否定了，因为这么做，早晚必被杀害，而这仅仅是一个时间问题。

想到最后，唯一的办法是离开这里，逃出虎口。可是，军师府那样的深宅大院，刀枪林立，警卫森严，实在是插翅难飞呀！

孙膑像个泥雕木塑一样，聚精会神地思考着。他口中默念："难怪伍子胥过昭关，一夜愁成白发呀！"

孙膑一筹莫展。他要生存，他要报复，他要使自己的兵法不白学！所以，他一定要逃出去！

孙膑双手抚着胸口，又想起了婧竹，为了自己，妙龄少女等到了中年；为了自己，她千里跋涉寻到魏国；为了自己，她又女扮男装回家乡为两位哥哥送信。

想到这里，他突然惊叫一声："婧竹，是我害了你呀！"

孙膑这时候才明白，那个叫丁乙的送信人也一定是假冒的！两位哥哥尚不知去向，婧竹又要白跑一回了。可是等她回来，我将是个什么样子呢？！

孙膑哭了，把泪水一口一口地咽到肚里，暗叫道："婧竹，孙膑此生辜负你了！你是一个多情而专一的女子，却无端与我连在了一起，使你毁了青春，毁了此生！"

孙膑哭得喘不上气来，下意识地呼唤着："师父，师父快来救我呀！"

蓦然，孙膑想起了临行之时，师父曾经给自己的那个锦囊。师父曾对自己说："必到十分危急的时候，方可拆看！"

现在，正是到十分危急的时候了，也正是到可以拆开的时候了！他解开外衣，露出内衣，而内衣的左胸口上就藏着这个锦囊。

孙膑扯开内衣，取出锦囊。这锦囊是一个黄绢小袋，解开黄绢，便露出薄薄的一块竹简，竹简上写着三个字：诈疯魔。

孙膑看罢，心中说道："原来如此！"

他将薄薄的竹简放在灯火上烧了，接着便双手合掌，垂头拜道："师父，你真是神人，原来，你早把庞涓看透了，却为何不早早告诉我呢？！"

　卧猪圈孙膑装疯
　　　　赴城楼烈女殉情

　　第二天晚上，诚儿端着竹盘，和往日一样，把饭菜放在孙膑面前。

　　诚儿说："孙先生吃饭吧！"说罢，站在孙膑旁边。

　　往日，不管是什么饭菜，孙膑总是不挑不烦，拿起筷子低头就吃。可是，今天不然。孙膑拿起筷子，在眼前飞舞一阵，口中还念念有词，不知说些什么？

　　诚儿一见，有些吃惊，急问："孙先生，你怎么了？"

　　孙膑不回答，似乎什么也没有听见。他飞舞着筷子，然后夹了一点菜，在眼前观望，过了一阵儿，突然将菜扔向屋顶。接着，他又哈哈大笑，晕倒在地，"哇哇"地呕吐起来。

　　诚儿急忙跑过来扶起孙膑，连声呼唤着："先生，你不舒服吗？"

　　孙膑慢慢苏醒过来，抓起桌子上的竹简向灯火中掷去。那些写好了兵书的竹简，一片一片地着了火。

　　诚儿见了也不去抢，听任它烧完，他说："孙先生，你心中生气我明白，可是，保重身体要紧啊，快吃饭吧！"

　　孙膑听了，眼睛翻白，忽然狂叫："不吃，不吃！你们下毒害我！"

他随手将竹盘中的饭菜，一齐推翻在地，接着，又用手胡乱拍打，溅了诚儿一身。

诚儿不知孙膑是故意诈疯，便急忙报告了庞涓。

庞涓已经睡下，不愿马上去看。第二天早晨，他来到孙膑面前，只见孙膑披头散发，满脸污垢，斜躺在地。

庞涓不知其故，近前问："大哥，你这是怎么了？"

孙膑知是庞涓来了，心中怒火燃烧，恨不得生食其肉。但为了长久之计，他还是强忍下来，慢慢睁开了眼睛，狂叫道："我恨魏惠王要杀我，可是我有天兵天将保护着，是杀不了的！杀死了我，魏国就没人做军师了！"接着，又双手举过头顶高喊，"天灵灵，地灵灵，天兵天将下天庭！"

庞涓大吃一惊，心想：他这是怎么了？莫非得了什么急症？！

于是，用手扳着孙膑的脸，说："大哥，我是庞涓啊！"

孙膑听了，吓得浑身发抖，连喊："我怕，我怕，你是一条狼，吃人的狼！打狼啊，打狼啊！"

他双手捶着地，连喊带打。

庞涓站起来，问诚儿："他是怎么得的病？"

诚儿说："昨晚我给他送饭菜，他就胡言乱语，把饭菜都推翻在地上了！"

庞涓说："他恐怕是得了暑病。快去请医师来！"

诚儿跑去，请来了府中的医师。

医师见孙膑这个样子，不禁摇摇头说："他这是疯魔之症，我开个方子吧！"说着开了方子，递给诚儿。

诚儿拿了方子，抓来草药，熬好了给孙膑服。

孙膑见了药，又狂呼乱叫起来："不，你们要毒死我！"他一下打翻了药碗，在地上乱滚。

庞涓见此情状，皱着眉头出去了。

到了中午，庞涓又对诚儿说："去，找几个侍从来，把孙膑按住，强给他灌药！"

诚儿照办，叫了几个侍从，把孙膑的胳膊扭过去，再把他的双腿压住，然后掰开他的嘴灌药。孙膑仍是周身乱抖，一口药也没有灌下去，反而喷了诚儿和几个侍从一身，他们垂头丧气地报告了庞涓。

庞涓这会儿实在发愁了。孙膑的病如果治不好，他怎么为自己写兵书啊？如果一刀把他杀了，不仅落个不义之名，还怕魏惠王怪罪。如果他是真疯了，倒也是个好事，因为从此自己就再也没有对手了！

"孙膑是真疯，还是假疯呢？"庞涓心中难以判断。

于是，他经过几天几夜的思谋，想出了一个办法。

他把诚儿叫来说："去，找几个人把孙膑扔到猪圈里去！"

诚儿听了有些迟疑，说："将军，如果把他扔进猪圈里，猪屎、猪尿多脏啊，还不如将他杀了算了！"

庞涓大怒，说："你知道什么？快快去办！"

诚儿不敢违抗，只得照办。他叫了几个侍从，传达了庞涓的话，就悄悄回到自己的屋里偷偷落泪去了。

军师府的西院里，有一个大猪圈，是府上养猪用的。里边有十几头肥猪，个个长得牛犊子一般大，肥得流油，猪圈里全是猪屎、猪尿和脏东西。

几个侍从拖着孙膑来到猪圈边，大声对孙膑喊道："你这个连猪都不如的东西，让你喂了猪吧！"说完，便将孙膑扔进了猪圈。

孙膑不哭不叫，好像一点反应都没有。猪圈里的猪，见突然来了不速之客，吓得"哼哼"乱躲，但后来，又试探着走过去，有的用鼻子闻，有的用舌头舔，有的用嘴扯孙膑的衣服玩。

孙膑心中明白，但他必须强忍着，不能露出一丝破绽。

想到这里，孙膑翻身坐起来，抓了一捧猪屎猪尿抹在脸上，同时胡乱踢打，把那些猪都吓跑了。接着，他又在猪圈里爬，向着猪猛扑，把猪吓得"哼哼"叫着躲到了墙角。孙膑看着一头大猪，估计它是这里的头领，心想：征服了它，别的猪就不在话下了。于是，他猛扑过去，抓住猪尾巴使劲揪。那头大猪吓得乱叫，使劲儿向前奔。孙膑向前一纵，一口咬住猪尾巴，狠狠地咬下了一口，疼得那头大猪"嗷嗷"叫着缩进旮旯里。

孙膑连毛带肉在嘴里嚼着，一点儿一点儿地咽了下去。

这样一来，孙膑征服了满圈的猪，哪一头也不敢上前"光顾"他了。只要他一动，它们就吓得"哼哼"着，躲得远远的。

孙膑心中平静了，至少在猪群里可以保住命了！他平躺在屎尿里，眯着眼睛睡着了。

中午的烈日，晒得猪圈里的脏水冒泡儿。那些肥猪都躲到阴凉的墙角张嘴喘气，而孙膑却仰天躺在猪圈中央，好像十分自在。

这时候，来了一个人，蹲在猪圈墙上，低声地叫："孙先生，孙先生！我来给你送酒送菜来了！"

孙膑微微睁开眼，望了望来人，又闭上了眼睛。

来人又说："孙先生，你不要害怕，我来看你，庞将军不知道，我明白你是无辜受冤被膑了膝盖，你心中恨庞将军！来，喝酒吃菜吧！我决不会告诉庞将军的！"

孙膑闭着眼睛想：这一定是庞涓派人来试探的，看我是真疯还是假疯。

他忽然坐起来，大笑："还来毒我呀？我不吃不喝！"说着，用手抓了一把猪屎、猪尿抛向来人。

来人急忙跳下猪圈墙，找了一根棍子，拿它挑了猪屎送到孙膑嘴边。孙膑一见哈哈大笑说："好香，好香！"接着，便狼吞虎咽地吃了起来。

这时，喂猪的伙计来了，开了圈门，将桶里的猪食倒进食槽里，那些猪跑过去，抢着吃食。

孙膑见了，大声喊："大王，大王给我留点，你们别都吃了啊！"

说着，使劲儿爬了过去，把那些吞食的肥猪都吓跑了。

孙膑趴在猪食槽上，大口大口地吞食着。

来人和喂猪的伙计都惊得目瞪口呆，连声喊着："这人完了！这人完了！"

原来，来人正是受了庞涓支使来试探孙膑的。他回去向庞涓报告所见，说："将军，你放心吧！孙膑的确疯了！"

庞涓听了来人的报告，不禁冷冷一笑说："好，这正是我之所求！"

从此，庞涓完完全全放了心，认为孙膑已经名存实亡了！

一日，魏惠王问他："庞将军，不知那孙膑可有悔过之心？"

庞涓早就想好了应对的话，说："唉，大王仍不忘孙膑，实在叫人感动。只是这孙膑一心思家，闹得疯疯癫癫，的确成了一个废人！"

魏惠王听了，不禁自言自语地说："可惜呀，本是一个有用之才，反倒自己毁了！"

庞涓说："大王不必怜惜他了。这叫聪明反被聪明误嘛，他是咎由自取！他辜负了大王当初对他的一番心意呀！"

魏惠王长叹一声，也就不再问了。

孙膑在猪圈里待了几日，全仗吃那些猪食活命。他见无人再来看他，估计庞涓已经信以为真，不再注意他了，他便从猪圈里爬出来，到外边乱滚。这样试探着，仍没有人理他，他就从军师府爬到了大梁街上。

街上的人刚看见他时，都离他远远的，并且窃窃私语：

"他是谁呀？疯成这个样子？"

"听说，他是齐国人，因为私通外国，被大王膑了膝盖，才疯成这个样子！"

大梁街上的市民们说什么的都有，孙膑只是不动声色地听着。后来，有一些人走到他的身边，向他问这问那，孙膑只是不言不语，有时竟大哭，有时竟大笑，弄得人们又远远地离去。有些好心人，扔给他一点吃食，孙膑见左右无人，就吞吃了，痴痴地向着人笑。如果左右有人，他就不理不睬，或者是捡起来，向着远处扔过去。

孙膑到处乱爬，有时露宿街头，有时仍爬回军师府，爬进猪圈里过夜。

开始时，庞涓曾派人暗中跟着他，察看他的行为，后来就不再派人跟踪了。

一天，庞涓正准备上朝面见魏惠王，商量伐赵的事，忽然近侍报告："有一个女人要见将军！"

庞涓问："她是干什么的？"

近侍说："她只说是曾经来过，其余不知。"

庞涓不知是谁，便让近侍领她进来。

见面之后，庞涓大惊，原来是婧竹。

婧竹风尘仆仆，要求立即见孙膑。

庞涓没有准备。两个月来，他早把婧竹的事忘掉了。

庞涓笑着说："姑娘快去梳洗一番，然后我再对你说！"

婧竹无奈，只得随仆妇去梳洗。庞涓在屋里等着，思谋着应付的办法。

过了一会儿，婧竹梳洗完毕，又换了新衣服。她本来天生丽质，又刚刚梳洗罢，所以就显得格外美丽大方，惹人喜爱。

庞涓见了立时生了一种邪念，但他并不敢说出。

婧竹说："承蒙将军关照，快领我去见孙先生！"

庞涓听了，沉下脸来说："唉，小姐离去两个来月，这里却发生了天翻地覆的变化！"

于是，他假装痛苦地讲述了孙膑的情况。

婧竹听了脸急得通红，说："快，快让我去见他！"

庞涓说："我也不知他到什么地方去了，也许在猪圈里，也许在街上，没有一个准地方！"

婧竹越听越心寒，不待庞涓领路，便慌慌张张跑了出来。

庞涓冷笑，暗说："果然是一个泼辣的美人！"

庞涓的打算是，让婧竹目睹孙膑的惨状。这里边有两个目的：一个是孙膑见了情人一定原形毕露，这样便可彻底弄清孙膑是真疯还是假疯；另一个是，婧竹见孙膑完全成了猪狗一样的人，一定大失所望，然后，他便可从中设计将她占为己有。

这就是庞涓的如意算盘。

婧竹慌慌张张跑出来，向府中人打听着，来到了猪圈边。她向里边望着，一股臭气直冲鼻孔，却不见孙膑，于是，她又向回跑着到处打听，恰巧遇上了诚儿。

婧竹问："你知道孙膑到什么地方去了吗？"

诚儿不知她是谁，但是他知道孙膑这工夫在什么地方，便说："唉，可怜呀！这时候孙膑在城楼下晒日头哩！"

婧竹听了，来不及说声谢谢，就跑到大街上，直奔城楼下寻找。

这时，孙膑正躺在城楼下的石墩上，埋胸露腹，捋着被泥土粘连的头发，捉着虱子。

婧竹见了，立即痛哭失声地跑过去，抱住孙膑大叫："你这是怎么了？你这是怎么了？"

孙膑睁开眼，见是婧竹到了，不禁一阵心疼，如万把尖刀刺入胸膛。他猛地坐起来，正想对婧竹说出实情时，却又立刻警觉起来，暗想：庞涓诡诈，一定会派人来察看！

想到这里，孙膑又躺下来，狂呼乱叫："快，快躲我远远的，天兵天将来了！"接着，又坐起来高唱，"天灵灵，地灵灵，天兵天将下天庭！"

他双手做旗状，在空中摇动，眼睛上翻，真如同有无数天兵天将从天而降了。

婧竹望着他，放声大哭，连问："你，你难道不认得我吗？我是婧竹啊！"

孙膑全然不理，只是一个劲儿地高唱。

婧竹见孙膑如此情况，不知所措。突然，她看见孙膑的胸前仍然戴着那块心形碧玉，于是，上前将心形碧玉摘下来拿在手中，对孙膑说："公子，你看看这是什么呀？"

孙膑抬头看看，仍然不理不睬地唱起来："东南风，西南风，风中刮来一个大妖精！"

婧竹的心全凉了，她想不到一个好端端的人会变成这个样子。她把手中的心形碧玉又慢慢地戴在孙膑胸前，一边戴着，一边说："公子，我已去家中，可是未见两位哥哥呀！可见那个捎书人是假的呀！"

孙膑听得明白，同时也就完全证实了自己的判断，心想：这个庞涓太诡诈了，自己如果露出一点破绽，便会前功尽弃。为了将来，为了达到出逃的目的，应该让婧竹快快离去！

想到这里，他猛然坐起来，向着婧竹扑过去，口中说道："来，你这个大猪，敢前来咬我？看我咬断你的尾巴！"说着紧紧抱住婧竹，咬住她的鼻子使劲吮吸，接着又咬住婧竹的唇，使劲地扭动。

这时候，城楼之下来了好多市民。他们看着这样的情形，都羞得垂下头。

婧竹没有受过这样的污辱，她努力挣扎出来，猛力向孙膑的脸上扇了几个嘴巴。因为用力过猛，打得孙膑两个嘴角竟流出了血！

孙膑依然大笑，口中狂叫："你个肥猪，让我咬断了尾巴，好香啊！"

婧竹站起来，离他好远好远，心中的痛苦无法表白，流着泪默默地走了。

市民们见婧竹走了，便大声地议论起来。

"她是谁呀？肯定是疯子的媳妇，长得好漂亮啊！"

"唉，世道不公平，一个如花似玉的美人竟遇上了这样的事情！好惨啊！"

"这孙膑也真够可怜的。本来是大王召来的，却又惹恼了大王！"

"嘿，谁知他是个好人还是坏人呢？"

人们议论着走了。有些善心人又投给孙膑一些吃食。

孙膑见人都走了，捡起身边一块硬蒸饼啃着。他心中好像堵着石头，说什么也咽不下去，便笑着扔了。他躺下身，想着刚才的一幕，泪水像泉涌似的淌下来，心中不由暗念道："婧竹啊，你快快离去吧！我孙膑如有出头之日，一定和你结为夫妻，每日敬奉着你！"

沾着满身泥土，婧竹跑回了军师府。

庞涓正等着她。

庞涓派去察看的人，早回来报告了详情。庞涓听了，乐得手舞足蹈，心想孙膑是彻底疯了，婧竹也一定心灰意冷了。现在正可乘她之危，将她占有。

婧竹见了庞涓，说："我知道，你与孙膑乃是结义兄弟，你怎能眼见他遭到如此下场啊？"

庞涓说："这又不是我让他这样的，而是他自己残害了自己！"

婧竹说："难道你不可以将他接进府中，给他净面洗身，好好照顾他吗？！见他如此狼狈之相，你不心疼吗？"

庞涓笑着说："谁说我不心疼。可是将他请来，他还跑出去；给他喂药，他把药碗打翻，你让我怎么办啊！"

婧竹说："好，你把他请进府中，我来侍候他，你看可以吗？"

庞涓摇摇头说："唉，你的心我明白，可是孙膑真的彻底完了。我见你花容月貌，就这样白白度过此生吗？人生在世，转眼就是百年，你丽质天成，难道就这样白白断送自己吗？"

婧竹听了这话，想起自己顶着父母压力苦苦等了孙膑这么些年，到头来竟是这样的结果，实在是伤心至极，便说："这不能怨天怨地，只怨我曹婧竹命苦！"

庞涓说："我知道你们并未成婚，何必死心眼儿呢？只要心眼儿一活动，马上就是海阔天空、风光无限了！"

婧竹说："我与孙膑虽未成大礼，但两心相许，就雷打不动了！但求将军将他请进府中，我甘愿侍候他到死！"

庞涓听了，假装正经地说："姑娘的心志，我实在佩服。本将军答应你的要求就是了！不过，今日天色已晚，待明日再办吧！"

婧竹说："早一日是一日，不然今夜他又要露宿城楼之下了！"

庞涓说："姑娘应该爱惜自己花月之躯。反正他已人事不知，何必在乎这一夜呢！"

婧竹没有办法，只好答应。

庞涓安排仆人为婧竹更衣沐浴，然后进餐。

婧竹吃不下饭，只惦记着孙膑，总是落泪。

夜里，庞涓为婧竹准备了上好的住室，室内馨香四溢，床上是锦被绫衾。

婧竹和衣而卧，瞪着眼睛难以成眠。大约过了半夜，她实在困了，迷迷糊糊睡了过去。不知过了多久，她觉得身上有些发凉，用手去抓被，突然觉得有人在解她的衣带。她急忙坐起来，屋里点着灯，一眼便看见庞涓正笑眯眯地站在她的面前。

婧竹羞愤地站起来，质问庞涓："谁知你长了个谦谦君子之相，却有颗豺狼之心啊！"

庞涓厚着脸皮说："我见姑娘貌美心慈，一见钟情。怎奈姑娘不解风情，所以出此下策，但愿姑娘顺从，庞涓将明媒正娶，使你终生享受荣华富贵！"

婧竹大怒道："你与孙膑乃是结义兄弟，孙膑遭此横祸，你却投井下石，夺他所爱，你比禽兽还不如！"

庞涓见婧竹这样决绝，就撕破脸面，向前扑来。

婧竹见状，四处乱躲。突然，她见墙上挂着一把短剑，就纵身过去，一把取了下来，持剑在手，冲着庞涓说："你再向前半步，便血溅你一身！"

面对婧竹的泼辣和坚贞，庞涓果然不敢再向前半步了。他想：反正你是笼中之鸟、釜中之鱼，还有你的自由吗！

想到这里，他跺脚出来了，边走边想：这事操之过急了，应该慢慢下手。

婧竹拿着短剑，在屋里坐不住，跑出来想到城楼去。可是，府中大小门都已上闩，她根本出不去，所以只有等到天亮。

天刚刚发亮，听得开门之声后，婧竹便身藏短剑跑出军师府，直奔城楼。

孙膑这一夜没有睡觉，他惦记着婧竹，不知她到什么地方去了。他想等过些天，就试探着爬出大梁城，一步一步地爬到齐国去，争取有个出头之日，施展自己的本领。到那时，他将把自己的苦衷讲给婧竹听，求得她的同情和谅解。

天亮了，大街上的叫卖之声惊动了他。他睁开眼睛，却见婧竹正在身旁。她神态平静地上前将孙膑扶了起来。

孙膑很吃惊，心中暗暗恨她：你怎么还不离开呀？！

婧竹痴呆地坐在孙膑身旁，用手轻轻地梳理着孙膑的乱发，口中喃喃地说："孙公子，十二年前，我们两情相许，心已结缘。我盼到今天，却是这样的结果，但我不恨你，只怨天道不公。孙公子，今日天气很好，我婧竹与你结为夫妻，愿天地共鉴、城楼为证！"

她自言自语着，抱住孙膑默呆了一阵，突然站起身来，抽出身上的短剑横颈自刎，血溅素衣，躺倒在孙膑身旁。

婧竹的话，孙膑都听见了。他心如刀绞般痛，只是不敢表露出来，他闭着眼睛，没有想到婧竹会有这突然之举。当他睁开眼睛时，婧竹已经倒在他的身旁，鲜血从颈下汩汩流淌，湿了他的上衣。

孙膑实在忍不住了，翻过身抱住婧竹，放声大哭，连说："婧竹，婧竹你醒来，醒来！"

婧竹还未死去，她听到孙膑这时喊出了她的名字，蓦然间，她什么都明白了！她急忙伸手掩住他的嘴，吃力地说："我什么都明白了，愿公子成功！"

孙膑听了，骤然惊觉。他立刻躺在婧竹身旁，哈哈狂笑，口中乱喊："猪，来了一个猪。让我咬你的尾巴！哈哈……"

孙膑的心破碎了。他抱着婧竹的脖颈，一口一口吮吸着鲜血，悄悄地对婧竹说："爱妻，你去吧！我孙膑终身不娶，以报爱妻之贞烈！"

婧竹在迷迷糊糊中，听见了孙膑的话，她双手抬起来，想要抱住孙膑，可是刚刚用力，一股血流涌出来，手臂软软地垂下了。她轻轻地说："我明白，我今生满意了……"

孙膑突然坐起来，手在空中乱划，嘴里唱道："东方白，东方亮，我唱歌，你也唱！"

　　谁人受过这样的折磨？没有！只有孙膑心中明白，这样的折磨，需要怎样的意志呀？！

　　东方的红日喷薄而出，照着婧竹的素衣，照着溅在瓦砾上的鲜血，照着这儿上演的那悲壮的一幕……

　　孙膑见城楼前聚满了人，便又哭又笑地向着人群爬去，并且一边爬一边唱："东方白，东方亮，我唱歌，你也唱……"

　　人们都离他远远的，窃窃私语：

　　"孙膑真命苦，媳妇死了他还笑！"

　　"可惜这如花似玉的媳妇，跟了他落得了这样的下场！实在可惜呀！"

　　孙膑听着这些话，撕肝裂肺，真使他疯得更狂了。他将头拱着地，向前爬，任瓦砾在脸上划出道道血口。他边爬边唱："你流血，我流血，到底看看谁流血……"

　　孙膑唱哑了，爬晕了，终于躺着不动了。

　　夜晚，他又爬到城楼下，躺在婧竹身边，手舞足蹈地唱着。

　　军师府的人都知道了这个消息。诚儿暗暗落泪，悄悄出了府，到街上找了几个善心人，给了他们一些钱，让他们掩埋了婧竹的尸体。

　　庞涓听了十分窝火，暗暗痛惜婧竹，悔恨自己操之过急。

　　孙膑依然在街上爬着，等待着时机。

第十四回　救贤才田忌设计
　　　　　　巧安排淳于献酒

　　且说墨翟云游天下，宣扬他的主张。那日到了齐国，齐威王接见他之后，大将田忌把他接到了自己家中。

　　田忌，字子期，有领兵打仗的本领，深得齐威王重用。齐威王将徐州封给了他，所以历史上又称他为"徐州子期"。

　　田忌仰慕墨翟的学问和人品，对他十分敬重，二人谈得非常投机。

　　一日，二人正谈着，墨翟的得意弟子禽滑厘急匆匆来到田府，见了墨翟说："师父，我从魏国路过，探得一个惊人的消息，特来禀报。"

　　墨翟问："不知是何消息，快快讲来！"

　　禽滑厘说："孙膑在魏，不但不被重用，反被庞涓所害，被砍去了膝盖骨，不能行走，每日像猪狗一样爬滚在大街上，十分可怜！"

　　墨翟最关心孙膑的事，因为这是他推荐的，现今听了这个消息，不禁又恨又悲。他恨的是自己错荐孙膑到魏国，悲的是孙膑的遭遇。他沉默了半晌，又问："是你亲眼所见，还是道听途说？"

禽滑厘说："师父，这消息没错，全城百姓皆知……"

墨翟心如刀割，思考着搭救孙膑的办法。

田忌在一旁，问："不知这孙膑是何许人，竟使先生如此焦躁？"

墨翟说："这孙膑乃是大兵家孙武之后，又在清溪山鬼谷峪受鬼谷大师的真传，可以说是旷世奇才。他曾与那庞涓同学于鬼谷门下，庞涓先期下山到了魏国，因此孙膑也想去魏，我便向魏王推荐他。不料这庞涓嫉贤妒能，如此加害于他，所以我忧心如焚！"

田忌又问："这孙膑原籍是哪国人？"

墨翟说："他就是齐国人啊！"

田忌是个刚烈汉子，一听此言，怒不可遏，一拍桌子，站起来说："我们齐国的贤才，在魏国受凌辱，岂能容得！"

墨翟说："如此说来，将军有意救孙膑脱离苦海？"

田忌说："先生放心，明日早朝我就奏明大王，想个万全之策，救出孙膑！"

墨翟的心稍稍平静了些，感谢田忌的侠肝义胆。

第二天早朝，田忌见了齐威王，第一件事便讲了孙膑的情况。

齐威王听了也很气愤，说："我齐国的人才竟在魏国受辱，岂有此理！我立刻发兵向魏国讨回孙膑！"

田忌早有了主意，所以听了齐威王的话后，就摇摇头说："大王，这样做不但救不了孙膑，反会加害于他！"

齐威王问："为什么呢？"

田忌说："大王你想，那庞涓嫉贤妒能，所以要加害孙膑，不容他在魏国施展才能。如果我们派兵去救，庞涓得知后，一定会将孙膑杀害！"

齐威王听了点点头说："是这么一个道理。不知你有何主意呢？"

田忌说："我已思谋好了一个办法。欲救孙膑，只能悄悄进行！"接着，走近威王说出了自己的打算。

齐威王听了连连称是，说："好，这样方可保孙膑安全！"

于是，齐威王把客卿淳于髡叫来，对他讲明事情的经过后，说："你要以向魏国献酒为名，访见孙膑，悄悄把他载回齐国！"

淳于髡听了，呵呵笑着说："大王放心，臣办此事，保险万无一失！"

齐威王说："好，你快去准备吧！"

淳于髡领命而去。

这淳于髡在当时也是一个"人物"。

此人滑稽幽默，博学强记，善于言词，思维敏捷，是个难得的人才。他虽然长得小头小脸，一脸皱纹，又是个小矮个儿，但却机敏异常，胆略过人。

当年，齐威王好淫乐，后宫嫔妃甚多，每天饮酒作乐，不理国事。眼见国势衰微，人心涣散，众臣都因畏惧齐威王，谁也不敢进言，只在暗地里叹息。

淳于髡知道了，就面见齐威王，心平气和地说："我今天没事，想跟大王说几句话，可以吗？"

齐威王说："有什么不可以呢！你有什么话就说吧！"

淳于髡说："其实，也没有什么重要的话，只是想给大王说个不相干的事！"

齐威王说："既然与我不相干，还说它干什么呢？"

淳于髡说："只是我不明白，想跟大王讨点学问。"

齐威王不知淳于髡要说什么，只得耐心地听着。

淳于髡说："大王，三年前我家中突然飞来一只大鸟，这鸟落在屋檐上，就不动了。三年多来，它不飞也不鸣，不知是什么意思？在下不得其解，所以请大王指教！"

齐威王是个聪明人，一听淳于髡的话，已明白了言外之意，便立刻说："此鸟不飞则已，一飞冲天；不鸣则已，一鸣惊人！"

淳于髡听罢，立刻双膝跪倒在齐威王面前说："大王，一言既出，驷马难追！"

齐威王从此振作精神，远离酒色，发奋图强，治国理政，使齐国重新强大起来。

又有一次，楚国发大兵十万，向齐国进攻，企图一举消灭齐国。

齐威王为了抗敌，命淳于髡前往赵国借兵。临行，齐威王给淳于髡黄金百斤、车马十乘，作为向赵国的进见之礼。

淳于髡见了，抛冠于地，仰头大笑。

齐威王不知何故，问："你笑什么？"

淳于髡平静地说："我突然想起，我刚从家来的时候，路上遇见一个农夫，他手中拿着一个猪蹄，眼前放着一碗酒，正准备喝，我问他：'你为什么不弄几个好菜喝酒啊？'他指着田里的庄稼说：'田里的庄稼长得不好，收成也不会多，怎舍得弄好菜喝酒呢？'我见他的庄稼的确长得又黄又矮，别人家的庄稼却长得很茂盛，于是，我说：'你为什么舍不得给庄稼施肥呢？庄稼不施肥，还盼望它有好收成，这不是空想吗？！

所以，你也就没有好菜下酒了！'我刚才是笑那个农夫呢！"

齐威王听了，立刻明白了淳于髡这番话的用意，便马上增加了进见赵王的礼物。淳于髡说："有求于人甚重，而拿出的报酬甚少，这是不相称的事呀！"

齐威王点头称是。

淳于髡以重礼会见赵王，赵王很高兴，立刻发精兵十万、军车千乘来救齐国。

楚国大兵见赵国来援齐国，觉得不可抵挡，当夜就撤兵回去了。

齐威王大喜，设酒宴款待淳于髡。

淳于髡来了，齐威王问他："先生对齐有功，理应痛饮，不知先生饮多少酒可醉？"

淳于髡笑着说："臣饮一斗可醉，饮一石也可醉。"

齐威王不知他是什么意思，又说："你既然饮一斗就醉了，怎么还能饮一石呢？"

淳于髡说："臣在大王面前饮酒，又有百官在场，不过饮一斗就醉了。如果只是大王赐酒于我，没有百官在旁，就可饮二斗。如果是朋友相见，你拥我劝，就可饮五六斗。如在酒馆，男女杂坐，互相嬉闹，就可饮到八斗。如是男女同席，鞋足交加，杯盘狼藉，罗襦襟解，微闻芳泽，则可饮一石。所以这叫酒极则乱、乐极则悲。万事皆如此，极之而衰呀！"

齐威王听了，立刻明白淳于髡这是在劝他戒酒宴，便说："好，我撤去酒宴就是了！"

齐威王很敬重淳于髡，要封他为大官。淳于髡力辞不受，说："鸟入樊笼就会失去天性，我不愿失去天性，所以不能为官。"

　　齐威王没有办法，只好封他为客卿，留在齐国，如用着他时，便去找他。

　　这次去魏国救孙膑，淳于髡做了周密安排。他先备好了上等名酒，装好了五辆彩车，又让墨翟的弟子禽滑厘为随行助手。随后，他们选好了时日，便催车上路。

　　一路之上因为是打着为魏王献酒的旗号，所以非常顺利地到达了魏国都城大梁。

　　淳于髡先叫彩车停在魏宫门前，自己捧了齐王的国书来见魏惠王。

　　魏惠王听说是齐国派客卿淳于髡来献名酒，心中十分喜悦。他觉得这是齐威王来讨好他，说明魏国的实力已经大增。另外，他早听说过淳于髡的大名，今日让他前来献酒，也足以说明齐王对此事的重视。

　　魏惠王降阶迎接淳于髡，淳于髡先献上国书。魏惠王读罢国书，让淳于髡坐下，说："烦劳先生亲自前来，我甚过意不去。我早听说先生乃齐之良才，今日相见愿听教诲！"

　　淳于髡笑笑说："我本一庸夫，岂敢在大王面前逞能！今日献酒，只为齐魏两国修好，齐王国书中已经言明，不必由我再叨舌了！"

　　魏惠王见淳于髡身体矮小，但言辞犀利、谈吐有节，心中暗想：真是人不可貌相，海水不可斗量啊！我国真缺少这样的人才啊！

　　淳于髡献上了名酒，魏惠王郑重地收下后，也要送厚礼给淳于髡。

　　淳于髡拱拱手说："大王，我本人决不收取大王半文酬礼。如果大王愿答谢齐王，我愿为齐王收下，请大王在回书中

——言明。"

魏惠王听了更加佩服，说："好吧，为了魏齐之交，我必有回书致齐王，并烦先生带去酬礼！"

淳于髡回到驿馆时，天已经黑了，见不能再出去寻访孙膑，便把禽滑厘叫到跟前说："先生，天已经黑了，我不便出去寻访孙膑，事不宜迟，你可打扮一下，到街上去看看，若见到孙膑，就告诉他做好准备。"

原来，禽滑厘在淳于髡去见魏惠王的时候，早已在大梁街上逛了一趟。他见孙膑蓬头垢面伏卧在井栏之下，便不声不响地回来了。

禽滑厘说："我已经探好了孙膑所在，只是没有交谈。"

淳于髡听了十分高兴，说："好，既然如此，你再趁夜出去，见了孙膑说明缘由，务必叫他做好准备。"

禽滑厘按淳于髡吩咐，又打扮成了魏国市民的模样，来到大梁街上。

这夜月朗星稀，天上一丝云彩也没有。大梁街上亮亮堂堂的，空旷而静谧。

禽滑厘袖手缩肩在街上走着，眼睛不住地东瞅西望，不一会儿，又来到那个有井的胡同里。

这个胡同很宽，中间有一口水井，井口用木棍围着。孙膑经常到这里来。有时候，他白天在此坐着，黑夜又回到庞涓府的猪圈里。

庞涓虽然对孙膑放松了戒备，但仍吩咐下人时常观察孙膑的动向，每天向他汇报一次。

孙膑在井栏旁坐着，口中疯疯癫癫说些不着边际的话，市民们见了有的起哄，有的伤心，时间久了，就没人理会他了。

淳于髡献酒魏惠王

庞涓府的诚儿，听说孙膑在井栏边，便时常来看他，向他身旁抛些吃食。后来，听说庞涓仍派人监视孙膑，诚儿就对那人说："一个疯疯癫癫的废人，还监视他做什么？"

监视的人说："唉，我也不愿意去监视啊，只是军师让我每天晚上汇报，我只好去看看！"

诚儿说："他站都站不起来，还能跑吗？你只要每天随便向军师说一声就可以了！"

监视孙膑的人点点头说："也是这么一个理儿，军师实在太小心眼儿了！"

自此之后，监视孙膑的人不去监视了，只在每天晚上向庞涓报告说："军师，孙膑仍在井栏旁，没有别的动静。"

庞涓问："他只在那里坐着吗？"

监视的人回答："不。有时也爬回府中的猪圈里与猪睡觉！"

庞涓听了，微微冷笑说："不管他在哪里，每晚报告我一声！"

监视的人遵命而去。

孙膑故意装疯，其实他心中时时都在思考着出路。别人见他蓬头垢面，脸上没有表情，他心中却思潮翻滚。他怀念婧竹，思念两位哥哥，痛恨庞涓，盼着奇迹发生，使他能脱离虎口……

这一夜，孙膑迷迷糊糊睡着了。他做了一个好梦，梦见婧竹与他成婚了，而且生了一个孩子。夫妻俩坐在皓月当空的院子里，逗着孩子玩耍。

孩子突然爬上他的肩头，拍着他的背大叫："爹爹，快跑啊！快跑啊！"

婧竹在一旁深情地望着他们。

孙膑狂笑着，向前猛跑，一不小心摔倒在地。

孙膑猛然醒来，不禁放声大哭，断断续续地叨咕："跑？向哪里跑啊！我的膝盖骨都被砍去了啊！"

这时，早已在他的身旁的禽滑厘轻轻用手拍着他的肩膀说："孙先生醒来，孙先生醒来！"

孙膑醒来，见月亮之下站着一个人，向他说着清醒的话，不禁大吃一惊，心想：这又是庞涓派人来试探我了！自己刚才的话，一定被他听见了！苦苦熬了这么多天，不是前功尽弃了吗！想到这里，便立刻狂叫不止说："天兵天将快来救我！"

接着又痛哭失声，说："哎呀，我的天兵天将没有粮草了，怎么打仗啊？"说完，他用双手抓着一把地上的污泥，塞进口中吃了起来。

禽滑厘见此情景，不禁暗暗流泪，心中默念："好端端的一个人才，竟被庞涓害至如此，真是天理不容啊！"

禽滑厘俯下身，悄声对孙膑说："孙先生，不要如此。我是墨翟的弟子禽滑厘呀！我已知先生的悲惨遭遇，现在是来救你的呀！"

孙膑望着禽滑厘，想起了师叔墨翟，不禁心中一热。不过，他未曾见过禽滑厘，并不敢轻易相信，于是，强忍着悲痛，又狂笑不止，口中仍高呼："天兵天将，快来救我！"

禽滑厘见状，双膝跪在孙膑面前，说："孙先生，我和淳于髡前来魏国，并不是为了献酒，而是来救你！先生若不信，这里有师父书简在此，请你观看！"说着，从贴身衣袋中掏出一枚竹简，递给了孙膑。

孙膑仍不敢贸然相认。他接过竹简，在眼前晃着，口中仍狂叫不止。

借着月光，孙膑看清了竹简上刻着的大宁：见字勿疑——墨翟。

原来，临来之时，淳于髡已经估计到了这一点，所以向墨翟讨了书简，让禽滑厘带着。

孙膑看清了竹简上的字，细辨了墨翟的笔迹，这才放心。像枯枝发芽铁树开花一样，他惊喜交集，双手抱住禽滑厘"呜呜"地痛哭着说："我苦熬苦耐，只盼着奇迹发生，现今奇迹果然出现了！"

禽滑厘劝孙膑说："先生不必悲伤，淳于髡名为献酒，实为救你。现在他正在驿馆休息，你只要在此等候，到时我一定来接你！"

孙膑点头，说："那庞涓十分狡猾，千万不能被他发觉！"

禽滑厘说："先生放心，淳于髡已经做了周密安排，你只要在此静候便可！"

为了避免被人发觉，禽滑厘急急离去了。到了驿馆，他向淳于髡报告了一切。淳于髡听了，十分高兴，便说："明日，魏惠王必定请我赴宴，你便可依计而行！"

禽滑厘说："如果发生意外，我便随时告诉先生知晓！"

淳于髡说："凡事都要想到退路，一不成则有二，二不成则有三，方能达到预期的目的！"

第二日早晨，魏惠王果然派人来请淳于髡入宫赴宴。

淳于髡故意没有早起，他让人回禀魏惠王：因一路劳乏，偶感风寒，需休息一阵，要在晚间才能赴宴。

魏惠王听了，派了医师来给淳于髡治病。淳于髡说："区区小恙，怎劳大王如此挂念！我只要静息半日即可！"

淳于髡就这样巧妙地把医师打发走了。到了晚上，他乘车来到魏宫。

魏惠王见了，忙问："不知先生身体可曾好转？如果实在劳乏，望先生在魏国多静息些时日，这也是魏国的荣幸呀！"

淳于髡笑着致谢说："我本是山野村夫，这些年深得齐王宠爱，反把身体弄得娇弱了。看来，世间的事，总是相反相成的。平常的人觉得做官好，有权有势可以享受。做了官的人，又觉得官身不得自由，没有做百姓那样自在。可是一个人又不能两占了啊，只有得此失彼。可叹的是，有人得了势，就忘了失势那一天，于是胡作非为，加速了自己的灭亡。我以为不论官做多大，自己还是个百姓！"

魏惠王听了连连点头，说："先生之见，入木三分。孤家如果有你在侧，真是如获至宝！可是，既然齐王宠爱有加，为何不封先生官职，只做了一个客卿啊？"

淳于髡听了哈哈大笑说："非是齐王不重封我，而是我一意任性，喜欢清闲，不愿受封罢了！"

魏惠王的意思很明白，是想拉拢淳于髡来魏国做官，听了淳于髡的话，他有些发窘，只好把话收了回去。

闲谈了一阵，魏惠王吩咐人将宴席摆好，请淳于髡入席。

席间，淳于髡彬彬有礼，谈笑风生，使得魏惠王更加喜欢。魏惠王对军师庞涓说："庞将军，可惜我国没有这样的使臣啊！"

庞涓在旁仔细观察着淳于髡，心中也十分敬服。但他这个人天生嫉妒，见魏惠王这样说，心中有些不悦，便说："大王，尺有所短，寸有所长，一切都是相比较而言。我泱泱魏国岂无辩才？淳于先生固能言善语，但若论起军事，恐怕就不那么精通了！"

淳于髡听了，微微一笑说："军师之言，正是我之所短，所以如果是行军打仗，齐王是决不会派我前来的！但齐也有兵家如田忌将军，所以才顶起了齐国的大厦。我虽不才，也可独当一面，如果魏国有及在下者，我愿与之对语到天明！"

淳于髡是笑着说的，所以气氛十分轻松，这些不软不硬的话，如同钢针一样刺痛着魏惠王。魏惠王急忙说："先生不必在意，我家军师乃心直口快之人，并没有贬低先生之意！"

淳于髡说："庞将军乃魏国栋梁之材，几次出征均大获全胜，令齐国军民仰目，如果我国有庞军师这样的人才，就更是锦上添花了！"

淳于髡故意说了几句奉承庞涓的话，他是有目的的。庞涓听了此话，更是眉飞色舞、神采飞扬。

魏惠王说："这就叫各国有各国的长处吧！"

淳于髡哈哈大笑，举杯向庞涓庆贺，说："庞军师，你在魏国如鱼得水，我祝你永远如此！"接着，又举杯对魏惠王说："更祝大王国运昌隆，繁荣兴旺！"

大家举杯，一饮而尽。

宴席热烈地进行到深夜，魏惠王酩酊大醉，庞涓也饮得大醉。

淳于髡乘车回到驿馆，只等禽滑厘的消息。不多时，禽滑厘到来。

淳于髡忙问："事情办得是否顺利？"

禽滑厘笑着说："先生放心，一切按计而行。现在孙膑已乘小车出了大梁城！"

淳于髡说："好，明日我们就可返齐了！"

原来，在淳于髡与魏王在宫中周旋的时候，禽滑厘带了随从李义来到孙膑跟前，将孙膑的破衣烂衫给李义换上，用事先准备好的小车把孙膑载了，悄悄出了城。

李义换上了孙膑的破衣烂衫，又将头发抓乱，用污泥浊水涂了满脸，仰倒在井栏边。

第二日清早，淳于髡入朝向魏惠王辞行。魏惠王百般挽留，淳于髡说："齐王派我献酒，我已办妥。大王盛意，在下铭记于心，只盼后会有期了！"

魏惠王无奈，只好复了国书，给齐威王带去了酬礼，并把淳于髡送出宫门。

淳于髡一行人等来到大梁郊外长亭时，军师庞涓带领着百官等候着为淳于髡饯行。

淳于髡心中虽然着急，但仍笑呵呵地对庞涓说："承蒙军师这样看得起在下，在下真是受宠若惊！"

庞涓说："这是我们魏国的礼仪，先生代表齐王来献酒，我们自然要以礼相待了！"

淳于髡听出了庞涓这番话的弦外之音：我们并不是对你尊敬，而是礼待齐国，因为齐国前来献酒，讨好我们！

淳于髡听了，仰天哈哈大笑，好长时间不说话。

庞涓不知何意，问："先生为何如此狂笑不止？"

淳于髡说："听了庞军师的话，我忽然想起临来时的情形。这次出使魏国，是我们齐王尊敬魏惠王，所以献酒以结友谊。齐王当时是不想让我来的，齐王说，魏惠王平易近人，不会小瞧你，只是那军师庞涓，不但会用兵打仗，而且人长得很漂亮，他一定瞧不起你这个奇丑无比的人，所以不派你去。我说，庞军师一定是个心怀坦荡之人，决不会嫉贤妒能，更不会以貌取人，所以我一定要去见见庞军师，这样我就来了。如今看来，我回去之后，就无颜再见齐王了！"

庞涓又问："为什么呢？"

淳于髡说："原因很简单：因为我输给了齐王！"

跟随庞涓的官员们听了淳于髡的话，一齐大笑起来。

庞涓受了奚落顿觉脸上发烧，不敢再说什么，只好把淳于髡请入上座，饮酒道别。

离了长亭，淳于髡一行人催车快行，在出离魏国国境之前赶上了载着孙膑的小车，他们顺利地出了关卡。

几日过后，那个负责监视孙膑的人到井栏前查看，发现孙膑依然蓬头垢面地坐在那里。于是，他照例向庞涓报告了情况。

又过了几日，化装成孙膑的李义，在黑夜里脱了破衣烂衫，悄悄地逃出大梁，回齐国去了。井栏边只剩下一摊又脏又臭的破衣衫。

大梁城的市民们发现了，到处传说孙膑不见了。消息传到庞涓耳中，他立刻派人去察看，果然不见了孙膑。

庞涓听了很吃惊，叫人打捞水井，可并未见孙膑的尸体。

"这究竟是怎么回事呢？"庞涓百思不得其解。

庞涓想：如果将实情报告给魏惠王，魏惠王一定要责备他。

最后，庞涓决定以孙膑投井而死的谎话报告魏惠王。

魏惠王听了，只是叹息一声，就不再追问。

庞涓根本没有想到，孙膑已被淳于髡救走了。

第十五回　见齐王大义论兵
　　　　　　逢桑君怀情叙旧

　　淳于髡回到齐国前，已先期把消息告知大将田忌和齐威王。

　　大将田忌在郊外十里长亭迎接。他见孙膑一脸污泥，头发蓬乱，便命人将孙膑送到驿馆沐浴更衣。

　　淳于髡来到宫中，面见齐威王说："大王，你交给我的任务，我如期完成，不知大王有何赏赐啊？"

　　齐威王说："只要你说出来，我便可答应！"

　　淳于髡呵呵笑着说："我要一两清风二两月，三两朝霞四两云！"

　　齐威王知他是在说笑话，便回答说："好，我全都答应，就烦你自己去取吧！"

　　淳于髡听了暗暗点头，说："大王，你什么时候也学会狡猾了？"

　　齐威王也笑着说："一直跟你在一起，自然就学会了嘛！"

　　淳于髡立刻反问道："照这样说来，大王一定善操琴，也一定善领兵打仗了！因为相国邹忌善操琴，大将田忌善打仗，你和他们接近的时间更多呀！"

　　齐威王一时语塞，转了话题问："别再与我笑谈了。你这次去魏国，除了救回孙膑，还有别的什么感受啊？”

淳于髡也正色说：“大王，我此去魏国，除了救回孙膑，尚有两个感觉：一是魏惠王爱才，是个厚道的君主；二是庞涓嫉贤妒能，心胸狭小，是个貌美而心丑之人。以我推断，将来魏国江山，必断送在庞涓之手！”

齐威王点点头，又问：“你以为孙膑能否担任齐国之重任？”

淳于髡说：“一路之上，我与孙膑并未交谈，他坐在小车中，只是闭目垂头，一言不发。但我觉得此人非等闲之辈！”

齐威王问：“为什么这样说呢？”

淳于髡说：“因为他敢于忍辱负重。一时吃苦，一般人能够做到，若长期受辱，而能坚持到底，不露行藏，这是一般人做不到的，因而我断定他一定胸有韬略，有远大抱负！”

齐威王点点头，说：“好，我一定要重用他！”

淳于髡又向齐威王交了魏惠王的国书，齐威王见了十分高兴，因为他没有想到魏惠王还有酬礼回报。

齐威王说：“看来，魏惠王是一个通情达理之人！”

淳于髡说：“可惜他也有些糊涂啊！”

齐威王问：“怎见得呢？”

淳于髡说：“因为他事事听庞涓的！所以我希望大王要常常告诫自己，不要偏听偏信！”

齐威王说：“不劳嘱咐——这就要看听谁的话了！”

淳于髡笑着说：“当然，我指的不是忠言，而是那些谗言！”

不一会儿大将田忌来了。淳于髡告辞回客卿府去了。

田忌对齐威王说：“大王，孙膑沐浴更衣之后，我已将他安排在我府中歇息。我见他面黄肌瘦，看来应好好调养才是！"

齐威王笑着说："你做得很好，但我想快一点见到他。明日早朝，你先领他来见我，然后再去调养，你看如何？"

田忌说："好。明日我领他来见大王！"

第二日早朝，孙膑坐着蒲墩，被四个兵丁抬着，随田忌来到齐威王面前。

齐威王早就看见了孙膑，只见他面黄肌瘦，眼窝深陷，脸上还刺着"私通外国"四个黑字，心中突然掠过一层阴云：如此形象，实在有损国威啊！

这时，田忌近前说："大王，孙膑前来朝见！"

齐威王轻轻点头，问："下边坐的可是孙膑吗？"

孙膑受了这么长时间的凌辱，一朝幸得光明，心中非常高兴。听齐威王问他，他立刻双手作揖说："在下正是孙膑，望大王恕我不能以大礼参拜！"

齐威王微微点头说："本王不怪你。知你在魏国被奸人所害，砍去了双膝，不能站立，但我想你的头脑还是清醒的吧？"

孙膑不知齐威王此时的心情，只是以实相告，说："在下虽备受凌辱，假装疯魔与猪狗为伍，但自知心智未减，只盼着有个出头之日，实现终生抱负！"

齐威王听孙膑这样说，心绪逐渐转好一点，便问："不知先生有何抱负啊？"

孙膑说："我自幼爱好兵法，后来辗转到了清溪山鬼谷峪，随恩师鬼谷子先生学习兵法十多年。我谨遵师教，要报效国家。所以，我不能空学一场！"

齐威王说："听说你是大兵家孙武之后，我深为敬重。你又是齐国之人，所以将你救回！”

孙膑说：“先祖之声威，并不能为我遮短，我自知不如先祖。但我在鬼谷峪时，恩师鬼谷子先生已将先祖《兵法十三篇》详加注释，亲传于我，我想这是世人未曾得到过的！”

齐威王听到这里，立刻心花怒放，一扫刚才的阴影，走下台阶，命人将孙膑的蒲墩抬到台阶之上，与他面对面地交谈。

齐威王说：“先生在魏国受了不白之冤，遭了非人之辱，我一定替先生报仇！”

孙膑说：“在魏遭灾受辱之时，我也曾想到一死了之。是什么力量使我活下来的呢？第一是抱负，第二还是抱负。至于报仇，那是自然的事。庞涓是我师弟，想起他来我气恨交加，我不知他为什么这样不容于我？但我想，多行不义必自毙！”

齐威王听着孙膑的话，完全改变了刚见面时的态度。他想试试孙膑的本领和见识，便转弯抹角地说：“如今天下诸国称雄，动荡不止，所以战争就显得十分重要，不知先生对战争如何看法？”

孙膑说：“如今天下纷争，战争是国家的大事，关系到一个国家安危存亡，所以，对战争要认真地考察和研究。”

齐威王问：“以先生之见，应怎样考察和研究呢？”

孙膑说：“战争是综合力量的对比，要从五个方面加以审度：一是政治，二是天时，三是地利，四是将领，五是法制。所谓政治，就是要使百姓认同，拥护君王的意志，敢为君王效命而不惧危险；所谓天时，就是指昼夜晴雨、寒冷酷热、四时节候的变化；所谓地利，是指征战路途的远近，地势的险峻或平坦，作战区域的宽广或狭窄，地形对于攻守的益处或弊端等等；所谓将领，就是说要有一个足智多谋、赏罚有信、爱抚部属、勇敢坚毅、威望极高的战争指挥人；所谓法制，就是指军队组织体制的建设、各级将吏的管理、军需物资的掌管，等等。这样一比较，就知道谁胜谁负了。"

齐威王又问："不知先生如何看待军师的作用？"

孙膑说："一个军队有一个好的军师当然重要，因为他是负责谋划的人。谋划一个制胜方案，如被主帅采纳，就是胜利的保障。用兵打仗是一种诡诈之术，所谓'兵不厌诈'，有时候，能打，却装作不能打；要打，却装作不愿意打；明明要向近处进攻，却装作要打远处；即将进攻远处，却装作要进攻近处；敌人贪利，就用利来引诱他；敌人混乱，就乘机攻取他；敌人力量雄厚，就要注意防备他；敌人兵势强盛，就暂时避其锋芒；敌人易怒暴躁，就要折损他的锐气；敌人卑怯，就设法使之骄横；敌人休整得好，就设法使之疲劳；敌人内部团结和睦，就设法离间挑拨；要在敌人防备薄弱处发起进攻；要在敌人意料不到的时间采取行动，所有这一切，都是一个军师所应想到的。而且，还需要随机应变……"

齐威王听到这里，已经喜不自胜了。他万万没有想到一个受尽凌辱、受尽摧残的人，还能有这样敏锐的思维和口才。看来，孙膑果然不是一般的人才。齐国有了他，真是如虎添翼、锦上添花了！

齐威王打断孙膑的话说："先生，我深服你的才能，只是相识恨晚。我现在就封你为齐国军师，和大将田忌一同管理军队，防御外敌！"

孙膑听了，双手作揖，推辞说："大王，不可！"

齐威王不解，问："为什么？难道先生还有别的要求？"

孙膑说："不敢。我是想，刚来齐国寸功未建，不敢受爵。另外，我被救出，乃是悄悄而行，如果大王公开授我爵，必被庞涓知晓。庞涓如果知道我被齐所用，必生嫉妒之心，引起麻烦。所以，大王不如暂且隐瞒其事，等以后有用我之时，我定效力。平时，我也可以为田忌将军出些主意，这样做是再好不过的了！"

齐威王一边听着一边思考，觉得很有道理，便说："既然先生固辞，那就按先生的主意办吧！"

孙膑拜谢说："承蒙大王深知我心！"

接着，齐威王又对田忌说："孙先生暂且住在你的府上调养，你可随时向先生请教兵法。我立刻派人建造府宅，完工后就让孙先生搬过府去！"

田忌一一领命，转身要和孙膑出宫。

齐威王又叫住田忌说："还有一事，要你去办！"

田忌说："请大王吩咐！"

齐威王望望孙膑说："孙先生在魏，已受百般凌辱，双膝被砍去，不能行走，我们已经没有办法了。可是，孙先生面上所黥之字，不但观来不雅，而且是孙先生的耻辱，也是我齐国的耻辱。这有伤人格和国格的黑字，一定要请好医师将其刮去！不知孙先生意下如何？"

孙膑很感激地说："愿遵大王之命，我求之不得！"

田忌也说："大王放心，我一定照办！"

田忌和孙膑回到府中，家人早备好了酒饭。

田忌说："先生，只管安心在这里调养，只等大王修好了府邸，然后再搬过去吧！"

孙膑说："承大王与将军厚爱，在下真是受宠若惊了！"

二人说着话，家人们已把酒宴摆下，二人入座饮酒。

席间，田忌屡屡向孙膑劝酒。孙膑说："在下平时就没有酒量，何况又多日不曾饮酒，已经有些不支了！"

田忌只好作罢。

二人吃完了饭，孙膑说："此次得见光明，除了大王和将军垂爱之外，我的师叔墨翟，以及禽滑厘先生，都是我的救命恩人，我应该去拜望他们！"

田忌说："应该的，应该的。墨翟先生乃世外高人，不知怎么是你的师叔？"

孙膑说："墨翟先生常到鬼谷峪中去，而且与恩师鬼谷先生以兄弟相称，故而是我的师叔了！"

田忌说："前些天，墨翟先生就住在我的府中，后来搬到驿馆去住了。他事情繁忙，神龙见首不见尾，我先派人到驿馆去看看，如果他们师徒在那里，我们即去拜望！"

孙膑点头答应。

田忌即刻派人到墨翟的驿馆去看。不多时，家人回来报告："墨翟师徒已经走了，不知去往哪里。这里有一简书，是留给孙先生的！"

孙膑接过简书，仔细观看。上边写道："孙膑师侄，见简如面。我因急往蓬莱仙岛，不能会见。前者，是我一时之错，将你荐于魏惠王。不料庞涓乃英俊之貌、豺狼之心，致使贤侄备受屈辱，这也是前缘该然。思想起来，令人悲伤难已。此番来齐，乃你之故国，望能施展才能，助齐兴盛。以仁者之心待人，终有善果，所谓仁者无敌也。"

孙膑看罢简书，往日情景浮在眼前，不禁落泪说："师叔此去，又不知何日可见，实在叫人思念啊！如果见了师叔，也就可打听恩师的情况了！"

田忌在一旁劝他说："孙先生不必悲伤，墨翟先生云游天下，来去无常，也许不久即可见到！"

孙膑沉默良久，说："田将军，我半生坎坷，思见师叔之情，谅能理解。如今，我还有两个胞兄，自家中遭兵灾之后，分散至今。想起骨肉之情，更是……"

田忌听孙膑说还有两位胞兄分离至今，心中甚是同情，便问："两位胞兄叫什么名字？中间是否有些消息？"

孙膑说："大哥叫孙平，二哥叫孙卓。我去魏国时，路经齐国与韩国交界的公案桥时，似乎觉得胞兄就在那里……"

于是，孙膑把当时的经过向田忌说了一遍。

田忌听了说："先生，这个不难。明日，我即派人到公案桥去寻查，不久就会有消息的！"

孙膑十分感谢，连连作揖。

田忌说："这点小事并不算什么！只望先生好好调养，早晚之间教授我一些兵法，我就心满意足了！"

孙膑说："山野之人颠簸惯了，何况又遭受过非人的摧残，还讲什么调养呢！只求将军，按大王吩咐，找个医师来，把我脸上的耻辱刮去吧！"

田忌笑着说："你放心吧，大王吩咐的这件事，就包在我身上了。我知道一个云游名医，他不但医术高明，而且心地善良，深受百姓们的爱戴。我要请他为先生治伤，只是他飘忽不定，需要派人去寻他。不过，我会多派几拨人去寻的，你就耐心等候吧！"

接着，田忌安排好了房子，送孙膑回屋歇息，并且派了专人侍候。

过了几天，派去寻访孙平、孙卓的人回来向田忌报告说：

"我到了公案桥小镇，向当地人打听，当地人说，在他们附近的落雁山好像有一个人姓孙。我便到了落雁山，可是山民们告诉我，落雁山的大王已经走了，其他的人也散去了。"

田忌把这些话告诉孙膑。孙膑听了，叹口气说："唉，如果那次去找一下，兄弟们就能见面了。如今又天各一方，更不知两位哥哥是生是死，真叫人揪心啊！"

田忌劝解说："孙先生，人生在世聚散皆有定数。该见时，千里迢迢也能相见；不该见时走到对面，也会擦肩而过。所以我说，现在还不到你们兄弟相聚的时候，等到了时候自然就见到。不过，我还要增派人员到处去访察，一有消息，便告知先生！"

田忌这些话，使孙膑想起了当年壶公劝解他的话来。也许人生聚散确是自有定数，所以凡事都只能任其自然了！

想到这里，孙膑不好意思地说："多劳田将军了。"

田忌说："先生不必客气。我做这些事情本是应当应分的，何言多劳！"

又过了十日，田忌派出去寻找医师的人回来向他报告："将军，我们找到了那位医师，他正在燕国为太子治病。我们面见了他，说将军请他。他说等过两日，一定前来！"

田忌赏了寻医的人，并且告诉了孙膑。

果然，两日之后，那云游医师来到了田忌的府前。

守门官通禀给田忌，田忌出门相迎。

进入将军府，田忌热情招待医师，如同老朋友一般。

原来，这医师曾给田忌治过病，所以二人十分熟悉。

三年前，田忌操练军队回到府中，忽然晕倒在地，待慢慢苏醒之后，竟卧床不起了，家里人请了十多位医师来诊治，却不见好转。

齐威王见田忌的病越来越重，十分着急，就悬赏延请天下名医为田忌治病，许诺谁要治好了田忌的病，谁便可得黄金百两、绸缎百匹。

可是，悬赏的第二天夜里，田忌就死了。

早晨起来，田忌府中挂孝治丧。齐威王也来吊唁。

将军府正在一片悲哀之时，一个云游医师到了门前！

守门官不准医师进门，大声说："人已经死了，你还来做什么？快快走吧！"

其他的人也说："我们这里许多名医都没有治好将军的病，你一个云游医师有多大本事，敢来揭榜领赏！俗语说'医家治活不治死'，你还不赶快离去，在此等着挨打呀！"

门口的嘈杂之声，传入大厅，齐威王也听到了，便说："他这样迟迟不走，也许有什么起死回生的妙法，叫他进来看看！"

有了齐威王的命令，守门官便让云游医师进了门。

风尘仆仆的云游医师大大方方地走了进来，也不拜见齐威王，径直来到停尸床前。

床上直挺挺地躺着田忌，正对大门放着香案，燃着香火，轻烟缭绕，哭声阵阵。

云游医师贴近田忌的鼻子，叫大家停止啼哭，灵堂里顿时鸦雀无声。云游医师仔细地听着，忽然他的脸上现出了微笑。接着，他又伸手掀开田忌的衣服，摸了摸田忌的大腿根，又摸了摸心口窝。然后，他坐下来从自己的箱子里取出几根银针，先在田忌的头顶和胸部扎了几针，接着又在手上和脚上扎了几针。

在场的人都惊奇地观望着。

云游医师说："快，烧些开水来！"

田忌的家人急去烧来一盆开水，云游医师将湿了的热手巾，放在田忌额头之上。

大家目不转睛地望着，过了半个时辰，田忌突然睁开了眼睛，接着又喊："口渴！"

在场的人惊呆了，齐呼："神医降世了，神医降世了！"

田忌的家属一齐给云游医师跪下，连连磕头，说："感谢神仙救命之恩，多有慢怠，望祈海涵！"

齐威王见田忌醒来，心中欢喜，更加佩服其医术，说："果然是圣手神医，本王一定重重有赏！不过，你是怎么起死回生的？实在叫人惊叹！"

云游医师说："我来到临淄时，人们就在街上议论纷纷，我听了议论，断定将军的病情很复杂，对他是不是真的死了甚觉可疑。况且将军刚刚死去不久，也许还来得及抢救，所以我决心前来看看，谁知竟不出所料！"

齐威王又问："神医怎知田将军没有死呢？"

云游医师说："其实，这种现象很多。久病之人，因为饮食不进，进入昏迷状态，这叫昏厥症。心跳和呼吸几乎停止了，人们就以为病人死去了。大王，我是凡人，不是神仙，也没有什么起死回生之术，只是懂得一些医术罢了！"

齐威王深深敬佩，执意要送重礼。

云游医师说："我云游行医，为的是救死扶伤，决不收取厚礼。但可叹我，只能治病不能治德，有些被我救治的人，却心地不善，为害百姓，实在是我的悲哀呀！"

齐威王说："神医不必多虑。田忌将军乃一代良将、齐之栋梁，绝不是那种鱼肉百姓的官！"

云游医师说："这样，我就心安理得了。田将军虽然苏醒了，但他的病根未除，我还得逗留些时日，将他的病完全治好！"

齐威王十分感谢，命人好生款待医师，直到田忌康复。

就这样，田忌与云游医师交了朋友。

今日见云游医师到来，田忌分外高兴，说："一晃三年多不见了，我时常想起你，可是你实在难找啊！"

云游医师说："俗语说'鸡司晨，狗守户'，这叫各司其职。你治理军队，我云游行医，都忙着个人的事，哪有时间见面呢！不过，只要我们心中相知就可以了！"

田忌说："你说得很对，只要我们友谊长存，就比什么都宝贵了。其实，你是我的救命恩公，我每年都应该去看望你的，只因为忙，不得脱身，望恩公见谅！"

云游医师问："今日将军叫我来，莫非身体有什么不适？"

田忌说："并非我有什么不适，只是要请你为我的一位朋友做个手术，我想不会让恩公为难的！"

云游医师说："那就把朋友请出来，让我看看伤势再说吧！"

田忌答应一声，到孙膑屋里将孙膑叫了来。

孙膑随田忌来到屋里，见桌前坐着的这位云游医师十分面熟，但一时竟想不起在哪里见过。

云游医师也望着他，凝眸沉思着。

田忌在一旁见了，不知何故，便介绍说："这就是我的恩公桑君，这是我的新朋友孙膑先生！"

田忌这么一介绍，孙膑与桑君都哈哈大笑起来，一齐说：

"还用你介绍吗？我们比你认识得还早！"

田忌不知缘由，孙膑说："当年，我在鬼谷峪学艺，一次下山背盐，回去的途中偶遇一个被打成重伤的小伙子，我见他奄奄一息，甚是可怜，就背着他上路。后来在一家小店里，我有幸请到这位桑君医师，为他治好了病，这个小伙子又恳求我带他进山，拜鬼谷大师学艺。他就是如今的魏国军师庞涓啊！"

田忌听了，愤怒地叹口气说："像这样恩将仇报的势利小人，必遭报应！"

桑君听了，也愤愤地说："啊，那人就是庞涓啊！"

孙膑说："难道你也了解他？"

桑君说："一言难尽啊！"

接着，他讲述了当年受庞涓坑害之事，说："我现在的夫人，也是被害者之一，歪打正着做了我的夫人！"

孙膑问："对了，那嫂夫人现在哪里呀？"

桑君说："她随我云游行医多年，从不叫苦叫累。现正在学习麻醉之术！"

田忌问："夫人在跟谁学习？"

桑君说："他的名字叫扁鹊。他研制了一种做麻醉用的草药汤剂，可以止痛，减少了病人的许多痛苦。我就叫夫人跟他学习麻醉术去了！"

田忌急忙说："哎呀，如果恩公会麻醉之术就好了，孙先生的手术就不会疼痛了！"

孙膑说："小手术并不妨碍，我被砍了膝盖骨、黥了面，都熬过来了，还怕一点手术？！"

桑君望望孙膑面上被黥之字，心中明白了，便问："我想孙先生是要将面上的字除掉，这一点也不难，但不知先生为何受这样的凌辱？"

孙膑叹了一声，不愿再复述过去的痛苦。田忌在一旁，将庞涓如何加害他的事，从头至尾讲了一遍。

桑君听了手拍桌案，说："这就是我们医家的悲哀了！救了他的命，原是条豺狼！如果当年孙先生不救他，或者当年我不给他治伤，大概他早就化为泥土了！"

田忌问："恩公，你施治之前，不能洞察其心吗？"

桑君苦苦一笑说："可惜我不会，就是会，作为医家，也不能见死不救啊！"

田忌说："所以，恩公就常常感到悲哀了！"

桑君摇头无语。过了一会儿，他说："孙先生这个小手术很好做。虽然我不用麻醉之药，但我可以用银针做面部麻醉，所以一点也不会疼的。做完手术，吃几剂药就会好的。只可惜，我不能为孙先生重新安上膝盖骨！"

孙膑说："这也许是命里注定，我怎能苛求先生！"

当晚，桑君为孙膑做了面部手术，将黥在脸上的耻辱刮去了。

做完了手术，桑君开了药方，田忌派人抓来草药，煎了汤，孙膑按时服了下去。七日之后，孙膑果然康复如初！

　　孙膑暂住田府，田忌除了忙公务之外，就和孙膑在一起，请孙膑讲兵书战策及治军之法。有时候，二人坐在院里的紫藤树下，沉默对弈，以三局两胜定输赢，田忌总是输给孙膑。

　　孙膑说："对弈如同用兵，必须深思熟虑、统观全局才能制胜。古人曾说：'今夫弈之为术，小术也，不专心致志则不得焉。'光专心致志还不够，还要会巧妙运筹。"

　　田忌说："对弈正是智力的较量，说明我与先生的智力相差太远！"

　　孙膑说："将军不能这样说，智勇双全才是将才。如果到了战场上，要指挥千军万马，我也许就相形见绌了！"

　　田忌听孙膑这样说，忽然想起一件事来，便对孙膑说："孙先生，威王闲暇时，总爱在后花园中举行驰射比赛。先是宫中诸公子参加，后来也邀大臣们参加。我去了几次，都输给了威王。我却不明白，若论骑马打仗，威王一定不如我，可是到了驰射场上，我为什么常常输给他呢？"

　　孙膑问："这种驰射比赛，到底是个什么样的游戏呀？"

　　田忌便把这种驰射的游戏详细讲了一遍。

原来，齐威王好骑马射箭，闲暇时就爱找人比赛，久而久之，便成了一种游戏。这种游戏的方法是这样的：参加驰射的双方，每方备三棚马，分上中下三等，然后按棚比赛。一里之遥设有一个彩靶，驰到跟前，争射彩靶。谁先射中谁赢。这里边有两个重要环节：第一，需要马快，只有马快，才能先到靶前；第二，需要射箭准确，因为即使马到了靶前，没有射中也不行。

齐威王规定驰射比赛以赌为乐。

孙膑听了田忌的介绍，沉思一会儿说："将军，你讲的这些规定，我都听明白了。但是你为什么屡屡输给大王，我却不知。我想，下次你去参赛时，我也去见识见识，也许能帮你出个制胜的主意！"

田忌听了很高兴，说："好吧，等下个月比赛时，我一定带你去观看。"

一天，田忌早朝回来后对孙膑说："先生，今天下午，大王邀我去驰射，你跟我去吧！"

孙膑点头答应。

吃过午饭，孙膑坐蒲车，田忌骑马，径直到了齐威王的后花园。

到这里一看，孙膑不禁大加赞叹。这后花园地面很广，除了种植各种花草外，还有山水树木、亭台阁榭，园中山泉叮咚，鸟鸣莺啼，甚是清幽。

转过花圃，就是射圃。这里宽阔平坦，绿草如茵，圃外有一个牌楼，镏金挂彩，很是威严，牌楼两旁的柱子上刻着一副楹联。

左边是：

借习射以学行仁，愿我辈人人正己

右边是：

即穿杨而知克敌，望尔侪处处成功

进了牌楼，东西各有三个竹子搭成的马棚，准备参加驰射的马，先已拴在了这里。

往远处看，风中飘摆着一个彩靶。

孙膑下了蒲车，被人抬着坐上观看台。

这时，台上已经坐满了文武百官，及宫中的太子、公主等。

看台的两侧，站满了临淄城中的百姓，因为齐威王规定：每逢驰射比赛时，就要打开花园后门，放百姓们进来观看，以助欢悦，以壮声威。

孙膑的座位紧挨着一个华服束带的少年公子。他见此人细腰宽肩、浓眉大眼、左眉之中有个朱红痣，文静之中蕴含一股英武之气。

不待孙膑说话，少年公子就站起来，拱拱手说："如果，我没认错的话，您就是孙膑先生了！"

孙膑不能站起来，只好双手抱拳说："在下正是孙膑。我乃一个残废之人，别人认我很容易，只是不知公子大名？"

少年公子自我介绍说："我叫辟疆，是威王的长子。"

孙膑听说是威王的爱子，心中一震，不禁又仔细观望了一阵，说："啊，原来是公子在此，恕我不恭了！"

辟疆按按孙膑的肩头说："先生不必客气。早听父王讲了，先生心怀壮志、胸有奇才，实在仰慕得很。待有暇时，一定去看望！"

孙膑说："谢谢公子这般抬爱，我自惭形秽，还望公子多多照应！"

辟疆说："先生所受之辱，听来叫人动容，还望先生振作精神，以待来时！"

孙膑见辟疆这样彬彬有礼，虽生在王室，却无骄矜之状，心中甚是喜欢，便又问："大王怎么不来观看驰射呀？"

辟疆说："先生有所不知，这个月驰射之赛是由父王对田忌将军，他们都是赛手，所以不能上台来了！"

孙膑听了点点头，心中暗说："哦，原来如此，难怪田忌也没上台来呀！"

二人说着话，看台下人头攒动，喊声嘈杂，知道驰射将要开始了。

孙膑低头仔细地观看，辟疆也不再说话。

齐威王在东边的马栅前站定，田忌在西边的马棚准备着。他们都穿着紧身绣衣，肩挎箭壶，手握雕弓。

发号官手举彩旗，站在正中的台子上，一声哨响，彩旗摇动，齐威王和田忌各自上了马。接着，便是第二次哨鸣，彩旗摇动，只见齐威王和田忌各自纵马向彩靶驰去。

观看的人们齐声呐喊，有的还擂鼓助威，好一派火爆的场面！

齐威王的马飞驰到了彩靶前，只见他手起箭飞，射落彩靶。等田忌到时，彩靶垂地，只有勒马而还的份儿了。

　　看热闹的百姓们，山呼海啸般为齐威王叫好。

　　田忌脸上无光，一副垂头丧气的样子。

　　看热闹的百姓们齐声叫喊："田将军加油，田将军加油！"

　　一阵宁静之后，第二棚比赛又开始了。二马齐驰，开始不分上下，等到了中途，田忌的马又落在了后边。齐威王的马冲到彩靶前，又轻而易举地射落了彩靶。

　　田忌的马也像人一样泄了气，索性坐了下来，把田忌摔了一跤。

　　看热闹的百姓们哄然大笑，田忌羞得热脸绯红。

　　第三棚驰射开始时，田忌憋足了劲儿，只听哨音一响、彩旗一摇，便用双腿猛夹马腰，急驰而去。

　　这一次田忌跑在前边。百姓们跺脚高呼，为他加油。

　　齐威王也用双腿猛夹马腰，那马像有灵性似的，把尾巴扬起来、头低下去，很快就超过了田忌的马。两匹马一前一后地奔驰着，震得大地"咚咚"直响。

　　到了彩靶前，齐威王搭箭开弓，一射即中。田忌又闹了个一场空！

　　三棚马比赛完了，驰射也就结束了，全场一片欢呼。一群宫娥彩女们，向齐威王献上绶带、送上美酒。齐威王扬扬得意，俨然是凯旋的将军。

　　看台上的文武百官们，也下台为齐威王道贺。

　　田忌失魂落魄地把马交给了家将，自己端了一个银盘，银盘里封好三百金子，恭恭敬敬地献到齐威王面前，说："大王，田忌认输，献上输金，请笑纳！"

　　齐威王挺胸接过来，递给随身侍卫，笑着对田忌说："将军，胜败乃兵家常事。下次再赛，你若赢了，我也一样会给你献金的！"

田忌苦苦一笑说："可惜我总也赢不了大王啊！"

齐威王笑着说："那就是你的骑术不及了！"

田忌唯唯点头。

齐威王对文武百官们说："本王设此驰射之赛，正如楹联上所写，借习射之戏，鼓励大家以仁心待人，处处严以律己；同时，练好武艺，保卫齐国繁荣旺达！这才是驰射之赛的真正目的！"

文武百官齐声恭贺："愿大王英武康健，祝齐国国运昌盛！"

这次驰射大赛就这样完满结束了。

孙膑看得很仔细。他坐着蒲车回到田府。

田忌自然是无精打采的样子，晚上饭也没有心思吃。

孙膑说："将军，大王说了胜败乃兵家之常，你何必这样沮丧？"

田忌说："作为臣子输给大王，这并没有什么丢人的事。我只是不明白，我是一介武夫，可以说打仗是我的本分，为什么连不出宫门的大王都赢不了呢？"

孙膑望着他，微微地发笑。

田忌说："先生，你为什么发笑呢？你不是说要看个究竟，能为我出个制胜的主意吗？！"

孙膑说："将军只恨自己的马术比不过齐王，可是将军为什么不细想想其他的原因呢？"

田忌皱着眉头，摇摇头说："我实在想不出另外的原因了。"

孙膑说："古人云'欲善其事，必先利其器'，是有一定的道理的！"

田忌百思不得其解，问："先生，你这是什么意思啊？"

孙膑慢慢地分析说："我在看驰赛时，特别留神，所以发现了一点秘密。将军你想，齐国的良马尽在宫中，所以你永远赢不了大王，因此我说，胜败不在将军的马术，而在将军的马匹如何。"

田忌沉思半晌说："我将军府的马匹喂得也不错呀！"

孙膑说："可是马的品种不同，即使膘情不错，也难取胜！"

田忌突然明白了，说："先生说得很对。大王宫中之马全是由北方草原贩运来的，而且，还要经过大王的精选。"

孙膑说："所以呀，你这样赛下去，永远要输！"

田忌说："看来，就没有指望了！"

孙膑说："非也。下次再赛，我管保你得胜！"

田忌拍着手说："如果先生保我得胜，我愿以千金一棚与大王赛！"

孙膑说："好。我可保将军得赢！"

田忌听着，忽然沉下脸来说："每月宫中驰射，都是大王与公子辟疆轮流着。这个月是大王，那么下个月就是公子辟疆了。辟疆年轻气盛，马术和体力都比大王好，这样，我还是难赢。"

孙膑摇摇头说："将军莫怕。不论是大王参赛，还是公子辟疆参赛，我都可以保你得赢！"

田忌听不明白，便紧紧追问："这是为什么呢？望先生指教！"

孙膑笑着说："这就是我取胜之术，听我告诉你……"

田忌仔细听着，正在此时，守门官进来报告说："将军，公子辟疆已到府前，要见孙先生！"

田忌和孙膑心中都不由一震，不知辟疆前来所为何事。

田忌只好对守门官说："快，领我去请！"

守门官转身在前，田忌在后，向府门走去。到了门口，见辟疆正站在门前等着。

田忌近前打躬说："不知公子前来，迎接来迟，望祈海涵！"

辟疆笑着说："父王叫我来见将军，告诉孙先生府邸已经建好！"

田忌听了既高兴又不愿意，便说："请公子到家里见见孙先生吧！"

辟疆说："好，我正想与孙先生聊一聊呢！"

田忌引着辟疆来到大厅。

孙膑坐在蒲墩之上，见辟疆进来，双手作揖着说："公子有要事要与将军谈，我先暂避一下吧！"

田忌说："先生不必躲避。公子前来，正是为了先生！"

孙膑问："那公子有什么事呢？"

辟疆说："父王让我通知田将军，先生的府邸已经建好，先生明后日即可搬过去，这样也就省得麻烦田将军了！"

田忌听了这话，急忙说："公子，依我的心情，实不愿孙先生搬出去。我与先生在一起，早晚之间得以讨教，这是我求之不得的事情，怎么说是麻烦呢？！只是大王关心孙先生，为他建造府宅，这是高兴的事，我不得不从命罢了！"

孙膑听了辟疆的话，心中犯了嘀咕。当时齐威王要给他建造府邸，他没有细想。现在真的建成了，他倒有些不愿意了。

他说："承蒙大王对我这样爱护，孙膑真是感激涕零，但依我看来，还是不搬过去的好。"

辟疆问："不知孙先生有何想法？"

孙膑说："我不想立刻搬过去的原因很简单。第一，我来齐国寸功未立，所谓无功不受禄；第二，如果大肆张扬孙膑已来齐国，一旦被魏国人知晓，传到庞涓耳朵里，那庞涓不容我在魏，岂容我在齐？他势必以此为借口，大生事端，造成齐魏两国间的争端。这样一来，就得不偿失了！"

辟疆听了孙膑的话，想了想说："先生之言，我觉得很有道理。如果因为此事引起齐魏争端，百姓跟着受兵灾之患，这是很不应该的。但是，我想这是可以解决的，比如，先生搬入府邸，可以不大肆宣扬，门首匾额，不写孙府，随便写个别的什么名字，或者仍写田府，不就什么事情都解决了吗？"

田忌听了，非常高兴地说："这样很好，我也可以随时过到府上。"

辟疆笑着说："不写田府，难道有谁限制你去吗？"

田忌被辟疆说得闭口无言，只在一旁哧哧地笑。

孙膑听着，一直沉思不语。

过了一会儿，辟疆问："不知先生可同意我的主意？"

孙膑觉得，既然齐王已经为他建了府邸，说明齐王对他实在关心，不能拒绝齐王的一番盛情。另外，既然来到齐国，早晚是要出头露面的，总在田忌家中客居，也不是一个长久的办法。眼下只是为了不张扬出去，辟疆这个办法倒还可取。

想到这里，孙膑说："既然公子想好了万全之策，那我就谨遵王命，明日就搬过去吧！"

辟疆高兴地说："这样最好。等父王封了先生官爵，再重改门额！"

事情就这样决定了，三人坐下来说话，直到晚间，辟疆方回宫向齐威王复命。

第二天，田忌起来，就操持为孙膑搬家的事。他先到新府邸看了看，这里什么也不缺，家具什物一应俱全，一院三层，青砖碧瓦，庭柱回廊，处处散发着幽静之气。左侧旁门之外，是一个草坪，建有数间亭子。右侧旁门之外，是一片松柏，树木蓊郁，曲径通幽，给人以安详深邃之感。

府中的用人，齐威王也早已安排好了，门前有守门官，府内有许多家丁，厨房有厨师，居室有美女。

田忌看完了这一切，急急回来，笑着对孙膑说："恭喜先生了，大王实在为你想得周到，不但府邸建得好，而且地址也选得好。不但地址选得好，而且府中设施也很好。不但设施好，而且派了应有的用人！先生只要单独一人搬过去，就什么事都解决了，比在我这里屈就强得多了！"

孙膑说："感谢大王的恩德，孙膑实在受之有愧！一个在魏国的囚犯，到齐国便成了上宾，这真是天壤之别呀，孙膑倒有些承受不了了！"

田忌说："孙先生不要这样说，你是难得的奇才，大王如此看重你，也是应该的！"

孙膑说："只是我寸功未立，怎能心安理得呢？"

田忌说："先生莫急，来日方长。齐国用你之处还在后头呢！"

当下田忌就要送孙膑过府。

孙膑说："还是等到晚上吧！"

田忌想了想，说："好吧！"

孙膑当晚被田忌用蒲车送入新府邸，因为天太晚了，田忌怕影响孙膑的休息，到门口就回去了。

回家以后，田忌觉得空空荡荡的。这些天来，他和孙膑相处惯了，冷不丁缺少了他，心中好不是滋味，虽然府中用人家丁很多，他却看谁都不顺眼。

田忌只一个人闷坐着，突然，他想起了驰射的事，孙膑要告诉他的制胜秘诀，还没有来得及说呢！想到这里，他决定明天一早就过府去见孙膑。

田忌熬到天明，急急起来，洗漱之后就要出门去见孙膑。

正在这时，守门官进来报告说："禀将军，孙先生来了！"

田忌听了不知何故，急忙来到门口，将孙膑迎了进来。

落座之后，田忌说："唉，我一夜没有睡觉，先生一走，心中不是滋味，看谁也不顺眼！正想去见先生，你就来了。莫不是也和我一样，好像秤砣离不开秤杆了？"

孙膑一笑，说："我昨夜也未曾睡好，所以起早就来见将军！"

田忌听了，哈哈大笑说："咱们是犯了一样的毛病，谁也离不开谁了！"

孙膑想了想，说："不瞒将军，我倒不是完全因为离不开将军而失眠。"

田忌一愣，急问："那到底是因为什么呀？"

孙膑说："大王对我太关照了，府中派了许多美女来服侍我，帮助铺床，帮我脱衣，我实在受不了啊！所以恳请将军回禀大王，将这些美女都撤了去，我的府中不要有女色！"

田忌一听是这么回事，不禁失声大笑，说："看不出孙先生还是一个远离女色之人。府中备有女色，这正是大王对你的爱护，怎能这么反感呢？常言说食色，性也。"

孙膑听了这话，心中一阵苦痛。他很严肃地说："孙膑也是个男人，但孙膑深受刺激，心中只有一个人，所以立誓，终生不近女色！"

听了孙膑的话，田忌很不好意思，觉得刚才的话刺伤了他，便说："先生不要在意，我只是以常理来推断。先生内有隐情，我实不知，请先生明言相告，如何？"

孙膑沉思半晌，叹了口气说："我见将军乃是忠义之人，只有实言相告了。我内心有一个钟爱之人，就在我受辱之后，她千里迢迢来看我。我当时因假装疯魔，故意蒙骗她，使她丧失了希望，后来，她又遭庞涓的凌辱，我眼睁睁看她死在了我的面前。这件事对我刺激太大了，为了她的忠贞，我立誓不娶，以报其节！"

田忌听孙膑讲述了这一切，心中受了很大震动，问："难道先生就这样孤孤单单过一生吗？"

孙膑点头说："对。人之所爱，刻骨铭心，是什么力量也改变不了的！"

田忌见孙膑这样情有独钟，也不好再劝了，想了想便说："好吧，今日我便去面见大王，向他讲明先生之志，让大王撤出府中的美色就是了！"

孙膑拱手相谢，说："有劳将军了！"

接着，田忌上朝面见齐威王，讲了孙膑的要求。齐威王听了甚觉同情，当时便准了田忌所请。

回来之后，田忌见孙膑仍在家中坐着，便笑着说："大王已经准我所请。"

孙膑听了很高兴，说："好，谢谢将军，谢谢大王！那就请将军送我回府吧！"

田忌听了，反问孙膑，说："先生不是怕被人发觉吗？怎么又要急急而去？"

孙膑点点头说："也好，那就等到晚上吧！"

田忌说："先生不想我，我倒想先生。终日与先生长谈，也是一种快乐！"

孙膑不好意思地说："将军怎能这样说？孙膑并不是寡情少义之人。我虽然过府去住，将军可随时去坐坐，我们不是一样交往吗？何况那府门匾额刻的是田府字样呢！"

田忌笑笑说："也是这个道理。那桑君是我的恩公，对我有救命之恩，可是，我们几年不能见面，有时我只在梦中与他交谈。桑君说得好，只要心中相互拥有，友谊就必然长存了！"

孙膑点头称是。

过了一会儿，田忌忽然想起驰射的事，说："先生，你还欠我一件东西呢！"

孙膑不解，凝望着他，问："欠你什么东西呀？"

田忌说："制胜之法呀！"

孙膑忽然明白，微微一笑说："这很简单，只需三言两语便可！"

田忌很惊奇，急问："请先生讲来。"

孙膑胸有成竹地说："下月再赛时，只要将军把上中下三棚之马换个位置。"

田忌又问："怎么个换法？"

孙膑说："将军可将三等马放在头棚内，一等马放在二棚内，二等马放在三棚内，就可以了！"

田忌想了想，忽然明白了，不由鼓掌笑着说："这就是说，让我以三等马与宫中的一等马对赛，以一等马与宫中的二等马对赛，以二等马与宫中的三等对赛，对吗？"

孙膑说："正是这个道理！这样，将军虽然要输掉一次，但可以赢回两次。这不是很上算的事吗？"

田忌越想越高兴，乐得跳了起来，说："先生果真是奇才！只这样一调换，就使我转败为胜了！"

孙膑说："这无非是小小谋算而已！"

待到了又举行驰射的时候，田忌便满怀信心地做了安排，早早来到现场。

射圃之中人山人海，依然是那般热闹。果然这次出赛的是辟疆公子。

田忌因为有了必胜的把握，所以上前对辟疆说："公子，我田忌每次驰射都要输给大王，或是输给公子。今日之赛，我下了决心，就是倾家荡产也要与公子赛个高低胜负！"

辟疆笑笑说："将军之勇气，使我十分佩服。但光说不行，还要在赛场上见啊！"

田忌点头说："是。我想今日要提高赛价，来个千金一棚如何？"

辟疆根本不在乎赛金多少，何况，他自知只有赢，不会输的，便立刻答应说："好吧，请将军备好赛金！"

二人说好了，就等着开赛。看台上除了文武百官、宫娥彩女之外，便是坐在正中的齐威王了，所以赛事显得更加隆重。

听说以千金一棚为赛，台下的百姓们更来了精神，都想看看到底谁胜谁败？

发号台上的哨音一响，彩旗一摇，辟疆和田忌的赛马便奔驰而出。

因为田忌是骑的三等马，而辟疆骑的是头等马，所以快慢悬殊，田忌乖乖地败了北，辟疆夺了头胜。

辟疆心想：田忌呀田忌，你下了决心要赢我，怎么还不如以前了？

射圃内沉寂了一会儿，又开始了第二棚比赛。哨音一响，彩旗一摇，两匹马又冲了出去。

这一下田忌的马，一直跑在前头，他开弓搭箭，抢先射落了彩靶。

看到田忌胜利了，台上台下一片欢呼，为田忌首获胜利而庆贺。

齐威王见田忌胜了，心中甚为不解，便悬着心看第三棚比赛。

第三棚开始。辟疆鼓足勇气，跑在了前头，可是刚到中途，田忌的马就赶过他，又把彩靶射落了。

田忌又取得了胜利！

比赛结束了，全场欢声雷动。

辟疆实在弄不明白，每次与田忌对赛，田忌都是输家，而这次却居然成了赢家！

齐威王也是同样的心情。他皱着眉头，怎么也想不出其中的原因。

辟疆是输家，自然要向赢家献上酬金。他赢了一棚，输了两棚，结算下来，还要向田忌献上一千金。

辟疆端着银盘，盘中封好一千金，恭恭敬敬地献到田忌面前，说："田将军，祝你胜利，请纳酬金！"

　　田忌接过酬金，说：“公子，胜败乃兵家之常，下次再赛！”

　　辟疆笑笑说：“一定，一定！”

　　众人都散去了，田忌也欲乘马回府，齐威王却叫住了他。

　　田忌过来，向威王行了礼，说：“大王，此次驰射我赢了，大王怎么不向我祝贺呀？”

　　齐威王笑着说：“自然，我要向你祝贺的。除了你得的千金之外，本王还另赏你一千金表示祝贺，这样你满意了吧？”

　　田忌也不推辞，只是说：“谢谢大王赏赐！”说着，接过了一千金。

　　齐威王又说：“不过，你要告诉我，你从来没有赢过，这次是怎么赢了辟疆？”

　　田忌是个忠直之人，听了威王的问话，便说：“大王，此次之胜并非臣的马术提高了，而是受了高人指教！”

　　齐威王急问：“谁指教了你呀？”

　　田忌回答：“孙膑先生。”

　　齐威王和辟疆听了，几乎同时惊呼：“啊，原来是他！”

第十七回 　胖公叔巴结权势
　　　　　俏花奴迷住庞涓

　　齐威王和辟疆听田忌说，是孙膑帮他出了制胜的主意，心中都非常惊奇。

　　齐威王不再问田忌了，只说："田将军，明日你领孙膑进宫，我对他有话说。"

　　田忌遵命而去，心中甚为不安。他想：过去驰射比赛，宫中是胜家，而臣子们是败家，这样威王和他的公子们脸上也有光彩。今天我胜了他们，使他们失去了荣耀，他们定是不高兴了，所以要召孙先生进宫，这也许是要找孙先生的麻烦吧！

　　想到这里，他后悔不该将实情告知威王，如有什么不测，这不等于是害了孙先生吗！

　　田忌回到府中，坐立不安，便立刻来到孙膑府中，向他讲明一切，让他早做准备。

　　孙膑正坐在蒲墩上读兵书，见田忌进来，便放下手中的竹简，请田忌坐下，叫家人端上水来。

　　田忌开门见山地说："先生，今日驰射比赛，按先生的指点，我果然赢了辟疆……"

　　孙膑说："这回将军可高兴了吧？"

田忌说："咳，现在是喜忧参半啊！"

孙膑问："为什么呢？"

田忌说："只怪我心直性耿，狗肚子里装不下二两荤油。大王见我胜了，便问我为什么？我就如实告诉了他。他接着就对我说，明日要我领你去见他。我只怕大王嫉妒，对先生有什么不利呀！如是这样，我反倒害了先生！"

孙膑问："你见大王当时的神色怎么样？"

田忌说："反正是不太高兴的样子。你想啊，每回驰射都是他们宫中赢，这一回突然输了，能高兴吗？"

孙膑听了沉思不语。这件事又使他想起在魏的情形。因为演练布阵，使庞涓产生了嫉妒之心，接着他自己就连连被害。现在又因驰射比赛得罪了齐王，这可怎么办呢？

孙膑是"钟城楼上的雀——受过惊了"，所以听田忌这样一说，确实犯了猜疑。

田忌说："先生莫怕！如果大王怪你，你就不要承认。我会说我昨天是瞎说，与你毫无关系！"

孙膑说："我怎能那样呢？不过，我想威王如果是鸡肠小肚之人，便烦劳将军把我送到故乡去，我从此将老死田园！"

二人合计来合计去，做着最坏的打算。孙膑笑着说："不管怎么说，我结识了将军，乃是人生乐事。将军的确是个忠直仗义的人啊！"

田忌说："人生在世，以忠义二字立于天地之间，没有这两个字，还算人吗？！"

到了第二天，孙膑乘了蒲车，田忌骑马在侧，一同入宫来见齐威王。

齐威王和辟疆早已等候多时了。见田忌领孙膑进来，辟疆站起来欲先说话，被齐威王制止。

田忌上前说："大王，孙先生已经来了！"

齐威王沉默不语，孙膑作揖说："残废人孙膑受召进宫，不知大王有何见教？"

齐威王问："孙膑，田忌昨日驰射之胜，可是你出的主意？"

孙膑说："正是。"

齐威王见孙膑不卑不亢的样子，又问："你是用什么办法，使田忌胜了辟疆呢？"

孙膑从从容容地回答："其实，这是一个小小的战术。我第一次见驰射比赛，发现宫中之马要比田忌将军之马善跑，所以，我让田忌将军以三等之马与宫中的一等之马赛，然后再以一等之马与宫中的二等之马赛，再以二等之马与宫中的三等之马赛。这样，田将军虽然败了第一棚，尚可能胜第二棚、第三棚，算总账还可赢千金啊！这就是我给他出的主意！"

齐威王听了，不动声色，反问道："孙膑，你为何不给宫中出制胜之法，反而帮助田忌呢？难道要巴结田忌不成？"

孙膑听了面无惧色，反唇相讥说："大王，您错了。如果我要巴结，为什么不巴结大王呢？"

齐威王被问得哑口无言。田忌在一旁如热锅上的蚂蚁，赶忙插言说："大王，是我求的孙先生，并不是孙先生要巴结我！"

齐威王瞪了田忌一眼说："谁让你来多嘴？"

田忌不敢再说话了。

孙膑又说："帮要帮弱者，强者还要帮什么？田将军屡败，所以要想法求人帮助，这是正常的！"

齐威王想了想，又说："驰射比赛乃是游戏，怎么来得诈术？"

孙膑说："既然是比赛，就要斗智斗勇，这也是正常的事，何况田将军之马与宫中之马相比，是永远不能取胜的。这并不说明田将军的骑术不行，而是马力不足。如果不以智取，那么驰射比赛，就只有宫中取胜了，这难道是公平的比赛吗？！"

孙膑这一连串的问话，把齐威王问得再也说不出话来。

田忌在一旁吓得浑身发抖。

此时大殿内，落下个针都能听见响声。

齐威王望着孙膑，突然大笑起来，笑得在场的人目瞪口呆！

接着，齐威王走下大殿，来到孙膑面前，俯身拉着孙膑的手说："孙先生，你真是齐之良才，本王佩服至极！先生不但才智过人，而且心地坦荡，不为权势屈服。这些难能可贵之处，本王都亲眼得见了！"

孙膑和田忌这时才明白，原来齐威王方才是故意试探。

孙膑说："大王过奖了。我从今天之事中，也算认识了大王，孙膑可以安心无忧了！"

齐威王自昨日听田忌说，孙膑为他出了制胜的主意，心中甚为惊奇。驰射比赛虽是小事，但可见孙膑之才，今日又听了孙膑的讲述，心中更加高兴，便对孙膑说："先生来齐已有一段时日，我不能叫你没有名分了。今天本王封你为上将军兼军师之职，位在田忌之上，请先生受爵。"

田忌在旁心悦诚服地说："大王高见，孙先生理应在我之上！"

孙膑听了摇着头说："大王，不是我违抗王意，实在是叫我难以接受。我曾说过，孙膑对齐寸功未立，难受其职。另外，封我为上将军，在田将军之上，这就更不敢当了。我乃残废之人，如果做了三军之主，就会让别国笑话，难道我齐国就没才貌双全的人了吗？如果大王将来用得着我，我可以做个军师，在蒲车之中，为田将军暗暗策划倒还可以，却万万不能在田将军之上啊！"

齐威王听了，沉思片刻说："好，就以先生之言，本王封你为军师，协同田忌治理军政，以御外敌！"

孙膑见不能再推辞了，便谢恩受职。

接着，齐威王又把辟疆叫到身旁，说："公子辟疆是我的长子，将来齐国的王位就由他来继承。今天，我把他交于先生做学生，请先生就在我面前收下这个学生！"

孙膑听了忙说："大王，我与公子辟疆已有两次交谈，他是一个品位很高的人，我怎配做他的老师呢？"

齐威王说："按说，这是我的家事，不能以王之尊来强迫你，但作为父亲，我替他拜师总是可以的吧？"说着，就要以大礼参拜。

孙膑一见慌了手脚，无奈又站不起来，心中又急又激动，一时间竟落下泪来。

田忌赶忙上前拉住齐威王，说："大王不可如此，我替孙先生答应下来就是了！"

这时，辟疆双膝跪在孙膑面前说："老师在上，受学生参拜！"说着，连着磕了三个头。

孙膑泪流满面，用手扶起辟疆，对齐威王说："大王，孙膑乃一废人，在魏国时猪狗不如，到了齐国，受大王如此重视，真使我一步登天了！看来，我孙膑不虚此生，总算遇上了明君。大王若用得着孙膑，当以生命相报！"

齐威王说："先生不必如此。以先生之才智与人品，都是受之无愧的！为了齐国的大业，我们君臣同心协力，就是铜墙铁壁了！"

从此，孙膑在府中深居简出，钻研兵法，并且着手撰写兵书。有时候田忌来访，有时候公子辟疆来拜，他都高高兴兴地接待。后来，辟疆见孙膑撰写兵书，就对孙膑说："老师，为了帮你抄刻，我搬过府来如何？"

孙膑说："大王同意吗？"

辟疆说："只要老师愿意，父王求之不得呢！"

孙膑点头答应。公子辟疆从此搬进孙膑府中，帮助孙膑抄刻兵书。

师徒二人的感情越来越深。

自从孙膑失踪，一晃已过去五六年，庞涓也就把此事忘却了。

庞涓的哥哥庞渊，知道弟弟在魏国做了大官，心中很高兴，便来找庞涓。庞涓见他一身庄稼人的打扮，满头高粱花的样子，便给了些金银打发他回去。

临走，庞渊说："我虽然是种地的脑袋，但是茅儿、英儿和葱儿都已长大成人，何不让他们前来做些事？"

庞涓想了想说："那就让他们来吧！"

庞渊听了高兴地说："这就对了嘛！"

这样，庞涓的两个儿子庞英、庞葱和侄儿庞茅，一齐来到了大梁。庞涓上报魏惠王，在军队中为他们安排了职务。

魏惠王对庞涓深信不疑，言听计从。庞涓在官场一直春风得意，生活在无忧无虑之中。

庞涓虽然生活优越，出门前呼后拥，入室美女如云，但缺少一位正房夫人，不能不说是一件憾事。

这时候，魏国的相国已换成了公叔痤。他看出了庞涓的心事，为了巴结他，便暗暗为他物色中意的人选。

公叔痤五十开外，好算计人。自然，他不敢算计庞涓，因为庞涓手握兵权，又深得魏惠王宠信。魏惠王见公叔痤与庞涓的关系很好，便非常高兴地说："国之兴衰，全仗将相心和！"

庞涓与公叔痤听了自然非常高兴，其实，魏惠王哪里知道，这都是表面文章！

这个公叔痤平时爱饮酒，不但家中预备着上等名酒，而且还喜欢到坊间酒肆中去饮，他觉得一边饮着酒，一边听着饮酒人的谈笑，别有一番情趣。

大梁城中有一座出名的酒楼，叫甘露所。酒楼不但有一个能言善聊、巧于逢迎的女老板，而且还有一个年轻貌美的名叫花奴的侍女。

花奴今年二十二岁，长得风流雅致，顾盼溢彩，一举一动、一颦一笑，都勾人的魂儿。

公叔痤有这样的好去处，自然是去了一次想二次，去了二次想三次。

每次他去时，都要花奴为他煮酒侍候。慢慢地，二人自然就熟了。

后来公叔痤想：如果将此女说与庞涓，他一定满意。可是自己却有点舍不得呀！

想来想去，还是应以巴结住庞涓为重，这样，自己的相国之位也就牢靠了。

公叔痤这样决定了，就向甘露所走来。他要先和老板娘摸摸底。

来到甘露所前，天已经黑了。楼上点着灯，灯光映着幌子。

楼上饮酒的人们说说笑笑地下来，公叔痤等人们走光了，才慢慢地上了楼。

女老板刚要关门，见公叔痤来了，忙呵呵笑着说："啊呀，公叔大人怎么才来呀！你是大梁城中唯一的贵客，你一天不来，我们娘俩就像丢了魂儿似的！"

公叔痤也会搭讪，笑眯眯地说："可不是，我也是想你们啊！想得半夜里做甜梦了！"

二人一前一后来到二楼雅座。老板娘安排公叔痤坐下，接着大声呼唤花奴："花奴，公叔大人来了，快端着好酒好菜上来！"

花奴在屋里答应一句，那娇滴滴的声音，仿佛就让人已闻到了一股酒香味儿。

不一会儿，花奴托着酒盘来到公叔痤面前，说："公叔大人，请你品尝！"

花奴带一身夜来香气味，甜幽幽的，别有一番韵味，直勾得公叔痤掉魂丢魄！

花奴给公叔痤倒上酒，在一旁站着。

公叔痤说："姑娘坐下吧，站着怪累人的！"

女老板接着说："公叔大人，只有你来，花奴才这般侍候着，这你是知道的！"

公叔痤笑着说："我知道！我知道！"

花奴坐在椅子上，望着公叔痤慢慢饮酒。

公叔痤端着酒杯，眯起眼睛，一口一口地饮着。

过了许久，公叔痤才慢慢地问："我说老板娘，花奴是你女儿吗？她正是芳龄，该有婆家了吧？"

老板娘手握着一条手巾，半搭在胳膊上，说："哎哟，老大人怎么还不知我们的来历呢？"

公叔痤睁开眼睛说："不太知道，就请老板娘给我讲述一回吧！"

一向乐乐呵呵的女老板，这时脸上竟飘起了乌云。她说："老大人，说起过去，一言难尽啊！"

公叔痤见老板娘似有许多辛酸，便站起来给她搬了一个座，让她坐下说。

于是，女老板便讲了起来……

这位老板娘原是魏国一位官吏的夫人，而花奴就是她的儿媳妇。赵国攻打魏国时，这位官吏和儿子都死于战乱，她们婆媳二人侥幸逃生，辗转流落到大梁，才开了这家酒楼。

婆媳二人双双寡居至今。

这老板娘风流惯了，所以自去年起，就跟一个有名的商人勾搭上了。他们的奸情被花奴发觉了，老板娘就对花奴说："我索性嫁了他，你就自己开酒楼吧！"

花奴无奈，也不敢声张，只能任他们自由放纵。

谁知这个巨商又看上了花奴的美貌，想娶她做小妾，花奴坚决不同意，事情就这么搁下了。

公叔痤在得知花奴是老板娘的儿媳妇后，心中不禁冷了半截。为什么？因为他要将花奴介绍给庞涓，做庞涓的正房夫人。可是她是个寡妇，这怎么能成呢？论美貌，自然拿得出手，可论身份就不行了，一个堂堂魏国的军师怎能娶一个寡妇做正房夫人呢？！

想到这里，公叔痤觉得从另一方面说，也是好事，花奴可由他随时来观赏，甚至进而可以……

公叔痤喝完酒，站起来，说："好吧，我回去了，你们娘俩也该歇着了！"

老板娘说："公叔大人说哪里话来，我们是做生意的，怎能嫌晚。只要大人满意，我们侍候到天亮也是笑呵呵的！"说着甩着手巾，故意卖弄着风情。

公叔痤非是不解，而只是不到时候罢了。

老板娘携着花奴一直把公叔痤送到楼下。

又过了数日，公叔痤下朝回来，正在屋里坐着，忽然有门官来报："大人，门前有一美貌女子，急慌慌要见大人！"

公叔痤不知何事，就说："叫她进来，我来问她！"

不一会儿，门官领一女子进来，公叔痤抬头一看，原来是花奴，不禁喜上眉梢。

公叔痤说："姑娘快快坐下，不要急，有什么事，向我说来。你到了这里就到了最安全的地方了！"

花奴见公叔痤这样善解人意，十分感谢，说："我想到了大人这里最安全，所以慌乱相投，请别见笑！"

公叔痤叫人送上水来，安慰了花奴一番。花奴这才讲了事情的原委。

事情是这样的：那位与老板娘勾搭成奸的巨商，因为看中了花奴，便几次三番要老板娘将花奴嫁给他，并答应事成之后，酬谢老板娘万金。

老板娘并不同意这桩亲事，因为她知道花奴更不愿意。可是，她又不敢得罪巨商，愁得她几夜睡不好觉。后来，她终于想出了一个办法，便欣然答应了巨商，但要求娶亲那天要坐八抬新轿，要按娶亲之礼进行。

巨商一一答应，并定了娶亲的日子。

到了娶亲这一天，巨商派人抬着八抬彩轿来迎娶花奴。

老板娘事先对花奴说："为娘要做新人了，今后的酒楼就由你开吧！"

花奴虽然不乐意，却也阻止不了婆婆的行动，何况已经生米做成了熟饭！

老板娘打扮得花枝招展地上了彩轿。

迎亲的队伍吹吹打打，把八抬彩轿送进巨商府中。

巨商喝完了喜酒，送走了客人，才醉醺醺地入了洞房。洞房中花烛闪亮，"新人"披着盖头，稳坐在牙床之上。

巨商晃晃悠悠地上前，一下掀掉盖头，他仔细一看，却傻了眼，这哪里是风韵正浓的花奴，分明是一脸皱纹的旧情人啊！

巨商恼怒地抓住老板娘责问。

老板娘只好以实相告了："你个狼心狗肺的东西，吃了碗里的，还想着盆里的！我们由露水夫妻做个长久夫妻不是更好吗？！"

巨商不言不语，也不敢声张，只是闷闷地喘粗气。

第二天早起，巨商就悄悄地派人到甘露所来抢花奴。

事情也巧，花奴今晨起来后，便到大梁城外的一个熟人那里找帮手去了。因为老板娘走了，她一个人撑不起这个门面，也忙不过来。

人已经说定了，花奴往回走着，却听见几个从大梁城中回来的人正在议论："甘露所里出了事，昨天那老板娘出嫁了，今天又来一帮人要捉那年轻姑娘，打算老的嫩的一齐娶了！"

"这年头，只要有钱，什么事办不到？听说那男人是个巨商呢，有的是钱！"

花奴知道事情不妙，可是，又到什么地方去躲藏呢？情急之中，她终于想到只有公叔痤才能保护自己，因为就是那巨商知道了，又能把相国怎么样呢？给他一百个胆子，他也不敢到相国府来搜人啊！

花奴就是这样逃到了公叔痤这里。

公叔痤听了花奴的陈述，笑着说："哎呀，这回我倒缺少了一个饮酒的去处了!"

花奴哭着说："看来，这酒楼我是开不下去了，望大人指一条明路吧！"

公叔痤眉飞色舞，但又极力掩饰着自己的幸灾乐祸。他说："姑娘，不要发愁。在我这里就等于到了你家，一切由我安排就是了。你非要干活，就替我倒倒酒，陪我说说话好了！"

花奴听了，仍不放心，说："老大人，那到几时才算有个着落呢？"

"着落？"公叔痤说，"在我这里还叫没着落吗？只要有这相国府，就会有你的安身之处！"

花奴很懂风情，她见公叔痤垂涎欲滴的样子，心中已明白了八九，便立刻破涕为笑说："这样说来，就仰仗老大人了！"

当天，公叔痤就安排上好的房间让她歇息。

公叔痤虽然对花奴垂涎三尺，但是碍于自己的身份，并不想匆匆行事。他想：反正是到嘴的肉，还怕吃不上吗？！

这天下朝回来，公叔痤正欲到花奴房间去聊天，门官报告：军师庞涓过府来了。

公叔痤立刻出门迎接。二人落座之后，公叔痤问："军师大驾光临，不知有何要事？"

庞涓说："其实也没有什么要事，只是有一传闻，前来通报相国。"

公叔痤问："什么传闻啊？"

庞涓说："前天，有个从齐国来的商人说，齐威王最近改变了军队的编制，经常演习战阵，并且是由一位军师指挥着。我听了这个消息，忽然想起了孙膑。这个残缺不全的人失踪这么些年，我派人到处去寻找，也没有准确的消息，莫不是他已到了齐国？如果是这样，可是咱魏国之大患啊！"

公叔痤想了想，问："既然是有军师指挥，来人可曾见过孙膑？他只能坐着，不能站起，一认便知啊！"

庞涓说："我问过了，他们说指挥演阵的仍是大将田忌，并未见别人。"

公叔痤说："所以呀，军师不要过虑，那孙膑早已不在人世了。也许这只是齐国人虚张声势罢了！"

庞涓听了公叔痤的话，虽觉得有道理，但仍不免忧心忡忡。

公叔痤说："好了，军师实在太过虑了！到了我这里，就该宽宽心了！我这还有好酒，快来品尝品尝！"

庞涓微微一笑说："品酒是相国的雅兴，我没那么多讲究。"

公叔痤为了吹嘘，有点忘乎所以了，他说："我这里有一个美貌的佳人，专会煮酒，不妨来见见！"

庞涓一听，便来了兴致，说："啊，原来相国府中还藏着煮酒美人呢！那就见识见识吧！"

公叔痤为了巴结庞涓，立刻命人把花奴唤出来。

不一会儿，花奴穿着花团锦簇的绣袍，头上扎着鲜花，妖媚地来到二人面前。

庞涓一见，心想：这是哪里的美女呢，竟让这个老头独占了？

公叔痤见庞涓看得发呆，就在一旁介绍说："军师，此女子原是甘露所的酒主，近日因家中遭变，才躲进府来，到此只不过三日！"

庞涓听了，点点头说："果然是国色天香，叫人羡慕之至呀！"

公叔痤看看庞涓，又望望花奴，见花奴正做着娇态，向庞涓传送情意呢！

公叔痤有些醋意了，但立刻又平静了下来，便对花奴说："这位是魏国军师，姓庞名涓，国之栋梁，你慢慢就熟悉了，快去给军师煮酒吧！"

花奴娇滴滴地答应一声下去了。

公叔痤说："军师，我早想给军师寻一位美貌的夫人，如果军师看中此女，也算我为军师办了一点事啊！"

庞涓一听，春风拂面，说："老相国能够割爱吗？"

公叔痤急忙说："军师误会了。花奴刚刚进府三日，老夫绝未染指，请军师放心！"

庞涓想了想，说："常言道'秀色可餐'，难道老相国超脱了凡尘？"

公叔痤说："军师所言不错，但我公叔痤对军师之情，你是知道的！"

庞涓也笑了，说："老相国不必在意，我只是说说笑话而已。如果老相国玉成，我就恭敬不如从命了！"

公叔痤眯起眼睛，哈哈地笑了。

自得了花奴，庞涓欢喜非常，每日与花奴饮酒嬉戏，好不自在。花奴见庞涓不但有权，而且有貌，也真是心满意足了。

每逢二人情意浓烈之时，花奴就说："军师既然没有妻室，我也不能没有一个名分啊！"

庞涓采取的却是拖延战术："小美人，何必着急呢！你既知我没有妻室，还怕有人夺你之位吗？"

花奴娇滴滴地说："虽然军师不会另有新欢，可我也不愿长久这样下去呀！府中之人怎样看待我呢！"

庞涓说："这也没什么，如果真将你作为正房夫人对待，你反而会拘束了。好了，等到了合适的时候，我会将你明媒正娶的！"

花奴说不过庞涓，只好忍着、盼着。

其实，庞涓是不愿将心里想的说出来：花奴是个寡妇，一个堂堂大国军师娶一个寡妇为正房，岂不有失身份！

有一次，二人闲聊，花奴说着自己的身世，庞涓很怜惜地拥抱着她。

花奴说："军师，你手握兵权，魏王对你又很信任，你何不请命伐赵呢？如果能夺回失地，就不但是魏国和军师的荣耀，而且也可给我出一口气！"

庞涓听了，想了想说："魏王曾几次要我报失地之仇，都被我劝阻了。"

花奴问："为什么呢？"

庞涓说："因为赵国并不比魏国弱，一旦失败，将有损国威！"

花奴说："军师之才在当今无人能比，有你军师指挥，还能打败仗吗？"

庞涓被花奴灌注了勇气，第二天早朝的时候，便与魏惠王说起夺失地之事。

今天魏惠王的心情特别好，听庞涓又提起夺失地之事，就更加高兴了。他问："我曾几次向将军提起此事，都被将军劝阻，不知将军今日为何主动提起？"

庞涓说："大王，自第一次你提出此事后，我便铭记在心，时时做着准备。如今我魏国兵强马壮，正是夺回失地的好时机！"

魏惠王高兴地说："既然将军已胸有成竹，那就选定黄道吉日，发兵吧！"

庞涓摇摇头说："大王，我的想法是，直接发兵讨赵，打败了赵国，它自然就归还失地了！"

魏惠王听庞涓说得很有道理，便点点头说："好，就由将军安排吧！"

庞涓下朝之后，备了战车五百乘，准备征讨赵国。他谁也不商量，也不向任何将官透露消息。

过了三日，他突然来到校军场，向兵将们宣布进攻邯郸的命令。他任命儿子庞英、庞葱为先锋，侄儿庞茅为后军，自己为元帅兼军师。

大军日夜兼程，直扑邯郸。

庞涓是想给赵国一个冷不防，以便在赵国全无准备的情况下，夺取邯郸。

邯郸是赵国的都城，守城的主将叫平选，当他得到报告时，邯郸城外已经是旌旗如林了。

平选慌了手脚，立即报告了赵成侯。赵成侯无计可施，急忙召群臣商议退敌之策。

赵国，是战国七雄之一。他的开国君主叫赵籍，是晋国大夫赵衰的后代。后来赵籍和魏国、韩国三家平分了晋国，自己称为赵烈侯，建立了赵国，并被有名无实的周朝所承认。开国时，建都晋阳（今山西太原），后南迁到邯郸。疆域包括山西中部、陕西东北部和河北西南部。

赵成侯当政以来，由于军力下降，便只能据守国土，不敢向外扩张了。

如今，魏兵突然而至，群臣众说纷纭：有的主张拼力死守，坚决抗击魏国，与邯郸共存亡；有的主张突出重围，另立都城；有的主张与魏国讲和，归还失地。

几种意见争执不下，赵成侯听得头脑发涨。此时守将平选说："如今魏军兵临城下，领兵主帅叫庞涓，听说此人是鬼谷子的门徒，治军有方，又有谋略，如果只靠我们的力量，是很难打退魏军的。以我的主意，莫如向齐国求救，并以魏国失地为条件。就是说，如果齐国帮我们打退了魏军，解了邯郸之围，我们就将魏国失地送给齐国。齐国见利，必来救援，邯郸之围可解！"

庞涓点兵伐赵

赵成侯听了，沉思半晌，说："这个主意不错。我们宁可把魏国失地交给齐国，也不还给魏国。只是要有人冲出重围，去齐国送信，这能做到吗？"

平选说："我主请放心。我军中有一矮将军，名唤东方贯，他手使铁棒，善于步战，而且行走如飞，他可担当此任。请大王快写国书吧！"

赵成侯当即写了国书，交给了平选，并且说："一面求救，一面守城，平将军重任在肩，事成之后我一定重加封赏！"

平选说："我主放心，既食君禄，当报君恩，守城卫国，义不容辞！"说罢，匆匆而去。

回到府中，平选急忙命人把矮将军东方贯叫来。

东方贯身长不过五尺，小头小脸，精干利落，两眼放光。他刚从城头上下来，见了主帅，问："末将正在守城，不知将军找我何事？"

平选说："要你去完成一个特别的任务。"

"什么任务？"东方贯问。

平选说："魏军大兵围城，我们毫无准备，守边的军队也不能前来救援。我刚才与成侯商量了一个主意，要你突出重围，直奔齐国，向齐国借兵，帮我们解围！"

东方贯问："没有什么条件，那齐王肯发兵吗？"

平选说："成侯有国书在此，答应解围之后以魏国失地相赠。你拿上国书，交给齐王就可以了！只是怕你不能突围出去呀！"

东方贯咧嘴笑笑说："这个不劳吩咐，只要是不见我回来，那就是突围出去了！"说罢，东方贯接过平选手中的国书，揣进衣服口袋里，快步走了。

当晚，围城的魏军开始攻城，人喊马嘶，号角雷鸣。

平选指挥着兵将据守垛口，有的射箭，有的向下扔石头，把一排排的魏军打了下去。

东方贯趁这时候，用绳索系着跳下城墙，手舞铁棒，在万马丛中乱杀起来。

魏军将他层层包围，可他并不害怕：一会儿在人腿下，用铁棒打折了人腿；一会儿又钻入马肚子下，打折了马腿。魏军无计可施，竟眼睁睁地望着这个小个子消失得无影无踪！

魏军也不去追寻他，仍然呼喊着攻打邯郸。

东方贯冲出包围圈后，就朝着临淄方向跑去。他越山蹚河，日夜兼程，终于到了临淄城下。

东方贯来到护城河边见城门紧闭，就高声呼喊："喂，守门军兵，快将城门打开呀！"

他连着喊了四五遍，仍不见有人开门，心中想：我好不容易冲出重围，饿着肚皮跑到这里，就是为了争取时间呀！想到这里，他便"扑通"一声跳进护城河，上岸后，又直奔大门。

东方贯抬头观看，见城门的正中，刻着两个斗大的字：临淄。城门用朱色漆着，布满密密麻麻的铜钉。朱门的中央，嵌着两个大铁环，平静地垂着，像两个对称的人面。

东方贯心中着急，往高一跃，双手抓住两个铁环，晃动着身子，用脚踢着朱门，高喊："快来开门呀！天已到卯时了！"

东方贯这样连踢带喊，惊动了守门军兵。他们来到城头上向下一望，见一个小孩耍闹着叫开城门，不由笑着说："这小孩准是昨夜被关到城外了，正闹着叫开门呢！"

军兵们下了城墙，从里边开了城门。两扇门一分开，东方贯抓着铁环的手便松开了，登时跌坐在地上。

军兵们过来一看，立时紧张起来，原来这不是一个小孩，而是身穿赵国军装、腰中插着两只铁棒的小矮人！

军兵们惊呼："赵国的奸细到了！"

守门官听说是赵国的奸细来了，便急命军兵们把东方贯捆绑起来。

东方贯并不反抗。守门官问："你这个奸细，如何到了城门之下？从实招来！"

东方贯笑着说："你别来问我，我有重任在肩，必要见到齐威王！"

守门官大怒，说："看你这小小矮子，竟要见我家大王，真是不自量力！"说着，就命令军兵们说："脱掉他的衣裳，给我用皮鞭子蘸水，狠狠地抽打！"

东方贯一看，自己要吃苦头了，就说："好，既然是要脱衣服，那么我内衣口袋里有重要的物件，你们拿出来看看吧！"

守门官听他这样说，便走过去撕开他的外衣，从内衣口袋里摸出了一卷竹简，展开一看，不由大惊，心中暗说："这不是赵国的国书吗？"

守门官立刻变得和气了，并且亲自为东方贯解开了绑绳，说："不知贵使到来，有些误会，望多多见谅！"

东方贯心中着急，不跟守门官理论，只说："快，把我送到齐威王面前去！"

守门官应诺着，领着东方贯来到宫门前，把他交给了宫门官。

宫门官听说是赵国的使臣来了，不敢怠慢，急急向里通报。不多时，宫中传出话来，请东方贯进宫面见大王。

齐威王刚刚用过早餐，听说是赵国派来了使臣，因不知何事，便下令立刻召见。

东方贯来到齐威王面前，齐威王见他如此矮小，心中有些生厌。

此时，奔波了几个昼夜的东方贯，浑身湿漉漉的，被守门官撕裂了的外衣，正一个劲儿地掉着水珠儿呢！

齐威王朝下望着，不禁发笑问："赵国乃七雄之一，赵成侯也是一位了不起的国君，贵使怎么是这样的尊容呢？"

东方贯笑着回答："人到了危难时候，是什么事情都做得出来的！别看大王你华冠锦服，如果让你急奔四五个昼夜，又凫水过了护城河，又受守门官刁难，大王你的模样大概还不如我呢！"

齐威王见他说话很犀利，心中一震，又笑着说："不会吧！起码我要比你高过一头、宽过一臂吧！"

东方贯又说："大王说话要尊重些，我虽然个儿长得矮，可是我是赵国的上将，在万马军中手使一双铁棒，常取敌将之首。那些和我交过战的人都不敢小瞧于我，何况大王？另外，我也听说过，贵国也有一个矮子，说起来他也不比我高多少。可是他胸藏韬略，能言善辩，常常劝说大王纳谏，这个人叫淳于髡，仍留在贵国做客卿。他曾几次想离开贵国，大王你只是不许。这一点不会错吧？"

齐威王听了东方贯这一番口若悬河的话，心中不由暗暗佩服，便立刻命人领东方贯下去换衣服。

东方贯说："大王，换衣服事小，递交国书事大，我先交了国书，再换衣服不迟！"说罢，从衣兜里掏出竹简，递给齐威王，自己便随宫中人换衣服去了。

齐威王展开竹简，一见是赵成侯的国书，便读了下去。竹简上写道："赵国乃礼仪之邦，路不拾遗，夜不闭户。不料，树静而风动，物宁而狼奔，一夜之间，魏国强梁不宣而战，围我都城。为解邯郸之围，恳请发兵助战，以解倒悬。事成之后，将以原魏国失地归于尊王。"

齐威王读罢，放下竹简沉思起来：赵成侯于危难之中派人突围前来求救，这是对齐国的尊重和信任。魏国攻打赵国，就是为了报往昔之仇。可是，魏国采取突然袭击的办法，也不免太狠毒了。

齐威王又想到，那魏国领兵之将，肯定是庞涓无疑了。一想起庞涓，他心中就升起一股怒气，此人嫉妒贤能，心狠手毒，将孙膑折磨得……现在他又突然攻打赵国，此事决不能让他得逞！

齐威王想到这里，便决定答应赵成侯的请求，准备发兵了。

这时，东方贯换衣服还没回来，齐威王又想到：孙膑与庞涓乃是同门之徒，只因庞涓嫉妒，才使孙膑在魏没有站脚之地。他们二人的谋略，还没有真正较量过。这一次救赵之战，也正是孙庞二人较量的时候，应该让孙膑领兵出战，这样也就自然可判明他们谁高谁低了！

齐威王正这样想着，东方贯回来了。他换上了干净衣服，立刻变了模样。

齐威王笑着问："贵使怎么才出来？难道不急着要我发兵吗？"

东方贯说："怎么不急？救兵如救火嘛！也许晚一个时

辰，邯郸就守不住了！所以，请大王赶快发兵吧！”

齐威王说：“贵使先少安毋躁，一会儿早朝群臣议事，我便将此事言明，听听大家的意见。”

东方贯说：“我知道一国之尊一言九鼎，你只要一句话，大家就会同意的。可是你不发话，只让大家议论，等议论完，邯郸城早已落入魏军之手了！”

齐威王哈哈大笑，说：“你怎么知道我不说话呢？发兵救赵这是大事，不但要急，而且要仔细，不像你抢起铁棒，说打就打！”

东方贯恳求说：“大王，这可不是儿戏，我家成侯不知要急成什么样子呢！”

齐威王安慰了东方贯，让他先到外室歇息，等候消息。

接着，早朝的时间到了，文武群臣陆续进了大殿。

孙膑已接受了军师之职，所以每日早朝，他也坐着蒲车，被人抬上殿来。

齐威王见孙膑来了，便将赵成侯的国书交给了他。

孙膑低头看了一遍，然后将国书还给了齐威王。

接着，齐威王向群臣宣布了赵国派使臣来求救兵的事。

大将田忌站出来说：“大王，依我之见，应立即发兵救赵，原因有二：第一，赵国是我们的邻国，如赵国有失，齐国也会受到威胁；第二，齐赵两国平素和睦往来，如今他们有难，危在旦夕，我们不能袖手旁观，更何况还有魏国失地之赠呢！”

齐威王听了点点头，又问孙膑：“不知军师有何高见？”

孙膑说：“田忌将军所言极是，我以为应该出兵，而且不要魏国失地为报。这样，我齐国将布义威于天下，使大王的名声远震诸国，这才是比什么都重要的事！"

齐威王听了，心中甚为高兴，便对群臣说："救赵乃我齐国之义举，决不怠慢！"

群臣也齐声赞贺，同意齐威王发兵救赵。

接着，齐威王又说："这次出兵，我封孙……"

孙膑早预料到，齐威王一定要封他为行军元帅兼军师，田忌次之。他恐怕齐威王当着群臣一宣布，就不好挽回了。同时，对齐威王的任命，如果不接受，将是违逆王意；如果接受，这又是他内心不愿的事，而且对统率全军也没有好处。

孙膑很机敏，听齐威王刚要宣布，便立刻高喊着说："大王，臣有一建议，不知可否？"

齐威王正要说下去，被孙膑截住了，便问："不知军师有何建议，快快说来！"

孙膑说："此番救赵，乃我到齐国后第一次出兵，我来齐国后，只享受了大王的恩惠，却没有一点回报，所以，我这次一定出征……"

齐威王哈哈大笑说："军师不说，我也要让你去的，你放心吧！"

接着，齐威王又要当众宣布。

孙膑忙接着说："此番出兵，我自荐为副，全力协助田忌将军作战。大王，这是我的恳请，望大王恩准！"

齐威王万万没有想到孙膑会说出这样的话！这样，本来已经想好的决定，也就只好不宣布了，因为他知道，如果说出来，孙膑不接受也是枉然。

齐威王沉思了一会儿，说："好吧，军师与田将军似有手足情分，我也就不勉强了。"

这样，齐威王发令，任田忌为行军大元帅，孙膑为军师兼副元帅。发兵车一千乘，即日向邯郸进发。

齐威王宣布完，让人把东方贯请了出来，告知他发兵的决定，并让他做向导。

东方贯听了，乐得手舞足蹈，"扑通"一声给齐威王跪下磕头，接着又对群臣磕头。他泪流满面地说："承大王及众臣发兵救赵，在下替我们成侯致谢了！"

齐威王叹息说："如果齐国有了危难，能有这样的贤臣，那真是齐国之大幸了！"

第十九回

救赵国诈攻襄陵
败桂陵佯装凯旋

　　田忌与孙膑点齐了人马，由东方贯引着，向邯郸疾进。

　　东方贯不骑马，一路步行，却总在前边。行了五日，大军来到一片山林之中。山不算高，树倒非常稠密，树林之前是一片开阔地。

　　孙膑在戎车中看到了这片山林，便问卫军："此地离邯郸还有多远？"

　　卫军说："此地离邯郸尚有五六百里。"

　　孙膑又问："这里是什么地方？"

　　卫军说："这里叫桂陵，已是魏赵两国的交界之地了。"

　　孙膑听了，命人停下戎车，对卫军说："快将田将军请来！"

　　卫军答应着，飞跑到中军报告了田忌。

　　田忌不知何事，匆匆乘马来到孙膑戎车前，下马问道："军师有何要事？"

　　孙膑说："临出兵前，我已想好了救赵之法，现在说出来，请你定夺。"

　　田忌说："军师神机妙算，快将战策说出来吧！"

孙膑分析说："如今邯郸被围，我估计赵军绝不是魏军的对手，如果等我军赶到，邯郸也许已被攻下了。另外，我军长途急行军，等到了邯郸城下，已经人困马乏，再与魏军交战，我们必然失利。"

田忌想了想说："正是这个道理，不知军师有什么想法？"

孙膑说："我们应以逸待劳，不去驰救邯郸，却要扬言去攻襄陵。襄陵乃入大梁的门户。如果庞涓得知我们去攻襄陵，一定担心大梁有失，必然放弃邯郸，而回兵往救襄陵，我们就在这里截杀。这样一来，不但邯郸之围可解，而且可以重创魏军。请将军裁夺！"

田忌听了孙膑的计策，觉得很有道理，便说："好，就依军师之策，将大兵埋伏在桂陵，待魏军到来，截杀他们！"

孙膑说："这就是巧妙的救赵之法。我们不但要迫使庞涓撤兵，而且还要在这里截杀他们一阵！"

田忌当即令大军停止前进，就地安营扎寨。

东方贯仍在前边猛跑着，这时，他回头一看，见大军不走了，心中甚疑，就跑回来，向先锋打听原因。先锋说不知道。

东方贯急了，忙跑到田忌和孙膑面前问："元帅，大军正在行进，为何不走了？"

田忌笑着说："这正是为了解邯郸之围呀！"

东方贯不懂，着急地说："不去邯郸，怎么能解邯郸之围？难道元帅是糊弄在下不成？"

田忌说："东方将军莫急，你且问问我家军师吧！"

东方贯见孙膑稳稳地坐在戎车中，便说："我看出来了，大军行止全在于军师，不知能否将用意讲给在下听听？"

孙膑笑着说："可以。"

于是，孙膑将解邯郸之围的计策，向东方贯讲了一遍。

东方贯听了，点点头说："在下愚鲁，不懂运筹，听军师这么一讲，顿开茅塞。不过，怎样才能使庞涓得知我们要去攻打襄陵，进而围困大梁呢？"

孙膑说："东方将军，这就要你去办了！"

东方贯说："我去办可以，可是庞涓能够相信吗？"

孙膑说："我们设法使他相信，不就可以了吗？！"

东方贯问："想个什么方法，能使庞涓得此假消息呢？请军师指教！"

孙膑低头把东方贯叫到身边，在他耳边悄悄说了几句话。

东方贯听了，笑着说："好，好！军师之法果然不错！"

孙膑说："你办好这件事，等庞涓撤离邯郸之后，你就可以进城面见赵成侯了，这样，你的任务也就圆满地完成了。见了成侯，就说齐国军民向他问好。齐国并不要魏国失地，只叫他加强练兵，保卫好国家就行了！"

东方贯连连拜谢，转身要走。孙膑又叫住他说："将军怎能如此慌张？待我给你东西呀！"说着，从戎车中拿着一包金子，交给东方贯，东方贯接了，揣在身上，快步走了。

再说庞涓围困邯郸数日，一直攻不下城来，心中甚是烦躁。于是，他召集军中将领，说："目前邯郸已成一座死城，我们却久攻不下，如果城外来了援兵，我们腹背受敌，如何是好？"

于是，庞涓下了死命令，限三日之内攻下邯郸！

他说："我们昼夜攻城，不让城中守军有喘息之机。只要我们这样做，他城中的石头和箭镞总会用完的！"

魏军按着庞涓的命令，一拨一拨地轮换着，昼夜攻城。

平选指挥着守城，心中盼着齐兵到来。他想，东方贯没有回来，不知把消息送到了没有。消息送到了，也不知齐威王肯不肯发兵。

魏军不停地攻城，城中的箭镞和石头都快用光了。他实在着急，便动员城中百姓一齐守城。百姓们拿了镰刀、斧子、铁棍、木棒，和士兵一同抵抗。有的人家把炕和房子都拆了，把砖瓦石料运上城，向下猛砸攻城的魏军。

赵成侯见百姓都参战了，也带了文武百官上城来为士兵和百姓们鼓劲儿。

平选对赵成侯说："目下情势急迫，也不知东方贯借兵的情况如何，应该做最坏的打算。如果魏军再这样猛攻下去，邯郸城就的确难守了。"

赵成侯问："不知将军还有什么办法？"

平选说："我想，现在只有两个办法：一是拖延时间，以待援军；二是我保护着主公突围，当然，这很危险！"

赵成侯实在没有主意了，眼含着热泪说："我失了国都，还有何脸面活在世上？不如与百姓们在一起，誓死守城，与邯郸城共存亡！"

平选见赵成侯这样坚持，不再说什么，又指挥着守城去了。

东方贯已经走了十日了，平选觉得盼来救兵的希望不大了。情急之中，他想出了一个主意，便对赵成侯说："主公，我想莫如先来个假投降，稳住魏军，然后我们再突然冲出城去，护着主公逃走！"

赵成侯流着泪，沉默不语。

群臣一齐跪在赵成侯面前说："主公，不要再迟疑了！留得青山在，不怕没柴烧。主公只要能逃出去，就可以东山再起，重建赵国！"

赵成侯点头同意了。

平选当即命四门一齐竖起白旗，城上由百姓守备，军兵们到城中集合。

庞涓得到报告：邯郸城四门树起了白旗，赵成侯宣布投降。

庞涓在马上看见了白旗，脸上不由露出轻蔑的微笑，不无得意地说："到底坚持不住了！"

接着，他又令兵士们向城上喊话。

兵士们接到命令，齐聚四门大呼："快开城门，既然已经投降，还等待什么？！"

兵士们喊了几遍，也不见城门打开。他们向庞涓报告了情况。

庞涓想了想，心中暗说："莫不是拖延时间，准备突围？"

想到这里，庞涓大声命令："继续攻城，不管他投降不投降！"

魏军又猛烈攻城。

正在这时候，忽然有二十多个魏国百姓跑到庞涓的马前，一齐跪下说："大将军，不好了，可不好了！"

庞涓不知何故，下马问："你们是哪里人？这样慌慌张张地跑来干什么？"

魏国百姓们说："我们都是襄陵人，昨天夜里，齐国发来大兵，将襄陵城团团围住了。现在正在激战，襄陵城怕是保不住了！我们有幸逃了出来，知道将军在这里，特意跑来送信呀！"

魏军中有认得他们的，知道是襄陵的百姓，也都着了急。

庞涓一听，心中暗想：好一个齐国，趁我攻赵之时，欲打进魏国！襄陵是大梁的门户，襄陵一旦有失，大梁难保！

想到这里，庞涓又气又恨地说："赵成侯啊，赵成侯，算你命大，等我打败了齐军，再来消灭你！"

庞涓怕襄陵有失，立刻下令："停止攻城，兵回襄陵！"

魏军听到命令，当即向襄陵方向进发。

那些襄陵的百姓，也在混乱之中四散而走了。

原来，这正是孙膑教给东方贯做的。

东方贯急跑到襄陵城，以重金收买了二十几个襄陵游民，让他们报告庞涓：襄陵被围！

东方贯自己也化装成了襄陵百姓，他见魏军仓皇退去，便急忙进城，来见赵成侯和平选。

东方贯向赵成侯和平选汇报了情况，赵成侯和平选都非常高兴。

赵成侯说："有劳将军了！将军此次救了赵国，我当加倍厚赏你！"

东方贯说："主公，为国尽忠，是我的本分，只是不要忘了齐国之恩啊！他们有个军师，名叫孙膑，这个解邯郸之围的计策，就是他出的。他还对我说，齐王并不要魏国失地，只要咱们加强练兵，保卫好国家就是了！"

赵成侯和平选听了，都十分感动，不由齐声赞颂齐威王的恩德。

邯郸之围就这样解除了。

庞涓领着人马刚来到桂陵地界，忽有前军报告："前面有齐兵拦住去路！"

庞涓心想：这一定是齐国怕我们来救襄陵，在此打援！

于是，他令儿子庞葱前去迎战。

东方贯走后，孙膑派牙将袁达领三千人马在这里等候。

袁达见魏军到来，便催马上前截住，说："本将在此等候多时了，快来交战！"

庞葱并不答话，催马抡刀直取袁达。

二人战了二十几个回合，袁达拨马便走，庞葱催马追了一程，见前边树木森森，恐有埋伏，就勒住马返回了。

庞葱来到庞涓面前说："父亲，敌将已经败走，我怕中了他的埋伏，故而未追！"

庞涓听了，大声呵斥说："你真胆小如鼠，怕什么呀？他就是有埋伏，能有多少人呀？齐军就是想用这个办法来阻止我们呀！"

庞葱近前说："父亲，不要大意呀！一旦遇伏，就要吃亏呀！"

庞涓哈哈大笑说："真是乳子之言。齐国有几个能征惯战之人啊？不就是一个田忌吗？这个赳赳武夫，有什么韬略呀！"说着，便领大军向前冲杀。冲到树林中，四处看看，连一个人影都没有，庞涓就更加大胆了，便下令："急速前进！"

大军汹涌向前，如同潮水一般，很快冲出了树林。

刚刚冲出树林，见前边又有许多人马，军中高挑的大旗上，是一个斗大的"田"字。

庞涓不由暗笑道："好一个愚蠢的田忌，不在树林中设伏，却在林外截阻，这不是白白放过了有利地势吗？"

庞涓正在观看，只见齐兵摆出了一个长阵。庞涓一见，不禁吸了一口凉气，暗说："这不是一个颠倒八卦阵吗？当年孙膑曾经布过此阵，田忌怎么会布此阵呢？"

正在疑惑间，只见齐军中旌旗闪动，田忌全副披挂，手执画戟，骑马冲了出来。在他后边又跟出一辆戎车，因为罗幔未掀，所以看不见里边的人。

庞涓望着颠倒八卦阵，心中突然生出一个疑团：莫不是孙膑去到了齐国，才布出此阵？

他正这样想着，只见田忌催马上前，大声吼着说："魏军元帅，快过来答话！"

庞涓听了，催马向前跨了几步，说："我是魏国的元帅兼军师，姓庞名涓。将军可是田忌？"

田忌仔细看着庞涓，果然天庭饱满，地阁方圆，一派威风凛凛的样子，不由暗暗说道："此人枉有一副英俊的仪表，却是个豺狼心肠的家伙！"

田忌强压着怒火说："在下正是田忌，要与堂堂魏国元帅兼军师决个雌雄！"

庞涓微微一笑说："田将军，听我一劝。我们魏国一向与齐国交好，没有互相伤害过。可是，我们魏国却与赵国有仇。我今日兴兵讨赵，就是要夺回失地，这与齐国并没有什么关系，将军为什么偏要与我决个高低胜败呢？这不是弃友寻仇的举动吗？"

田忌也笑笑说："在下虽然愚钝，也知当今天下自春秋以来，很少有什么义战。各国间互相争战，无非是为一个'利'字，这次，你发兵攻赵，赵成侯愿以魏国失地相许，请我家大王发兵救赵。而我家大王，不为取利，只为一个'义'字，才发兵与你们交战！"

庞涓说："既然将军明白，战争没有'义'字可言，那为什么还要装得那么正经呢？"

　　田忌说不过庞涓，心中更加气恼，便说："那也好，既然无'义'字可言，那么请将军告知魏惠王，若送给我们齐国比失地更有价值的东西，我立刻下令收兵。否则，我们就非战个高低上下不可！"

　　庞涓听田忌这样说，心中大怒，说："大胆田忌，你有什么本事，敢与我较量？"

　　田忌摇动着手中的画戟，冷笑着说："我虽没有什么本事与你庞涓相比，可是，眼前此阵，你认识吗？"

　　庞涓故意哈哈大笑说："我学艺于鬼谷子，学了多种奇妙的阵法，你怎能难得住我？此阵名叫颠倒八卦阵，有什么难认的，在我们魏国，连三岁顽童都能认识此阵！"

　　田忌听了，心中微微一惊，心想：他果然认识此阵，难道他也能打吗？不会的，既然军师布了此阵，一定能胜庞涓！

　　于是，田忌说："既然你能识此阵，你敢攻打吗？"

　　庞涓想了想，硬着头皮说："既然能识，何愁攻打？"

　　田忌较着劲儿说："那你就快来打呀！"

　　庞涓想：如果不敢进阵攻打，定被田忌耻笑，如果进阵攻打，胜败难料。因为当年孙膑布此阵时，听孙膑说过如何打法，可惜没有全记住。只知此阵一打，就变成长蛇阵。击首则尾应，击尾则首应，击中则首尾相应，攻打之人难以逃出阵中。

　　想到这里，庞涓有些犹豫了。

　　田忌用画戟指着庞涓说："怎么，如果不能打阵，就直话直说，我们再换别的战法，怎么样？来个痛快呀！"

　　庞涓被田忌逼急了，说："我既能识，如何不能打？决不能叫你长了威风！"说罢，唤来庞英、庞葱、庞茅，说：

"此阵名叫颠倒八卦阵，实在难打。一入阵中，此阵即变为长蛇阵，将人困在阵中。如今，我去打阵，你们三人只看此阵一变，便立刻各领人马一齐冲进，使敌人首尾不能相顾，此阵就破了！"

庞英、庞葱、庞茅各自领命而去。

庞涓心想，等颠倒八卦阵变化时，三队人马一齐攻入，就能使此阵乱了阵脚，从而攻破。他见庞英、庞葱、庞茅做好了准备，便抖抖精神，催马抡刀冲入阵中，身后是跟进来的五千人马。

庞涓进入阵中，只见人马黑压压一片，使人魂飞魄散。

庞涓定了定神，便率兵向外冲杀。谁知阵中的兵，只是躲闪、堵截，并不与他厮杀。庞涓也杀不到他们，他们像云、像风，一会儿在眼前，一会儿在身后，一会儿在身左，一会儿在身右，只是像浓雾那样团团包围着他。

庞涓抡刀杀了一阵，一个齐兵也没伤着，自己却累得周身出汗，气喘吁吁。当他定睛细看时，齐军阵中的兵士个个手中摇着小旗，旗子上明明白白地写着一个"孙"字。

一见"孙"字，庞涓吓直了眼，口中苦叫道："这个孙膑果然到了齐国，我上了他的当了！"

庞涓心中懊恼着，不知如何攻打，再向四处看看，刚才随他进阵来的五千人马，却一个也不见了！

原来，这颠倒八卦阵四面分八个方向，即：休、生、伤、杜、景、死、惊、开。每个方向有一柄色旗，不住地变换。阵中金鼓阵阵，人喊马嘶，却寻不见出阵之门。

庞涓大惊失色，心中暗说："今日，我要累死在阵中了！"

正在庞涓丧魂失魄的时候，庞英、庞葱、庞茅领着重兵，猛冲进阵来。他们并不知如何打阵，只在阵中寻找庞涓。

庞涓见了他们，急忙奔了过去。庞英、庞葱见父亲到了，什么也不顾，从马上把庞涓抱过来，胡乱冲撞，总算突了出来。

不过，进阵的兵士却没有一个生还。

庞涓出了阵，不敢在此久留，带着残兵败将，向着大梁方向跑去。跑到襄陵城边时，他抬头望望城上，城上仍然竖着魏国旗帜，不禁仰天长叹说："后悔当年，没把孙膑杀死，落得今日之败！"

庞涓见没有追兵，便停下休息。粗粗查点一下人数，此次打阵，士兵死伤竟有两万来人！

庞英、庞葱站在他身旁落泪，庞涓问："我们已经逃出来了，还哭什么？"

庞英说，"父亲，庞茅哥哥死在阵中了！"

听说侄儿战死，庞涓一阵心酸，觉得无法向哥嫂交代，但他又一想，既然是作战，哪有不死人的？！回去多给哥嫂一些金钱便是了。

这就是孙、庞第一次较量的结果。孙膑只布了一个颠倒八卦阵，就使魏军伤亡了两万来人！

田忌见庞涓跑了，催马要追，孙膑在戎车里说："将军，穷寇莫追，由他去吧！"

田忌勒住马说："军师，庞涓害你至此，何不一鼓作气，将他杀了！"

孙膑说："此战是为了削减他的锐气。如果他知道悔改，明白天外有天，就不会再挑起战争了。如果他依然执迷不悟，那么，最后的结果必定是不妙的！"

庞涓领着剩余的人马回到大梁。入大梁城前，他下令整顿队伍，进城时必须显出很威武的样子，让城中的百姓看不出他们是打了败仗的。

庞涓一边走，一边盘算着两件事：第一件，自然是打了败仗，他必须报告魏惠王；第二件，是孙膑还活着，而且在齐国效力，这件事报告不报告魏惠王呢？

庞涓一时拿不定主意。他想，孙膑在魏时，魏惠王本来很重视他，只是由于自己屡进谗言，故意给他安上了"私通外国"的罪名，才使他受尽各种凌辱，而这些又都是他自己背着魏惠王干的。后来，孙膑假装疯魔，成了废人，接着又突然失踪，他怕魏惠王怪罪于自己，才对魏惠王说孙膑疯魔过度，投井自尽了。

这些事虽然都糊弄过去了，可是今天孙膑却在齐国出现，而且打败了他。这个消息若是被魏惠王知道，将会是一个什么样的结果呢？！

庞涓心中十分害怕。他现在非常后悔，当初不该给孙膑留下活路。

"可是，当初是为什么呢？"他这样问自己。过了一会儿，他又自己做出回答："还不是要得到他的兵书吗？"

结果呢？结果还是没有得到！

他佩服孙膑的意志。为了活下去，他装疯卖傻，在猪圈中与猪睡觉，吃猪的粪便，疯疯癫癫地在大街上爬。为了不露行藏，他忍痛看着自己心爱的人死在他的面前……这是多么坚强的毅力、多么顽强的生命力啊！

庞涓不得不承认，在这场殊死搏斗中，孙膑胜利了，他失败了！

可是，庞涓至今不明白，孙膑是怎样到齐国的？难道是一步一步地爬着去的吗？千里迢迢，这真是不可想象的事呀！

难道是被齐国人救走的吗？那为什么大梁城中没有一个人发现呢？

庞涓绞尽脑汁，想不出原因来。

魏军回到大梁，先入校军场，庞涓下令给兵将们发双饷，并休息三天。

庞涓安顿好了一切，便进宫来见魏惠王。

魏军刚刚围困邯郸之后，庞涓为了显示自己的才能，曾经致书给魏惠王，向他报告围困邯郸的情况，并说攻下邯郸城，指日可待。

魏惠王看了奏书，当时很高兴，对群臣们说："庞将军真是一个常胜将军啊！不日就可攻下邯郸了。当年失地之仇，今日可以雪恨了！"

公叔痤等大臣也都齐赞庞涓的智勇。

自那以后，魏惠王不见战报传来，心中正在纳闷。

突然见庞涓到了面前，魏惠王急忙下殿相迎。庞涓也装作没事的样子，此时，他已决定不向魏惠王报告孙膑在齐的消息，因为反正谁也没有见到过孙膑！

魏惠王拉着庞涓的手，十分亲切地问："将军突然而至，一定给我带来了好消息吧？"

庞涓让魏惠王坐下，慢慢地说："邯郸城就要攻下了，赵成侯已经举白旗投降了。谁知这时，襄陵城的数名百姓，匆匆跑到邯郸，向我报告说，齐兵已经攻破襄陵，正在向大梁进发。我一听此言，恐怕大王有险，只好立时撤兵而还。到了襄陵一看，才知什么事也没有发生！"

魏惠王叹了一口气，问，"这是怎么一回事呢？"

庞涓说："后来，经过调查，才知原来是齐国出兵，要解邯郸之围，一些百姓被吓慌了，以为是要夺取襄陵。"

魏惠王又问："将军为什么不立刻回师，再攻邯郸呢？"

庞涓因为早做好了准备，所以对答如流。他说："当我们回救襄陵之时，齐兵已去了邯郸，他们兵合一处，将打一堆。我决不上他们的当，所以才将兵撤回。看来，欲取邯郸，要选另外的良机了！"

魏惠王听了庞涓的报告，心中很不是滋味。眼看邯郸城就要拿下了，却出了这么一个偏差，到嘴的肥肉，被人夺走了。他恨齐国出兵，也恨庞涓匆匆撤退，但是，他不好意思责怪庞涓，不管怎么说，围困邯郸也是事实啊！

魏惠王沉默不语，一脸不高兴的样子。庞涓说："大王，不要过分忧伤。都怪臣下偏听了一些游民的谎报，才使前功尽弃。以后，臣下一定将功补过！"

魏惠王听庞涓这样一说，心中稍稍平静了些，便说："并不是我怪罪于你，我只是对当年失地之仇耿耿于怀，有些性急罢了！将军一路劳乏，快去歇息吧！我的心意你是知道的！"

庞涓答应着，退出宫殿，用手抹了抹额上的汗珠儿。

第二十回 害贤良庞涓用计
起妒心邹忌设谋

庞涓回到府中，花奴早早过来，笑着迎接他，说："军师此行，一定是大获全胜了！待我为你洗尘！"

庞涓本来心事重重，现在见花奴春风满面，便立刻装出很轻松的样子说："此番攻赵，几乎一举消灭了赵国，就在刚要大功告成的时候，齐国发兵攻打襄陵，我只好回军驰救，放下了邯郸！"

花奴听说没取下邯郸，心中不那么快乐了，但脸上并未表现出来，仍是笑着说："军师决断，驰救襄陵，也算立了战功，仍然可喜可贺！"

说着花奴满满斟了一盏酒，双手举着向庞涓祝贺。庞涓也俨然似打了胜仗的将军，接过酒盏一饮而尽。

花奴殷勤地侍奉着庞涓，直到深夜。庞涓心中有事，强忍着烦躁，好不容易才把花奴支走了。

花奴走后，他开始思谋对付孙膑的办法。

如果有孙膑在齐，这将是他的大碍。要想立刻除掉他，这显然是不可能的。但办法是人想出来的，总有制服孙膑的办法。

庞涓在屋子里踱步，思谋着诡计。最后，他想到了齐国的相国邹忌。

虽然他想起当年落魄时曾去找过他，吃了他的闭门羹，心中有些不快，但是，天下没有永久的朋友，也没有永久的敌人，如果想从内部败坏孙膑，只有从邹忌身上下手。

再说田忌与孙膑以巧计解了邯郸之围，齐威王不仅大加奖励，而且更信任他们了。

赵国得到了齐国的救援，赵成侯十分感激，派专使携重金到齐国酬谢。

齐威王俨然成了霸主。

形成这样的局面，完全是因为采纳了孙膑的建议。

齐威王对孙膑恩宠有加，公子辟疆设专宴款待老师孙膑与大将田忌。

眼见孙膑与田忌一天天得宠，相国邹忌笑在脸上，却妒在心中。

邹忌这个人不但相貌不凡，而且弹得一手好琴。当年，他就是以弹琴得宠于齐威王，并受到重用的。后来，他向齐威王进谏，要求重视反面的建议。他说："我的妻子和我的爱妾，还有我的朋友，他们见了面，都夸奖我长得如何如何漂亮，可是，我自己照镜子，却并不像我妻子、爱妾和朋友夸得那样美，这是为什么呢？我想，妻子说我美，是因为爱我；爱妾说我美，是媚我；朋友说我美，是有求于我。"

齐威王听了他的话，明白了他的意思，那就是：作为大王，不能只听不切实际的好话，而要多听听实事求是的反面话。

于是，邹忌被齐威王封为相国。

其实，邹忌这个人很奸猾，也有极强的嫉妒心。

自从田忌与孙膑备受齐威王宠爱之后，他就想：照此下去，自己的相国之位迟早要被他们夺了去！虽然孙膑是个残废人，出任相国有伤齐国大雅，可是那个田忌，趾高气扬的样子，又有孙膑在背后出谋划策，可是一个很危险的人物呀！

邹忌想到这里，寝食不安，便思谋起对付的办法。

这天晚上，邹忌在屋中弹琴，消解心中的郁闷。守门官进来报告说："相国，府门外来了一个人，说是相国的内亲，有要事相商！"

如果是在过去，邹忌是决不相见的。如今他心情不悦，只盼着得到意外的启发，能想出一个排除田忌与孙膑的办法来。

邹忌不假思索地说："让他来吧！"

守门官去不多时，领着一个人来到面前。邹忌抬头观看，并不认识。

那人见了邹忌，急急下拜说："相国，我本魏国人，是庞涓军师的心腹家人。庞军师有要事相托，现有书简在此，请相国观看。另有酬礼千金，请笑纳！"

邹忌接过书简，对守门官说："你领他去歇着，礼金收下。"

邹忌展开书简，仔细看了一遍，认为庞涓让他除掉孙膑的想法，正中自己下怀。

第二天，邹忌把庞涓的心腹家人叫来，说："你先回去吧！千万别走漏风声。见了你家军师，就说等候消息吧！"

庞涓的心腹家人当即回了魏国，此事未被任何人发觉。

邹忌望着庞涓的书简，心中暗暗好笑。因为，他并不想完全照庞涓的意思去办，而是要按着自己的想法去办。

他对田忌与孙膑的情况做了细致的比较和分析。田忌只是有功于齐，并且和孙膑紧紧连在一起；而孙膑呢，不但有功于齐，而且有智谋，又是公子辟疆的老师。

这样一比较，加害田忌要比加害孙膑容易得多，何况，威胁他相国之位的人，是田忌而不是孙膑。

邹忌这样分析之后，决定对田忌下手。

一想到具体办法，邹忌又犯了愁，因为他实在找不到一个可乘之机。

一天，他的心腹门客公孙阅对他说："相国，临淄城中出了头号新闻，你听说了吗？"

邹忌摇摇头，说："不知道啊，出了什么新闻？"

公孙阅就把临淄城中的新闻告知了他。

春秋战国时期，盛行养门客之风。一些有身份有地位的人，在家中招募了许多门客，谁家的门客多，谁就显得更高贵。

这些有身份有地位的人，为什么争着养门客呢？因为门客能为主人出谋划策，能替主人宣扬声名，从而巩固主人的地位。

这些门客，养尊处优，看不起百姓。他们投到富贵人的门下，就是为了有锦衣玉食，有车有马。他们平时就是到处打听消息，帮助主人出主意。

公孙阅告知邹忌的新闻是这样的：

临淄城中，最近不知从何处来了一个张姓的算命先生。他虽然双目失明，却可以独自大步流星地在街上行走，并且不会遇到任何障碍。到了夜间，他还可以顶着星星去井上担水，既掉不进井里，也摔不了跟头。

别人问他："这是为什么？"

他说："我已经练开了天目，这天目就在两眼上方。我虽然双目失明，可是因有了天目，所以能把什么都看得清清楚楚！"

这样一来，算命先生的事情在临淄城中就被宣扬得沸沸扬扬。

算命先生靠占卜为生，有了"练开了天目"的功夫，人们就相信他的占卜一定很灵，所以，找他占卜的人昼夜盈门。

算命先生声称："只要是你心中所想，我一占便知！"

公孙阅讲完了新闻，说："相国，你操劳国家大事，终日忙碌，也该消遣消遣，咱们一同去占一卦吧！"

邹忌笑着说："云游方士多了，我并不相信，等有时间再说吧！"

公孙阅走后，邹忌灵机一动，竟把公孙阅讲的新闻和他心中所想联系了起来。于是，他又立刻叫人把公孙阅唤了回来。

公孙阅问："相国唤我复回，难道是叫我陪你去占卦吗？"

邹忌摇摇头说："非也。我听了你刚才所讲，忽然解了我的难题！"

公孙阅问："相国有什么难题？"

邹忌说："时下，大王对田忌与孙膑恩宠有加，我担心将来的某一天，田忌会对我取而代之呀！"

公孙阅明白了，立刻说："所以，相国想除掉他？"

邹忌说："正是。请公孙先生帮助我细细筹划一回！"

公孙阅想了想，说："好，既然相国存此心愿，我一定尽力！"

接着，二人想出了一个具体办法。

一天，算命先生还没有起来，忽听有人敲门。他急忙穿衣下炕，开门问："天刚交五鼓，有什么事啊？要占卜，也得等我吃口饭啊！"

来人挤进屋中，悄悄地说："我是田忌将军的心腹家人，受田将军密托前来占卜。事关重大，人多了就不占了！"

算命先生听说是田忌的家人，不敢推脱，便说："那好吧，请你坐下！"

来人坐在椅子上。算命先生拿起装着竹签的铁筒，双手捧着，口中喃喃地不知念着什么咒语。他摇了一通，放在桌子上，说："请你闭上眼睛，从中抽出一支竹签来！"

来人按着算命先生的吩咐，闭上眼睛，从铁筒中抽出一支竹签。

竹签上有图有字。

图是这样画的：一条溪流刚刚解冻，穿过山谷草地，弯弯曲曲流向大海。

图上的四句文字是这样刻的：

春风解冻溪水流，
穿越山谷与草丘，
眼见面前即是海，
各种滋味在心头。

来人看完了竹签，试探着问："先生，你能读出签上的文字吗？"

算命先生笑笑说："这有何难？"

他接过竹签，看了一会儿，便大声念了出来。

来人很是惊讶，心想：果不虚传！

其实，算命先生哪里是练开了天目，而是多年失明，凭着经验练出了夜行的功夫。竹签上都暗暗刻着记号，他只要接签在手，一摸记号，就可以背出上边的文字。

来人又说："我家将军有心事在怀，所以请先生占个吉凶！"说着，递给算命先生十个金。

算命先生接过酬礼，问："不知田将军有何心事？"

来人悄悄说："我家将军为齐国屡建战功，深得民心。他见齐威王只会说不会做，早想取而代之。将军欲成大事，所以事前要卜个吉凶。"

算命先生骗人钱财，无非是为了谋生。如今听了来人讲这话，心想，这可是夺权谋逆的大事啊，一旦败露，身首异处，可不是儿戏呀！

想到这里，算命先生顿时慌了手脚，哆哆嗦嗦地说："哎呀，像这样的大事，我可不敢随便占啊！请你快快地走吧！"

来人见算命先生吓傻了眼，也不强求，只是说："既然先生不敢占断，我就走了。可是，先生千万不要向外人泄露啊！"

算命先生像轰苍蝇一样，把来人赶走了。

原来这个求算命先生占卜之人，不是别人，正是公孙阅。

这是邹忌与公孙阅谋划的计策。

公孙阅刚刚出门，邹忌事先派去的兵将就破门而入，把算命先生捆绑起来，推推搡搡地押走了。

算命先生见是飞来横祸，便一路喊着冤枉。

算命先生被押进相国府，邹忌问他："你可是张姓算命先生？说你有天目，可洞察凶吉，是真的吗？"

算命先生浑身筛糠说："正是，不瞒大人说，我并不曾开了天目，只是骗人些钱财罢了！望大人开恩，放在下回去，在下一定远离临淄，不再欺骗百姓了！"

邹忌笑笑说："我再问你，你刚才是否已给逆臣占过卦？"

算命先生说："我虽然让那人抽了一签，但不曾为其卜断。请大人明察！"

邹忌大声呵斥说："现有卦签在此，你还要赖账吗？"

算命先生辩解说："虽有卦签，我并未卜断啊！"

邹忌见他吓成这个样子，便命人将他推了下去。

第二天早朝，邹忌拿了卦签，上朝来见齐威王。

群臣议事之后，纷纷离去，邹忌却留下不走。

齐威王问他："相国，还有什么事情要说吗？"

邹忌拿出卦签，交给齐威王，说："大王，臣有一事密报大王。大王请先看看卦签再说。"

齐威王接过卦签，低头看了看，问："相国，这是何意呀？听说，临淄城中来了一位异人，已经练开了天目，卜卦无不灵验，这是真的吗？"

邹忌说："大王已有耳闻，就不必臣再说了。只是这个卦签，乃是田忌将军秘密派人去占的。正在他们卜断的时候，被我门客公孙阅发觉，所以急报大王得知。"

齐威王望着卦签，仍不明白是什么意思，便问："田将军派人所占之卦是什么意思啊？"

邹忌说："据臣所察，田忌早有谋逆之心。昨日派人秘密占卜，就是想暗中取事，夺我王之位！"

齐威王听了，吸了一口凉气，说："会有这样的事？这卜签之意是什么呢？"

邹忌说："卜签之意是说，春风融化了溪水，穿过山谷和草丘，奔流不息，不日即可入海。大王，你想溪流入海，将是一种什么滋味呢？这一定是希冀成功的欢畅心情吧！"

邹忌故意渲染了卜签之意，可齐威王仍然有些怀疑，问："凭你一面之词，难以证明田忌之反心。把算命先生叫来，我要问问他！"

邹忌早做了准备，说："算命先生已被我捕获，现在殿外等候！"

齐威王命人将算命先生叫上大殿，开口便问："昨日可曾有人替田忌将军求卜？"

算命先生实话实说："有。昨日五鼓，有人敲开了我的门，他说是专门为田将军求卜的。"

齐威王又问："他是怎么说的呀？"

算命先生回答："来人说，他家田忌将军早有夺位之心，临到起事，要让我占个吉凶……"

算命先生还要替自己开脱。齐威王听到这里，就坐不住了。他怒火中烧，暴跳而起，厉声说："大胆田忌，意存反逆之心，我岂能容你！"

算命先生吓得跌倒在地，断断续续地说："大王，大王我还没说完啊……"

齐威王说："好了，不必再说了，仅仅这些话就足够了！"

他命人将算命先生推出大殿，自己下座踱步，口中喘着粗气。

邹忌见齐威王果然生气，不由暗暗为自己的谋划成功而庆幸。

他劝齐威王说："望大王息怒，不要气伤了身体啊！"

齐威王说："真是知人知面不知心啊！不是相国得知消息，本王就要命丧田忌之手了！"

邹忌说："臣忠于大王，是天经地义之事。这也是天意不该灭齐呀！"

齐威王问："相国，你以为该如何处置田忌呀？"

邹忌想了想说："大王，齐国有自己的法度，谋逆之罪如何处置，大王心里比我还明白！"

齐威王点点头说："好，事不宜迟。我要亲自审问他，也叫他死个明白！"说完，便下令抓捕田忌。

邹忌看看事成，便告退了。

田忌不知何故，被押进宫中。

齐威王见了他，破口大骂："好一个鲁夫田忌，本王一直待你不薄，谁知你竟存豺狼之心！"

田忌被凉水浇顶，摸不着头脑，问："大王，不知臣犯了何罪，使大王如此发怒？"

齐威王单刀直入地说："不要装傻，快将你谋反篡位之事从实招来！"

田忌听了此话，又气又急，反问齐威王："大王，你平白无故，诬栽臣有谋反之心，难道有什么证据吗？"

齐威王说："我且问你：你可知临淄城中来了一个算命先生？"

田忌说："臣已有耳闻，但不曾见过！"

齐威王说："不要再装了，那算命先生已经交代，他曾为你占卜！"

田忌是个刚烈之人，听齐威王说出无中生有的事，气得牙关紧咬，瞳孔充血。他像牛一样吼着说："这是从何说起呢！俗语说'伴君如伴虎'，真是一点不假呀！我田忌可以对天发誓：这是绝没有的事情！"

齐威王说："你事已败露，还不敢承认，算什么英雄好汉？！"

田忌见齐威王不听他的辩白，一口气冲上喉咙，"哇"的一声，竟喷出一口鲜血来，接着便歪歪斜斜倒了下来。

齐威王见了，叫人把田忌扶了起来。田忌气息奄奄，光张嘴说不出一句话来。

这时，宫中侍卫急忙向田忌脸上喷凉水，一时间，殿上闹得沸沸扬扬。

公子辟疆得知了消息，急忙来到大殿。见田忌晕倒在地，他不顾齐威王反对，吩咐人将田忌抬着送回府中，并且派医师前去治疗。

齐威王坐在殿中，仍然喘着粗气。他此时稍稍平静了些，只是呆呆地望着辟疆。

辟疆问："父王，难道你真信田将军有谋逆之意吗？"

齐威王说："我也不愿相信他会有此事，可这是那算命先生亲口讲的，田忌曾派人偷偷问卜，而且，相国邹忌也已发现了卦签啊！这难道都是假的吗？"

辟疆说："田将军心直性耿，决不会干偷鸡摸狗之事。他平时治军有方，战时英勇善战。他心地坦诚，可见肝胆，是绝不会谋反的！"

齐威王说："你年纪尚小，不知世事之险。纵观列国事实，兄弟相残、父子相杀、武臣谋反、文臣篡位的事是屡见不鲜的。哪个人在谋反之前，额头上会刻上记号，让人一看便知呢？他们总是偷偷准备，突然发难，夺取王位的。此次，若不是邹相国发觉得早，也许今日父王我就成了阶下囚了！"

辟疆见齐威王一味信任邹忌和算命先生之言，便说："父王，你且息怒，待儿臣细细访察以后，再治田忌之罪，可以吗？"

齐威王想了想，说："你若不信，可以找算命先生问问。邹忌相国那儿就不必再问了，他已经说得很清楚了，那算命先生似乎还有话要说。不过，在此期间，要派兵将田忌府邸团团围住，严加防范，避免发生事端！"

辟疆一一答应着，走出殿外。

辟疆来到算命先生的小屋，这里已经人去屋空。算命先生见惹了祸，就卷了行李逃之夭夭了。

辟疆无奈，只好来到邹忌府中。

邹忌见是公子辟疆来了，忙热情接进内室，殷勤招待。

辟疆心急，单刀直入地问："相国，你是怎么知道田忌派人找算命先生占卜的呢？"

邹忌说："算命先生能占卜，临淄城中尽人皆知。我的门客公孙阅也去占卜，一进屋，正听见田忌派的人对算命先生说田忌为谋反而卜吉凶的事。公孙阅马上回来向我报告，我见事情重大，立刻派人将算命先生抓来，经仔细审问，算命先生才说出了一切。后来，我带他见大王，他也向大王供认不讳。难道公子还有什么疑问吗？"

辟疆说："我只是为了慎重，才讨了大王的命令前来甄别一番！"

邹忌说："这很好。待我把门客公孙阅唤来，你再问问他吧！"

邹忌命人把公孙阅叫来了。

辟疆问："不知公孙先生是如何发现的？"

公孙阅说："一切情况我已向相国言明。公子若问，我还可以再复述一遍。"

接着，公孙阅又绘声绘色地讲了一通他早就编好了的话，跟邹忌讲的一模一样。

辟疆沉思了一会儿，又问："公孙先生可曾看清田忌派去占卜的人？又为何不将他当场抓获呢？"

公孙阅说："当时天交五鼓，屋里尚不明亮，那人一晃就走了，所以没有看清。只听见他自称是田忌派他去的，是为了谋反夺位而来占卜的。我当时也想抓到他，只是我一出门，他就不见了！"

公孙阅说得顺理成章，可是辟疆却听出了漏洞。

他想，公孙阅既然听见了话，就该立即将那人抓住，怎能让他跑远？

但是，辟疆没有再问下去。

出了相国府，辟疆就去探望田忌。

这时，田忌已经苏醒过来，家人们正在床前侍候着他。

他见辟疆来了，哭着坐起来，握着辟疆的手说："公子深知我心！请公子为我洗刷不白之冤！"

辟疆安慰了田忌一番，并把事情的经过向田忌介绍了一遍。他问："不知田将军府中之人，昨日可曾出去找算命先生占卜？"

田忌说："我府中之人没有一个敢擅自出府的，这是历来的规矩！"

辟疆又问："这一点，将军可以保证吗？"

田忌说："我完全可以保证！"

辟疆听了，沉思半晌说："看来，这是有人在背地里陷害将军！"

田忌猜疑着，暗想：有谁与我结下怨仇，下这样的毒手呢？

辟疆说："既然是有人诬陷，我就放心了。还望将军保重身体，不要生气。"

田忌说："可是，大王已经断定我谋逆造反了！"

辟疆想了想，说："将军不必担心，我自有办法，使将军免去牢狱之苦！"

田忌说："公子，田忌再次感谢了！"

辟疆离了田忌府邸，又到孙膑这里来了。

孙膑在府中研读兵法，撰写兵书，并不知朝中发生的事情。

辟疆到来，向他说明了田忌被诬含冤之事。

孙膑听了大为震惊，竟半晌说不出话来。辟疆说："老师，明明知道田将军是被诬告，可是不能向父王申明，实在叫人发愁。父王一定要治田将军之罪，这如何是好？"

孙膑阴沉着脸，并不说话。辟疆看他这个样子，也不再说话了。

过了好半天，孙膑说："公子，我有一个想法，如果照此办理，可以免去田将军之祸！"

辟疆急问："老师，你有什么高见，快快说出来吧！"

孙膑说："可以让田将军奏请大王，解除他的兵权。兵权解除了，大王也就不会担心田将军要谋反了。"

辟疆认真地听着。

孙膑又说："然后，我再向大王写个辞呈，辞去军师之职，这样一来，田将军之祸可免，大王之忧也可解了。更重要的是，齐国也可避免发生动乱了！"

辟疆听了孙膑的话，心中有些不解，便问："老师，大王只是怀疑田忌谋反，与你并无关系，你为什么还要辞去军师之职呢？"

孙膑说："公子，你把田忌的事看得太简单了。其实，我早有一种预感，我们在桂陵与庞涓交战，那庞涓已经知道我在齐国了，他岂肯善罢甘休啊？现在，祸事果然来了！"

辟疆仍是不解，又问："老师，如果照这样说，第一个受诬陷的应该是你，可是为什么反落到田将军头上？"

孙膑笑笑说："公子，你只知其一，没想其二。如果只是邹忌出于嫉妒，怕田将军势大夺了他的相国之位，因此旁生枝节加害于他的话，那么这种祸事就不会来得这样快，而且事先也会有所表现。据我分析，此事与庞涓一定有关，也许是他们互相勾结。只是邹忌认为我是个残废之人，对他没有多大威胁。而且，我又是你的老师，他恐怕一下子扳不倒我，所以先在田忌身上下手！"

辟疆听着，不断点头称是。

孙膑又说："所以，只让田忌辞去兵权，还不能解决根本问题，只有我们一同辞职，才称了他们的心！"

辟疆说："可是，这样一来，不是正中他们的奸计了吗？再说，你和田将军都辞了职，齐国由谁来处理军务大事，抵抗外敌入侵呢？"

孙膑说："这一点，我已想好，可以让田婴接任田忌之职。"

辟疆说："那么，军师之职呢？"

孙膑说："公子莫愁，我辞去军师之职，是假的，是让外人看的。没有这个职位，我不是一样为大王、为公子谋划吗？"

辟疆又问："那么，田将军的辞职也是假的了？"

孙膑说："不行，田将军辞去兵权，应该是真的，这样大王才放心！待以后有了时机，再为田将军恢复职位。"

辟疆想了想说："好，我就依老师之嘱去办。"

孙膑说："此事只由你去办，我就不去面见大王了。现在你先要向田将军解释，让他安心养病。然后你再见大王，秘密地说明情由，而不能让任何人知道！"

辟疆随即又回到田忌这里，向他讲了孙膑的安排，并让他写了辞去兵权的奏简。

田忌说："好，按军师的安排去做，我田忌心甘情愿！"

晚上的时候，齐威王来到后宫，心绪特别不好。他不明白田忌为什么要夺取他的王位。田忌对齐国忠心耿耿，从一个军旅牙将晋升为大将军，完全是凭着出生入死、浴血奋战的战功而取得的，并无任何裙带关系，按说，他是不会有谋反之意的。可是，相国邹忌之言，也是为了齐国，而且那算命先生的话难道还有假吗……

齐威王正在苦恼地思索着，辟疆来了。

辟疆见父王一脸不高兴，便问："父王，你要保重身体呀！如果田忌真的要谋反，现在已被我们发觉了，也不会有什么事了。如果不是真的要谋反，那么等慢慢查清了事实，不是更好吗？"

齐威王望着辟疆说："还查什么事实啊？算命先生已经供出了事实！我只是不明白，田忌为什么要谋夺我的王位？"

辟疆试探着说："父王，这件事情，依我看，证据不是十分确凿。你只是听了邹忌和算命先生的话，难道这不是一面之词吗？如果他们从中勾连，问题就复杂了。算命先生说是田忌派人前去占卜，他又看不到见前去占卜的是何人，公孙阅说他听见了田忌为谋反事前去占卜，他又没有抓到前去占卜之人，这只是他们口头所说。我刚才到田忌府中查问谁去算命先生那里占过卜？谁也没有去过，这难道不是一个疑点吗？"

齐威王说："田忌要谋反，还能承认他派人去过吗？"

辟疆争辩说："我调查过，田府纪律非常严格，平时谁要上街办点事，都是要逐级告假的。"

齐威王生气了，说："你只听田忌那样说，如果没有此事，邹忌为什么平白无故要诬告田忌呀？"

辟疆见齐威王仍在气头上，便不打算再争辩。可是，他又想，如果不向父王辩明，那么田忌将军就要坐牢了，于是便鼓起勇气说："父王，我已派人监视了田府，您就不必挂心了，但是，事情重大，我提醒父王三思。父王您想，孙膑先生身怀奇才，他为什么在魏国待不住呢？那是因为魏国有个庞涓，有个深得魏惠王宠信的庞涓，所以，庞涓嫉贤妒能，能够迫害孙先生。难道，我们齐国就没有嫉贤妒能之人吗？"

齐威王听了这话，问："你是怀疑邹忌加害田忌吗？"

辟疆说："这一点，我现在还不能断定。但是我想，田忌与孙膑这样受父王重用，邹忌的心中不会没有想法！再说，前次救赵，孙膑先生打败了庞涓。庞涓得知孙先生不但没死，而且在齐国效力，他能善罢甘休吗？父王，这些事情，你都要想到啊！"

齐威王皱眉思考着说："难道庞涓与邹忌勾连在一起了吗？"

辟疆说："现在还没有结论，只是希望父王不要凭一时之气恼治田忌之罪！"

齐威王被辟疆说得平静下来了。他站起来，在宫中踱步，一时拿不出主意。

突然，他问辟疆："孙军师知道此事吗？"

辟疆说："先生在府中撰写兵书，并不知朝中之事，只是我去告诉了他。"

齐威王点点头，又问："军师有什么看法？"

辟疆没有把孙膑的安排说出来，但为了试探齐威王，他故意编了一个瞎话："孙先生听了这件事，大为震惊，脸上露出恐惧的神色。他对我说：'治完了田忌的罪，大王就该治我的罪了！'他向我求情，让我在父王面前保全他！"

齐威王听了哈哈大笑说："这个孙膑在魏国受了苦，也怕在齐国受苦。他真是成了钟城楼上的雀——受惊惯了！"

辟疆说："先生也有根据呀！"

齐威王问："他有什么根据？"

辟疆说："先生说他与田忌将军关系密切，恐怕父王怀疑他给田忌出谋划策，共同谋反叛逆！"

齐威王一听，很不高兴地说："他把我看成什么人？告诉他：我不是魏惠王，是绝不会株连无辜的！"

辟疆听齐威王这样说，心中踏实多了，便说："父王能这样对待孙先生，我这个学生也就放心了！"

齐威王又说："我不但不株连他，反而要找他商量一下，怎样处治田忌呢？问问他有什么主意？"

辟疆马上说："父王，孙先生已做了安排，不知父王愿听否？"

齐威王说："怎么不愿意听，快快讲来！"

辟疆说："孙先生第一个安排，就是他不来朝见大王；第二个安排，是让田忌辞掉兵权；第三个安排，是他自己也要向父王献辞呈，请父王解除他的军师之职……"

辟疆说到这里，齐威王真急了，问："这是什么意思呢？他既然没犯罪，为什么还要让我解除他军师之职啊？"

辟疆见状，便心平气和地向齐威王叙述了孙膑对此事的分析和判断。为了国家安宁，为了不使奸人得逞，他才做了这样的安排。

齐威王半信半疑地说："果真是这样吗？莫不是他为了给田忌减轻罪责，故意这样做的呀？"

辟疆说："孙先生一片忠心，他完全是为了齐国，为了父王，才做了这种安排，父王千万不要误会了他！"

齐威王沉思不语了。

辟疆拿出田忌请求免去军权的奏简，交给齐威王。齐威王低头看了一会儿，放在桌子上。

辟疆又说："于情于理于利，父王必须这样做。眼下田忌被气得卧病在床，怎忍心再重治他呀！"

齐威王说："按孙膑所言，推荐田婴接替田忌之兵权。可是，田婴乃田忌之弟，他们若起兵谋乱，还不是同样吗？"

辟疆一听急了，说："父王，你怎能这样想呢？刚才你还说不株连无辜，现在怎么又这样多疑了！"

齐威王也为自己不能自圆其说而好笑。

夜已深，辟疆见齐威王太累了，便说："父王，已到后半夜了，你快歇着吧！"

齐威王也说："好吧，待我再仔细想一想！"

辟疆走了，侍女们过来为齐威王铺床。被褥铺好了，等着齐威王上床睡觉。

齐威王哪里有睡意呀！侍女们几次催他，他才马马虎虎地脱去外衣，躺在床上。躺在床上，他依然睡不着，心中的事情搅得他头昏脑涨！

自齐威王继位以来，齐国还没有发生过动乱，更没有出现谋反夺位的事情。如今出了田忌的事，虽然不知是真是假，但是他想，海中无风不起浪，天上无云不下雨。

帝王多疑，齐威王自然也不例外，他一夜没有睡好觉。天亮了，侍女们侍候他穿衣服。穿好了衣服，下了床，他觉得头重脚轻，眼前一黑，竟跌倒在地。

宫中的人听说威王跌倒了，都慌了手脚，纷纷跑进来问候。

齐威王躺在床上，闭着眼睛，他嫌人声嘈杂，就挥挥手让大家都出去，身旁只留下王后一人。

辟疆得知父王生病的消息后，急忙来到内宫。他见母亲坐在床边，便问："母亲，父王得了什么病？"

王后说："医师刚走，说你父王是操心过度，又偶感风寒所致。"

辟疆走到齐威王面前，低声问："父王，你觉得怎样？"

齐威王自己坐了起来，说："不妨事，只是昨夜没有睡好觉。"

辟疆说："父王不要再多虑了，好好睡一觉就好了！"

齐威王摇摇头，说："硬睡是睡不着的。这样吧，你昨天晚上跟我说的话，我都答应你，赶快去办吧！办完了给我一个回话，也许我就可以睡着了。宫中之事，不要向外宣扬，只说我有事，免朝三日！"

辟疆答应着走了。

田忌病倒在床上，心中既气恼又不明白，每天对下人们发脾气。家人给他端来饭，他不吃；给他端来药，他把药碗摔了。他双手捶胸，大声呼喊："为什么有人要害我？为什么？"

他的妻子是个极贤惠的人，她和颜悦色地劝他说："夫君，不要急躁，是白，黑不了；是黑，白不了。咱们没有谋反的心，大王早晚会明白过来的！"

田忌大吼："等他明白过来，我就该气死了！"

妻子说："我常听你说，你平生最敬重的人是孙先生，孙先生在魏国时双膝被砍了，还强忍着熬了过来。你要有他这种精神，还怕渡不过难关吗？"

田忌平和了一些，说："快，把孙先生请过府来，我要跟他讲话！"

妻子说："夫君，昨天我们就去请了，想让他开导开导你。可是，军师带过话来说，此时不宜相见，他还请你平心静养。"

田忌听了，叹口气说："咳，将军活着马如龙，将军死了没人抬。我虽然没死，却也没了兵权，还有谁敢来见我呀？！"

妻子说："夫君，你不要这样说。孙先生绝不是那种人。他说此时不宜相见，自然是有道理的。"

田忌点点头说："也许呀！军师心中的韬略我几辈子也学不了！"

夫妻两个正说着话，辟疆来了。

田忌要坐起来，辟疆扶住他，说："将军不要动了，我有事跟你说！"

田忌的妻子说："公子有事，我先告退了！"

辟疆点头，他见田忌面色苍白、青筋暴露，心中升起无限怜惜。他说："将军，我已和父王说好，他不会重治你了。按孙先生的安排，你写的奏简我也交给了父王，父王允准了。将军，你别动怒，这只是使将军渡过眼前难关的权宜之计。"

田忌眼中落泪，声音嘶哑地说："全仗公子了！"

辟疆说："不，这全是孙先生的安排。他自己也要解除军师之职，但他仍秘密操持军务。他不想去见父王，也不想来看将军，望将军保重，不要误会了他！"

田忌心中的疑团解不开，便问辟疆："公子，你说是谁这样狠毒，要诬陷我呢？"

辟疆说："孙先生分析得对，这很可能是里外勾结呀！"

田忌说："外边的奸人，我想到了庞涓，可里边的奸人，我一直想不好。"

辟疆想了想，说："我们只是分析，并不能确认。你想，将军受父王信任，朝中有谁怕你夺了他的宠信啊？"

田忌疑惑地说："一个国家，只要将相地位平等，就会产生猜忌。"

辟疆说："将军能想到这一层就好了。但是，千万不要向外透露啊！"

田忌说："我虽粗鲁，像这样的大事，也知道深浅，公子放心吧！"

辟疆笑笑说："这一点我可以放心，但却不放心你的病呀！好好吃饭，好好吃药，留得青山在，不怕没柴烧呀！"

田忌见辟疆把话说到了这个份儿上，心中更加感动，不由双手握住辟疆的手说："公子，田忌有幸遇上了你！"

辟疆立即更正说："不。应该说，我们都有幸遇上了孙先生！"

田忌连连点着头。

二人又说了许久，辟疆才告辞而去。

孙膑自辟疆走后，心中仍惴惴不安，不知齐威王是否同意他的安排。

他无心写兵书，只是坐在蒲墩上眯着眼睛思考。

辟疆进来了，站在他的身旁，轻轻地唤他："老师，我来了！"

辟疆一连叫了三声，孙膑都没有听见。辟疆不叫了，走到桌案前，"哗哗"地翻动竹简，这才惊醒了孙膑。

孙膑说："入人之室、动人之物是为非礼，难道你连这个道理都不懂吗？"

辟疆转过身，恭恭敬敬地说："老师批评得对。可是，老师在白日睡觉，也属不勤啊！"

孙膑笑了，说："我哪里是在睡觉，只是心事太重了。你怎么才回来呀？"

辟疆说："昨夜与父王说了好长时间，今晨才讨得了应允的话，方才又先去了田将军那里，所以来迟了，请老师见谅！"

孙膑问："大王果真都答应了吗？"

辟疆有些迟疑。

孙膑说："公子，事情重大，你可千万不要隐瞒。如有新的情况，我们好计议新的对策。"

辟疆说："老师，事情是这样的：今晨父王偶感风寒，我去宫中探望时，父王方跟我说，照我说的去办。父王不让我把他生病的消息传到宫外，所以……"

孙膑听了，沉思很久道："大王偶感风寒，怎么不让群臣知道呢？"

辟疆说："父王不喜欢有人去看望他。"

孙膑点点头，说："你回去之后，把我辞去军师之职的奏简送给大王，并请大王当着群臣宣布。"

辟疆说："父王说，他要免朝三日，看来得在三日之后了。"

孙膑毅然地说："如果大王不能宣布，你也可以宣布，总之越快越好！"

辟疆点头答应。

孙膑又说："此事宣布之后，你要派兵在田将军和我的府邸巡查监视！没有大事，你就不要到我这里来了！"

辟疆开始不明白孙膑的用意，后来想了想，才明白了，于是便一一应承下来。

齐威王在床上躺着，不断有医师来诊脉、看舌苔。王后问医师："大王的病，没有大碍吧？"

医师说："大王之病虽是偶感风寒，但因心绪不宁，使药石收效迟缓。还应让大王好好睡眠，固本养荣。"

王后发愁地说："大王只是难以入睡，这可怎么办？"

医师说："汤药之中已加了安眠之药，今夜可能要好一些。"

医师出宫之后，辟疆回来了。他见母亲守在父王身旁，脸色很难看，便问："母亲，父王的病好些了吗？"

王后说："还是那个样子，仍然睡不好觉！"

辟疆见齐威王闭着眼，不便再说什么，静静地在一旁站着。

其实，齐威王已经听见了他的话，便问："辟疆，你把事情都办好了吗？"

辟疆说："原来父王还醒着呢！儿臣已按父王吩咐，办完了。孙先生的辞呈，我也带来了。"说着，把孙膑辞呈递给齐威王。

齐威王接过来，看了看。眼里不禁满含泪水，喃喃地说不出话来。过了许久，他才对辟疆说："就这样吧，你再去找田婴，让他就任吧！我实在有些困了！"

辟疆告辞出宫，想：父王三日不见群臣，怎能把处理结果公布出去呢？只能按孙先生的主意办了！

第二天早朝，群臣都来了。公子辟疆早早地等候在殿中。

群臣不见齐威王到来，窃窃私语着。

公子辟疆大声说："众位文武官员，父王有事，要我将几件大事公告如下：第一件，大将军田忌有谋反篡位之嫌，特收回兵权，贬为庶民；军师孙膑平时与田忌关系密切，结为同党，也同时去了军师之职。第二件，自即日起，齐国军务要事皆由田婴处理，由他接任田忌之职。第三件，相国邹忌揭发田忌有功，特赏黄金一千两。第四件，父王因处理要事，决定免朝三日。"

群臣听了辟疆的宣布，有的惊讶，有的害怕，有的不解，只有邹忌现出高兴的样子。

辟疆看着群臣的脸色，心中暗暗称赞孙膑判断准确。

接着，他让群臣退下，只留下大将田婴。

田婴说："公子，在下能力不及，不是帅才，请公子转奏大王，还是另请别人吧！"

辟疆说："我把你留下，就是要告诉你：这个职位，你必须接任,如果有什么难题,可以直接与我商议;同时,不允许你去看望令兄田将军,也不允许你去拜见孙先生。"

田婴不知何意,便问:"这是为什么呢?"

辟疆不想与他细说,只告诉他:"不必多问了,这一切都是父王的命令。你只可遵照执行,不可违背!"

田婴见公子辟疆这样神神秘秘,便不再多问了。

大将田忌与军师孙膑被削夺兵权的消息,立刻在临淄城中传开。老百姓不知何事,有的叹息,有的惊慌,但他们不知朝中内幕,所以只是说:"俗语说'乱了朝廷,乱不了百姓',由他们折腾去吧!"

相国邹忌听了辟疆的宣布,心中自然高兴,因为齐威王还奖励了他,他便更觉齐威王对他的信任。

不过,还有两点他不明白:第一,既然田忌谋反有据,为什么仅仅削夺了他的兵权?第二,在这个时候,齐威王有什么大事要处理,而让公子辟疆代为宣布?

但有一点使他意外地高兴,就是军师孙膑也一同受了株连。这样一来,他也正好对庞涓有了交代。

邹忌立刻写了书简,派专人在夜间驰往大梁,送到庞涓府中。

庞涓展开书简,只见上面写着:"庞涓军师,孙膑与田忌已被削夺兵权,贬为庶民。"

庞涓看罢,仰天大笑,厚赏了送信使者,入室与花奴欢娱去了。

第二十二回　买花线花奴私奔
迟服药威王归天

　　庞涓见了邹忌的书简，喜出望外，不由暗暗叫道："这真是天助我成功！只要没有孙膑，我便可以横行天下了！"

　　他高高兴兴地回到后室，想跟花奴饮酒作乐，以示庆贺。

　　这花奴虽是平常女子，但对国事却非常关心。那次，庞涓打了败仗回来，用假话欺骗了她。她后来打听明白了，心中很不高兴，便对庞涓说："上次你明明打了败仗，连自己的侄儿都死在了阵前，却向我说打了胜仗，真叫人灰心丧气！"

　　庞涓说："我是为了让你高兴，所以才那样说的。胜败乃兵家之常，何必往心里去？"

　　花奴说："你骗我，我就不欢喜！"

　　自那以后，花奴便不再殷勤地侍候庞涓了。

　　庞涓自知理亏，也不再说什么，反正他心中明白，一个小寡妇家，还能有什么作为？

　　今日有了好消息，他完全可以在花奴面前吹嘘一番了。

　　庞涓想，此事不能告诉魏惠王，不能向任何人宣扬，但对于花奴，他却是可以大大炫耀一番的。

　　庞涓在后室坐了一阵，不见花奴到来，便对侍女说："叫花奴快来！"

侍女说："将军，花姑娘一大早就上街去了，到现在还没有回来！"

庞涓问："她上街干什么去了？平时也出去过吗？"

侍女说："花姑娘说是上街买花线儿的。她这些天经常出去，到中午就回来！"

庞涓听了，只得耐心地等待。这些天来，因为花奴态度冷淡，他很少来见花奴。

庞涓在屋里等到过午，仍不见花奴回来，心中很不自在。他不等了，自己用了午餐之后，因为发困，便倒在床上睡着了。等他一觉醒来，太阳已经西沉，他唤来侍女，问："花奴还没回来吗？"

侍女说："不知为什么，花姑娘今天一直未归！"

庞涓听了，立时坐了起来。他现在有些不安了，到这时花奴仍不回来，一定不是好兆头。他不由地想：她可能在外边出了事，也可能又攀上新枝了！

庞涓想到这里，立刻吩咐府中的亲兵到大梁城中寻找。饭铺、酒肆、戏楼……凡是有人的地方，都要寻找。活着要人，死了要尸！

寻到半夜，亲兵们一拨一拨地陆续回来，他们都说连花奴的影子也没有见到。

庞涓急得发狂，在院子里来回踱步。这时，最后一拨回来了，他们说："我们把大梁城像梳头一样地梳了一遍，也未找到花姑娘！"

庞涓气急败坏地让亲兵们退下。他回到屋里恨恨地自语道："这个小寡妇一定是逃出大梁城了。逃出了大梁城，也就是逃到别国去了！她可能逃到哪一国去呢？"

庞涓百思不得其解。后来，他想到花奴的婆母，想到了那个商人。"莫不是逃到那里去了？"他这样问自己。

第二天，庞涓又派了兵，到那个商人家中去搜查。

那个商人说："别说是花姑娘，就是花老婆也不在了！"

原来，花奴的婆母，为了钱财，冒充花奴上了花轿，被商人娶了过来。商人几次派人来抢花奴，因没有找见，也就死了心。

因为花奴的婆母早与商人勾搭成奸，所以商人也不敢往外轰她，只好对付着过。

这商人因为有钱，常常在外寻花问柳。他家中本来就有几个妻妾，因为分钱不均常常打架。现在又多了一个花奴的婆母，就更炸了营。她们说，都怪来了这个老妖精，才使商人不回家了。

花奴的婆母只好忍气吞声，没过多久，她自知没趣，就偷偷地跑了。

庞涓派的人只得回来，向主人报告了这些情况。

庞涓一筹莫展，只有在心中暗暗唾骂着花奴。

花奴究竟干什么去了呢？这里边另有一个故事：

自从花奴知道庞涓欺骗她之后，心中郁郁寡欢。她想：庞涓这个人徒有其表，没有真心，这么长时间就是不娶自己。明明打了败仗，却说打了胜仗。他事事都欺骗自己，是专靠骗人过日子的！

有一次，庞涓对她说："我怎能光靠骗人过日子呀！我胸中的韬略除了孙膑，天下无人可比！"

花奴问："孙膑是谁呀？"

庞涓说："他是我的同门同学，现在已成了废人，但跑到齐国去了。我这次失败，就是败给了他，所以，我一定要除掉他！"

花奴说："人家已经到了齐国，你有什么方法可以除掉他呀？"

庞涓说："这就要用智谋了。前些天，我派人携重金悄悄入了齐国，贿赂齐国相国邹忌，让他除掉孙膑！"

花奴问："那邹忌答应了吗？"

庞涓微笑着说："邹忌见钱眼开，他已收下重金，答应待机行事了！不久的将来，咱们就可以听到好消息了。只要除掉了孙膑，天下兵家我谁都不怕了！"

花奴听着，似信非信地说："但愿如此，不过现在我不听你吹嘘！"

庞涓很有信心地说："好，那就等着吧！"

花奴仍然慢待庞涓，庞涓赌气，多日不来见她。

这花奴岂是安于寂寞的人？她梳妆打扮之后，在屋里坐不住，就常到大梁城中溜达，有时也买些妇女用的东西，比如花线儿、首饰、香粉之类。

这一次，花奴来到一个卖花线儿的担子前，搭讪着讨价还价。

花奴手中有的是钱，还在乎贵贱吗？其实，醉翁之意不在酒，花奴是见这个卖花线儿的小伙子眉清目秀、体魄健壮，才动了芳心。

卖花线儿的小伙子说："这是上好的绒线，品色齐全，正是姑娘你用的。"

花奴向他飞着媚眼说："你看，如果绣个花儿朵儿的，能好看吗？姑娘我可是巧手，买了你的线别白费了我的手工。"

卖花线儿的小伙子似乎也很懂风情，便说："一看就知道姑娘一定是位玲珑剔透之人，所以才配使我这好绒线儿！"

花奴见这个小伙子着实可爱，便进一步挑逗着说："那好，你拿线来试试，就在我胸前比一比，看看和我的绸料相配不？"

卖花线儿的小伙子听了很高兴，便取了五色花线儿，走近花奴，在她胸前比试着。

花奴见鱼儿上了钩，一把抓住卖花线儿的手，紧紧按在她的前胸。

花奴的心像小兔子一样"咚咚"地跳动着，卖花线儿的小伙子也顿时遍体酥软，喘着气说不出话来。

突然，花奴把他的手推开，媚笑着说："别来占香甜了，如有本事，给姑娘留下一个准地方！"

卖花线儿的小伙子明白了花奴的意思，便说："大梁东巷道，快来客店。"

花奴又说："难道爹妈没给你取名字？"

卖花线儿的小伙子嗤嗤一笑："怎么没名字！记住，进店只找韩雁飞。"

花奴记下，扭扭摆摆地走了。韩雁飞望着她发呆。

这个韩雁飞，乃是韩国人，是韩昭侯的门客。此次他到魏国来，并不是为了卖花线儿，而是另有目的。

韩国，是战国七雄之一，开国君主是周成王的兄弟，当时建都在河北的霸州一带，后来韩景侯和魏国、赵国瓜分了晋国，又迁都到阳翟（今河南省禹州）。

到了韩哀侯的时候，韩国军力大增，一举灭掉了郑国，又把国都迁到新郑。韩国疆域在山东东南和河南中部，介于魏国、秦国、楚国之间，是兵家必争之地。

到韩昭侯时，韩国势力更大。韩国上下便想起前辈在瓜分晋国之时，曾与魏国发生过冲突，因不敌魏国，吃了大亏。

韩昭侯现在势力壮大了，便有了攻打魏国的想法。

韩昭侯与群臣商议，群臣都同意对魏用兵，但又认为魏国势力强大，如攻打不能取胜，也会招来灾祸！

这时，相国申不害说："我听说，魏国与赵国因争夺领土，结下了仇恨，我们何不与赵国联合，一同攻魏，这样取胜的把握会更大一些。另外，在攻魏之前，我们要派探子深入大梁，弄清魏国的情况，这样，就会万无一失了！"

韩昭侯采纳了申不害的建议，立刻派申不害到赵国去，商讨联合起兵之事。他自己又派出了十多个门客，深入魏国都城大梁探察情况，这个韩雁飞就是其中的一个。

韩雁飞到大梁后扮了一个卖花线儿的小商贩。

花奴与韩雁飞约定了地点。中午的时候，她就来到了大梁城的东巷道。

这个巷子很深，两边有各种店铺，人来人往十分热闹。

花奴走到巷子中间的一个铺面前站住，见一个布幌子上写着一个"店"字，门楣上写着"快来"二字，又见两旁的朽木门柱上还写着一副对联，左联是：你来他来人人来，右联是：管吃管喝管睡觉。

看这副对联，就可见此店的品位了。

韩雁飞专挑了这样一家小店来住，就是为了掩藏身份，便于了解大梁城的情况。

花奴进了店，店老板见她长得标致，又风韵十足，便有些吃惊地问："姑娘，可是前来投宿？"

花奴说："我并非投宿，是来找一位家乡的朋友。"

店老板色眯眯地问："他叫什么名字呀？"

花奴说："名叫韩雁飞。"

店老板嘿嘿地笑了，说："哦，这里是有一位韩公子，我领你去找他。"

店老板走出柜台，引着花奴来到韩雁飞住的房间门前，大声呼唤着说："韩公子在屋吗？来了一位美女求见！"

韩雁飞早已洗罢手脸，梳了发髻，只等着花奴到来。

突然听说花奴来了，他惊喜若狂，但开门时却又故作镇定地说："啊，表妹来了，快快请进！"

店老板见他们很熟悉，只好悄悄地退下了。

韩雁飞急忙闩上门，什么话也不说，就像饿狗扑食一样抱住了花奴。

花奴已多时不曾有过这种疯狂，于是，也放开色胆，狂蜂浪蝶地追逐起来……

风驰雷鸣过后，韩雁飞说："我还不知道你的名字呢！"

花奴娇媚地说："你一定认为我是一个不值钱的下贱人，所以只顾发泄，发泄完了，会撒手而去，所以，你以为就没有必要问我的名字了！"

韩雁飞说："你虽然知道了我的名字，还不知我的根底，所以你只顾勾引我，勾引完了也就会逃之夭夭了！"

花奴笑了，说："你真会说话。你到底问不问我叫什么名字啊？"

韩雁飞说："怎么不问？"

花奴说："我叫花奴。不妨把我的身世也告诉给你。"

于是，她向韩雁飞讲说了过去的事情。

韩雁飞听了顿生怜惜之情。

花奴说："这个庞涓把我骗入府中，一直不把我娶做他的夫人，我只好逃了出来。今遇公子，一见钟情，所以才大胆相从。望公子能够体谅，不要小瞧于我！"

即使花奴不介绍她的身世，韩雁飞也已深坠情网，刚才听了花奴介绍，知她并非烟花柳巷之人，只是生逢乱世而已。

他抱住花奴，山盟海誓地说："花奴，我今见你，魂魄相随。你想离开我，我却不容你去了！"

花奴自然很高兴，问："你刚才说，我不知你的根底。那么，请你告诉我吧！"

韩雁飞说："花奴，我只告诉你，我不是魏国人，我是韩国人，其他的事，等以后再对你说。你从庞涓那里出来，庞涓一定要找你，所以大梁城不能再待了，得赶快离开！"

这正是花奴求之不得的事，她说："既然公子这样对我好，我可以随你到海角天涯！"

韩雁飞说："事不宜迟！你先在这里等我，我到街上给你买套衣服，把你装扮一下，我们就走！"

花奴点头答应。

韩雁飞跑到衣店里，买来一套农村妇女的衣服，说："花奴，你快换上衣服！"

花奴脱去锦缎衣服，用布包包了起来，然后换上韩雁飞买的衣服，俨然一个村姑了。

一切都收拾停当了，韩雁飞和花奴便一前一后出了门，到了柜台前，向店老板结了账。

店老板问："两位怎么这么匆忙地走了？"

韩雁飞说："这里生意不好，表妹找我到别处去！"

店老板并不多问。韩雁飞和花奴就这样离开了大梁城。

庞涓在大梁城寻不见花奴，心中的疑团总是解不开。他继续派人在大梁细细察访，嘱咐一有什么消息，就立刻报告他。

且说齐威王一病数日，不但病情不见好转，反而沉重了许多。

前些天，只是食量减少、睡眠不好，现在，竟又增添了腹泻之疾。

宫中的御医来治过了，仍是没有起色。

辟疆为此事，也很着急。他忽然想到：大将田忌曾经死过一回，是一个云游医师使他死而复生的，他知道，田忌与那个云游医师是好朋友，所以，辟疆决定去找他。

在一个漆黑的夜里，辟疆突然出现在田忌面前。

田忌已经康复了。

辟疆见田忌完全好了，心中很高兴，问："不知将军是找哪个医师诊治的呀？"

田忌说："咳，其实真正的好医师就是你，如果没有你的开导，我就是把药铺吃黄了，也不会好的呀！"

辟疆问："我听说田将军有一个好朋友是云游医师，他叫什么名字啊？你怎么没找他给你治治？"

田忌笑着说："当我想不开的时候，我一碗药也没有喝。当我想开的时候，随便喝了几碗药，也就好了，还找他干什么？何况，他云游四方，是很难找到的呀！他是个好人，他叫桑君，一心一意救死扶伤，造福于病人！"

辟疆听了，说："田将军，我有一事相求，望勿推辞！"

田忌说："什么事，你说吧！不说一事，就是七事八事，只要我能够办到！"

辟疆说："父王已经病了多日，宫中御医都治过，可是不见起色，我忽然想起了田将军的圣手朋友，当年他使将军复生，实在叫人震动。如今大王病情难愈，请将军派人寻找一下桑君啊！"

田忌听了，沉思不语。

辟疆问："田将军，是否因为父王冤枉了你，所以不愿尽力吗？"

田忌听了摇摇手说："公子，田忌不是那样的人，只是担心大王病急，而且寻找桑君又不很容易，如果误了病情，我吃罪不起。二罪加一，我田忌就更加有口难辩了啊！"

辟疆听田忌这样说，想想觉得也有道理，便说："这样吧，你只管派人去寻桑君，如果误了日期，我不怪你就是了！"

田忌立时派人到各地去寻找桑君。

辟疆并没有告诉齐威王他求田忌去寻访桑君之事，所以，齐威王仍由御医治疗。

齐威王近些天来夜里做噩梦，常常大呼而醒。别人问他有什么事，他总是喊："有人要夺我的王位呀！"

他的脾气变暴躁了，无论是对宫中侍从，还是对王后和辟疆，都是一样。

王后安慰他，他不听；喂他药，他打翻药碗。御医来给他摸脉，他抢拳就打，口中还高喊："我没有病，都给我滚开！"

吓得御医们谁都不敢上前。

这样一连几天，齐威王的病更重了。他睁着眼睛，嘶哑着喊："有人造反，有人造反！"

侍女们使劲儿按着他，他抡起拳头把侍女们打得鼻青脸肿。

王后流着眼泪，伏在他身旁说："大王，天下太平，国运昌隆，没有人造反啊！"

齐威王突然坐起来，瞪大眼睛，手指着王后大吼："你，你就要造反！看我一剑斩了你！"说完，滚爬着去抓壁上挂的宝剑。

辟疆吓坏了，急忙上前把母亲扶走。侍女们勉强把齐威王扶上了床。

躺在床上，齐威王仍然声嘶力竭地呼叫着……

辟疆见父王这个样子，心想，恐怕是不行了。但是，他仍存一丝幻想，盼着桑君到来。

正在这时，宫中侍卫来到辟疆面前说："公子，一个自称桑君的人，等你传唤！"

辟疆听了喜不自胜，喊："快，快将他请进来！"

宫中侍卫很快就把桑君领来了。

桑君先来到田忌府中，二人相见，还来不及讲述离别之情，田忌就说："恩公，我家大王病体沉重，你快去吧！不过，你不要说是我请你来的，更不要说认识我！"

桑君不知何故，又要问，田忌说："恩公，余言后叙，只管看病去吧！"

桑君就这样糊里糊涂来了。

辟疆见桑君来了，急忙让座、倒水。

桑君什么话也不说，也不喝水，就来到齐威王榻前察看。刚要摸脉，齐威王大喊："我没有病，赶快滚开！"

辟疆让侍女们按着齐威王，齐威王仍然胳膊腿儿乱蹬，口中喊着："我没病，我没病！有人造反，有人造反……"

桑君勉强摸了脉，又趁齐威王大喊时看了舌苔，还看了脸色和气色。

这时，桑君坐在椅子上说："大王之病，已经转入内脏，现在只能用药酒来治了！"

辟疆问："先生，父王之病还可以救吗？"

桑君说："已经危在旦夕。我立刻配一副大剂量的药酒，待大王安稳时，一气饮了，这样，我便有了医治的机会。"说完，让辟疆领着，来到御药房。桑君自己抓了药，又亲自炮制，然后交给辟疆说："要记住，一定在大王安稳时，一气饮了！然后我再慢慢给他治！"

辟疆拿了药，来到齐威王面前。

齐威王仍然嘶叫着，好像从不知疲倦。辟疆见他这个样子，不能喂药，只得慢慢等着。

一直等到半夜，齐威王才渐渐地安稳下来。辟疆慢慢地来到齐威王身旁，一只手端着药碗，一只手轻轻地将齐威王扶起来。

侍女们都悄悄地过来，有的扶着头，有的把住胳膊，小心翼翼地服侍着。

辟疆慢慢把药碗贴近齐威王的嘴边，并轻轻地呼唤："父王，你吃饭吧！我来喂你！"

辟疆故意不说"吃药"，而是说吃饭，因为齐威王对吃饭从不反感。

齐威王被唤醒了，他早已又累又饿了，听说让他吃饭，他便使劲挺了挺身子，两只手也从侍女的手中抽出来，在嘴前抓碗。

齐威王这样一闹，辟疆没有留神，一下子把药碗打翻了。

辟疆心里虽然着急，但他不敢大声发作，只轻轻地将齐威王平放在床上，然后又擦了被褥。

齐威王闹腾了一天，不多时就睡过去了。

辟疆望着他想：好不容易睡着了，就让他睡吧！等明天再让桑君炮制一剂药就是了。

就这样，辟疆在齐威王身旁守了一宿。

第二天，刚刚出太阳，宫中侍卫就来禀报辟疆："桑君已在宫外，请求传唤！"

辟疆一夜未睡，昏昏沉沉地睁开眼睛说："快快有请！"

不多时，桑君来到了宫中，见了辟疆，忙问："公子，大王昨夜饮了药酒之后，有什么反应吗？"

辟疆说："咳，父王根本就没饮药酒。"

桑君听了一惊，问："为什么呀？"

辟疆就把昨夜喂药的情形，向桑君讲了一遍。

桑君叹了口气，走近齐威王榻前仔细地察看。过了一会儿，桑君低头唤道："大王，大王，我为你治病来了！"

一连唤了几遍，齐威王竟一点动静也没有。

辟疆在一旁说："先生，父王连日来闹腾，不能安睡。也许他太累了，睡得很沉，不要呼唤他了！"

桑君沉着脸说："公子，大王的病已经发展到骨髓，现在什么药力也达不到了！"

辟疆听了一惊，问："难道父王的病就不能治了吗？"

桑君说："如果病到了骨髓，那就没有救了！"

辟疆似乎不信，他伏在齐威王的鼻子前，听到了微细的呼吸声。

他恳求桑君说："先生有起死回生之术，父王尚有气息，请你救他一命吧！"

桑君说："当年，田忌将军乃是假死，并不是真死，所以能治。我并没有起死回生之术，所以公子不要强求。大王的病是延误了，一是被他自己所误，不能及时服药；二是被御医所误，他们因为胆怯，不敢加大剂量，所以使大王之病发展到如此地步！"说罢，不等辟疆再说什么，便转身走了。

辟疆正要去追回桑君，再次恳求他救治，却听得身后齐威王大吼一声："有人夺位！"

辟疆急转过身，只见齐威王头歪向一侧，双眼圆睁，口角流出的涎水垂到床下。

辟疆跑过去，抱住齐威王，连声唤着："父王！父王醒来！"

他连唤数声，齐威王毫无反应，再到鼻子前听听，一点声音都没有了。

辟疆见齐威王死了，便跪在床头大哭。

宫中之人听见了辟疆的哭声，一齐跑了进来。

王后见此情景，一阵眩晕，差点摔倒，被侍女们扶住。

齐威王死了，他死于猜疑和优柔寡断！

辟疆强忍着悲哀，没有立时召集群臣，而是先到孙膑府中，向他报告了一切。

孙膑听了，泪流满面，他自言自语地说："大王啊，你英明一世，如此而去，真叫人肝肠寸断啊！"

辟疆劝慰着孙膑说："老师，父王已经归天，你就忍痛节哀吧！我来见老师，是请教该如何办理后事的！"

孙膑沉思许久说："国不可一日无主。请公子立刻继位，以安人心，这是最大的事。"

辟疆说："我继位之后，应该做的第一件事，就想为田忌将军雪冤，恢复他和你的职位。"

孙膑摇摇头，说："我正想告诉你的，就是这一件事。你千万不能这样做，应该还像大王在时那样，甚至比大王在时，还要严格监守我们的府邸。不然，我的安排将前功尽弃！"

辟疆问："那，田将军和你要沉冤多久呢？"

孙膑笑着说："总会有雪冤那一天的！"

辟疆问："等到邹忌暴露的时候？"

孙膑说："确切地说，是庞涓被消灭的时候！"

谈到齐威王的丧礼，孙膑说："大王的丧礼，要按祖制进行，但不可太隆重。重要的是，不接受别国派使臣来致哀，只需向群臣宣告就可以了。公子继位之后，要加紧演武练兵，重用田婴和邹忌！"

辟疆问："还要重用邹忌吗？"

孙膑说："在你没有查清事实真相前，必须这样做，但对他的行动要注意。同时继续暗查他诬陷田忌的事情。"

辟疆一一答应。

孙膑又说："你继位之后，就是一国之尊，对我孙膑也不要像从前那样称为老师了！"

辟疆说："这怎么可以呢？"

孙膑说："你慢慢就会明白。只照我的话去做就是了！"

辟疆不再说什么，拜辞孙膑，回宫操办齐威王的后事去了。

话说韩雁飞携着花奴，回到韩国，向韩昭侯汇报了大梁城的情况。韩昭侯很高兴，重金奖赏了他。

接着，韩昭侯召集群臣，商讨联合赵国进攻魏国的计划。

群臣都以为到时候了，应该给赵国送信，顺便约定时间，联合出兵。

韩昭侯说："我们要加紧准备。我立刻派人到赵国送信！"

韩雁飞得了重奖，又得了美人，自然异常高兴。他与花奴成婚的那天，把所有的朋友都请来了，大家在一起推杯换盏，个个喝得酩酊大醉。其中有一人，因醉得实在走不了了，就睡在韩雁飞家中。

第二天醒来，韩雁飞让花奴去给这个人送水。

这个人见花奴长得标致，又会招待客人，心中非常羡慕，便冲着花奴自言自语地说："咳，雁飞兄弟真好福气呀，娶了这么一个可爱的人做媳妇！我孙卓赶几时，能成个家呢？"

花奴一听这话，灵机一动，想起了庞涓对她说过的那个孙膑。

花奴说："大哥你叫孙卓？"

孙卓说："对呀！"

花奴说："我知道一个人叫孙膑，这真是巧了，难道你们是一家子？"

孙卓听了花奴的话，立刻醒了过来，问："兄弟媳妇，你可认识孙膑？"

花奴说："我不认识他，只是听人说过。"

孙卓又问："他现今在哪里？"

花奴说："他在齐国呀，听说还当了军师呢！"

花奴只说了这些，其余的没说。

孙卓眼里流着泪，自言自语地说："兄弟呀，我可打听到你了！"

花奴问："你认识他？"

孙卓说："他是我的亲兄弟呀！"

这时候，韩雁飞过来，听花奴这么一说，很高兴，便对孙卓说："大哥，既然打听到了亲骨肉，还不快去找他？"

孙卓说："不劳兄弟嘱咐，我今日就起程！"

自从遭受兵灾，孙平、孙卓与兄弟孙膑分离已有二十来年了！

孙平、孙卓兄弟二人一直在一起。后来，孙卓占山为王，孙平总劝他不要干了，应当寻一个正当的职业！

孙卓先是不听，孙平便哭着对他说："如今，我们一直寻不到三弟的下落，你再有个好歹，可叫我怎么活呀！"

孙卓见哥哥这样说，只好不做山大王了。

兄弟二人一路寻找着孙膑，又来到了韩国。韩国民间的作坊很多，兄弟二人为了谋生，就开了个铁匠铺，打造农具和兵器，慢慢地，日子也过得富裕了。

不料，有一次孙平去山中打柴时不幸坠崖身亡，孙卓为此哭得死去活来，当晚，他到酒肆中喝酒后醉倒街头。韩雁飞发现了他，将他送回了铁匠铺，就这样，二人结下了友谊。

韩雁飞在韩昭侯门下做门客，他几次让孙卓也去做门客，孙卓不肯，说自己只有力气，没有别的能力。

韩雁飞经常出外，替韩昭侯传书送信。有一次，他没在家中，他的老母死了，孙卓尽兄弟之谊，像亲儿子一样葬了韩雁飞的母亲。

这样一来，二人就更亲密了，但孙卓仍是一个铁匠。

孙卓意外地打听到了兄弟孙膑的消息，当即直奔齐国。

一路走了十多日，才到了临淄。

天已经很晚了，他住进一家小店，向店家打听："店家，如今齐国的军师可叫孙膑？"

店家说："以前，我并不知道有个军师孙膑，只是最近才听说。他已被大王解除了军师之职，贬为庶民了！"

孙卓问："为什么呀？"

店家说："平常百姓，哪知朝中的事？所以孙膑犯了什么罪，我不知道。只知道，齐威王时，孙膑就犯了罪。现在新齐王继位，他仍是一个庶民。"

孙卓问："他住在哪里呀？"

店家说："听说他仍住在田忌的府宅，可是，那田忌也犯了罪，被贬为庶民了呀！"

孙卓不关心兄弟做了什么官，只要寻找到，能骨肉团聚就好！

第二天一早，孙卓就来到临淄街上，向市民们打听田忌的住宅。

市民们都用惊奇的目光看着他，意思是说：这个人真傻，田忌犯了罪，躲都躲不开，还敢打听他？

有的市民不敢告诉他，有的假装不知道，只有一个卖炭的老头告诉了他："从这儿向南走，走到横街，就看见田忌的府宅了！"

孙卓着急，一路小跑来到横街前。他抬头观看，就见东边一个大宅院和西边一个大宅院的门额上，都刻着"田府"字样。

孙卓不知怎么回事，便先向西边的宅院走去。

这里非常安静。孙卓刚刚来到门前，却突然从两旁冲出许多手持长枪的兵士，拦住了他。

孙卓并不害怕，说："我找我兄弟。"

兵士问："你兄弟是谁？"

孙卓说："叫孙膑。"

兵士们一听愣住了，但接着又问："你真是他兄弟？你叫什么名字？"

孙卓说："我叫孙卓，是他二哥。"

几个兵士商量了一阵儿，说："你走吧，他不能见你！"

孙卓问："为什么？"

兵士说："他犯了罪，已成庶民，所以不能见！"

孙卓急了，大吼："不论他成了什么人，我们还是兄弟呀！"说着就要往里闯，当即被兵士们拦住。

这时候来了一个胖子，像个当官儿的。兵士们向他说了一阵话。胖子大吼："快，把这个人抓住，押进大牢，他也许是孙膑的同谋！"

兵士们立即舞动刀枪向孙卓扑来。

孙卓躲闪着向后跑，兵士们也不追他，眼望着他逃跑了。

孙卓一口气跑出了临淄城，坐在地上想：看来兄弟是在这里了。有人监视着不让相见，实在没有办法。不如暂且回去，让韩雁飞想想主意再说！

孙卓就这样又返回了韩国。

到了韩国，他没有去铁匠铺，而是先来到韩雁飞的家。

家里很安静，院子里的树上，知了叫得很起劲儿，屋子的窗户开着，从里边飘出来一股脂粉香气。

孙卓在窗前喊："雁飞兄弟在家吗？"

传出来的是花奴的声音："大哥来了，快快进来吧！"说着，她身穿罗裙，手拿团扇，笑呵呵地迎了出来。

孙卓走得满身是汗，站在树下说："兄弟媳妇，拿出一把椅子来，让我坐在树下凉快凉快！"

花奴说："好，我也陪大哥凉快着。"

花奴拿了两把椅子，面对面地跟孙卓坐了下来。

孙卓的汗仍然顺着脸颊往下流。

花奴说："大哥，你洗把脸吧！"说着，打来一盆水，放在石阶上，孙卓过去要洗脸。

花奴说："大哥别不好意思，脱下褂再洗吧！"

孙卓是个粗人，没多想，就脱了褂，露出了背上和胳膊上的肉疙瘩，显现出打铁人的健壮。

孙卓"哗哗"地撩着水，洗了个痛快。

花奴在他身旁看着，心想这样牛一样的汉子，一定别有风情。

孙卓洗完了脸，又穿上了褂，坐在椅子上。

花奴向他飞着媚眼，说："大哥，你还没有媳妇吧？"

　　孙卓说："没有，一个打铁的汉子，有谁看得上咱们！"

　　花奴娇滴滴地说："嗬，怎么没人看上，只怕抢都抢不到手呢！"说着，近前按着孙卓的肩膀说，"看看，多像个勇士啊！"

　　孙卓突然站起来，说："兄弟媳妇，我与雁飞乃是义兄义弟，还是讲点体面吧！常言说，'朋友之衣可穿，朋友之妻决不可占'啊！"

　　花奴听他这样一说，只得收敛了些，心中暗想：只要日子久了，不怕你鱼儿不上钩！

　　于是，花奴笑着说："难得大哥如此义气！雁飞也走了不少日子了。"

　　孙卓问："兄弟到哪里去了？"

　　花奴说："你走的第二天，他奉韩昭侯之命，前往赵国送信去了。大哥此番去齐国，可曾见到了孙膑？"

　　孙卓一拍大腿说："咳，别提了！孙膑果然遭了难，被免去军师之职，贬为庶民，至今还被监视着。我说要见他，被那些当兵的给打回来了！"

　　花奴一听，心中暗想：这个庞涓真的达到目的了。

　　花奴问："大哥，你想知道孙膑为何受处罚吗？"

　　孙卓说："想知道啊！"

　　花奴笑眯眯地说："我如果告诉你，你当怎样谢谢我呀？"

　　孙卓急躁地说："只要兄弟媳妇告知我真情，我倾其所有报答你！"

　　花奴说："好，咱们一言为定！"

　　接着，花奴就讲了那些重要情节：庞涓如何嫉妒、陷害孙膑；孙膑如何逃到齐国，受到齐威王重用；庞涓兴兵伐赵，如何被孙膑在桂陵打得大败；庞涓知其在齐，又如何派人暗中勾结齐国相国邹忌，合谋加害孙膑……

花奴将这一切讲完以后，孙卓气得暴跳如雷，喊道："我们韩国不仅要打魏国，而且要打齐国，一定要救出兄弟来！"

花奴见孙卓像一头雄狮一样威猛，不由更加难耐。她站起身，刚要动手，忽听门外韩雁飞说："大哥回来了，可曾见到同胞兄弟？"

花奴见韩雁飞回来了，心中虽然不快，但还是装得滴水不漏。她忙着打水，让韩雁飞洗脸。韩雁飞洗完了脸，她又拿起团扇，轻轻为他扇着后背。

孙卓见韩雁飞回来了，非常高兴，便把自己去齐国的经过向他讲了一遍。

韩雁飞听了，劝慰着孙卓说："咳，别着急。如今天下的事，一天一个变化，今天是朋友，明天就是冤家。今天你打我，明天我打你，都是为了一个'利'字。只有我们兄弟情义，天长地久！"

孙卓点点头，说："刚才兄弟媳妇已将孙膑遇害的情况跟我讲了，我气得跺脚。兄弟，咱们打完了魏国，就去打齐国吧！你向韩昭侯提个建议，他会听你的！"

韩雁飞说："咳，事事多变啊！本来，我此去赵国，是给赵成侯送信，联合伐魏的。可是，赵国却出了问题。"

孙卓问："出了什么问题呀？"

韩雁飞说："赵国出现了大旱，土地龟裂，禾苗枯焦，今年的收成无望了，这样，他们就不能出兵打仗了。因此，赵成侯给韩昭侯回信说：'待来年景况好转，再图伐魏！'我刚才已将此信交给了韩昭侯。韩昭侯见了此信，立刻泄了劲儿，因为只我们韩国一家，是打不败魏国的！"

孙卓问："那么打齐国呢？"

韩雁飞笑笑说："那就更打不过人家了！"

孙卓气得又拍大腿，说："这可怎么办？什么时候能救出孙膑兄弟呀？"

韩雁飞安慰他说："大哥，你就耐心地等着吧！"

日到中午了，韩雁飞说："大哥，咱们一起吃饭吧！"

孙卓心里不愉快，说："兄弟，你刚刚回来，歇着吧！我走了！"

韩雁飞说："也好，改日咱兄弟再聊。"

孙卓出了韩宅，在街上信马由缰地走着。他没有回铁匠铺，而是进了一家小酒肆。

这里已经坐着三五个人。孙卓进来，便向掌柜的说："来一斤酒、二斤牛肉。"

掌柜的答应着，一会儿就把酒肉放在了他的面前。

孙卓自斟自饮，心中的滋味只有自己知道。他回忆自己的坎坷生涯，想起了大哥孙平，思念兄弟孙膑，不禁落下泪来。自己都四十多岁了，仍然孤叶单枝地过日子。看着人家韩雁飞娶了那样的俊媳妇，心中好不羡慕！可是，他想起花奴刚才的举动，心中又觉得毛骨悚然。一个妇道人家，怎能这样轻浮呢？如果她是一个不地道的妇人，那韩雁飞今后的日子将难以平静了。

他又想起了花奴对他说的话，他断定庞涓一定是个蛇蝎心肠的人。这个邹忌也不是善良之辈，身为齐国相国，竟贪图重金，里通外国，诬陷自己国家的大将和军师。

孙卓一盏一盏地猛饮，不多时就喝完了一斤酒。他喊来掌柜的，又要了一斤。

坐在他身旁喝酒的人，见孙卓这样喝，便说："兄弟，少喝些吧！你心里一定有不痛快的事！要知道，借酒浇愁伤身啊！"

孙卓说："喝醉了，就忘掉一切了"说着，又仰脖灌下一盏。

孙卓确实喝醉了，他摇摇摆摆地站起来，说："来，谁来与我对饮？"

在座的人见他喝醉了，都不理他。这时对面坐着的一个人过来扶着他坐下，问："大哥，心中有什么不快呀？"

孙卓说："不快的事多了，我想攻打齐国，救出兄弟，做不到。韩国和赵国联合起来，要攻打魏国也做不到，因为赵国闹旱灾了……"

那人问："果真有这样的事吗？"

孙卓说："怎么没有，我这是听朋友韩雁飞说的，不会错的！"

那人举起酒盏，对孙卓说："来，大哥，为了痛快，咱们对饮一盏！"

孙卓迷迷瞪瞪地和那人对饮了一盏。

喝完这盏酒，孙卓一头跌在地上，打起了呼噜。

在座的人一齐望着他笑。

那个与他对饮的人，不知什么时候，早出了酒肆，不知去向了。

这个人不是韩国人，而是被庞涓派来，暗访花奴下落的。

几日来，花奴的下落没有寻到，这个人便准备明天回去

孙卓醉酒失言

了，却不料意外地碰上了孙卓狂饮说醉话的事。

这个人很机灵，当孙卓摔倒在地时，便立即溜出酒肆，骑上快马，一口气跑出了韩国城，并连夜向大梁跑去。

庞涓自走失了花奴后，一直心神不安。他派出了许多家丁到各国去寻找。

这个被派到韩国去的人叫庚丁。当他来到了庞涓面前时，庞涓问他："此次去韩国可有收获？"

庚丁说："军师，花姑娘的事，虽没有打听到，却有意外的发现！"

庞涓问："什么意外发现啊？"

庚丁说："韩、赵二国已经暗中联合，想明年进攻魏国。"

庞涓听了，急问："你怎么知道的！这消息可靠吗？"

庚丁说："军师，这消息绝对准确！"

于是，他向庞涓介绍了消息的来源。

庞涓听了暗暗点头，心中说："一个知内情的醉汉，醉后之语往往是真的！"

庞涓赏了庚丁，打发他走后，便想：韩国与赵国都和魏国有仇，如果等他们做好了准备，联合来攻，魏国将很难招架。既然已经得知了这个内部消息，莫不如先发制人，去进攻他们，打破他们的计划，破坏他们的联盟。

应该先攻哪一国呢？

庞涓做了详细分析：从兵力上讲，韩国不如赵国。可是，赵国却遭了旱灾，一定好打。

但是，庞涓又想，赵国虽然好打，但赵国一定会向韩国求援，而韩国也一定会出兵救援，这就等于又使两国联合起来了。

如果先攻打韩国呢，韩国会向赵国求援，但赵国因为遭灾，一定难于出兵。

庞涓思来想去，觉得还是以先攻韩国为上策。等打败了韩国，再顺手牵羊消灭赵国，这样就不费吹灰之力了！

庞涓这样决定了，便上朝对魏惠王说："大王，我派出去的探子报告：韩赵二国暗中联合，要攻打魏国……"

魏惠王问："什么时间啊？"

魏惠王对赵国和韩国怀有刻骨仇恨，听了这个消息，心中很气恼，恨不得立即回击他们！

庞涓说："原计划是在今年秋天，可是因为赵国发生了旱灾，所以又推迟到明年了！"

魏惠王幸灾乐祸地说："好，既然赵国遇上了天灾，我们现在就下手，必获全胜！"

庞涓向魏惠王详细说出了自己的打算。

魏惠王听了，点点头说："好，军师分析得很对，那我们就先去攻打韩国吧！"

事情就这样决定了。

庞涓想，兵贵神速，方能取胜。于是，他选了一个黄道吉日，便要出兵。

魏惠王为了确保胜利，便对太子申说："我想让你替我领兵出征，你同意吗？"

太子申说："父王这么大年纪，怎能远离宫门，我愿意代父领兵出征！"

魏惠王很高兴，立刻封太子申为元帅，庞涓为军师，发兵攻韩。

魏国发兵的消息，很快传到了韩国。

韩昭侯得知消息，心中十分害怕，因为韩国还没有做好准备。他对相国申不害说："魏国怎么这么快就来攻打我们呢？"

申不害说："这一定是我们走漏了消息！魏国得知我们要和赵国联合攻魏，他们就趁我们两军未合，先发制人，以便各个击破！"

韩昭侯皱着眉头说："这个消息是怎么传出去的呢？莫非是送信的韩雁飞？"

申不害建议应该立即审问韩雁飞。

韩昭侯应允，派人将韩雁飞叫来。

韩昭侯问："你自赵国回来之后，赵国答应明年和我们联合伐魏的事情，你可曾向谁说过？"

韩雁飞平时深得韩昭侯宠信，在韩昭侯面前他从来没有惧色。听韩昭侯问他，他想了想说："我和一个朋友说起过。"

韩昭侯问："你这个朋友是谁？"

韩雁飞回答："他叫孙卓，是一个铁匠。"

韩昭侯听韩雁飞供出实情，不禁大怒，立刻变了脸色，大吼："国家大事，你怎敢擅自说出？！"

韩雁飞仍无惧色，说："孙卓乃一粗人，他又不是魏国探子，有何关系？"

韩昭侯见他如此强硬，便说："你还不知罪吗？如今魏国已经提前行动，分明是你走漏消息所致！"

韩昭侯越说越气，当即唤来殿前武士将韩雁飞绑了押下。

相国申不害说："我听说，韩雁飞在魏时，从魏国带来一个花枝招展的女人，说不定那个女人就是魏国的探子，请大王果断处决，不然对我们更加不利！”

韩昭侯想了想说："原来还有这样的事情！赶快把那个妖女一齐捕来！"

相国申不害说："这事交给我去办吧！"

韩昭侯答应了。

申不害带领侍卫军，猛然闯进韩宅。

此时花奴正在房中梳洗打扮，不容她分说，就被侍卫军上了绑绳。

申不害见了花奴，花奴哭啼着向他求情。申不害大声说："狐妖之状，绝非善类！"

一声令下，花奴当即被杀死在院子里，鲜血溅满了窗棂。

申不害杀了花奴，回来又对韩雁飞宣布道："你身为使臣，竟私自娶魏国妖妇为妻，实为里通外国！你还有什么话说？"

韩雁飞不服地高叫着，申不害不听他的申辩，也将他斩了。

第二十四回　外黄山魏申赏景
　　　　　　暖泉河壶公阻军

　　申不害将杀了花奴与韩雁飞之事，报告了韩昭侯。

　　韩昭侯虽然有些心疼，但事已至此，也只好认可。

　　韩昭侯说："现在大敌当前，必须万众一心，同仇敌忾。应将韩雁飞与花奴的首级悬于城门之外，以儆效尤。"

　　申不害忙吩咐手下人照办。

　　韩昭侯问申不害："相国，魏兵声势浩大，又有太子魏申为元帅，只靠我们的力量，恐怕难以抵挡，不知相国有何高见？"

　　申不害明白韩昭侯的意思，无非是要向外国借兵。他想了想说："如果要借兵，我们必须有借兵的条件，不知我主有何考虑？"

　　韩昭侯说："如果帮我们打败魏国，酬礼自然优厚。现在还不知向谁求援呢？其实，向赵国求援最合适，因为我们是联盟呀！"

　　申不害说："万万不可向赵国借兵！他们遭了旱灾，自身难保，哪有力量来援助我们？"

　　韩昭侯皱着眉头，思谋着问："相国之意可向哪国借兵呢？"

申不害说：“我想可向齐国求援。一来，齐国离我们近些；二来，齐宣王刚刚继位，他一定要在各国间树立威望，所以帮助我们的可能性很大。”

韩昭侯采纳了申不害的建议，当即派使者去齐国向齐宣王求援。

使者到了齐国，在宫门外求见齐宣王。

齐宣王下旨，叫使者上殿。

使者将带来的黄金万两和国书一封，上呈于齐宣王。

齐宣王辟疆自继位之后，采纳孙膑的建议，加强演武练兵，实力大增。

他展开韩国国书，低头观看，只见上边写道：“昨闻魏国已发大军，直逼我国。我国势力单薄，难以抗御。久闻齐国兵多将广，国力雄厚，特拜请尊驾出兵相援，如能救韩于水火之中，将有厚报。”

齐宣王看罢，问使者：“魏军可到了韩国？”

使者说：“魏军已入国境，但尚未到都城。”

齐宣王听了，沉思了一会儿，说：“好吧，你先去驿馆歇息。待我和群臣计议之后，再通知你！”

使者拜辞下殿去了。

齐宣王对群臣说：“韩昭侯送来国书，言称魏国发兵攻打他们，希望我们能出兵援助。不知众臣有何见解？”

文武大臣们听了，一时拿不定主意，只是互相观望着。

齐宣王对相国邹忌说：“还是相国先开个头吧！”

邹忌见齐宣王要他发言，他沉思了一会儿，说：“大王，依臣之见，鹬蚌相争，渔翁得利，今韩魏相争，正是我们得利的时候，莫如不救！”

齐宣王听了邹忌的话，不动声色。

邹忌望望齐宣王，又补充了一句："当然，这只是我的一孔之见，大主意还由大王拿！"

齐宣王望着田婴说："田将军有何高见啊？"

田婴正要发言，听齐宣王问他，便说："依我之见，应该救援。"

齐宣王又问："为什么呢？"

田婴说："韩国的兵力不如魏国，如果我们不出兵，那么韩国必败。韩国败了，魏国也不一定就此收兵，接着遭殃的就是赵国和我们，所以，一定要发兵救韩！"

齐宣王听了田婴的分析，觉得很有道理，但是他没有立刻表态，而是说："不知大家还有什么主意？"

文武群臣开始议论起来。议论来议论去，无非是援与不援两种意见。

齐宣王听了半晌，制止说："好了，大家充分说出了援与不援的理由。那么，让我仔细想想再决定吧！"

文武群臣说："全凭大王裁断！"

齐宣王宣布退朝后，回了后宫。其实，他不表态，就是为了要先向孙膑请教。

齐宣王本应退朝之后立刻就去找孙膑，可是，他怕白日被人知晓，就故意等到晚上。

秋夜，万籁俱寂，齐宣王微服乘马来到孙膑府邸。

孙膑自辟疆继位后，仍像个犯人似的，闭门不出，断绝与外界往来，安心撰写兵书。

这夜，他仍在案前忙着，看门人悄悄进来说："先生，大王来了！"

孙膑听了，猛然一惊，暗想：我已告诉他，没有大事不必来找我，今夜前来，必有大事！

孙膑说："快去迎接！"

看门人刚要走，齐宣王跨进门来，说："不必了，我来了。"

孙膑双手在胸，说："不知大王黄夜前来，恕我未能迎接！"

齐宣王过去，坐在他面前说："老师，我虽然继位成了国王，但在老师面前仍是一个学生。老师千万不要这样说话。"

孙膑说："国有国礼，家有家法，这是天经地义的事。"

齐宣王说："老师，自古以来师生之礼也在伦理之中，老百姓都知道，'一日为师，终身为父'嘛！"

孙膑说："话虽这样说，但在朝中，在众臣面前，孙膑却不能有非礼之举呀！"

齐宣王笑笑说："老师自然比我明白。"

孙膑也笑了。

过了一会儿，孙膑问："你自继位以来，这是头一次来访，一定有要事吧？"

齐宣王说："老师说得很对，没有大事岂敢前来！"说着，便将韩国国书交给孙膑。

孙膑展开竹简在灯下看了，说："不知群臣如何见解？"

齐宣王说："邹忌主张不救，认为可得渔翁之利。田婴主张救援，是怕魏国得胜后，再攻打齐国。其余众臣无非也都是这两种意见，双方争来争去，叫人听着头疼，所以来请老师定夺！"

孙膑说："最后决断的，仍是你这一国之主。"

齐宣王说："当然令由我下，但主意要由老师拿！"

孙膑低头拿起铜签，拨了拨案上油灯的火捻儿，然后放下铜签说："两个主意，都不甚完善，也都各有道理。"

齐宣王问："老师此言，是说援与不援都有不对的地方吗？"

孙膑说："是。"

齐宣王说："请老师明示。"

孙膑慢条斯理地说："魏国自恃其强，前年伐赵，今又伐韩，其野心显而易见。我与田忌被削夺军权之后，那庞涓一定得知了消息，所以更加忘乎所以、肆无忌惮了。魏国得胜之后，接着就要攻赵；攻赵之后，接着就要攻打我们，所以田婴的见解很对，我们不能弃韩而肥魏，不救是不对的。可是，魏国伐韩，兵势很盛，韩国未战，就请我们救援，就等于让我们替他受敌，而他却可安然无恙，这就是邹忌见解对的一面。所以，匆匆发兵去救，也是不对的。"

齐宣王听了，点点头说："老师的分析条条有理，不知老师以为怎么办才为上策？"

孙膑说："如果让我出个主意，就应该是这样：先答应韩国，我们一定出兵援助，以安韩昭侯之心。韩昭侯知道我们会去援助他，必然士气大增，全力抗魏。魏国当然也一定会全力攻韩，待到他们两国消耗到一定程度时，我们再见机出兵。这样，魏军士气已减，韩国危机可解，我们便可收事半功倍之效。"

齐宣王听了，连连鼓掌说："老师，您真是用兵如神。这样，就吸收了田婴和邹忌的主意的合理一面，形成了一个完整的援韩击魏的策略！"

孙膑说："既然你同意，就回去通知韩使，让他转达韩昭侯吧！"

齐宣王仍然坐着不走。

孙膑想了想，笑了。

齐宣王问："老师，您笑什么？"

孙膑说："我知你还有事要说，所以不走！"

齐宣王也笑了，说："老师真知学生之心，那我就说吧！老师，您与田忌将军，要藏到何时啊？"

孙膑说："我已想到了，也该到我们出来的时候了。那庞涓自恃其强，也该到他彻底失败的时候了。不过，我与田忌将军出来时，仍然不可声张。大军出发那一天，军中仍挂田婴大旗。"

齐宣王点头称是。

孙膑问："你暗查邹忌与庞涓勾结的事，有没有结果？"

齐宣王说："仍无结果。"

孙膑说："这也不急。眼下只准备出兵之事吧！"

齐宣王从孙膑府邸出来，又到了田忌府中。

田忌也闭门与外界断绝了来往。见齐宣王来了，他特别高兴，忙跪下叩头说："臣恭贺大王继位，有用臣之处，臣拼死效命！"

齐宣王扶起田忌，说："将军之意，我心中明白，今时也该让你尽忠报国了！"

于是，齐宣王向他讲了韩国求援之事，又讲了孙膑的计策。

田忌说："好，军师之计妙如天成，我田忌十分赞成！"

齐宣王又说："军师说，此次出兵，他与将军仍然暗藏于军中不可声张，军旗仍挂田婴的，你看如何？"

田忌说："只要军师安排，田忌绝对服从。"

　　齐宣王安慰了田忌一阵，就回宫来了。到了宫中，齐宣王连夜给韩昭侯回了国书，答应一定出兵相助，鼓励他奋力抗魏。

　　第二天，齐宣王向群臣宣布说："我已考虑好了，决定出兵援韩。何时出兵，另行定夺！"

　　接着，齐宣王派宫人将国书送交韩使，叫他立即回韩告知韩昭侯。

　　韩昭侯见齐国答应出兵，心中甚为高兴，对群臣说："如今齐国已答应出兵援助，我们还怕什么？不如聚齐人马截杀魏军，待齐兵到来，我们前后夹击，魏军必败无疑。"

　　群臣皆以为然。

　　韩昭侯便亲领大军，出了新郑城，截杀魏军去了。

　　再说庞涓同太子申发兵伐魏，一路上趾高气扬，不可一世。

　　太子申久在宫中，并不知行军打仗是何滋味，因为他是太子，所以当了元帅，但一切军中大权，实际上仍由庞涓把持。

　　魏军很快就进入韩国本土。韩国守关将士不敢抵挡，节节败退。

　　那一日，魏军到了外黄城（今河南省商丘市民权县境内西北处）下。

　　庞涓将大军驻扎在城外，准备吃过午饭后攻城。

　　外黄这地方，四外皆山。山中多奇花异木，且有许多古迹，如东山的"一步三座塔"，西山的"响水井"，南门外的"夜鸣钟"，北门外的"无水雾"，以及暖泉河上的"金驹长鸣"和"犀牛望月"等。

　　太子申因为闲得无事，就爱四下逛逛。大军刚刚驻下，他就一个人到营外逛景儿去了。他来到暖泉河边，站在山石上向下俯视，心想：果真是个好地方啊！

这暖泉河，发源于外黄山的暖泉。暖泉的水冒着热气，汩汩流下山坡，汇成一条河，称为暖泉河。

暖泉河边，花草茂盛，树木葱茏，河水冒着热气，像被浓雾笼罩着。河中兀立着一块巨石，金黄色，形状如同一匹仰头嘶鸣的马驹，故人称"金驹长鸣"。

再朝前看，左岸的石壁伸向河中，悬空而卧，如同一头犀牛望着月亮。

太子申从未见过如此美景，心想：天地造化如此美妙，人们动刀动枪地厮杀，这是多么不相称的事啊！

他又想：人们互相厮杀，不为别的，只为争夺。争夺土地，争夺人口，争夺这大好山河。这也许是对的，因为如果此次征服了韩国，那么这外黄之地就属于魏国了，自己也就可以随时来玩了。

魏申正这样想着，突然听见山背后传来一阵沙哑的笑声。

魏申扭头观看，并不见人影。他心中暗骂：在如此美妙的地方，怎会有破锣之声？

这笑声一扫魏申之兴，他转身往回走了。刚刚穿过一片树林，他突然看见一个满头白发、衣着破烂的老人坐在他的面前。再仔细看看，老人约在百岁之上，眉毛皆白，光脚赤足。又见他背着一个壶，那壶上尖下圆，个头挺大，不知是什么做的，也不知里边装着什么。

魏申见他很怪，且有些吓人，便想绕路而去。谁知，他绕到左边，那怪人坐在左边；他绕到右边，那怪人又坐在右边。

魏申有些气恼，便问："你这个老汉好怪，为什么偏要与我过不去呀？"

怪老头说："大路朝天，各走一边。我怎么与你过不去了？"魏申说："你这老头好生无礼，既然是大路朝天，各走一边，你为什么一会儿在左，一会儿又在右呀？"

怪老头哈哈大笑问："啊，原来你心中很明白，尚可分辨出左右来呀？"

魏申听怪老头无端讽刺他，便轻轻摇摇头，说："好，我不与你理论，你向石头说话吧！"说着，就绕过怪老头，向前走去了。

没走多远，只听怪老头在身后唱道："哎，打骨板，向前凑，你老卖的好肥肉。皮又薄，膘又厚，骨头长在肉里头。"接着，便是打骨板的声音。

魏申站住脚，扭过头来望着他，实在觉得好笑。

怪老头不知从什么地方捡了一对牛胯骨，正在使劲儿地有节奏地敲打着。

他见魏申扭头望着他，更来了劲儿，猛敲着牛胯骨，又唱道："哎，打骨板，不用数，你老卖的好排骨。骨又细，肉又多，百战百胜我会说！"

魏申开始觉得好奇，但慢慢地不由疑窦丛生：

这个怪老头为什么几次三番截我去路？

他唱的这个骨板歌，是什么意思？怎么有"百战百胜我会说"之语？

莫非他是哪路神仙下凡，前来为我指点迷津，赐我制胜之法的？

想到这里，魏申走了过去。

见魏申过来了，怪老头眯着眼睛，又敲着一对牛胯骨，唱道：

打骨板，好痛快，

人间打仗不自在。

可叹有人偏要打，

逞凶逞勇图钱财。

夺城夺地杀生灵，

为使自己官运来。

可惜有人不会算，

我看他是个大傻蛋！

……

　　怪老头一直往下唱，没完没了。魏申有些着急了，制止他说："怪老头，不要唱了。你要有什么话，就说吧！"

　　怪老头放下骨板，睁开眼睛，问："面前站的是何人啊？"

　　魏申说："我乃魏国太子申，今兴兵伐韩，路过此地。"

　　怪老头听了，猛然站起来，恭恭敬敬地说："原来是太子在此，壶公施礼了！"

　　这个怪老头，正是孙膑刚刚离家时遇见过的那个壶公。

　　壶公得知庞涓统兵伐韩，太子申做了行军元帅，就暗暗在营后跟着，总想借机和魏申说说话。今日他见魏申一个人出了营，来到了暖泉河边，所以在此等候着。

　　魏申见怪老头自称壶公并向他施礼，便急忙还礼说："在下愚钝，不知药仙在此，多有得罪了！"壶公的名字天下流传，魏申早有耳闻。

　　壶公说："不知者不怪。老拙只想与太子说上几句话，请太子慎重思之。"

魏申问："你方才唱'百战百胜我会说'，难道你真能赐我百战百胜之术吗？"

壶公认真地说："能耐不是吹的，我既然唱了出来，就必然有百战百胜之术，不知太子愿意听否？"

魏申说："我领兵伐韩，胜败难料，愿听老药仙指点！"

壶公说："既然太子这样诚恳，那我就告诉你。"

魏申仔细地听着。

壶公问："太子，照你想，有什么利益，可以大过统治魏国？"

魏申想了想，答："没有什么利益可以大过它。"

壶公又问："太子，照你想，有什么地位，可以大过做一国之尊，大过称王称霸？"

魏申想了想，答："没有什么地位可以大过它。"

壶公微微一笑，又问："现在太子你，自己做了行军元帅，领兵伐韩，如果有幸得胜，太子将是什么结果？"

魏申答："回国后，会得到父王奖赏，别无其他。父王百年之后，我将继其王位。"

壶公问："如果太子你，不领兵伐韩，不受你父王的奖赏，等你父王百年之后，你能继承王位吗？"

魏申说："自然，我照样可以继承王位呀！"

壶公大笑，再问："如果，太子此番领兵伐韩，大败而归呢，那后果将会如何？"

魏申听了，骤然一惊："呀，这可就难说了，我一定会受父王指责，也许继承王位之人就不是我了！"

壶公说："这就对了。既然如此，不领兵伐韩，可以坐享其荣、坐得其位；而领兵伐韩，就会有两种后果，坏的后果不必说，好的后果仍是继承王位、统治魏国，公子何苦要自己坑害自己呢？"

魏申听了，不由暗暗吃惊，心想：既然不领兵伐韩，完全可以坐享其成；而领兵伐韩了，倒有了危险，这可怎么办呢？想到这里，不由脱口而出："大兵已入韩境，我应该怎么办呢？望老药仙指点！"

壶公长吁了一口气，说："百战百胜之术，便是领兵返魏！这样，方可保太子安坐王位、安得魏国！"

魏申抱拳拜谢说："听了药仙之言，如拨云见日、顿开茅塞呀！药仙何不早告知于我？"

壶公说："我岂不愿早早告知你，只是不得相见啊！"

魏申说："从善如流，仍为不迟。我回营之后，立刻下令班师！"

壶公听了喟然长叹说："太子乃软弱之躯、善良之质，现在下令班师，恐怕有些难办了。"

魏申问："为什么呢？"

壶公说："太子，如今好比你煮了一锅羹，大家都愿意跟你喝上一口，如果你不煮这一锅羹了，大家还喝什么呢？所以说，即使你下令收兵，大家也不愿意听了！"

魏申听了，心中着急，问："道理我明白，难道我就不能指挥全军了吗？"

壶公说："要想做到也不难，这就要看太子的魄力了！"

魏申点点头说："感谢药仙指点，望多多珍重！"

魏申说完，急急忙忙地走了。

壶公望着魏申的背影，站起身来，背着大壶，手提骨板，消失在密密层层的林木中了。

魏申怀着十分复杂的心情回到营中。兵士们正在吃饭，他找到军师庞涓说："军师，你打算饭后即刻攻城吗？"

庞涓答："正是，请太子下令！"

魏申望着庞涓盛气凌人的样子，心中有些胆怯，但一想起壶公的话，似乎又增长了勇气，便说："军师，我欲下令退兵，不知军师是否愿意？"

庞涓听了，感到很突然，心想：自出兵以来，魏申就没有拿过什么主意，现在怎么要下令退兵呢？

于是，他问魏申："太子，我们出兵以来，势如破竹，争城夺地无人敢挡，却为何现在要不战而退呢？"

魏申说："我看了外黄之景，实在叫人喜爱，我不忍心进攻城池了！"

庞涓听了，冷冷一笑说："破了韩国，大好河山都是太子的，这不正是进攻韩国的理由吗？"

魏申被问得有些尴尬，因为他不敢把真正的理由和盘托出。

庞涓见太子申有些语塞，又说："太子，临行之前，大王把三军之重任交给你，我只是辅佐太子的。如果大军在此中途折回，不但前功尽弃，还要被世人耻笑。再说，全军将士都仰仗太子，希望在战斗中立功领赏，你中途而返，就等于是大败而归，这样全军将士也想不通呀！"

魏申听了，痛苦地摇着头，说不出一句话来。

庞涓接着说："既然太子要下令撤军，我也不好反对，那就请太子亲自去向全军将士说吧！如果全军将士愿意空手而返，就依太子的，如果不愿意，我就没有办法了！"

显然，庞涓这是在威胁魏申。他知道魏申还没有这个胆量和勇气，敢于向全军将士宣布撤军的命令。

魏申被难住了。他沉默了许久，只得像个羊羔似的对庞涓说："那，就请军师定夺吧！"

庞涓见魏申就范了，便又和颜悦色地说："太子，你怕什么呢？行军打仗，又不用你操心，全由我在调度呀！只求太子做我的主心骨就可以了。难道，你怕我们打不过韩国吗？我敢说，没有孙膑，我可以横行天下。何况又有太子代大王御驾亲征，咱们实在是胜券在握了，就请太子放心吧！"

魏申是个既软弱又没有主见的人，他听庞涓这样一说，心中也就踏实了些，心想：只要打了胜仗，不吃败仗，我的王位是照样可以继承的。于是，他又坚定了信心，对庞涓说："全仗军师了，只要打败了韩国，我们就立刻班师还魏！"

庞涓答应说："那是自然！"

其实，这是庞涓随口说出的话。他真正的意图是：消灭韩国后，就消灭赵国，然后进攻齐国的临淄。

他要让天下人都知道：大兵家庞涓，天下无敌！

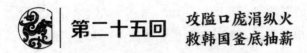

第二十五回 攻隘口庞涓纵火
救韩国釜底抽薪

外黄城经不起庞涓的攻打，只一日，守将便败逃而去。

庞涓引大军，直逼韩国都城——新郑。

韩昭侯在离新郑五十里处，等候截击魏军。

听说魏军到来，他鼓励将士奋勇抗敌："齐国已经答应派援兵前来，只要我们能阻止住魏军，齐兵一到，我们就可以前后夹击了！"

韩国将士听了韩昭侯的话，心中有了底儿，便摆开阵势，决心与魏军决一死战。

庞涓见韩军阵形整齐，又听说韩昭侯亲自领兵，心中不免有些忐忑。他没有急于出战，而是召集全体将官商讨对敌之策。

有些将官因为接连打胜仗产生了轻敌的思想，他们说："军师不必多虑，只要我们冲了上去，韩军必将溃不成军！"

庞涓说："不能轻敌，更不得马上开战。我想以退为进，打败韩军！"

接着，他向将官们做了部署：由庞英带领部分兵将，明天早晨与韩军交战，只能败，不能胜，目的是将韩军缠住。大部分人马则于今夜子时后退十里，然后绕道直取新郑。只要新郑攻破，韩昭侯就成了丧家之犬。待他军心大乱时，两下夹击，便可活捉韩昭侯。

众将官对庞涓的部署很是佩服，便按令行事。

此时，韩昭侯并不知庞涓的计谋，仍在等着与魏军交锋。

第二天，韩昭侯见魏军旌旗招展，还如昨日一样，不由微笑着说："魏军人马虽多，可是见我们早有准备，就不敢轻举妄动了！"

不多时，庞英按着父亲的吩咐，领兵出战。

韩昭侯派大将江山与庞英对阵。两军混战，庞英败回营中，江山也不追赶。

韩昭侯说："兵来将挡，水来土掩。只要我们阻挡住魏军，便可等待齐兵到来。"

下午，庞英又来叫阵。韩国仍是江山出战。二人打了一百多个回合，仍不分胜负。天黑时，两军鸣金收兵。

就在韩昭侯在这里阻挡魏军的时候，庞涓已引大兵围了新郑城。

新郑城里只剩下了老弱残兵，他们见魏军如潮水一样涌来，只得紧闭城门坚守。

庞涓骑马来到城下向城楼观看，见守城的都是老兵，心中暗喜道："像这样的城池，一攻可破！"

看完了城上的守军，庞涓正拨马欲走时，忽然看见城门上挂着两颗人头。

庞涓心中生疑，便拨马来到护城河边。隔着护城河看不太清楚，但那颗女子之头，他却有些眼熟。

这颗女子之头，正是花奴，而那男子之头，正是韩雁飞。

庞涓见那女子之头头发披散着，从眉眼和脸的轮廓上，他断定那是花奴。

庞涓怀着复杂的心情，拨马回营，并立即下令："猛攻城池，后退者斩！"

将官不知庞涓气从何来，只有冒死攻城。

攻城开始了，守城的老弱残兵虽奋力用箭射，用石头砸，但终因寡不敌众，新郑城很快就落于魏军之手。

庞涓进了城，又下令："新郑城中，不管是军是民，只要有敢于反抗者，一律格杀勿论！"

魏军接了命令，把那些老弱残兵，一刀一个全杀了。他们抢掠财物，奸淫妇女，无所不为，新郑城顿时成了人间地狱！

庞涓又来到城楼，命人将两颗人头取下来。

庞涓低头观看，女子之头果然是花奴，但不认识男子之头。

庞涓心中骂道："你这个贱货，什么时候跑到这里来，竟送了性命？"

他虽然这样骂，可想起往日的鱼水之欢，心中仍不免有些怜惜。

想到这里，他来到城下的门房。

门房里住着的那个打更的老头见庞涓来了，吓得立刻跪下求饶。

庞涓说："你不要怕，命在你手里，如果你能告诉我，城门上悬挂的人头是谁，他们是因为什么被杀的，我就饶你不死！"

打更老头说："这个好说，新郑城中人人知晓。那男人叫韩雁飞，是韩昭侯的门客。那女的，是魏国来的，是韩雁飞把她带来的。二人成了婚。后来，好景不长，韩昭侯怀疑他们是魏国的奸细，就把他们杀了，把头悬于城门，告示百姓：谁里通外国，谁就是这样的下场！"

庞涓听了，沉思了一会儿，说："老头，他们的尸体还在吗？"

打更老头说："尸体早被扔到荒郊野外，喂野狗去了！"

庞涓心中更加悲伤，便说："老头，我给你一些钱，把这两颗人头掩埋了吧！"

打更老头不知内中情由，又不敢不从，说："好，我一定去办！"

庞涓处置完这件事，就急急地走了，因为他恐怕军中有人认得是花奴，于他脸上无光。其实，军中早有人看见了，只是不敢当着庞涓的面说罢了。

一个兵士说："看见了吗，城上那颗女人头，不是咱军师的相好的吗？"

另一个兵士悄悄说："别说了，就你长了眼睛！让军师知道了，你还有命吗！"

庞涓取了新郑，留下守城人马，让太子申领着，自己就去夹击韩昭侯了。

这时，自认为正在阻挡魏军的韩昭侯，已经得知新郑失守的消息。新郑失守，无异于老家被抄，他不由悲伤至极，边哭边说："先祖创下的江山，竟被我丢失了！"说着，抽出佩剑要自刎，当即被众臣拦住。

那么，韩昭侯是怎么知道新郑失守的呢？只因魏军入城后，无恶不作，城中百姓纷纷逃亡。这些逃亡的百姓路过韩昭侯军前时，向他报告了新郑的情况。

在这批逃亡的人中间，就有孙卓。

孙卓听说韩雁飞与花奴被杀的消息，心中很害怕，就想逃离。后来，他见韩昭侯领兵出城去了，就觉得没事了。这次魏军入城后，他因躲在铁匠柜里，才没有遭劫。稍稍安定之后，他便和城中的人逃了出来。

逃出新郑后，他自思：兵荒马乱的，到什么地方去呢？想呀想的，他想到了兄弟孙膑，虽然那一次没有见到兄弟，可是他准在那里呀！如果这次仍然不让见，那就先在城中住下，再等候时机吧。

孙卓这样决定了，就直奔齐国的临淄。

韩昭侯被众人劝住，没有自杀。可是，他见新郑已被魏军占领，后边的魏军又紧紧追杀过来，觉得实在没有办法了，嘴里不由暗骂齐宣王失信。

相国申不害说："我主不必灰心，也许齐兵已在路上了！"

韩昭侯说："等他们到来，我们早已全军覆灭了！"

申不害说："莫如再派一使者，骑快马前往齐国，请他们火速前来！"

韩昭侯无奈，只得又修书一封，命使者急速上路。

送走了使者，申不害又说："如今我们腹背受敌，莫如将人马退入山中，凭隘口之险，阻挡魏兵！"

新郑城西十里，是一片群山。山中有一隘口，叫作长青关。这长青关山高石险，素有"一夫当关，万夫莫开"之称。

韩昭侯采纳申不害建议，立刻将人马退入长青关，据险固守。

庞英的追兵到来，与庞涓会合。他们知道韩军已入长青关，便挥军来到长青关下。

庞涓下令攻关，关上的韩军用石头、木桩向下猛砸，魏军被阻。

庞涓烦躁，但就是想不出好办法。

再说韩国使者，日夜兼程，终于来到了齐国王宫前，要求马上见齐宣王。

因为是在半夜，所以宫门官说："大王已经休息了，等明日早晨见吧！"

使者号啕大哭，苦苦哀求，宫门官只得通报给齐宣王。

其实，这些天来，齐宣王就等着这件事。孙膑告诉他："只要韩国派使者再次前来，我们就立刻发兵！"

现在韩国使者果然来了，齐宣王急忙起床，接见了他。

使者呈上韩昭侯国书，并说："大王，韩国危在旦夕，都城已失，腹背受敌，望大王速速发兵救援！"

齐宣王不加思考地说："好，你赶快回去，转告韩昭侯：为了解危，我们立即发兵就是了！"

使者答应一声，退出宫外，骑马返回韩国去了。

齐宣王立刻命宫人将田婴召来。

田婴早已做好了准备，就只等齐宣王一声令下。现在齐宣王夤夜召他，他想一定是时候到了！

田婴来到宫中，见了齐宣王，问："大王，莫不是韩国来了急使，要求出兵？"

齐宣王笑着说："正是，你现在就去请军师和田将军，让他们悄悄进入军营，然后连夜发兵！"

田婴遵命来见孙膑和田忌，把齐宣王的话转告了他们。

孙膑说："估计到时候了，韩魏两军都有了很大消耗，我们正可出兵！"

孙膑坐蒲车，田忌骑马，随田婴进入军营。

田婴问田忌："哥哥，你说什么时候发兵？"

田忌说："事不宜迟，立刻出兵！"

田婴答应一声，点齐人马，悄悄出了临淄城。

齐军虽然打的是田婴旗号，可是军中主帅仍是田忌，这是齐宣王的命令，可外人并不知晓。

大军悄悄出城，田婴在前，领着人马向韩国进发。

孙膑早成竹在胸，他坐在蒲车中对侍卫说："请田忌将军来！"

侍卫去不多时，田忌骑马来了，此时的田忌是军校打扮，不戴主帅之盔，不穿元帅之服。他来到孙膑车前，问："军师有何见教？"

孙膑问："大军离临淄城多远了？"

田忌说："不足十里吧！"

孙膑说："再行进十里，大军停住，然后转向魏国都城大梁。"

田忌问："这是为什么呀？"

孙膑笑笑说："田将军，上次救赵，并未去赵都，而是佯称去攻襄陵。那么这一回救韩，就非得去韩都新郑吗？"

田忌说："这次又要佯攻襄陵吗？"

孙膑说："不，不但不佯攻襄陵，也不佯攻大梁，而是真的要围困大梁。"

田忌说："军师何意，请明示。"

孙膑说："我以为，解危之术，在于攻其所必救。今日之计只有围困大梁，才能真正解除韩国之危，而我们则无伤亡。"

接着，孙膑将他的全部计划详细告诉了田忌。

田忌听了，鼓掌称赞说："军师用兵，神鬼莫测。如此看来，庞涓死无葬身之地了！"

孙膑说："我曾说过'多行不义必自毙'。庞涓竖子趾高气扬，忘乎所以。他不知悔改，一意孤行，也到他灭亡之日了！"

齐军向前进发，大约走了二十多里，田忌来到田婴面前说："军师有令，前军转向，直取魏都大梁。"

田婴不解，问："哥哥，这是何意？"

田忌说："军前不便细谈，只按令而行便是了！"

田婴便依令而行。

齐军逢山开路，遇水搭桥，急行军五日，到了大梁城郊。

守城的魏军不知从哪里来了这么多人马，立即报告了魏惠王。

魏惠王听了，半信半疑地问："没有见军中的旗号吗？"

守城将官说："尘土飞扬，蔽天盖地，看不甚清。"

魏惠王说："也许是太子和军师凯旋了，你快去看个究竟！"

守城将官来到城头向远方瞭望，只见大军浩浩荡荡如潮水涌来，军旗猎猎，好不威严！

当大军来到护城河前时，守城将官终于看清军旗上那个斗大的字：田！

守城将官慌了手脚，立刻跑回宫向魏惠王禀报："大王，这并不是我国的凯旋之师，而是齐国的军队呀！"

魏惠王问："你看清楚了？军旗上写着什么？是谁领兵？"

守城将官说："大王，我看清楚了。齐军的军旗写着'田'字，军中主帅一定是田婴了！"

魏惠王听了吸一口凉气，说："这样看来，定是齐国乘虚攻打我们了！"

守城将官说："正是。我们城内空虚，不是齐军对手，如何是好？"

魏惠王冷静了一会儿，说："你要加紧守城，不让齐军攻破。我立刻修书送往韩国，要庞军师回军救援！"

守城将官走了。魏惠王立刻修书，叫宫中侍卫急速告知庞涓。

齐军来到大梁城下，田忌暗中指挥，田婴依令而行。

田婴戴着元帅盔，穿着元帅衣，站在元帅旗下，命令齐军将大梁城团团围住。

然后，田婴又下令在大梁城外安营扎寨、埋锅造饭。

西斜的太阳照着大梁城的碧瓦红墙，大梁城死气沉沉，城头上飘着魏国军旗，城垛口站着持枪的兵士。一群乌鸦从上空飞过，"呱呱"地叫着归巢去了。

守城将官指挥着兵士，向城上搬运石头和木头，准备抗击齐军。

城中的百姓们听说齐兵突然而至，将大梁城围了个水泄不通，不由人心惶惶，议论着大梁城能否守住。

于是，守城将官对市民们说："大家不要慌张，大王已经派人给太子和军师送信去了，不久他们就要到来，那时齐军就会大败而去的！"

百姓们仍然安不下心来，有的竟想出城逃跑。守门官不给他打开城门，双方就吵吵嚷嚷地厮打起来。

守城将官恐怕事态扩大，竟下令抓捕了几个带头的人，将他们在大街上斩首。百姓们一见守城将官杀了人，吓得躲到家中，谁也不敢出来。

守城将官将情况报告给魏惠王，魏惠王吓得坐立不宁，说："大梁城一定要守住，要等待援军到来！"

接着，魏惠王又按四门分派了任务，他说："谁失了城门，就砍谁的脑袋！谁守住城门，谁就将获得重赏！"

四门守将领命而去，决心死守大梁城。

第二天，天刚放亮，西北风吹得地上的衰草飒飒作响。已经是秋末冬初的天气了，齐军将士们站在风中，等候着命令。

田婴一声令下，一部分将士跳入护城河中，凫水过河，将吊桥放下，齐军一拥来到城下，呐喊着向城上放箭，也有的架设云梯，登梯上墙。

城墙上的魏军见齐兵攻城，一齐向下砸石头、扔木头，齐兵遂被击退。

田婴怒吼着，下令再冲，有几个兵士冲上城楼，与魏军交战。魏军在齐军的冲杀下，抱头乱窜。

谁知上了城的那几个齐兵，又佯装战败，跳下城来。

齐军轮番交替攻城，魏军被打得喘不过气来。

其实，这是孙膑的安排，如果真的攻城，大梁城早就攻下来了。

田婴只是虚张声势，消耗城上魏军的兵力罢了。

就这样攻了一天，看看天黑了，田婴下令收兵。城上的魏军总算松了一口气。

四门守将向魏惠王汇报，魏惠王重奖了他们。可是，庞涓的救兵还没到来，魏惠王仍处在惴惴不安之中。

再说庞涓攻打长青关失利，便想出了一个放火烧山的办法。于是，他令将士们各举火把，从山根下点着树木和枯草。西北风猛吹，火借风势，风助火威，不一会儿，一团一簇的火苗儿蔓延成冲天大火，像条条巨蛇向山顶爬去。

韩昭侯没有想到这一招，不由大骂庞涓狠毒。

韩军将士们原以为有险可守，便可高枕无忧。山上有的是树木和石头，把魏军死死地阻挡在长青关下，应该是有把握的。

现在，大火向山上蔓延，浓烟呛得他们喘不上气儿来，熏得他们眼睛流泪。

火继续在往上蹿，等蹿上山顶，就会活活将他们烧死。

韩军乱了营，东逃西窜，不知所措。

韩昭侯见此情景，大哭失声，说："天灭我韩！天灭我韩！"

申不害也流着泪说："这个齐宣王，言而无信，活活把咱们骗了！早知今日，还不如降了魏国，也讨个活命啊！"

韩军将士见韩昭侯和相国申不害这样泄气，觉得大势已去。于是，为了活命，有的藏进山洞，有的寻路下山准备投降。

庞涓在山下，看着火势越来越猛，眼见就要烧到山顶了，不由高兴得跳了起来，高喊："谁敢与我庞涓为敌？我就是天下第一兵家！"

魏军见状，也欢呼、跳跃，赞颂军师之谋！

正在庞涓高兴的时候，突然一匹战马跑到他面前。战马浑身是汗，如水浇的一样。马上之人滚落下来，喘着粗气，说不出话来，只从内衣兜里艰难地掏出一束竹简，扔在地上。

庞涓走过去一看，原来是宫内有名的骁勇侍卫。

庞涓一惊，急忙捡起地上的竹简，展开观看。

上边的字迹，他非常熟悉。这是魏惠王亲笔所书，上面写道："见字如见王面，齐军突然包围了大梁城，攻城甚紧，大梁危在旦夕，魏国朝夕不保。齐国领兵元帅乃无名之辈田婴，只盼见字速还，杀退齐兵。此乃魏国之幸、本王之幸也！"

庞涓看罢竹简，又派人送给太子申看。魏申看罢，痛哭失声，面向大梁方向呼唤着："父王，你要等着我们回去呀！"接着，他带人来到长青关下，对庞涓说："军师，国之将亡，父王命在旦夕。赶紧下令回军，驰救大梁吧！"

庞涓无语，他仰头观望，见长青关已一片火海。眼看大功将成，怎么又来了突变？难道这就是天意？

"上次伐赵，也是在胜利在望的情况下，被游民所惑，以致中途被截，落得个惨败而归！如今……"想到这里，庞涓不由又看了看魏惠王的手书。

本来，将在外，王命有所不受。可是，这是亡国之大事，而况又有太子申在旁，如果不下令撤军，太子申一闹，全军哗变，后果将不堪设想。

庞涓左思右想，又气又急，不由流下泪来。

魏申在一旁，见他久久不语，恐怕像在外黄时一样，不能劝他撤兵，便哭喊着，对全军将士说："将士们，如今齐国田婴包围了大梁，大王已有手书到来，令我们撤军急救大梁。请大家三思，即使眼下取胜，也难解魏国之危，难保大王之命，我们应该如何办啊？"

将士们一听，老家被抄，国家将亡，立刻炸了营，高呼："打回大梁去，保国卫家！"

庞涓一见此景，心中慌了。目前的情势，不容他有别的选择，只有立刻回军了。

到了此时，他心中恨齐宣王、恨田婴。但是，他不知这是孙膑的围魏救韩之计，他想：一个小小田婴，乃无名无能之辈，我岂能容你！

于是，他强笑着，对太子申说："太子，不必惊慌。如今齐国已将田忌削夺兵权，一个小小田婴，料也难成大事，只要我大军一到，他必将成为齑粉！"

于是，庞涓宣布撤兵，驰援大梁。

庞涓扭头望着烈火之中的长青关说："韩昭侯呀韩昭侯，你若有命，也许能跑出来！"

魏军撤去了，山前一片安静。可是，山上的韩昭侯并不知道。

大火步步进逼时，他和文武大臣都钻进山洞中去了。他们以为等山烧秃了，魏军就会撤去，或者寻不见他们。

不多时，有一个兵士大喊："魏军撤走了！魏军撤走了！"

原来，这个兵士爬上了一棵野杜梨树，这种树，到了秋天，叶落木硬，很难着火。这个兵士有这方面的经验，所以爬了上去。

俗语说"登高望远"。这个兵士在杜梨树的枝杈上坐着，向山下望去，只见魏军如蚂蚁一样，纷纷离去。他心中高兴，跳下树来，遍山大喊。

韩昭侯开始并不相信。魏军为什么要撤呢？他想不出原因，问申不害："相国，你说这是真的吗？"

申不害说："是真是假，我们先出去看看吧！"

说着，韩昭侯领着文武群臣爬出山洞，来到长青关口，朝下一望，魏军果然一个也没有了。

韩昭侯这才躲着火舌，来到关下，命令文武大臣召集将士返回新郑。走在路上，他问申不害："相国，刚才之事如在梦中，莫不是我们已经死了，做了个美梦吧？"

申不害说："你咬咬手指头，如果觉得疼，就是真的。如果麻木，没有知觉，就是在梦中。"

韩昭侯听了，用牙咬咬中指，果然疼得钻心，于是高兴地说："这是真的，是真的！是苍天救了我们！"

申不害说："世事如一局棋，不知什么时候发生什么事，这是谁也料不到的呀！我主洪福齐天，所以才躲过了此次劫难！"

韩昭侯领着文武大臣及残兵败将，飘飘然，然而又惶惶然地回到了新郑城。

他们竟谁也不承想到，此次脱险是因齐国出兵，且用了孙膑釜底抽薪之谋！

第二十六回　蒲车中孙膑运筹
马陵道庞涓身亡

庞涓率军驰援大梁，心急如火，恐怕大梁有失，难以向魏惠王交代，所以，他命令：连夜急行军，如有落后者，斩！

太子申比庞涓还急，恐怕大梁城一破，他父亲魏惠王命丧黄泉。

这天早晨，魏军接近了大梁，庞涓命令前军打探虚实，回来报告。

前军回来报告说："齐军尚未攻入大梁，他们的行军元帅果是田婴。"

庞涓听说，哈哈大笑说："大梁城仍在，我可以从容打败田婴了！"

于是下令：大军直冲齐营。

田婴见庞涓果然领兵返回，便问田忌："魏军来攻，是战是退？"

田忌便问孙膑："军师，庞涓果然中计，回军救援大梁。他来攻营，是战是退？"

孙膑在蒲车中说："庞涓知你我不在军中，一定肆无忌惮。我们正好因势利导，引他上钩。魏军屡胜，悍勇而轻敌，我们就要装出怯战的样子来。吾祖孙武曾在兵法中说：'百里而趋利者，蹶上将；五十里而趋利者，军半至。'我们深入魏都，腹背受敌，更宜以假象惑敌。"

田忌问："不知以何计诱他？"

孙膑说："我早已想好。魏军若来，应立刻向西南撤退，军营中砌的灶，应逐日减少。庞涓见我军中每日减灶，必然断定我军因怯战逃亡，这样，就更增长了他的傲气，促使他对我军紧追不放，等魏军疲劳之时，我再以计取他！"

田忌点头，急忙传告田婴："见魏军到来，立刻向西南撤退，并装出惊慌的样子！"

田婴会意，立刻下令撤退。全军军旗不整，队伍散乱，直往西南而去。

庞涓见大军刚冲向齐军，齐军就仓皇逃走了，心中不由暗暗觉得好笑，说："小小田婴，无才无能，居然敢来偷袭大梁！"

魏军的将士们也都趾高气扬地望着齐军的背影，狂笑不止。

这时太子申过来，对庞涓说："既然齐兵见了我们都吓跑了，我们就不要追了，先进城面见父王吧！"

庞涓说："田婴虽然无能，却坏了我的大事，如果不是他来偷袭大梁，我们早将韩国消灭了。如果我们就此入城，那么我们这次作战，就是寸功未立，有何脸面去见大王！再说，全军将士也不会同意呀！如今大梁未失，大王安然无恙，我们何不一鼓作气，消灭了田婴小儿，拿着他的人头去见大王，全军将士岂不更有光彩！"

庞涓这番带有鼓动性的话，使全军将士更加斗志昂扬。他们齐声向太子申高呼："太子，要追呀！杀了田婴，再见大王！"

太子申看着这种气势，不便再说什么。他望着齐军仓皇逃走的样子，也觉得有必胜的把握，便说："军师，就下令追击吧！"

庞涓笑笑，对将官们说："全力追杀，勿使田婴逃遁！"

于是，庞涓领兵向西南方向追了过去。追到田婴的营盘，庞涓命中军校卫查点齐营饭灶。

他说："彻底清查一下，报告我知！"

中军校卫遵令来到齐军营中。

齐军刚刚撤去，帐篷东倒西歪，到处是丢下的兵器。饭灶一个接一个，像秋后的蜂窝。

中军校卫查点的饭灶数，正好是十万个。他们回来向庞涓报告："军师，饭灶数目已全部查清，整整十万个。"

庞涓听了，微微一惊，心想：齐兵如此之众，好厉害呀！继而，他又笑了，说："这才叫一将无能累死全军呀！齐兵虽多，但田婴指挥无方，也是一盘散沙，没有战斗力的！"接着，便下令追击。

到了第二日，魏军又夺得了齐军的空营盘。

庞涓又命中军校卫去空营查点灶数。

不一会儿，中军校卫回来报告："军师，齐营之中，只剩下五万饭灶。"

庞涓问："可查确实了？"

中军校卫说："一点也不会错的。"

庞涓听了，大笑说："这些齐人，胆小如鼠，见我们追击，都溃逃了，所以灶数大减！"

将士们听了庞涓的分析，更来了勇气，便又一直追了下去。

追到第三天，魏军又夺了齐军的空营盘。

庞涓又把中军校卫叫来，说："再去查点齐军营中的灶数，回来报告。"

中军校卫又去了，过了半日，他们回来向庞涓报告："报告军师，齐军空营中，只剩下了三万饭灶。"

庞涓又问："可查得仔细？"

中军校卫说："一个也没有漏掉。"

庞涓听了，鼓掌狂笑着说："小小田婴根本不会带兵，这真是魏王的洪福啊！"

太子申不解庞涓之意，过来问："军师，怎么如此狂笑？"

庞涓说："田婴小儿，不懂战法，不会用兵，见我大军到来，便仓皇而逃。我们追了三日，齐兵已经逃亡过半，这不是天赐良机吗？等我们彻底消灭了齐军，活捉了田婴，那齐国就大伤元气了，这难道不是魏王的洪福！"

太子申听庞涓这样一说，心中也很高兴。他鼓励庞涓说："好吧，军师用兵有方，那田婴怎能相比！只要军师再加一把劲儿，就可以将齐军追上加以痛歼了！"

庞涓说："太子放心，胜利就在眼前，你就准备写奏凯捷报吧！"

太子申说："自出兵以来，我也没有为军师出过主意。现在为了追击齐军，我倒有个办法，请军师斟酌。"

庞涓说："太子不要过谦，此番出兵，你是元帅我是军师，一切听太子的，有什么主意，快快说来！"

魏申说："我们大军追赶，有马兵和步兵，这样行走就慢了。不如选精骑两万先行，其余步兵可以缓进，不知军师意下如何？"

庞涓听了连声夸奖说："太子久居宫院，竟有如此用兵之术，实在可喜。这个办法甚好，可以尽快追上齐军。我光顾高兴，倒没有想起这个主意来。"

魏申谦逊地说："这就叫：智者千虑必有一失，愚者千虑必有一得'呀！"

庞涓采纳了太子申的建议，立刻选了两万精骑，由他亲自率领，急速追击，没用半日，就已看到了正在退却的齐军。

庞涓心中高兴，暗暗地说："一举消灭了田婴，也算为前次的桂陵之败雪耻了！"

庞涓求功心切，纵马飞驰，见齐军散乱不整的样子，不禁冷笑道："齐军就是一只煮熟了的鸭子，再也飞不了了。"

此时，齐军在田婴的指挥下继续后退着。

孙膑坐在蒲车中，田忌骑马在车外缓行，二人商量着对策。

田忌命人随时报告庞涓的进程，然后悄悄告诉孙膑。

这时探子报告田忌说："庞涓亲自率精骑追上来了！"

田忌马上告诉给蒲车中的孙膑："庞涓引精骑快赶上来了，如何办？"

孙膑问："我军是否过了沙鹿山？"

田忌说："已经过了。"

孙膑不慌不忙地说："好，我们要加快速度，天黑时一定赶到马陵道！"

田忌按孙膑吩咐，骑马告诉田婴："军师有令，天黑前务必赶到马陵道！"

田婴遵命，下令加快行军速度。

孙膑在魏时，因受庞涓控制，不能受魏惠王重用，他闲暇时，曾到各地察看地形，比如桂陵、襄陵和马陵道等地，他都去过。什么地方有山，什么地方有河，什么地方有险可守，什么地方可设伏兵，等等，他都了然于胸，所以，上次在桂陵，齐军才可以阻住庞涓。

孙膑深知，用兵之道，除了用兵之外，重要的是利用地形。如果一个兵家不了解地形，不善于利用自然环境，他就不可能打胜仗。

孙膑这次出兵之前，早已一步一步地设计好了：如何围困大梁，又如何攻而不占；如何撤退，又如何减灶诱敌；如何引着魏军追至马陵道，又如何设计制胜，等等，对每一个细节，他都想得仔仔细细，慎而又慎。

孙膑在蒲车中屈指计算着时间，制定着应对办法。

此时，庞涓精骑的呐喊鼓噪之声，齐军已能听见了。

田忌在马上回头一看，只见后面尘土飞扬，旌旗晃动，似乎马上就要追上了，他不由有些心慌，俯身对孙膑说："军师，庞涓快追到了，你且上马，我驮着你跑吧。"

孙膑说："不要慌，问问前军是否到了马陵道？"

田忌因怕魏军追来，孙膑有危险，所以不敢离开孙膑。

孙膑厉声说："胜败在此一举！为帅者临危不乱，这是很重要的！快去！"

他像命令着将士一样，命令着田忌，田忌只得飞马跑向前队。

齐军前进着。

庞涓猛追着。

两军就要接近了，情势非常危急！

田忌不多时飞马跑回，对孙膑说："军师，前队已到马陵道。"

孙膑听了大喜，说："好，转告田婴，派左右两军将领，回军阻挡庞涓，只要败不要胜，然后埋伏在后边，等着截杀魏军的步兵。其余人马继续前进，让田婴在马陵道前等我！"

田忌又遵命传令去了。

田婴立刻派左军将领袁达、右军将领独孤陈领兵一万，回军阻击庞涓。

田忌保护着孙膑，来到了马陵道前。田婴正在这里等候。

孙膑对田婴说："你领一万人马，埋伏在马陵道中，把树木尽皆砍倒，只留下当中最大的一棵。再将这棵树的树皮砍去，露出树白，在上面刻上'庞涓死此树下'六个大字；在一旁再刻上'孙膑示之'四个字。还要将字用黑煤涂黑，使庞涓看得清楚。你见树下火起时，便叫弓弩手射箭，大功即成！"

田婴一一记下，立刻领人马埋伏起来，弓弩手准备好弓箭。军士们将树木砍倒，又选了当中一棵最粗的树，用力将树皮砍去，露出树白，刻上孙膑所言之字，捡了几块黑煤，将字涂黑。

一切办完了，孙膑对田忌说："我们二人离开这里吧！这将是庞涓的葬身之地！"

田忌笑着说："军师真好手段也！"

田忌守护着孙膑的蒲车向前走了。

此时太阳已经落到山后，马陵道中一片黑暗。

马陵道在大山中，两旁是陡峭的山崖，中间有条通道。通道很平坦，却密密层层长了许多树。

此时，树木被砍倒了，横躺在道上，枝杈交错，阻挡了道路。

庞涓领着骑兵，眼看要追上齐军了，却突然从对面杀出一彪人马。

袁达和独孤陈奋力拼杀，似乎要阻止魏军的追击。庞涓心急，怕田婴引军跑了，在与袁达、独孤陈战了几个回合后，就猛冲过去，向前紧追过去。

袁达、独孤陈见庞涓冲了过去，也不去纠缠，便就地埋伏起来，等着截杀后边的魏军步兵。

庞涓甩开了阻兵，一直追到马陵道前，便停住了。

黑暗之中，庞涓见两山突兀，只中间有一条通道，再低头观看，通道中的树木全被砍倒了，横七竖八地躺在地上。

这时，有的将官说："军师，此地险要，天又黑了，恐怕齐军有诈，千万小心啊！"

庞涓听了，不以为然地说："你们看，通道中的树木都被砍倒了，这显然是用来阻挡我们的。田婴这小儿被我们吓破了胆，刚才分出一部分人马阻杀我们，被我们冲溃了，现在又砍树相阻，说明他已是穷途末路了，我们还有什么可怕的呢？"

将官们听他这样一说，立刻打消了顾虑，说："军师，那我们就赶紧追吧！"

庞涓下令："踏木前进！"

骑兵们进了马陵道。马踩上树木，有的跌倒，有的不敢迈步。将士们急了，跳下马来，搬移树木。

庞涓见状，说："这马陵道长不过十里，我们不要慌，只要走过这一段就好了！"

于是，庞涓也跳下马来，指挥着将士们搬木头。

黑暗中，庞涓引着人马，好不容易来到马陵道中间。

突然有人高喊："军师，前边有一棵长着的大树！"

庞涓望了望，说："好，说明前边就没有被砍倒的树木了，我们就可以骑马直追了！"

庞涓说着来到树下，向前望望，前边的树木果然没被砍倒。他刚要上马，突然又有一个兵士喊道："军师，这树皮被砍掉了，上边好像刻着字呢！"

庞涓听了，心中好奇，走到大树下仔细观看。这树的树皮果然被砍掉了，露着树白的地方也果然写着字。

天太黑，庞涓看不清楚，便让几个兵士点着了火把。

几束火把亮起来，顿时将大树照得清楚。庞涓近前细看，不禁大吃一惊。

兵士们也都看见了，有的竟悄悄地念出来，将官们厉声制止了他们。

庞涓看见"孙膑示之"四个字，心中突然明白了。齐军从围大梁，到撤退，到诱他上钩，这全都是孙膑的计谋。

庞涓心如潮涌，百感交集，极度的气恼使他头晕目眩，险些跌倒。

一刹那间，庞涓想起了许多往事，好像人生之旅即将走到尽头。

他想起了自己坎坷的过去，想起了第一次与孙膑相识，想起了鬼谷峪中一同学艺，想起了他下山之时孙膑如何送他，想起了投奔魏国受到魏惠王的重用，想起了孙膑奔他而来，想起了孙膑与他在魏惠王面前演练布阵，想起了他如何迫害孙膑，想起了孙膑所受的凌辱，想起了孙膑的失踪，想起了桂陵之战，想起了勾结邹忌加害孙膑……想到今日孙膑又出现在他的面前，使他身陷绝境！

他仰天长叹说："我与孙膑相斗二十余年，还是没有斗过他，这难道是天意吗？"

庞英见父亲如此心灰意冷，便说："父亲，赶快撤出马陵道，现在还来得及！"

庞涓转身欲走，只听山谷中齐声呐喊："庞涓死此树下！"

喊声震荡山谷。

同时，从山左山右，射下许多箭镞，如飞蝗落地。庞英和几个将官，立刻中箭身亡。

庞涓也身中数箭，他强站着没有倒下，鲜血汩汩地涌了出来。

庞涓哭了！

他又想起了许多往事，他觉得对不起哥哥嫂嫂，对不起邹富，对不起邹云舫，对不起桑君，对不起鬼谷子，对不起春卉，对不起婧竹……尤其是对不起孙膑。

到此时，庞涓才痛切地认识到自己的过错和罪孽。

一簇簇飞箭向他射来，他不感到疼痛，倒感到了一种快慰。

最后，他抽出佩剑，横在颈下，仰天叫道："孙膑师兄，来生再见了！"

庞涓双手用力，倒地而亡，结束了他可怜、可恨、可耻、可悲的一生！

此时，田婴率军从马陵道的两头攻了进来，庞涓的两万精骑，一个也没能生还。

再说，此时太子申和庞葱还领着步兵缓缓向前追赶。天已经黑了，他们走得更慢。

正当太子申有些犹豫的时候，突然前边冲过来许多人马。

这正是袁达和独孤陈的伏兵。

庞葱没有准备，仓促应战，节节败退。魏军个个心惊胆战，四散逃亡。

太子申根本没有见过这种阵势，庞涓又不在身旁，吓得他周身发抖抱着脑袋，像个被火烧了翅膀的麻雀，在乱军中逃窜，不一会儿，就被袁达生擒活捉了。

这时田婴也领着人马杀过来了。庞葱一见大势已去，只有逃生。

田婴见庞葱要逃，骑马追了过来。二人战了几个回合，田婴将一个物件抛向庞葱，说："看看吧，你们主将已死，还战什么？！"

庞葱低头一看，马前滚着一颗血淋淋的人头。他立刻跳下马来，抱着人头放声大哭。

原来，田婴早将庞涓和庞英的人头砍下来，挂在马鞍之上了。他见庞葱奋力拼杀，就把庞涓的头扔了过去。

庞葱见父亲死了，痛不欲生。田婴下令将他绑上，带回营中。

孙膑与田忌过了马陵道，就将车马停住了。过于许久，孙膑对田忌说："田将军，我们走吧！"

田忌问："军师，去哪里呀？"

孙膑说："该到为庞涓收尸的时候了！"

田忌笑着，与孙膑返回马陵道。

到了马陵道，这里的战斗果然结束了。

孙膑说："将我抬下去，我要见见庞涓。"

侍卫们把孙膑从蒲车中抬了下来，坐着蒲墩来到田婴营中。

田婴急忙过来，向孙膑和田忌报告："魏军已被杀败，庞涓及庞英俱已身亡。太子申和庞葱已押在囚车之中！"接着，田婴便将庞涓、庞英之头呈上。

孙膑见了，叫人抬着他来到庞涓的头颅面前。他低头看着，好久说不出话来，只有两行清泪流到腮边。

田忌、田婴和众将官都望着孙膑，默默无语。

孙膑望着庞涓的头颅，暗暗说："兄弟呀，这是何苦呢！我不杀你，你必杀我，这也是你自食其果呀！"说着，泪如涌泉，他有许多话要说，可是竟说不出来。

又过了许久，许久，孙膑才命侍卫将庞涓与庞英之首缝到原身，装入囚车。

孙膑望着侍卫去了，心中暗想：当年，庞涓下山时，鬼谷先生曾说，庞涓"遇羊而荣，遇马而瘁"，如今果然应验了！

接着，田忌命人将太子申和庞葱押到营中。

太子申自幼生在宫中，锦衣玉食，没有受过这么大的耻辱。他双臂反剪，脖子上套着绳索，头发散披，满面尘垢。

到了这时，他才想起在外黄时壶公对他说的那番话来，如今兵败如此，还有何脸面去见父王？

魏申低头不语，站在孙膑和田忌面前。

田忌说："魏申，你兴兵挑起不义之战，如今惨败如此，还有何话可说？"

魏申仍然低头不语。

田忌又大吼道："将庞涓父子之尸带给魏惠王，叫他闭门思过，向齐称臣。如若不然，我大军伐魏，将是宗社不保！"

魏申听了，微微一颤，说："我是魏国太子，请将军放尊重些！"

田忌又要发怒。

孙膑说："田将军不要吼了，可以将他的绑绳解去，以示尊重！"

田忌不言语了，侍卫将魏申的绑绳解了。

魏申活动活动手脚，眼睛朝四下看了看。过了一会儿，他说："魏申只有一个请求，望将军能保我魏国宗社，保父王不死，我心愿足矣！"说罢，猛然从田忌腰中夺下佩剑，横颈自刎。

孙膑见了大吃一惊，不由感叹地说："人已死，所留之言，尽可照办！"

田忌也深受感动，后悔不该这样对待太子申。

田婴说："军师，对庞涓之子庞葱该如何办？"

田忌气恼地说："太子申都死了，还留他做什么？！"

孙膑听了，急忙制止说："这恶首只庞涓一人，其子无罪，可以放生！"

田忌低头无语。

庞葱过来，给孙膑跪下叩头，然后站起来说："谢军师饶命之恩！"

处理完一切事情，田忌对孙膑说："若不是军师所阻，我必踏平魏国！"

孙膑摇摇头说："要打仗总是有理由的，但是战争是百姓之害，应该尽量避免。各国之间如能和睦相处，将是百姓之福啊！"

田忌只得下令收兵。

本书为历史演义小说，本章节的故事中，作者为了突出主人公孙膑，对一些历史情节以及相对应的历史人物都进行了比较大幅度的"演义"，其中最明显的，比如把齐魏"马陵之战"写成是发生在齐宣王时期。这虽然与现在学术界主流观点不相符合，但史学上有过司马迁在《史记》中将此事件"记载为""齐宣王之时"并"导致对于马陵之战时间点争议颇多"的情况，特此说明。——编者注

第二十七回　怀恩义寻访诚儿
　　　　　　抱忠节祭奠婧竹

　　孙膑、田忌等班师，齐宣王闻报，大喜，亲出宫门到十里外长亭相迎。

　　田忌向齐宣王禀报战斗经过，大赞军师孙膑之能。

　　齐宣王来到孙膑面前，恭恭敬敬地说："老师得胜还朝，学生欣喜若狂，特把酒相贺！"说着，让侍卫斟满酒，双手捧到孙膑面前。

　　孙膑双手接过，说："大王，此次与田将军出战，全凭众将士鼎力相助，孙膑只不过尽了运筹之力，该祝贺的理应是众将士！"

　　于是，齐宣王设宴为全军将士庆功。

　　孙膑回到府中，觉得有些累了，正要歇息，忽然门官来报："门外有一人，自称是军师之二兄，前来投奔。"

　　孙膑听了，精神一振，忙说："快快请进来！"

　　来人正是孙卓。他逃到齐国之后，又来孙膑府前打听。这一次，守门官告诉他，军师并未获罪，只是为了掩人耳目。现在他已领兵打仗去了。

　　孙卓说："又是不巧。"于是，他在临淄城中又干起铁匠活儿，等候孙膑回来。

昨天晚上，听百姓们说，齐军已凯旋。所以，孙卓今天又找上门来。

孙卓和孙膑对望许久，接着二人大哭起来。

分别二十多年的同胞兄弟，突然相见，心中的话不知从何说起。

孙卓说："兄弟，大哥和我寻你多年，后来就认为没有指望了！"

孙膑也说："我自上了鬼谷峪就没时间寻访两位哥哥了。后来在公案桥，我们又擦肩而过，接着，我就遭了难……"

孙膑听说大哥孙平已经死了，心如刀绞，抱着孙卓又痛哭一阵。

孙卓劝慰他说："这兵荒马乱的年月，我们兄弟三人，幸存二人，也算苍天有眼了！"

孙膑细想，也是这么一个道理，便不再哭泣。

晚上，孙膑备了丰盛的酒宴，庆贺骨肉团圆。他谁也没有告诉，只兄弟二人，细斟慢饮，各自讲述着这二十多年的经历。

孙膑向二哥讲述了他的坎坷生涯。孙卓听了非常气恼，忽然想起花奴跟他讲的话，便问："兄弟，齐国可有一个叫邹忌的人？"

孙膑说："有。"

孙卓拍着桌子说："就是他和庞涓勾结着，欲置田忌与你于死地呀！"

孙膑问："二哥以打铁为业，与官场并无瓜葛，怎么知道这些事？"

孙膑孙卓重相见

孙卓于是便将他如何与韩雁飞交上朋友，又怎么认识了花奴，以及花奴又是怎样将其中情由告诉了他，等等，告诉了孙膑。

孙膑听了孙卓的讲述，不禁暗暗沉思着说："哎呀，这真是天网恢恢，疏而不漏啊！"

兄弟二人一直饮到月上中天。

孙膑问："二哥，你的铁匠铺在哪里呀？"

孙卓说："就在临淄城西北角。"

孙膑又问："没有雇伙计吗？"

孙卓说："还没有呢！我手头没钱，只盖了一间小铺，买了一套工具！兄弟，你在齐国做大官，你二哥打铁，如让外人知道了，不丢你的面子吗？"

孙膑笑了，说："这丢什么面子？二哥一不偷二不抢，靠着手艺吃饭，还是我的荣耀呢！"

孙卓问："兄弟，你不能给我谋个事吗？"

孙膑想想说："我知道二哥自小不爱读书，是个粗人。当然，只要我去说，齐宣王一定答应。可是，我认为这样不好。"

孙卓低头笑了，说："兄弟，不要为难。我打铁也惯了，只要兄弟不嫌，我没话说！"

兄弟二人一齐都笑了。

当晚，孙卓住在孙膑府中。第二天，孙卓告辞要去打铁。

孙膑拉着他的手说："二哥，你我骨肉相逢，这是最大的喜事。我有一个想法，给你一些钱，把铁匠铺好好办起来，请几个徒弟，省得你一人忙不过来。再有，兄弟我成了残废，一辈子也不成婚了。希望二哥娶个媳妇，也好接续咱孙门的香火啊！"

孙卓含泪点头，说："其实，兄弟也应该成家呀！"

孙膑说："二哥，你不明白其中的原因，等我慢慢告诉你。"说着，叫侍卫把封好了的钱交给孙卓。

孙卓将钱接过来，告辞走了。

孙膑送走了二哥，便对侍卫说："准备好蒲车，我要上朝面见大王！"

侍卫遵命，备好蒲车，抬着孙膑上去。

相国邹忌听说齐军大获全胜而还，心中不是滋味，后来听说魏国军师庞涓已经战死，心中又是一惊。

接着，他又听说齐国指挥这次战斗的仍是大将田忌和军师孙膑。

这个消息对邹忌打击最大。

平时，他问齐宣王如何处置田忌、孙膑，齐宣王总是回答："暂时监禁，不重用他们就是了！"

可是，齐宣王为什么要悄悄地让田忌、孙膑带兵打仗呢？

这说明齐宣王监禁他们是假的，只是为了掩人耳目而已。更重要的是，怕有人向庞涓透露消息，所以要瞒着朝中大臣。

邹忌这么思考着，以为齐宣王已经知道了一切，只是不动声色罢了。

邹忌害怕了，一夜没有睡觉，思谋着出路。

他想：如果不早作交代，一旦齐宣王发怒，生命难保。若是主动交代，也许会被从宽处置。

最后，他决定向齐宣王坦白一切。

这一天天刚亮，邹忌就来到宫中。

齐宣王刚吃完了饭，大臣们还没来呢！

邹忌见了齐宣王，双膝跪倒在地说："罪臣邹忌，跪请大王宽恕！"

齐宣王见邹忌这个样子，心中也明白了八九，但他故意不解地问："邹相国何故如此？"

邹忌便从身上掏出一卷竹简，呈给齐宣王，说："大王有所不知，臣早有罪过。现将请罪之书呈上，并请大王宽恕！"

齐宣王接过竹简，展开观看。上面历述了邹忌与庞涓勾结，暗害田忌、孙膑之事。

齐宣王看罢，心中气恼。他想起齐威王因为此事，丧了性命，恨不得立斩邹忌！

齐宣王问："既然你已知罪，你说该如何发落呀？"

邹忌说："臣自知无颜再做相国，恳请辞职。求大王保臣一条性命！"

齐宣王大怒说："你无中生有，制造事端，加害田忌与孙膑，使他们险些丧命。我父王因此积虑成疾，一病归天，难道只是辞职就可了事的吗？"

邹忌害怕，连连叩头，恳请宽恕。

齐宣王说："像你这样嫉贤妒能之徒，留下你是我齐国之耻！"

齐宣王暴吼着，就要下令将邹忌斩首。

正在此时，文武大臣都来了，一见此状，都面面相觑，不敢说话。

这时，孙膑与田忌来了。

孙膑早做好了准备，他要向齐宣王奏明邹忌与庞涓暗中勾结的事，一见此状，便对齐宣王问："大王，邹忌身犯何罪呀？"

齐宣王便把邹忌自己认罪的经过讲了一遍。

孙膑听了，说："大王，我二哥昨日来了。我们分别二十多年，骨肉团聚，特禀告大王得知！"

齐宣王听了，大为欢喜说："既然家兄到来，骨肉团聚，应该庆贺。待择日我与众大臣为军师设宴相庆！"

孙膑说："感谢大王对臣下的关怀，我已心领，就免去庆贺之宴吧！我来上朝，是有要事来奏。我家二哥曾因一个偶然机缘，见过庞涓的宠爱情人花奴。她得知庞涓与邹忌互相勾结，诬告田忌将军谋反篡位的事。她后来逃到韩国，与韩昭侯门客结了婚。二哥与那门客是朋友，所以有幸得知真相。昨天，二哥已向我全都讲明。现在看来，我就不必再说了！"

齐宣王说："善恶到头终有报！现已真相大白，我也可以告慰九泉之下的父王了！"

田忌见自己沉冤得雪，又气又喜竟泣不成声。

齐宣王问孙膑："邹忌自领其罪，要求免去相国之职，你看如何？"

孙膑想了想，说："邹忌因嫉妒田将军之功，怕夺其宠而与外国勾结，诬陷忠良，本该重治，但念他多年来帮威王治国理政，讽喻纳谏，改革政治，做出了贡献，现在又能自认其罪，这也是难能可贵之处。我以为免去相国之职，也就可以了！"

齐宣王又问田忌，说："田将军，你看呢？"

田忌忍着怒气说："依我之见，将邹忌碎尸万段，也难解心头之恨！可方才听军师这样说，我也同意了。待人以宽，责己以严，这是军师常常对我讲的话。"

齐宣王想：如不是孙膑这样说，我也要斩了邹忌的。既然军师这样建议，就准了吧！

于是，他下旨：免去邹忌相国之职，自缚荆杖，到田忌府中谢罪。

邹忌连连叩头，感谢齐宣王的宽恕。

邹忌刚下殿走了，殿门官又报："魏惠王下来国书，并派专使等候在殿门外。"

齐宣王下令让魏使进来。

魏使进来，向齐宣王叩头，然后献上国书。

齐宣王看罢国书，笑着说："齐国决不会以强凌弱，只要齐魏和睦相处，并不要魏国向齐国称臣！"

魏使连连叩拜说："小使代我国惠王，感谢大王了！"

接着，魏使又问："不知大王对另外一件事，如何答复？"

齐宣王说："此事我不好回答，就要问问本人了！"说着，将手中的竹简递给孙膑。

孙膑不知何事，展开观看。竹简的前半部分写了如何向齐国致敬，甘愿向齐称臣；后半部分，则写了魏惠王如何思念孙膑，如何后悔不该听信庞涓之言加害孙膑，盼望孙膑能去魏国做客，以解思念之情。

孙膑看了，想：我初到魏国时，确也得到过魏惠王的赏识，只因庞涓从中使坏，才酿出了一幕幕悲剧。我含冤之后，婧竹为我死在那里，至今尚不知尸体埋在何处。还有那好心的诚儿，如没有他相助，我也许早就命丧黄泉了……想到这里，他倒确实有了到魏国大梁去看一看的念头。

孙膑将竹简交还齐宣王。

齐宣王问："老师，您意下如何？"

孙膑说："我想可以答应他。"

齐宣王有些担心，说："人心叵测，老师不得不加小心啊！"

孙膑笑笑说："真心待人者，必受真心相待；恶心待人者，必受恶心以报。这是庞涓一生给人的教训。魏惠王诚心相邀，他不会有恶意的。我初到魏国时，曾受过魏惠王的赏识。既然他思念我，我也很思念他。另外，我也思念其他于我有恩的人。大王，魏国并不都是庞涓那样的人啊！"

田忌在旁听了，上前说："军师，你执意要去，我陪着你去！"

孙膑摆摆手，说："感谢将军的厚爱，就不必相陪了。"

齐宣王见孙膑去意已决，便答应了魏使。

魏使很高兴，说："我家大王已命我备下锦车，请军师一同随我上路吧！"

齐宣王宣布散朝，留下田忌说："田将军，你的沉冤已雪，又新立了战功。如今邹忌已免去相国之职，就由你来任相国吧！"

田忌听了，急急摇头说："大王，非是我不受大王之恩宠，只是我田忌实在不能当此重任啊！我乃一介武夫，领兵打仗、保家卫国还有点用，如果让我处理国事，那就不行了！"

齐宣王仔细思考了一阵，说："将军实在不同意，你看何人为好？"

田忌说："大王何必问我？军师孙膑不是最好的人选吗？！"

齐宣王说："非是我未曾考虑，我的老师论才论智，足可胜任，只是他身残难支，如何能做一个大国之相呢？"

田忌说："这有什么？相国是协助大王办理国事的，又不是选个人样子让人观看的。军师能坐蒲车行军打仗，就不能坐着蒲车上朝理事吗？大王，你还是有些注重表面啊！"

田忌的这番话说服了齐宣王。

齐宣王点头说："将军所言极是，那就等军师回来，我向他说！"

孙膑随着魏使，坐着锦车来到魏都大梁。

大梁城中的一房一舍、一树一亭，他都记忆犹新。

锦车跑过枯井时，他揭开篷帘，望着枯井，不禁黯然神伤。他在这里，蓬头垢面，不知度过了多少个日日夜夜！

锦车慢慢地经过了当年的军师府，这里已人去楼空，显得一片荒寂。

原来，庞葱回来向魏惠王报告了一切后，就辞去官职，把父亲和哥哥的尸首运回老家安葬，而后就安心务农了。

孙膑望着军师府，想起了当年门前的车水马龙，也想起了西院的猪圈。

来到城楼前，孙膑想起了更加惨痛的一幕。婧竹似乎正微笑着向他走来，却又突然不见了；接着又见婧竹满身是血，向他哭诉……

孙膑的眼睛润湿了，差一点哭出声来。他强忍着，双手抱在胸前，说："婧竹，你睁开眼睛看看我，你苦命的孙膑回来了！"

孙膑就这样一路想着，不知不觉间来到了魏宫门前。

魏使在锦车外，恭恭敬敬地说："孙先生，下车随我去见大王吧！"

孙膑下了车，被人抬着，来到王宫。

魏惠王早已在宫中等候呢！他见孙膑来了，急忙走下台阶，抱住孙膑放声大哭。本来就很悲痛的孙膑，经不得魏惠王痛哭，也放声大哭。

二人相对哭了半晌。

魏惠王说："自从那次演习布阵后，我就不见先生了。后来，我只听庞涓一面之言，冤枉了先生，所幸苍天有眼，使先生得以逃命，这都是我失察之过呀！我用了庞涓，落得丧军辱国，一败涂地，我的儿子魏申也丧了性命，这都是报应啊！我思念先生，寝食难安。我想当面向你谢罪，才觉心安。先生相信我，真的来了，这就是对我的恩惠了！"

孙膑见魏惠王说得如此诚恳，急忙劝慰说："大王，请你不要过于悲伤。过去的事，就让它像风吹乌云一样散去吧！人非圣贤，孰能无过呀！庞涓已自食其果，我们都从中吸取教训吧！"

魏惠王拭着泪说："如果当年我不错过机缘，魏国早就强盛了！"

孙膑说："建好一个国家，只靠一人之力是不行的。可是，要破坏一个国家，只有一人之力就足够了！今后，大王要振作精神，任用贤良，训兵练武，保卫国家。不要随意发动不义之战，当然也不能受人欺凌。不过，大王请放心，我们齐宣王绝不是以强凌弱的那种人，他只盼天下太平和各国间和睦相处！"

魏惠王说："看来齐宣王是有道之主，孙先生总算有了用武之地，从此可以安享荣华富贵了！"

孙膑笑笑说："大王，孙膑绝不是贪图富贵之人。我回国之后，就该急流勇退了！"

魏惠王不解，问："先生正是壮年，又有了用武之地，怎能轻易言退呢？"

孙膑说："人生坎坷，给我教训太多了。我不愿在旋涡中浮沉了！"

魏惠王不语。

良久，魏惠王吩咐宫人设宴招待孙膑，孙膑也不推辞。

酒席之间，孙膑说："大王，我来魏国，一是奉大王之请，叙叙离别之情；二是另有私事要办一办！"

魏惠王说："只要先生提出来，我样样照办！"

孙膑叹口气说："大王，孙膑一生没有妻室，只有一个意中情人。她在我危难之时，尽节死在我的面前，当时我怕被人识破，不敢相认，更不能安葬她。这么多年，也不知她的尸体是化为尘埃，还是被哪位好心人收殓了，烦请大王帮助查寻一下。"

魏惠王点头说："我一定照办，一有消息就告诉先生。"

孙膑说："另外一事是想寻访一个人。这个人原是庞涓府中的家人，当年我被害时，如没有他，早就没命了。受人滴水之恩，当涌泉相报，何况他是我的救命恩人呢！"

魏惠王问："不知他叫什么名字？"

孙膑说："他叫诚儿，但不知姓什么。"

魏惠王说："这也好办，我派人寻访就是，你就安心等着消息吧！"

宴席之后，魏惠王把孙膑安置在宫中居住，并派了专人照顾。每天魏惠王都来与他聊天，叙说以往的事情。

过了三日，魏惠王派去的侍卫回来，向他报告说："大王，那具女尸，百姓们说当年有人掩埋了，可是不知埋到了什么地方。另外，那个叫诚儿的人，已经差人找到了。可是，他不敢来，恐怕庞涓的事连累于他！"

魏惠王将这两个消息告诉了孙膑。

孙膑听了，心中高兴，暗暗感谢那些掩埋婧竹尸体的人。他想：只要再努力寻访，肯定会找到那些人的。这样，婧竹的坟墓在什么地方，也就找到了。

使孙膑更加高兴的是：诚儿还在！

他听了魏惠王的话，便说："感谢大王为我办了此事。诚儿既然不愿来，我可以自己去找他。"魏惠王说："不劳先生前去。只要我再派人去，向他详细说明情况，我想他是一定会来的！"

孙膑说："不必了，应该我去看恩公，哪有让恩公来见我的道理呢？！"

魏惠王听了，只得应允。

当天，孙膑乘车，由宫中侍卫领路，来找诚儿。

这个诚儿，当年还是一个孩子，出于善心和正义，救了孙膑。

婧竹惨死于城楼之下，孙膑强忍悲痛，为了不暴露，蓬头垢面地爬走了。诚儿知道了这个消息，实在忍心不下，便偷偷地花了一些钱，请了几个善心人，在黑夜里冒着危险，把婧竹的尸体运到大梁城外，装进一个棺材，掩埋了。

婧竹的坟墓在一个小山弯里，这里有野花野草，有树木，有流泉，只是很少有人来。

埋好之后，这几位善心人又悄悄地将坟墓的地点告知诚儿。自此之后，诚儿每年都要到坟前看看。

后来，孙膑不见了，诚儿也不知发生了什么事情。庞涓谎称孙膑投井而死，诚儿几次到井旁，暗暗落泪。

诚儿恐怕被人发觉，只得处处小心。后来，庞涓把花奴召进府，每日与她调笑。诚儿看不惯，在背地里骂了一声花奴，被几个趋炎附势的家人暗中报告了庞涓，庞涓很生气，就把诚儿辞退了。

诚儿早不愿在庞涓府中干了，可是，离开了庞府，靠什么生活呢？

他是个孤儿，父母早丧，连一个亲人也没有。思来想去，他便在大梁城外开了一个车马店谋生。

凡是来大梁城的车马，不让进城时，只得在城外住下。所以，诚儿的生意倒挺红火。

昨天，宫中侍卫找到他时，他正在账房算账。听说是魏惠王找他，他有些嘀咕，担心庞涓之事与他有牵连，所以不敢前往。

诚儿想，看来这买卖做不成了，必须悄悄离去。

诚儿正准备要走时，见门前来了一乘锦车，他心中有些害怕。

一会儿，车帘打开，从上边下来一个人，这人不会站立，被人抬着。

诚儿一见，立刻想起孙膑。可是，他一时不敢相认，因为那时蓬头垢面的孙膑给他的印象太深了。现在这个人，穿着打扮和气色都像是一个高贵的人，他怎敢相认呢？

孙膑认出了诚儿，高声喊道："诚儿，我的恩人啊！"

诚儿一听这话，他突然明白了：原来孙膑没有死！

诚儿一见果然是孙膑，便"扑通"一声跪地叩头，说："孙先生，我是诚儿。先生大难不死啊！"

孙膑见诚儿这样对他，慌忙向前扑去，嘴里大声叫道："诚儿恩人，你折煞孙膑了！"

孙膑跌在地上，被侍卫们扶起来。

诚儿也站了起来。

孙膑眼望着诚儿落泪。诚儿笑着给他拭泪，说："孙先生，一片乌云飘过去了，你还哭什么？"

孙膑说："当年，你救我一命，叫我如何报答你呀？"

诚儿说："我只是看不下去，就那样做了，那算什么呀！"

孙膑说："若是天下人的心都和你一样，就没有厮杀和掠夺了！"

孙膑看了看诚儿的车马店，说："恩人，你跟我走吧！你没有亲人，我就是你的亲人。有我孙膑吃穿，就有你的吃穿。"

诚儿听了很高兴，说："我正准备走呢！如果先生愿意我陪伴，我就去！"

孙膑点头，让诚儿也上了锦车，回到魏宫中。

魏惠王见了诚儿，并不认识，说："你是庶民，我是国王。可是，你的份量要比我重得多呀！"诚儿以大礼参拜。魏惠王扶起他来，说："人的身份可以不同，可善良之心应该相同啊！"

当夜，魏惠王又设宴为孙膑与诚儿相会祝贺。

宴散之后，孙膑与诚儿住一室。

二人彻夜不眠，说起了许多往事。

孙膑说起婧竹之事，诚儿告诉他说："先生不要惦记，明日我就带你去看坟墓！"

于是，诚儿又将如何掩埋婧竹的经过向孙膑讲了。

孙膑听了，更加感动。

诚儿仍然说:"孙先生,这都算不了什么。"

孙膑说:"看来,婧竹在九泉之下也要感激你呢!"

第二天清晨,孙膑备了祭礼,刻了石碑,让诚儿领着,去祭婧竹。

他们到了山弯里,寻到了婧竹的坟墓。孙膑下了车,伏在坟头痛哭了一阵,诚儿在一旁陪着。

这一天阳光很好,冬季的花草树木,显得十分肃穆。孙膑想起第一次和婧竹相见的情形。他掏出了婧竹当年送他时,给他的"心形碧玉"。多年来,他没有丢失,现今他拿在手里,仔细地望着:一条小溪,从山中流出,树下掩映着几幢房屋,一个妙龄少女倚树凝望。

孙膑喃喃地说:"婧竹,原来你早就选好了归宿啊!你现在的长眠之地,不正是你心形碧玉上所刻的景象吗?"

诚儿在一旁站着,望着"心形碧玉"上的图画,心中也好纳闷。他想:这真是天意呀!

接着,孙膑摆上祭礼,深深地叩了三个头,说:"婧竹,你安息吧!百年之后,我定来与你合墓!"

祭奠已毕,孙膑命侍卫将刻好的石碑安放在婧竹的墓前。

石碑的前面刻着:孙门曹氏讳婧竹之灵墓。

石碑的背面刻着孙膑的祭文。

祭完了婧竹,回到魏宫后,孙膑的心情一直很沉重。

魏惠王安慰他说:"先生之忠节,我深受感动。以后,我每年春天,替孙先生祭扫婧竹之墓,总可以放心了吧!"

孙膑说:"在下十分感谢了!"

孙膑在大梁住了几天,告辞回齐。诚儿也随孙膑来到齐国。

　　齐宣王听说孙膑回来了，亲自到府中看望。

　　孙膑说："大王国事纷繁，怎么专来看我？"

　　齐宣王说："您是我的老师，远途而归，自然应该来看望了！"

　　孙膑听了，沉思了一会儿，说："大王，我们虽然取得了战争的胜利，但要使齐国兴盛发达，还有许多事要做呢！"

　　齐宣王笑了，说："我也因此来找你呀！"

　　于是，齐宣王便把心中的话说出来："老师，邹忌已免去相位，齐国不可长期无相。我只盼着老师归来，接受相国之位呢！"

　　孙膑听了，摇摇头说："大王，我也正有事要跟你说呢！"

　　齐宣王说："不论什么事情，我都会答应的！"

　　孙膑说："既然如此，我就说了！我乃废人，承蒙先王厚爱，得以重用，我心愿已足，恳请大王准我归隐！"

　　齐宣王没有想到孙膑会有这种想法，所以才说"我都会答应的"。如果知道孙膑有这个要求，他说什么也不会这样说了。

齐宣王急了，问："自我继位以来，不知有什么地方对不住老师，才使老师产生了归隐之念啊？"

孙膑摆摆手说："不，大王继位以来，比先王对我恩宠有加，口口声声尊我为老师，凡我所请，均予照准。我没有一事不满意呀！"

齐宣王又问："那你到底是为什么要归隐呢？"

孙膑说："人各有志。我只是想，该到我归隐的时候了！"

齐宣王想了想，说："我听说先祖孙武就是功成而归隐的，莫非老师要效法先祖？"

孙膑说："这也许是遗传吧！但我并非刻意效法先祖！"

齐宣王实在为难了，在孙膑面前来回踱步。过了许久，他又恳求孙膑，说："恳请老师再辅我几年，可以吗？"

孙膑说："我既说出，就是去心已决，望大王不要再说了！"

齐宣王实在没有办法了，便问："老师归隐之后，不知去往何方？"

孙膑说："我一时没有想好地方，只愿大王拨给我闲山一片！"

齐宣王一听，心中马上宽慰了。他想：既然是让我拨出闲山一片，那我何不在近处给他一片呢？如果有事，我不是还可以去找他吗！

想到这里，齐宣王说："也好，我将临淄东南五十里的石间山拨给老师。那里风光秀美，树木葱茏，倒是个好去处。"

孙膑点头说："好，我就去石间山吧！"

齐宣王说："老师走时，我派侍卫护送；我再拨宫中侍从数人，服侍老师起居！"

孙膑笑笑说："如果是这样，还算什么归隐啊？我什么人也不要，更不要护送！"

齐宣王问："你自己能走吗？"

孙膑说："我已有一个贴心的朋友与我为伴。"

孙膑说的这个人，便是诚儿。齐宣王不知，问到底是谁？孙膑说："他原是我的恩人，当年在魏，如没有他，我早就化为尘埃了！"

齐宣王听了点点头说："这样，我就放心了。不知老师临行之前，还有什么嘱咐？"

孙膑说："大王已经成年，并不是当年比赛驰射时的辟疆，而是完全可以执掌军国大事的齐宣王了。至于相国之位，我荐一人，请你定夺。"

齐宣王问："谁呀？"

孙膑说："就是客卿淳于髡。"

齐宣王说："淳于髡当然可当此任，只怕他坚辞不肯。当年父王多次封职，他均拒绝。"

孙膑说："那时有邹忌为相国，他当然不愿在其之下了！"

齐宣王点头称是。

当晚，孙膑留齐宣王吃饭，齐宣王欣然同意。

吃罢饭，孙膑说："大王，今晚一别，以后就很难见面了。我盼大王励精图治，造福百姓，使齐国富强。如今天下，七国争战，夺疆吞土，这是避免不了的事。所以，我劝大王，不要高枕无忧，仍要训兵练武，以防外敌。不义之战不可兴，正义之战不可废。我已将兵书写完，前半部还是你抄的呢！一共三十篇，是在先祖孙武《兵法十三篇》的基础上发展而来的。其中有恩师鬼谷子的《兵略》，也有我自己的研读心得，我送给你，希望你认真地读一读，也许有好处！"说着，又指指案上的木匣子说，"全在里边，临走让侍卫们带回宫去吧，也不枉先王让我当你的老师这么多年！"

齐宣王听了，深深感动，眼含热泪，跪在孙膑面前，一连叩了三个头，说："辟疆此生得遇恩师，心满意足了！"

孙膑拉起齐宣王，说："好了，咱师生一回，你大礼已尽，就此告辞吧！"

齐宣王站起来，双手拭着泪，把侍卫们喊进来，说："将案上之木匣搬回宫去，一定要小心，不可磕碰！"

侍卫们搬着木匣出去了。

齐宣王含着泪，退到门口，连连嘱告："老师，您多多珍重！"

孙膑向齐宣王挥挥手。齐宣王依依不舍地走了。

第二天，天还未亮，诚儿就收拾好东西，放在预先备好的小木车上，然后将孙膑抱上小木车，"吱吱呀呀"地推着向石间山方向走去。

晨露如小雨一样，打湿了他们的衣襟，但他们的心中都很愉快。二人一边说着话，一边赶路，当太阳升起来的时候，他们的小木车便已消失在一片丛林中了。

齐宣王任命淳于髡为相国。淳于髡果真没有推辞，他笑着说："这个差使本该孙先生来干，可是他走了，我虽年老，就卖卖力吧！"

齐宣王差人通告各国，各国都很景仰，纷纷来临淄进贺。赵、韩两国为感谢相救之恩，更以重礼相谢。

魏惠王念及与孙膑之情，也屡派使臣前来交好。

在一片凯歌声中，齐宣王逐渐滋生了骄矜之气，他开始耽于酒色。为了贮藏美女，他在临淄城外大兴土木建造了一座豪华的宫殿，名叫"雪宫"。接着，他又在距临淄十里之处，修建了一个方圆四十里的苑囿作为猎场，里边养着各种珍禽异兽。

齐宣王慢慢也愿听赞美之词了。他招集天下游说之士来临淄，在稷门之外设立讲坛，聚游客数千人，终日演讲，唱赞歌，粉饰太平，颂扬齐宣王之威德。

淳于髡见不得这一切，他几次上朝劝谏，齐宣王只是不听。

淳于髡被气病了，他又上书给齐宣王说："只图耳悦，只顾酒红，只贪美色，国将不保也。不修实政，不训兵武，不讲真话，难寻葬身之地也！"

齐宣王见了淳于髡的奏简，勃然大怒，说："他竟敢诅咒我！"于是，下令免去淳于髡的相国之职。

淳于髡年老多病，又遭贬谪，郁郁而死。

齐宣王听说淳于髡死了，便任游说之士冯骦为相国。

这冯骦不学无术，只会空谈，几年之中，就把田忌、田婴等老将排斥在一边。齐宣王事事处处听凭冯骦摆布，因为他会察言观色，专拣好听的话说。

这一天，齐宣王又在雪宫设宴行乐。

正在高兴时，忽有宫官报告："大王，宫门外来了一个女子，要求进见！"

齐宣王醉醺醺地问："相貌如何？"

宫官说："此女子身着青衣，眉清目秀，靓丽多姿，走路轻盈，举止不俗，似有一种仙气！"

齐宣王听了，哈哈大笑说："好，送上门来的美酒，岂能不享，快快有请！"

宫官去后，不一会儿从宫门口进来一个女子，此女飘逸的气质，顿使宫中许多浓妆艳抹的美女黯然失色！

齐宣王看傻了眼，站起来，问："你从何来？敢来见本王？"

青衣女子微微一笑说："齐国乃齐国百姓之齐国，并非齐宣王之齐国，我有何不敢见？！"

齐宣王被问得张口结舌，竟大吼："你到底叫什么？如再胡言，我命武士将你一刀斩了！"

青衣女子并不害怕，近前一步说："山野村姑，名不足告，但却能为你做事！"

齐宣王笑了，说："我宫中美女如云，要你做什么事？不过，你还是很有风姿的，不妨就留在本王身旁吧！"

青衣女子听了，立刻在齐宣王身旁坐下了。

宫中人见了暗暗发笑，说："天下竟有如此厚颜之人！"

齐宣王倒十分高兴了，便命人斟上酒，说："来，本王与你对饮一盏！"

青衣女子举盏在手，一饮而尽。

齐宣王大喜，又要饮酒。

青衣女子却说："大王，我不是来饮酒的，而是来向大王献艺的！"

齐宣王问："你会什么艺呀？快快献来！"

青衣女子说："我别无他能，只会打哑语。"

齐宣王说："好吧，你打个哑语试试！"

青衣女子站起来，面对齐宣王说："好，大王请看，看后说出我动作的含义来！"

齐宣王点头，仔细地观看着。

青衣女子开始做动作，她先抬抬眼皮，眼睛朝上望望；接着，又使劲咬咬牙齿；继而，将手扬起；最后，用双手抚住膝盖，再做扔掉东西的样子。

做完了这四个动作，青衣女子说："大王，请你说出四种含义来！"

齐宣王只顾观看青衣女子的姿色了，没有细细琢磨她动作的含义，听青衣女子发问，便说："我只见你貌美，非同凡俗，哪有心思看哑语？"

青衣女子正色道："大王，你如此痴迷，我就走了！"

齐宣王着急了，便对身旁的群臣和宫人们说："你们都看见了，赶紧替本王答出来！"

群臣和宫人们个个摇头，回答不出来。

齐宣王厚着脸皮说："别来这一套了，你自己说出来吧！"

青衣女子笑笑，问："大王，愿意听我说吗？"

齐宣王咧嘴笑着，连说："愿意，愿意！"

青衣女子说："我刚才扬目的动作，是为大王环顾周边之烽火，担心齐国将危矣！我刚才咬紧牙关的动作，是恨大王不纳忠谏，只听顺耳之音。我刚才举手的动作，是让大王立斩佞臣和粉饰太平之徒。我刚才抚膝抛物之状，是盼大王拆除雪宫、苑囿等游幸之所……"

齐宣王听了，不由怒吼："小小山野村姑，竟敢指责本王，岂能相容？！"说着呼唤武士，欲将青衣女子押下去。

青衣女子说："大王莫急，听我说完，你就不会杀我了！"

齐宣王忍气听着。

青衣女子说："目前，西方的秦国启用商鞅改革政治，国富民强，不久必定东出函谷关，与齐争霸。齐国内无良将，兵备渐弛，岂能阻挡？俗语说，'君有净臣，不亡其国；父有净子，不亡其家'。大王内耽酒色，外荒国政，忠谏之言，拒而不纳，只听冯骠等人阿谀逢迎，只闻游说之士高谈阔论。纸里包不住火，粉饰的太平不会长久。大王筑宫建苑，大兴土木，殚竭民力，虚耗国赋。以上种种，不知大王是否认可？！"

齐宣王低下头去，气消了近半。

青衣女子又说："大王，如果你只贪眼前之乐，不顾日后之患，那齐国的命运，必将不堪设想……"

青衣女子尚未说完，齐宣王身旁的阿谀逢迎之臣便纷纷哗闹起来，要求齐宣王立刻下令将此女斩首。

齐宣王大拍桌案，说："不得喧哗！"

青衣女子微微一笑，说："本人言已至此，望大王好自为之！"说罢，转身就走。

齐宣王站起来大呼："你且慢走！请留下姓名！"

青衣女子站住脚，慢慢从衣兜里掏出一支竹简，扔在齐宣王面前，匆匆而去。

冯骠下令，让侍卫们截住她。

侍卫们持枪舞刀上前，青衣女子毫不在乎，只用青色的衣袖，"呼呼啦啦"地抖动着，那些侍卫们竟难以近身，眼睁睁地看着她出了宫门。

齐宣王俯下身，捡起地上的竹简观看，只见上面刻着两行字。

第一行字是：她乃我之好友蛇岐子。

第二行字是：隐士孙膑拜托。

齐宣王看罢，目瞪口呆，跌坐在地上。从这天起，他三天三夜不出深宫，闭门思过。

第四日，齐宣王暗暗带上侍卫，悄悄出宫，直奔石间山。

石间山并不算高，风景却很优美，山中流泉道道，树掩花覆，鸟语蝉鸣。

齐宣王到了山中，派侍卫遍山寻找孙膑的住所。一连寻了三日，仍不见孙膑的踪影，只在山半腰见一草庵。庵中有锅有灶，有炕有窗，似有人住过。

齐宣王在庵中查看了半晌，也看不出孙膑住过的痕迹。

齐宣王无奈，只得下山返回宫中。

不久，齐宣王重新任命田忌、田婴为上将，要他们训兵练武，以防西秦。接着，他又下令拆除雪宫和苑囿，遣散了高谈阔论的游客，免去了冯骥的相国之职。他广开言路，招贤纳士，尊重贤良。当时邹县名士孟轲前来相投，极受齐宣王尊崇。孟轲大展其才，使齐国再次富强起来。

孙膑没在石间山，他究竟到什么地方去了呢？为什么要离开石间山呢？

后人曾有许多传说和假设。

有人说，他在石间山中时，有一天壶公来访，二人见面感慨万分。壶公告诉了他一个秘密："我这些年，游历各国，有了一个重要的发现：你的祖先并不姓孙，而是姓陈，是当时陈国的公子陈完。陈完为了逃避兵祸，逃到齐国，受到齐国的重用，被封了一个管建筑的官。后来传到第五代，有陈书、陈芳哥儿俩。陈书因为作战有功，被齐景公赐姓孙（因被封之地全是孙姓），这孙书就是你爷爷的爷爷。那个老二陈芳呢，后来到了魏国，被一庞姓大户招赘为婿，这庞姓无子，陈芳便为子，更为庞姓。这庞芳不是别人，正是庞涓的先祖。"

孙膑听了，不禁叹道："如此说来，我与庞涓，乃有血缘之亲了！"

壶公说："正因如此，在庞涓和魏申伐韩时，我曾在外黄关下，劝魏申撤兵，谁知他生性软弱，没有做到。咳，天道轮回，这统统是天意，你也不必想得太多了！"

孙膑听了这番话，更加坚定了远离尘世的思想。他怕齐宣王会来找他，便与诚儿离开了石间山。

这是一种传说。

另一种传说是，孙膑被他的恩师鬼谷子渡到蓬莱仙岛去了。后来墨翟也到了那里，三人在一起合著了一部兵法，叫作《攻守要诀》。可惜这部著作，终于淹没于荒山蔓草之间。

还有一种传说是：云梦山的蛇岐子把他和诚儿叫到那里，一同研究蛇药。据说云梦山的百姓曾经见过他们。

这些传说仅仅是假设，并无凭证。

只有蛇岐子受孙膑之托，闯入雪宫，告诫齐宣王，是可以相信的。

孙膑肯定是老死在青山碧水之中了，因为人间并无长生不老之神药。

孙膑死后两千多年，他的《兵法三十篇》，在山东临沂的银雀山汉墓中被发掘出来。可惜，竹简已严重残缺了。

不管如何，孙膑其人其事，仍然传颂于中国大地。